15秒の旅

第2巻

吉田博昭

GENTOSHA
幻冬舎 MC

画　早川和良

これまでのあらすじ

一九六七年――日本が、日の出の勢いで高度成長の坂道を駆け上がっていた頃。

東京山の手に暮らす高校三年生、ヒロ（吉野洋行）は、祖父からは、将来、法律家になることを期待されていたが、その道にはまったく興味が持てず、暗中模索の青春を送っていた。

そんなある日、友人に紹介されたアルバイトで人生が一変する。それは、テレビCM制作の現場だった。時代の最先端を行くクリエイターたちのユニークな仕事ぶりに魅了されたのだ。

それをきっかけに、祖父の言いなりに進学した大学を中退し、銀座のカフェでギャルソンとして働きながら広告業界入りを目指すヒロの元に、彼の語学力に目をつけたCMプロデューサーから、パリで撮影する航空会社のCM制作コーディネーター助手の仕事が舞い込む。

勇躍、貨客船に乗って横浜港を発ち、ソ連ナホトカからユーラシア大陸を横断し、スウェーデン経由でフランスに到着。パリでは、コーディネート会社社長の右腕として働くことになったヒロを、刺激と魅力に溢れた狂乱の日々が待っていた。撮影現場は予算不足のため混乱を極めるが、持ち前の度胸とアイデアで、次々と襲いくるピンチを乗り越えていく。ところが、資金繰りに行き詰まった社長が失踪。ヒロは、社長に金を貸していたギャングに誘拐されそうになり、危うく脱出する。逃亡先のロンドンで貞操の危機に陥り、ストックホルムではパリへの道中で恋におちた女性と同棲。果てはオーバーステイで勾留されてしまう。当初三カ月の予定だった旅は、一年間に及ぶヨーロッパ大陸を股にかけた大冒険になってしまうのだった。

そして一九七〇年四月、大阪万博に沸く日本へヒロは帰国する。

目次

第一章

男のサンバ

1

昨夜の激しい風雨のせいか、今朝は空気が澄み切っている。

ホームの部屋の窓から、富士山と伊豆の山並みを背に新緑の江の島が鮮やかに見える。

オレが生まれた一九四八年にも、昨夜長尾くんに物語った一九七〇年にも、そしてこのクソいまいましい二〇二七年でさえも、このあたりから見える景色は全く変わっていない。

だからオレは江の島が好きだ。

しばらくぼんやりとしていた。昨夜は話に夢中になったせいか少し喉が涸れている。

コーヒーが飲みたいな、と思っているとピンポンとチャイムが鳴った。

部屋の入り口の引き戸が開き、「おはよーっ」と娘のあすかの明るい声が響く。オレはゆっくり寝がえりを打ってあすかに笑顔を向けた。二週間ぶりかな。

ポロシャツにジーンズ、茶色っぽいショート・ヘアのあすかは今年で三十八になる筈だが、三十前にしか見えない。亭主はアメリカ人の海洋生物学者・ラリー・マクレガーさん。水産大学の教授だ。あすかはハンサムな海洋学者の助手という、オレの亡き妻・あかねの少女時代の夢を実現し、ついでに結婚までしてしまったのだ。あすかは見た目も、動作や喋り方まであかねの若い頃にそっくりだ。あすかの三つ下に長男の洋太がいる。アニメーションのメカ・デザイナーだが、今はアニメ声優の妻と共にアメリカのオレゴン州・ポートランドに住んでいる。

あすかはバッグから取り出したコーヒー・ミルや豆のビンをテーブルの上に並べながら、

「今週の土曜、五月十五日だよお父さん」

「ああそうだ。もう一年か」その日はあかねの誕生日であり命日でもある。

あかねは二〇二六年五月十五日、ピッタリ七十四歳で逝った。二度目の心筋梗塞の発作だった。オレの隣のベッドで亡くなるまでわずか十五分（オレたちはその半年ほど前から、このホームのツイン・ルームにふたりで入っていた。あかねは一度目の発作の後だったし、オレも体調が悪かったからね）。あかねは死の前夜までオレと冗談を言い合い、江戸文化の研究書と漫画を読み、ちゃんと化粧もし、こうありたいと望んだ通りの旅立ちになった。

こんな話をしたのを憶えている。

「ヒロ、またクルマに乗って一緒に出かけたい」

「どこがいい？」

「とりあえず、湾岸線で横浜みなとみらいのベイ・クォーターがいいや」

オレはうなずいた。オレたちは知り合ってから四十三年間、日本中、世界中の道を、数十種類のクルマで五十万キロ以上旅行したたな。普段の週末もみなとみらいまで往復六十キロ。神田の古本屋街までなら百二十キロ、こんなのは『昼メシ後の運動』くらいの感覚だった。ふたりとも運転した。そして走りながらあらゆる話をし、また飲み食いでもなんでもした。だからオレたちには互いの声が隣の席から聞こえて来て、目の前には首都高であれネバダの砂漠であれビュンビュンと流れる景色が広がる移動シーンが生活そのものだったたな。

「わしケーキ買って来るからね、土曜日」あすかはオレの前では自分のことを「わし」と言う。これもあかね伝来だった。オレにはうれしいことだ。

あすかはミルの中にハワイ・コナのコーヒー豆を入れ、ガリガリと挽き始めた。ほのかな香りが部屋中にふわーっと漂う。

その時、引き戸がちょっと開き、「検温でーす」と、ナースのミヤコが顔をのぞかせた。

「おっす、あすかさん。ご苦労さまです」

「お世話になってまーす」と、あすか。

「ミヤコ、おそいじゃないか」と、オレ。

「今日はあたしお休みです。だけど長尾さんに聞いたら、お話がかなり盛り上がって来てるみたいなんで、担当に代わって体温計だけ突っ込んで、それから続きを聞こうと思って。長尾さんは今日は来れないんで、連続ドラマちゃんとつなげないとね」

「お前、火曜日休みにしてたっけ？」

「前の彼氏が美容師だったからね。捨てられましたが、ケケケケ」

「ケケケ」と、あすかもミヤコと顔を見合わせて笑った。「お父さん、わしも聞いてくね。今日はヒマだから。ミヤコさん、ハワイのコナあるよ」

「コナ。疲れたナースは昔からコナが大好き！」

あすかはコーヒーを淹れ始めた。このふたりはもう二年も顔なじみの関係だが、性格が全然違うような、どこか似てるようなちょっと奇妙なケミストリーがあるな。

さて、オレはベッドのリクライニングを少し起こし、コーヒーを啜りながら話を始める。

「ちょっと」と、ミヤコがさえぎった。「吉野さん、このホーム入った時に聞いていると思うけど、長尾さんやあたしがつけてるヘッドセットを通じて、今してるお話全部センターオフィスで自動録音されてます。トラブル対策のため、部屋別にね。これ今週から入居者様にあらためて確認しなきゃいけない規則になっちまったので、一応言いました」

「訴訟とか多いからねえ。わかった、オレ忘れてたけどオーケーだよ。後で誰かが本にでも出来るようにメモリーはしっかり整理しといてな。じゃあ始めようかね。あー、あー、テスト、テスト、理事長さま、冥土の土産に一度ぜひお顔を拝見したいぜ。あー、あー」

「わかったわかった、始めて」とあすかが苦笑した。

*

一九七〇年四月十五日。ひどく蒸し暑い夕方だ。

戸惑いながら帰国したオレは、羽田空港ロビーの渦巻く人混みから辛うじて脱出した。

千数百人のどよめきと、♪世界の国からこんにちは、がまだ耳に残っている。

新宿西口行きのバスがあった。満員だったがどうにか乗れ、窓ガラスにべったりと顔を押し付けた位置に納まった。バスはすぐ発車し、川崎回りで首都高速一号線へ入る。

目の前を京浜工業地帯の重い鉄とコンクリートが軋みを上げる風景が流れて行く。

煙をもうもうと吐く煙突群。高炉の排気塔からは真っ赤な炎。コンテナを吊るガントリークレーン。そして周囲の空気は黄灰色に霞んで見えた。硫黄のような異臭も車内にまで入って来る。客の誰かの手が天井に伸びて、換気口をギシッと閉めたのが見えた。暑い。

ミヤコ、あすか、君たちには想像もできないだろうな。

このあたり当時は今の十倍以上の数の工場群が、ほとんど二十四時間態勢で動いていた。

ひと昔前の中国みたいなもんだ。大気汚染も北京並みだった。四日市喘息などで〈公害〉という言葉は既に知られてはいたが、その対策はやっと始まったばかり。ともかくモノを一個でも多く作りゃあいい、という時代はまだ続いていたんだ。

バスは夕方の大渋滞に巻き込まれ、新宿に着いたのは六時過ぎだった。

小田急線に乗るため西口の地下広場へ降りる。

かつては毎日通っていた場所なのに、オレには何かが違って見えた。

二年前の夏、ここでよく反戦フォーク・ソングの集会があった。岡林信康や高田渡の曲を歌った。その頃は汚い場所だったな。アジビラ、新聞紙、吸い殻、飲み食いした残骸、小便や吐いた跡。そんな中に寝転がって何百人もが夜明かししたもんだ。

だが今はきれいに掃除され、フロアや柱、天井もピカピカに塗り直されたように見える。

『EXPO70世界のお客様に美しい新宿を』という大きなポスターの下に赤電話があった。

オレは世田谷区赤堤の実家にダイヤルした。

電話はすぐにつながった。「はい、吉野でございます」母の声だ。

「オレ、洋行です」

母は一瞬絶句したが、「洋行なの、これ、いまどこからかけてるの？」

「ははは、新宿です。本日帰りました」

「えーっ、帰ったの、よかったよかった。新宿なの、すぐ来なさい。お風呂沸かすから」

「これから小田急に乗ります。じゃあね」

「あ、ちょっと待って洋行、あなた一人よね、一人で帰って来るのよね?」

「ひとりだよ。何でそんなこと訊くの」

「いや、洋行の後ろにね、女の人の気配がしただけ。じゃあ待ってる」母は電話を切った。

オレはゾクッとして、思わず背後を確かめてしまった。もちろんリシアがいる訳がない。

だが、母は何かを感じたんだ。相変わらず凄い第六感だなあ。


すっかり暗くなっていた。オレは一年ぶりに実家の門をくぐった。

いつも使っていた勝手口ではなく、母は門灯をつけてオレを正面玄関から迎え入れた。

「ひろゆき!」いきなりオレに抱き着いた母は「よかった、よかった」と泣き声を連発した。そして体を離すとじっとオレの顔を見つめ、「ああ、ひろゆきだ! おひげ生やしたのね。でもなんか男っぽくなって、元気そうだし。あれ、荷物とかないの」

「飛行機で帰ったから、荷物は別便で送ってる」とりあえず言いつくろった。

「ああ、今はそうするのね。あっ、そうだった、ひろゆきに見せなきゃいけないものが」

と、母は新聞の束をいくつか持って来てオレに渡した。

「これ何？」

「洋行が手紙に書いていたテレビCM、あなたのアイデアで作ったニッポンエアのCM、大評判になったのよ。ママもいつも見てたわ。手塚耕二のラブ・ローマンスの素敵な作品。それで、前の日曜日に発表されたんだけど、昨年度のNAC広告賞っていったかな、日本でいちばん大きな広告賞なんでしょ。そのNACのグランプリ受賞だって。ほらどの新聞にも大きくでてるわ。あなたの上司の人も取材されてる。全部とっといたから見てごらん」

「えっ、ほんとに！」オレは母の示す記事を見た。文化面に、手塚とクララの乗馬シーンの写真入りで『フランス人との恋のCMがNAC大賞。日本人世界進出の時代を先取り』そして国際感覚の表現を絶賛する記事が続く。（手塚とクララの本物のロマンスのネタは、マスコミにバレずにすんだようだ）最後に広告主・ニッポンエア、広告代理店・電広、制作会社・日本宣伝映画社とある。演出の三田村さんが代表して受賞の感想を述べていた。

温井さんの言ったように、オレのアイデアで大傑作が出来たんだ！　しかしオレはムトウ・ビュロウごとその仕事から解任された身だ。受賞のニュース、凄く嬉しいし、そしてたまらなく口惜しい。だが母はそんな事情は知らずに喜んでくれている。

「洋行、あなた臭いわよ」母はオレの手から新聞を取り上げ、「読むのは後にしてお風呂入りなさい。もう湧いてるから」

そうだ、オレは臭い。さすがにブタ箱六泊だからね。すぐに風呂場へ直行した。

昔風の細かいタイル張りの深い浴槽につかりながら、オレはリシアのことを考えていた。もう八日間もオレは行方知れずなのだ。ともかく早く連絡しなくちゃ。

電話しよう。今ストックホルムは昼頃の時間だ。国際電話料金は高いけど、オレは二十万円ほどの日本円を持っている。充分に払えるだろう。風呂から上がったらすぐ電話だ。

母が用意してくれた下着とパジャマに着替え、風呂場を出てキッチンへ。

食事の支度をしている母に声を掛けた。「応接間の電話借りていい?」

「いいわよ」

「国際電話だけど、仕事の連絡だからオレが経費で払います」

「へえ、大したもんねえ洋行。ママちょっと手が離せないから、電話どうぞ」

オレは廊下の反対側にある応接間に入り、ドアを閉めて電話の前のスツールに腰を下ろした。メモを見ながらまず国際電信電話局にダイヤルする。すぐにオペレーターが出た。

まずオレの名前、ここの電話番号、スウェーデン・ストックホルムのアパートの電話番号、そしてパーソナル・コールでミス・フェリシア・アンドレセンを指名する。

「料金はお客様の番号でお支払いですね」

「はい」

「現在の回線状況なら、約十分でおつなぎ出来ます。電話を切ってお待ち下さい」

言われた通り待った。

待ち時間をだいぶ過ぎてベルが鳴った。オレはすぐに受話器を取り上げた。さきほどのオペレーターの声。「吉野洋行さまですか？」

「はい。そうです」

「ご指定の番号ですが、現在使われていないという先方のアンサーでした。直近の加入者はご指名のアンドレセンさんですが、キャンセルされたそうです」

「え、い、いつのことですか？」

「現在不使用、というだけしかわかりません。通話不成立ですので料金は掛かりません。ご安心下さい。どうも、お役に立ちませんで」

「ちょ、ちょっと待ってください」オレは財布の中からカミラの名刺を取り出して、病院の番号と、ドクター・カミラ・アンドレセンを指名した。

オペレーターは復唱していったん電話を切った。

十五分ほどもかかって再びベルが鳴った。同じオペレーターだ。

「吉野さまですね。コールは先方につながり、ご指名のドクターもいらっしゃるとのことですが、実は、ご本人が通話を拒否されているとのことで、申し訳ありません」

「え、拒否！　あ、あの、私の名前はちゃんと言ったんですよね？」

「もちろんお伝えしております」

オレはちょっと考えた後、「じゃあ誰でもいいので病院の方につないで下さい」

「指名通話ではないので、結果にかかわらず時間分の料金が発生しますが」

「わかってます。お願いします」


しばらく後、オレは二階のまだ二年前のままの自室で、畳の上にひっくり返っていた。結局カミラと話すことは出来なかった。何人か相手を替えて粘ったけれど、ラチがあかず、二万二千五百円という国際通話料金だけが残った。（現在の価値で十万円に近い！）

オレがリシアを捨てて日本へ逃げ帰った、とカミラは誤解しているんだろうな。

そしてもうひとつ、オレは何とバカなんだろう！　今頃になって気が付いたことがある。オレが警察に捕まった日の朝、リシアは『もう避妊薬は飲まない』と言ったんだ。オレはあのとき本気で『オーケー』と答えたのに、結婚してもいいと心から思っていたのに、偶然最悪のタイミングで彼女の目の前から消えた結果になってしまった。ああ、リシアは可哀そうに、どんな気持ちになったろう。オレが逃げ出したと思ったか？

いいや、リシアはオレを信じてくれてた筈だ。何か突発事故を心配してるだろう。電話で相手にされないなら、手紙を書くしかない。

すぐ、今晩にでも書こう。

2

母と二人、遅い晩御飯になった。父・百男さんは例によって銀座で朝方まで麻雀。弟のクニ（久邦）は今夜は友達の家だそうだ。

ハンバーグ、エビフライ、目玉焼きに豆腐の味噌汁。オレの好物をズラリと並べてくれた。ありがたくて涙が出そうになったが、母の前で泣くのは絶対に嫌だ。無理やり笑って「いただきます」を言った。

母はビールの栓を抜いて、「さ、乾杯しましょ。今日はママも飲むわ。こんな嬉しいことないもん」そしてオレと母のコップにビールを注いだ。泡がドバーッとあふれる。

母はコップを高く上げて、「洋行おかえり」

「ただいま」オレも応えた。

「洋行、いろいろ大変だったと思うけど。とくに最後の方は厳しかったんじゃないかな。でも大丈夫よ。自信持ちなさい。あなたは必ず成功します」

『最後の方』で何があったか、もちろん母は知らない。オレが手紙を出したのは、ストックホルムで暮らし始めた去年の八月と今年の正月。フランスでもイギリスでも仕事は首尾よく終わり、オレは語学の勉強をしていたことになってはいる。だが母の目にはオレが身にまとう厄介な〈気配〉が見えているのかも知れない。

エビフライとハンバーグを交互に食べながら、ビールを飲みながら、オレは気持ちがゆるゆるとほぐれて来るのを感じた。

「そう、いろいろとあったんだ」オレはコップを置くと、母に向かって深く頭を下げた。「ごめんなさい。心配かけました。手紙に書けなかったこともあります」

母は黙ってうなずいた。

オレは去年の四月からの旅の出来事を、順に語り始めた。

モスクワ回りでパリに着くまではごく大ざっぱに。でもリシアと知り合って親しくなったことはしっかり話す。

パリでのCM制作は、日々の仕事の様子やかかわった人々、ムトウ、唐津や三田村、温井、中澤部長、クララや手塚、そしてオレ自身の活躍を描いてゆく。

ただ、ここでひとつ大きなウソが入ってしまった。

ムトウの経営破綻と逃亡。それを追う金貸し・サイ親子からオレ自身も辛うじて脱出。これらをありのままに話す気にはなれなかった。母はＮＡＬのＣＭでオレが素晴らしい実績を作ったと信じている。オレがアイデアを出したことも、それによって作られた作品が受賞したことも確かに事実なんだ。でもオレはムトウの逃亡のために会社ごとクビになった身。その理不尽な結果を母に知らせてしまったら、どれほど失望するだろう。ここはうまく、前向きに、面白おかしくまとめるしかない。オレはそうした。

母は目を輝かせてオレの物語に耳を傾ける。

イギリスでのことは、全部ズバリ話した。母はアリントン家のレオン少年に共感し、ダニエル・コードウェル教授のシモネタにゲラゲラ笑った（母は熱心なクリスチャンだが、あまりお堅いとは言えない岩井田家に育ったせいか、エロ話には割に寛容なところもある）。

ストックホルムでの生活も思い切ってありのままに伝えた。リシアと愛し合った八か月。そして警察に拘束され、亡命申請も断り、希望送還で帰国したこと。最後に先程の国際電話のやりとりも加えた。

話し終えたのは十二時近く。

オレは黙って母の言葉を待った。

やがて母がぽつりと一言。「面白かった」

「ええっ！」

「面白かったわ、洋行。CM作って賞を取っただけじゃないのね。ママもねえ、若い時にそんな大恋愛・大冒険やってみたかった。警察に入れられたっていいわ。でも戦争があって、終わったら百男さんと結婚させられて、結局何にも出来なかった。あなたがママの分までやりたい放題やってくれると、心がぱーっと晴れるわ」

オレは苦笑しながらもうなずいた。

だが、ここで母はにわかに表情を変え、オレを正面から睨んだ。「洋行、あなたほんとうに危ないところだったのよ。わかってるの？　自分の本来の人生を失ってしまう寸前で帰って来れた。これから日本で、洋行は自分の選んだ仕事が出来る。ああ神様、感謝いたします。ギリギリの所で洋行を正しい道へ戻してくれました」母は胸の前で十字を切った。

「あの時、自分で考え抜いて決めたんだけど、オレ」

「それがあなたの傲慢というものなの。心の中に神様があらわれたことを忘れてるの」

そう言われてみればあの辛い夜明け、神様みたいなものが来たのかも知れないなあ。

夜中の一時に母とオレは話を終えてハグしあった。

「ひろゆき」母はオレの目を見ながら、「ひとつ気が付いたんだけど」

「なに？」

「あなた少し変わったわ」

「えっ、ガラ悪くなった？」

「やさしくなった。前はもっと冷たかったような気がする。今はずっとやさしい感じ」

「ふーん、なぜだろ」オレには全然自覚がない。

ともかくも、帰国して第一にやるべきことはやった気がした。

だがもうひとつ遅れてはならないことがある。

オレは自分の部屋の勉強机に向かって、リシアへの手紙を書き始めた。

ちょうど高校生の頃使っていたコンサイス和英辞典が目の前の本棚にあった。思いつくままの日本語を、辞書と首っ引きで英訳してゆく。

リシアの姿を思い浮かべながら書き始めると、つい先ほどの母との話はどこへやら、オレの気持ちはたちまちストックホルムのウーデン・ガータン二十八番地に引き戻された。

オレはあの四月七日からの一週間、市警察の留置場でどれだけリシアを想っただろう。

そして結局、希望送還を受け入れてしまったけれど、なんとかもう一度会いたい。ただ、オレはスウェーデンには五年間入国出来ないので、例えばフィンランドのヘルシンキあたりまでオレが出て行こう。そして二人で日本へ戻るのはどうだろうか？　リシア、明日にでもきみに会いたい、と地球の反対側にいるリシアへ想いを羽ばたかせる。

しばらく愛の言葉を連ねた後、オレは喉が渇いてキッチンでインスタント・コーヒーを作り、マグを持って勉強机に戻った。そして今までに書いた数枚を読み直す。

読む途中から、オレは何か違和感を持った。

もしかすると、ここに書いてあることは全部オレの妄想ではないのか？

本当にもう一度飛行機に乗って、オレはヘルシンキへ飛ぶつもりがあるのか？

リシアは実は、もうはるか遠い過去のひとではないのか？　警察の壁に書いた手紙で、オレは悲しい別れを告げたのではないのか？

いいや違う！　あんな壁の落書きなど誰にも読めない。リシアは現実にあの街でオレの安否を気遣っている。オレはこの手紙を出さなければいけない。オレを愛してくれたリシアに、遠い日本からになってしまったけれども、オレの気持ちを届けねばならない。

もう三十分ほどかけて手紙を書き上げた。

追伸で、出来ればこの実家にコレクトコール（受信人払い）で電話して欲しいと頼み、今度は読み直さずに封筒に入れた。

さらに別紙にカミラあてのメッセージを書いた。『リシアへの手紙を同封します。あの時、何が起きたのかすべて書きました。どうか彼女に届けてカミラも一緒に読んでください。リシアと、その素晴らしいママ・カミラへ。心からの感謝をこめて、ヒロ』
オレは封をしたリシアへの手紙を、カミラへの別紙メッセージと一緒に厚手の大型封筒に入れ、宛名は『ドクター・カミラ・アンドレセン』住所はカミラの病院にした。これがいちばん確実に届くだろう。
窓の外はもう薄明るくなっていた。時差ボケとはいえ、さすがに眠たい。
タタミの上で寝られるのは実に有難いと身にしみた。

3

起きたら午後一時半だった。

オレが寝ている間に父は会社、クニは学校、そして母も出かけていた。

キッチンにゆで卵とトーストの朝メシが用意してあり、『教会に用があるので夕方に戻ります』と書き置きがあった。

オレは朝メシをいただき、スウェーデンへの手紙を持って家を出た。

松原駅近くの郵便局で速達の航空便を頼んだ。料金はずいぶん高かったが、二日後にはあちらへ届きますと言われた（船便で、スエズ運河経由で一か月かかる手紙だって当時はあったんだ）。今日は木曜日だから、今週末までにはリシアに届くだろう。

郵便局を出てふと思い立ち、踏切の手前にある小さな本屋に入った。〈広告会議〉か〈アド・ジャーナル〉の今月号が置いてあるだろう。

昨夜母に聞いたNAC賞の記事が出ている筈だ。もちろん、各部門賞やグランプリが決まったのは新聞にあったように数日前のことだから、こういう月刊誌には間に合わない。だが、ノミネート作品ならその一か月くらい前に決まっているんだ。

オレはNAL・パリ編の制作スタッフのクレジット（人名の公表）を見たかった。棚の隅に〈広告会議〉が一冊だけあり、オレは手に取ってパラパラとめくる。

案の定、NACノミネート作の特集が出て来た。運輸・サービス部門を探す。あった。NALパック・パリ〈ブローニュの森の恋〉新聞と同じ手塚とクララの写真だが、こちらはカラー・ページだ。『手塚耕二、気鋭のクララ・ルフェーブルとパリで愛の共演。日本人海外進出の新たな時代をCMで先取り。NALのマーケティングをリードする新鮮な広告表現』絶賛だな。新聞記事はほとんどこの転載に近い。そしてクレジットが続く。『広告主・ニッポンエア　広告代理店・電広　制作・日本宣伝映画社、ユーロ・フィル

ムキャラバン　企画・三田村宏、温井和　コピー・温井和　演出・三田村宏　撮影……』

予期したこととはいえ、ガッカリした。企画に吉野洋行の名前はない。コーディネーター助手に過ぎない。しかもムトウ・ビュロウもろともクビになった人間だもんね。

もしや、と期待したオレが甘かった。

別の家電部門では、ノミネート作の中に何とサニー・ネオトロン〈アメリカおのぼり〉が写真入りで載っていた。『サニーの技術がアメリカを挑発。大胆なギャグに時代の勢い』とある。こちらには代理店名はない。トークリとニッセンの社名。そしてクリエイティブ・ディレクターとして朝倉社長の名前が先頭だ。そしてプランナー・杉浦、コピー・堺、演出・宮本、そしてプロデューサー・亀山とオールスターが続く。もちろんバイトなんていうタイトルはない。これも、朝倉さんのことだからもしかすると、という気もあったのだが、やはりこの方々とオレの名前を並べる訳にはいかないんだ。グラフィック・チームの方にチョッコ、谷川直子の名前だってないもんな。

立ち読みを終わり、オレは本屋を出てぶらぶらと歩き始めた。

口笛など吹いていたがそのうち猛烈に口惜しくなって来て、路上の空きカンを蹴飛ばした。野良犬があわてて逃げ出す。

何でオレの名前がないんだ。オレはサニーではバイトの身だし、NALではクビになったコーディネーターの助手なのはわかっている。正規のクリエイターは温井さん、三田村さんであり、宮本さんなのだ。でも、もしオレのアイデアがなかったら、あれだけ面白くて話題性に富んだ『時代を先取り』したCMが出来ただろうか？

絶対にノーだ。

立場上仕方がないのだと。それにオレは時代の先取りまで考えてはいなかった、といくら自分に言い聞かせても口惜しさは治まらなかった。

コーヒーでも飲んで一服しよう、と久しぶりの〈ユー・ユア・ユー〉に向かった。ノブさんどうしているだろう。

店に入るといきなり、カウンターの中で仕事中の森山啓介と目が合って二人とも大声を上げた。七、八人いたボックス席の客たちが驚いてオレたちを見る。

啓介が客を見回し、「あ、すいません、大事ないです、ごめんなさい。吉野、こっち、こっち座って」

オレは啓介の前のカウンターに腰を下ろす。

啓介がナポリタンを炒めているフライパンから手を離して、「驚いたぜ。急に帰って来たからよ。まあ、お前らしいか」笑顔で右手をカウンター越しに伸ばす。

オレも強く握り返して、「帰ったよ、何とか、ははは。お前、大学じゃないの。今日平日だよな」啓介も上城も三年生の筈だ。

「いやね、ノブさんが胃潰瘍でしばらく入院になっちまってさ。あの人身寄りいないからねえ。渡世の義理ってやつで僕が留守を守ってるわけさ。けっこう料理も慣れたもんよ。一年ぶりかな吉野、ヒゲなんか生やしちゃって、貫禄ついたじゃん」

「いろいろ滑ったり転んだりしたもんでな」

「そりゃいつものことで、おーっとっと」啓介は焦げているフライパンをあわてて取り上げて、「吉野よお、今立て込んでるんでな、今夜来ない？　上城《うえき》も呼ぶよ。九時で看板引っ込めちゃうからよ。ゆっくり聞かせてよ」

「おお、ありがと。九時な」

「ついでにな、一人紹介したい人物がいるんだけどいいかな？」

「だれ？」

「僕の叔父。森山征人《まさと》っていうんだけど」

「ああ、あの出版社の人？　小説家が大嫌いな」

「そうだったんだけど、最近そこ辞めてね、今は醍醐プロダクションにいるんだ」

「ダイゴってあのスーパーセブン作ってるダイゴプロのこと？」スーパーセブンは日本中

の子供たちがテレビで見ている特撮ＳＦドラマのヒーローだ。

「そう。吉野のことはいつも僕から話しているんだけど、お前が帰国したらぜひ会わせてくれって言ってたんだ。とりあえず紹介するだけってことで」

「いいよ」オレは気軽に答えた。

店を出たオレは線路ぞいの道を、咥え煙草でブラブラ散歩した。

啓介の顔を見たせいか、何となく気持ちが落ち着いてリラックスして来たな。

実家のすぐ裏手、線路わきの小高い林の中に古い小さな神社がある。六所神社という。

オレは参道から境内に入った。午後の木漏れ日が朽ちた社殿にゆれる。誰もいなかった。

ここで小学生の頃、上城、啓介や他の子たちとよくカン蹴りをしたものだ。隠れる所の多い境内は絶好の遊び場で、日が暮れるまでやってたな。

オレは社殿の擦り減った石段に腰を下ろした。

ひんやりとした硬い感触に強い現実感がある。

つい先週までいたストックホルムが夢だったように思えた。


家に帰って風呂から上がったところで母が帰って来た。キッチンに飛び込んでいそいそと夕食の支度を始めた。「今日はすき焼きよ。パパとクニにも絶対に七時までに帰るように命令しました。洋行の帰国祝いだもん」ノッてるなあ。

六時過ぎにはクニが帰宅した。「アニキ、お帰り！」クニは凄く嬉しそうにオレの手を握りしめ、「受賞おめでとう。あのCMいつもテレビで見てたよ」

「いや、まだその、メインのクリエイターじゃないから」

「でも広告はアイデアが大事でしょ」

「プロの世界はさ、いろいろ厳しくて、ははは」と苦笑するしかない。でも、クニがこんなに率直に祝ってくれたことはなかったな。オレも嬉しい。

間もなく父も帰って来た。「百男さんご帰宅！」母が大げさな口ぶりで、「今晩やらずに済んだ麻雀の負け代金だけで、このいいお肉とお酒充分に買えてお釣りが来ましてよ」

父はためらいがちにオレの肩に手を置くと、「洋行おかえり、元気そうだね。あれあれ、ヒゲいいですねえ。おじいちゃまそっくりだ、ねえママ」

「洋行はあんな長い顔してないわ。さ、みんな、食べましょ」

それから二時間ほど、吉野家としては賑やかな夕食になった。

オレもヨーロッパ体験のあれこれを（差支えない範囲で）語り聞かせてウケた。

九時前、食事が済んでオレが家を出ようとすると、母が呼び止めた。

オレは勝手口で靴を履いたまま振り返る。「なに？」

「洋行、ちょっと考えてみて欲しいことがあるの」

「言って」

「今週末でも逗子へ行きなさい。それでね、もうおじいちゃまに言ってしまったらどうかしら。大学は辞めて仕事してるって。これ以上隠しているのはむりだと思う。今回、受賞の新聞記事もあるし、思い切って全部言ってしまったら？」

「えーっ、大丈夫かなあ？」

「洋行が今やってることは、じいちゃまにたいしても決して恥ずかしくないわ」

祖父には正直に話してしまいたいと、実はオレも思っていたところだった。

4

表のシャッターが下りている〈ユー・ユア・ユー〉に裏口から入ると、啓介とその叔父が待っていた。上城は都合でちょっと遅れて来るという。

「吉野、紹介するよ。叔父の森山征人です」

小太りで丸顔だが細く鋭い目をした森山は、紺のブレザーに地味なタイでちょっと職業不明だ。ヤクザっぽくも見えるかな。「会いたかったんだ吉野くん。初めまして、よろしく」と二枚の名刺を出した。「まだあと三種類くらいあるんだが、とりあえずダイゴのやつで」二枚とも肩書はプロデューサーで、社名は〈醍醐プロダクション〉と〈ダイゴ・エンタープライズ〉とあった。

「吉野洋行です。おウワサはいつも聞いております」

「ロクなウワサじゃないでしょ。こちらこそ、あなたの話は啓介からずいぶん聞かされましたよ。天才だってねえ。天才が欲しいんだよ、ウチにね」

「いや、そんなことは、なくて」

「たった今あなたの人相見てね、なるほど聞いた通りだと思ったね。納得しましたよ」

オレは黙って森山の次の言葉を待った。

森山はオレを見つめると、「吉野洋行、あなたは若いのにもう男の三場を踏んでる」

「おとこのサンバ？　そんな唄が流行ってたんですか。オレ日本にいなかったから」

「サンバじゃない、三場。男が踏むべき三つの場。修羅場・土壇場・正念場」

「しゅらば・どたんば・しょうねんば！」

「そう。男の三場をしっかりと踏んで初めて、一人前の仕事が出来るようになる」

「はあ」オレはちょっと考え込んでしまったが、何となく森山の言う意味がわかった。修羅場・土壇場・正念場のようなものを、確かにオレはこの一年体験したのは事実だ。あれは男のサンバだったんだ！　体の中に調子のよいリズムが湧いてきて、何か訳もわからず元気が出てくる。「ありがとうございます。おっしゃる通りかも知れません」

「よーし、さすがわかりが早い。じゃあ、明日の朝イチな。その名刺のエンタープライズの方のオフィスへ来てくれ、社長に会わせるから」

「あ、あの、何でオレがそこへ？」

「採用だよ。心配無用。おれがオーケーすれば合格だから。おーっとっと」森山は腕時計をちらっと見て、「もうこんな時間だ。次の打ち合わせあるんで、これで失敬する。じゃあ吉野、朝イチよろしくぅ」森山はさっと踵を返して店を出て行った。

唖然として見送るオレに啓介が声をかけた。「悪いね吉野。ま、ああいう人でね、親戚の中でもよく問題起こすんだけどさ、でも頭はいい。仕事ではキレ者だよ。とりあえず話聞いてやってよ。非常識なところ、お前とピッタリ合ってるかもよ」

オレは森山の名刺を見ながら、「六本木か。朝イチって何時？」

「十一時くらいかな」啓介は苦笑して、「あの会社だいたい朝方まで麻雀だからね」

「啓介、征人さんっていくつなの？　あまり年上には見えないけど」

「ああ、昭和十九年生まれ、お前より四級上の二十六才だな。うちのじいさまがなかなかヤンチャな人でね、征人叔父は僕のクソ真面目な父親とは母が違うんだよ。ずっと若い、ま、愛人だな。あれで中高生の頃はけっこう出生を悩んで、グレたこともあったみたいよ」

「なるほど」オレはうなずいた。森山征人、面白そうな人だ。

しばらく待たせて上城が現れた。

「おーっ吉野。ウエルカム・ホーム！」オレたちは満面の笑顔で抱き合った。

上城は相変わらずパリッとしたジャケット姿で、ちょっと太ったかな。

一年ぶりのトリオはハイボールで乾杯し、煙草をつけて、まずはオレの体験談を聞く会になった。実はこの二人には、パリでの出来事やロンドンへ移った事情もざっと手紙で知らせてあったので、オレもラクに話が出来る。二人とも感動したり茶々を入れたりしながら、たっぷり二時間も聞いてくれた。感想は母と同じ。大冒険・大恋愛への羨望を語り、自分たちもやってみたいと興奮し、そしてどうにか帰って来たことをホメてくれた。

夜も更けて来た。

店の隅にあるジューク・ボックスからビートルズの〈ザ・ロング・アンド・ワインディングロード〉が流れて来る。今月、ちょうどオレがストックホルム市警察署のブタ箱にいた頃、イギリスではポール・マッカートニーがビートルズ脱退を宣言し、実質的なグループ解散が決まった。

「ビートルズが終わっちまうなんてなあ」と上城が嘆息する。

「何か世界が変わって来たのかなあ」とオレ。

「僕は別に感じないけど」啓介がハイライトをまた一本つける。

時計を見ると十二時ちょっと前だ。

もう長い時間喋っていたが、まだナツキの話は出なかったし、他の女の子のことも話題にならなかった。リシアの話が尾を引いていたからかな。

「上城なあ」オレはマルボロを一本つけて、「カズコはどうしてる？」

「カズコ、うん」上城は目を伏せて、「いろいろあってねえ」

「愛欲の日々、だったんじゃないの」

上城はうつむいたまま、「可哀そうなことをした。アイム・ギルティー」

啓介が横からオレの肩を叩いた。「僕もね、ヤバイとは思ってたのよ」

上城は目を上げるとゆがんだ笑いを浮かべた。そして右手を自分の腹の前で丸く動かし、

「コレになっちまってよ。プリグナント。それも腹が目立って来て発覚したんで、大騒ぎ。カズコはどうしても生むと言った。ボクもね、結婚してもいいと思ってた。だけど、オヤ

ジにそう言ったら殴られた。生まれて初めてだよ。驚いた。あのジェントルマンが殴った。『自分の将来のことをマジメに考えているのか。まともにメシも食えない身で、早々とカミさんと赤ん坊かかえて、アメリカ留学出来るのか？　パン・アメリカン航空に入る夢はどうなる？　それでも私の息子か？』ってね。結局、カズコは母親と婦人科行ってその場でオペ。ボクたちはおしまい。ザッツ・イット」

「カズコと本当に結婚する気だったわけ？」とオレ。

「吉野、じゃお前はスウェーデンの彼女とどうよ？」

「オレは送還されちまって、どうもこうもない」

「ボクだって同じだよ。うちのオヤジはストックホルム市警よりも怖かったぜ」

啓介は二人を見くらべながらピーナッツをつまんでいる。

しばらくして上城がぽつりと、「あの時はカズコと結婚して父親になりたいと、ほんとうにピュアな気持ちだったんだけど」

「いい気なもんだ、上城の健サンよ」啓介が苦い顔をして、「その時は『愛こそすべて』、今になって『勉強になりました』かい。一体どこに男の筋目があるわけ」

上城が啓介を見返して、「溺れた経験がない者には水の怖さはわからない」

「ああ、どうせ僕は童貞ですから。せいぜい大事にさせてもらいますよ。僕は上城みたいな色魔じゃないんでね。吉野、この健さんカズコと別れてから、毎晩自家発電だってよ」

「一本抜かないとさ、眠れないからねえ。出したヤツを全部ヨーグルトのビンにためてあるから、今度持って来てそこのカウンターの上に並べてやるよ」

「並べるなよそんな物」森山はオレに向き直って「それより吉野さ、帰ってからナッキに連絡したの？」

オレは首を横に振った。

「ナッキねえ」上城が煙草の煙をゆっくり吐いて、「遅すぎたな、吉野。ナッキはまだお前のこと忘れてないけど、三か月が長引いて一年だよ。ボクもいろいろと言い繕ったんだけどね、アイツ決してバカでも鈍感でもない。お前がスウェーデンでどんなことになってるかくらい、察しはつくぜ。ナッキはあれからずっとバスケに熱中してる。区大会で優勝した。ポイントゲッターだそうだぜ。アイツいいアシしてるからな」

「そうか」オレは俯いた。ナッキを一年も待たせてしまった自分が悪い。せめてナッキがバスケ部のスターになれて良かった。カズコのように婦人科へ行かずに済んで良かった。オレはまだストックホルムと東京の間、北極海の上空にでも漂っているような、行方も知れない小僧だ。ナッキに何か言ってやる言葉もない。

「ごめんな吉野、ここ最近ボクもカズコとのことがあったんで、ナッキとも話し辛いんだ。

あいつら、今でもいつもセットで仲いいからね。二人ともゴーンだなあ」

「そういえばさ」と啓介。「去年は逗子の海の家、やらなかったよなあ」

「みんなそれぞれ忙しくなったからね」と上城。

「そうなのか」オレは嘆息した。あの海の家の縁側を開け放った座敷で、蚊に食われながら深夜まで飲んで騒いだオレも上城、啓介も他の仲間たちも、皆生きてはいるけれど二年前とはもう別人になってしまったんだ。

「では」啓介が立ち上がり「しんみりしたところで、一曲やろうかな」と、壁にかかっていたフォークギターを取り上げ、ストラップを肩に掛けた。「〈旅人よ〉加山雄三」

5

翌朝十時半頃、オレは地下鉄・六本木駅で降り、高速道路の下の坂道を溜池交差点に向かって歩いた。カステラの文明堂本社の向かい側に古びたビルがあり、一階が〈タイム〉という喫茶店になっていた。そこの八階が〈醍醐プロダクション〉九階が〈ダイゴ・エンタープライズ〉と案内板にあった。

エレベーターを九階で降りると、狭いロビーには受付も社名看板もなく、いきなり事務所の入り口だった。有名なヒーロー・スーパーセブンや怪獣映画の会社と聞いて、もっと華やかなオフィスを想像していたが、全く期待外れ。ただの会社の事務所にしか見えない。長方形のスペースに十人ほどの席が並び、奥の窓側がつい立てで仕切られている。

席に着いていた何人かの中の一人が立ち上がり、「吉野、こっち、こっち」と手招きした。森山征人だ。オレは彼の前に立つ。

「よく来た吉野。今ちょうどボスいるから全部やっちまおう」

「な、何をですか？」

「入社面接に決まってるだろ」

「あの、オレまだ入るって決めてはいないと」

「やめるか？」

「い、いや、そんなことは」

「じゃあ面接だ」

「ちょっと、ひとつだけ訊いていいですか？」

「許す」

「この会社はテレビCMを作るんですよね」

「そのためにあなたを入れる」

「ここで作るんですか？」

「こんな事務所で作れるわけねえだろ。スタジオは世田谷の砧町だ。醍醐プロで撮る」

「ああ、そうなんですね」とオレはうなずいた。

「ホラ、面接やるよ」森山は強引にオレの腕を取り、つい立ての奥にあるボス・コーナーへ引っ張り込んだ。

「おーっ、天才が来たか。待ってたよん！」革張りの椅子から、四十前後の太鼓腹の巨漢が立ち上がって、オレにソファーを勧めた。「僕が社長の醍醐努介《どすけ》。ボスと呼んでね」そして分厚い丸メガネをかけた下ぶくれの顔をくしゃくしゃにして笑うと、オレに名刺を渡した。名前の周囲にキラキラと金粉がまぶしてある！

オレが挨拶をしようとするとボスは手で制し、デスクの上に置いてあった〈広告会議〉と〈アド・ジャーナル〉誌、それにいくつかの新聞を取り上げてパンと叩き、「たいしたもんだよ。マーちゃんに聞いて読んだ。NALやサニーの企画、絶妙に面白い。天才的。それにヨーロッパに一年、英語・フランス語ペラペラ。こんなヤツいるか？　いるか？」

「ちょ、ちょっと待って下さい、社長」

「ボス」

「あ、すいませんボス。その仕事ではオレまだバイトだったんで、正式のタイトルに名前出てないんです。オレの企画って言えないんです。口惜しいんですけど」

「でも吉野、これお前が考えたんだよね。実際には」

「そうです。アイデアはオレです」

「じゃあ、タイトル上の名前なんてどうでもいいよん。な、マーちゃん」

「ボスの言う通りだ」と、森山。「発表されるタイトルなんて、スポンサーだの代理店だの何もしない奴らの名前がずらずら並ぶもんだ。ウチがほしいのは名前じゃない。才能だ。あなたの天才を買うんだよ」

「わっはっは、吉野を採用。来週の火曜までは僕も森山も出張で会社にいないから、水曜から来てねん。二十二日で半端だけど、ひと月分の給料払うわ」ボスはオレの肩にどんと手を置きながら、つい立ての向こうへ大声で「小桜さーん、ちょっと」

「はいはい」と、小柄で地味な五十年配の女性が顔を覗かせた。

「この吉野、社員にするから手続きとかしてやって。給料も言ってやって。頼んだよん」

「はいはい」

オレはまだひとことも返事をしていない。

だが、〈天才〉と言われて、ちょっとは元気が出て来たのかな。

この会社、なんだか得体が知れないけれど、フィンランドへ行く前にとりあえず働いてみてもいいかな、と思った。

「じゃあ来週水曜な」森山はパンとヒザを叩いて立ち上がり、「服装は気にせんでもいい。髪も長いままの方がクリエイターらしい。ヒゲもオーケー。ただもうちょいキレイに整えようかね。あとは小桜さんに話聞いて手続きしてくれ。おーっとっと、もう時間だ」

ダイゴ・エンタープライズを出たオレはバスで渋谷まで行き、東横デパートでいろいろと身の回りの物を買った。ストックホルムで貯めた金は、国際電話代を引いてもまだ十七万円以上あるし、すぐにダイゴから給料（三万五千円・業界用語でイーマンゲーセン）も入るだろう。でもフィンランドまでの飛行機代のことも考えて、必要最小限の買い物にしておいた。とりあえず部屋も借りなきゃいけないしね。

松原駅まで戻って来たオレは、馴染みの床屋で森山に言われた通りに髪と髭を整えた。仕上がりを見ると、うん、かなりイケてる。月収イーマンゲーセンには見えないぞ。

買い物を詰めたスーツ・ケースを提げて家に帰ると母がいた。

「洋行おかえり。ああ、荷物届いたのね。あれっ、床屋さん行ったんだ」

「ちょっとムサ苦しかったからね」

「いいじゃないの！　カッコイイわあ。クラーク・ゲーブルみたい」

「誰、それ？」

「風と共に去りぬ！　ところで洋行、明日あなた逗子へ行く気なのね？」

「行きます」

「良かった。そうしてもらわないとまずいのよ」

「え、なんで？」

「ＮＡＬのＣＭ受賞の新聞記事をじいちゃまに送って、ついでに電話で大体の話をしたの」

「したの！」

「じいちゃまは驚いて、すぐ洋行を来させろとおっしゃったのよ。がんばってね」


翌日、オレは昼前に家を出た。

午後のお茶の時間には、祖父も東京から逗子の家へ戻ると電話で聞いている。

一昨日投函したリシアへの航空便は、まだ先方には届いていないはずだ。どんなに早くとも、日本時間で今日の深夜になるだろう。それまでには家へ戻って電話を待てばいい。

小田急線も横須賀線もガラガラで、ゆったりと座って三時前には逗子駅に着いた。

今日は薄曇りで湿った海風が強い。

オレは逗子銀座通りの〈たまやレストラン〉でオムライスを食べた。その頃はまだ昔からの商店街も相変わらず賑わっていたな。散歩がてら田越川ぞいの道を祖父の家へ向かって歩き始めた。桜はもうとっくに散って鮮やかな新緑だ。時折毛虫が降って来る。

そぞろ歩くオレの脇を、巨大なアメ車が一台、路面の砂利を跳ねながら追い抜いて行く。その黒い鯨のようなキャデラックは数十メートル先で停車し、オレの前へバックして来た。

「ひろゆき！」後席の窓から顔を出したのは祖父だった。「待ってたぞ。さ、乗りなさい」

オレがちょっと戸惑っていると助手席側のドアが開き、小柄な中年の男が降り立った。

「ご嫡孫さま（オレのことか！）お初にお目にかかります。楠《くすのき》伍《ご》郎《ろう》と申します」オレに向かって六十度の最敬礼だ。

「あ、し、失礼しました。吉野洋行で」

「洋行よく帰ったな」祖父もクルマから降り、オレの背中をぽんと叩く。「楠社長はわしの弁護士事務所の第一号かつ、最大のクライアントだ。大きな事業をやっておられる」

「いやいや、お恥ずかしい成り上がり者でして、吉野先生にご指導頂けるのは光栄の至りに存じております」と、楠は小さな目を和ませて祖父にも頭を下げた。大事業家の華やかさはどこにもない。田舎の道端のお地蔵様に地味なスーツを着せたような感じだな。「このたびはご帰国おめでとうございます。さ、お宅はもうすぐそこです。お乗りください」

オレは勧められるままに、後席の祖父の隣に深々と腰を下ろした。本革張りのシートと豪華なウッドのインテリア。車内の広大さにも驚く。

楠も前の助手席に乗り込み、運転手にアゴをしゃくった。「だせ」

「楠さんはえらい人なのよ、洋行」祖母がお茶をすすりながら話す。祖父はさきほど帰るなり『民自党本部からの電話』につかまり、オレは祖母と茶の間で待っていた。

祖母は続ける。「楠さんのご家族は昭和二十年の東京大空襲でみんな死んじゃったのよ。彼は予科練帰りで、終戦の時まだ二十才前。新宿の焼け跡で靴磨きの仕事から始めたの。一人ぽっちで靴磨きよ！　洋行、それが今じゃあ楠興業は社員何千人もいる大財閥。新宿や池袋にもいっぱい土地を持ってるわ。あのキャデラック乗ったでしょ？　うちの先生がね、楠さんから貰う顧問弁護士料、いくらだと思う？」

「いくら？」

「あたしゃ知りませぇーん」

「相変わらずだね、ばあちゃま」オレは苦笑して「で、その楠興業って何やってるの？」

「えーとね、不動産屋、映画館、料理屋、タクシー、それにキャバレーとかいろいろ、風俗営業って言うのかな。他にもあったけど詳しくは先生に訊いてよ」

オレは驚いた。あの謹厳な祖父の〈最大のクライアント〉がそういう社長だなんて。

「でも洋行、楠さんはとってもいい人よ。新宿でも池袋でも、困っている貧しい人たちのために、そりゃあ一肌も二肌も脱いであげて、皆から恩人と言われてるんですって。あたしが歌舞伎座や三越行く時にもキャデラックよこしてくれるの。三台も持ってるのよ」

「待たせたな」襖があいて、紺の大島に着替えた祖父が顔を出した。「恭子から話は聞いた。書斎でコーヒーを飲もう」

「フランスのコマーシャルの話、さっき洋行としてたんですよ」と祖母。「誉めてやってくださいな、先生」


オレは書斎のソファーで祖父と向き合う。書生の松山さんがコーヒーを出してくれた。

「ひろゆき、元気そうで良かった」

「じいちゃまも」

祖父は松山さんが持って来た新聞の束を受け取り、オレの前のテーブルに置いた。NALのCMの写真がのぞいている。

「このことだがな、洋行」

「はい」オレは覚悟を決めて姿勢をただす。

「君が欧州で考案したという広告が大賞を取って毎朝新聞にも大きく出ておる。大したもんだ。新聞に載るような立派な仕事だ」

「えっ」何と、誉めてもらえるのか！

「ニッポンエアは我が国を代表する飛行機会社だ。里山くんも総理の頃よく使っておった。昔の日本郵船のようなものだ。そこの仕事は誰にでも出来るものではない」

「あ、ありがとうございます」

「だがひとつ訊きたい。この新聞記事になぜ洋行の名前が載っていないのだ？」

ズバリ核心をついた質問にオレはたじろいだ。

「これは君が考案した、と恭子は言っていた。なぜ名前がない？」

「じいちゃま、それはですね……」うーん、これはある程度説明するしかない。「名前を出してもらえないのは、オレはまだ、何と言うか、若造ですので」

「若造の君が、しかし実際にはこれを考案したんじゃないのか？」

「そ、そうです」

「だが受賞の感想を述べているのは」祖父は新聞の細かい文字を追って「三田村宏、という人物だ。この記事は真実を報道していないではないか。君は新聞社に抗議せんのか？」

「じいちゃま、それはオレがアルバイトの身で正社員じゃないからです。正式に名前を出してはもらえないんです」

「うむ」と祖父はちょっと考え込んで「洋行、自分の名前を出せないような仕事ならば、決してやってはいかん。だがなぜ正社員になれないのか？　よく考えてみなさい、洋行。それは君がきちんとした手続きと順番に従って、学業と資格を身につけておらないからだ」

オレは黙ったままうつむいた。確かに祖父の言ってることが常識だとオレも思う。だがオレはすでに自分のやりかたで仕事を始めている。いろいろと学んできた。もしそれが非常識なやり方であるならば、オレは非常識な人間に徹して、非常識な人生をしっかりと自分の責任で生きるべきだ。ごく直観的にだが、オレはそう確信した。

「洋行」と言って祖父はしばらく間を置き「これからも続ける考えなのだな」

オレは黙ってうなずく。

「もう法律の勉強には戻らないのだな？」祖父はオレを見つめた。

オレはひとつ深呼吸してから「去年東法大は辞めました。この二年間でずいぶん学んだことがあります。オレはこれから、テレビCMを作る仕事で頑張ります。世の中をもっと豊かにするための重要な仕事です」そして祖父としっかり目線を合わせて、「じいちゃま、許してください」

祖父は悲し気に嘆息して「それは君が子供の頃から、わしが望んでいたことではない」

そして立ち上がるとデスクへ行き、一枚の半紙を取ってオレの前に広げた。

そこには『汝、鶏口たるも牛後たるなかれ　信法』と書いてある。

「けいこう、ぎゅうご、ですか？」

「にわとりの頭と牛の尻、という意味だ。大きなものの下端よりも、小さなものの先頭に立ちなさい、という言葉だ。部屋にでも貼っておきなさい」

「えっ、じいちゃま、CMの仕事を認めてくれるんですか？」

「認めない！　却下する！　わしは洋行に芸能界の仕事などさせたくない」

ああ、芸能界じゃないんだけど！　でももう、そんなこと言っても始まらないし。

しばしの沈黙があった。

オレはコーヒーを飲み干して「じいちゃま、別の話をしてもいいですか？」

祖父はうなずいた。

「さっきの楠さんという人の話、ばあちゃまからいろいろ聞きました」

「楠さんからは、今まで知らなかったことを大そう勉強させてもらったよ、この一年」

「あの、キャバレーとかトルコ風呂とかをやってる人だと。そういう商売をじいちゃまは嫌っているとオレは思ってました」

「わしが好いても嫌っても、世の中にはあらゆる種類の仕事がある」

「でも、新宿や池袋でそんな仕事って、なにかヤクザみたいで」

「洋行」祖父は悲し気にオレを見つめて「彼がヤクザ者に見えるか？」

オレは黙ってうなずいた。

「そのうちに時が来れば、わしがなぜ楠さんの弁護士をやっているのか、君も必ずわかってくれるだろう。わしを信じなさい。洋行」


その夜、オレは八時前に家に戻った。

母は『教会でバザーの準備のため遅くなります』と書置きしていた。クニも外出。オレは横浜駅のホームで買ったシュウマイ弁当で夕食を済ませ、電話が鳴るのを待ちながら何となくテレビを見る。目立つCMがひとつあった。

♪ビューティフル　ビューティフルという優しい歌声をバックに、BEAUTIFULと書かれたボードを掲げるロング・ヘアの若者が街を歩く。

『モーレツからビューティフルへ』とナレーションが入る。

後に、コピー機のCMとして一世を風靡した傑作と言われたものだが、その時のオレの目にも何か時代を予言するような印象があったな。（一九七〇年の日本はまだ経済大国に向かって突っ走っていた。モーレツに働く高度経済成長の時代が終わり、世の人々が本気

でビューティフルという価値観を求めるのは、これから二十年以上も未来のことなんだ）
十一時を過ぎ、バニー・ガールが並んで踊るオープニング・タイトルと共に、人気番組〈ナイト11〉が始まった。司会の大西巨典はおとといニッセンのスタジオで見た時より、ずいぶん痩せた感じだな。だが、そんなことはどうでもいい。
リシアからの電話がかかってこない！　酒も飲まずに午前一時まで待ったが、黒い電話機は黙ったまま。
オレは諦めて風呂に入り、寝た。

翌日から三日間火曜の深夜まで、オレは家中の拭き掃除を部屋ごとに時間をかけてやりながら、ひたすらリシアからの電話を待った。

だが、母から感謝されただけに終わった。

結局、リシアは電話してはこないのだろう。声ではなく文字で伝えることを選んだのだろうと解釈した。

手紙が来るのを待とう、と。

6

四月二十二日水曜日。オレはダイゴ・エンタープライズに初出勤した。

ボスはまだ来ておらず、森山がいた。「エンプラ（この会社の略称）のことをレクチュアしてやる」ということで、一階の喫茶店〈タイム〉へ連れて行かれた。

コーヒーとモーニング・セットを挟んで、一服しながらオレは森山と向き合う。

「エンプラはな、とんでもない会社だ」と森山は話し始めた。

親会社である醍醐プロダクションは、醍醐努介の父親である醍醐希介《きすけ》によって十年ほど前に創業された。希介は〈日本映画界・特撮の父〉としてよく知られ、ミニチュア・セットを巧みに利用した怪獣映画で何十本ものヒットを飛ばした。今の醍醐プロ（プロ、と呼ばれる）は希介が大手撮影所から独立して作った会社で、現在は長男の醍醐弥介《やすけ》が社長を務めている。弥介が創り出した〈スーパー・セブン〉は、ＳＦブームに乗って全国の子供たちの大ヒーローとなり、醍醐プロに莫大なテレビ番組収入やキャラクター使用料をもたらしたのだ。

「その金で一昨年、プロの子会社として設立されたのが、あなたの入ったこのエンプラだ」森山は煙草をテーブルでとんとんと叩きながら、「次男であるドスケさんはS学園大を出てからヤマト・テレビに入ってプロデューサーやってたんだが、いろいろ問題起こしてね」

「問題ってどんな？」

「金の問題、規則違反の問題、不倫の問題、まあどんな問題は起こさなかったか？と尋ねた方が早いかな。そういうことでな、父親と兄貴としては問題児ドスケさんの居場所を作りたかったわけさ。で、今流行りのテレビ・コマーシャル制作や広告イベントの会社なら、スーパー・セブンや怪獣などの広告使用権を生かした商売できるから、まあどうにかやれるだろ、ちゅうことよ。ただな、ドスケさんが集めたバイト上がりのハンパな連中、九階に十人ほどいるな、ハッキリ言って全員バカ。二年間、ロクに仕事も取ってこれなかった。それでな、おれがキスケ会長とヤスケ社長からどうしてもと頼まれちまって、前いた文学館出版を辞めて来てやったわけよ」

入った会社を出社一日目にボロクソに言われて面食らいながらも、オレは訊くべきことを訊いた。「オレ、ちゃんと正社員として雇われるんですよね？」

「あたり前田のクラッカー」森山は内ポケットから名刺を取り出してオレの前に並べた。

三枚あった。ダイゴ・エンタープライズ・吉野洋行、オレの名刺だ。〈プランナー〉〈コピーライター〉〈ディレクター〉とそれぞれ違った肩書で三種類！　ムチャクチャだ。トークリやニッセンの人たちが見たら、何ていうだろう。

「今日はこれを使ってくれ」森山は〈プランナー〉の名刺を渡し「今から仕事取りに行く。あなたの天才ぶりが楽しみだ」


午後、森山とオレは錦糸町駅近くにある不動産会社〈全日本住宅地センター〉本社前にいた。名前は大きいが、そこは裏通りの古ぼけた五階建てのビルだ。

目の前の路上に白いブルーバードが停まり、「マーちゃん」と声をかけながらスーツ姿の男が降りて来た。「やあやあ、きみが吉野ちゃんだね！」そしてオレの手を固く握りしめて、「私がアカウント・エグゼクティブの柴秀一《しばしゅういち》です」柴は吊り上がった細い目に太い黒縁のメガネ。髪はきっちり刈り上げて七・三に分けている。

「柴ちゃん、社長確かに出て来るのね？」と森山。

「マーちゃん、任せときなさい。私の根回しで大島社長、大ノリですよ」

この『ちゃん』づけの会話、初めは気持ち悪いと感じたが、すぐに慣れることになる。

三人は四階の社長室に通され、茶が出た。

「どうだい、これだよ」柴は得意そうに鼻孔をふくらませる。

ノックもなくドアが開き、二人の男が入って来た、
一人は五十代に見える、小柄だがラグビー選手のような分厚い体をダブルのスーツに包んでいる。ツルツルに磨いたような頭の下に金縁の眼鏡が光る。

柴がその前にさっと進み出て、「社長、本日はダイゴが誇る若手のプロを二人、ご紹介いたします。こちらが森山征人。あの出版大手・文学館から私がスカウトしました腕利きのプロデューサーでございます」森山が一礼して名刺を出し、柴は続ける。「隣はその森山がお勧めするクリエイターの吉野洋行。先週ヨーロッパから帰国したばかりです。NＡLやサニーなどの世界ブランドの仕事で引っ張りダコの気鋭です」

うーん、この売り文句はちょっと誇大なのでは?と思いながらもオレは頭を下げて、名刺を差し出す。大島社長は名刺を交換しながら、オレを見据えて黙ってうなずいた。

もう一人、三十代の細身の男は、「広報課長の四谷です」と名乗った。「さすがスーパー・セブンのダイゴさん。素晴らしいクリエイターを出して頂き恐縮です。大島もたいへん期待しております」

その場でさっそく打ち合わせが始まった。柴は愛想笑いを浮かべながら「では私は御社

の営業部さんと媒体取りのお話がありますので、後は森山と吉野に」と、退席した。

今日のテーマは埼玉県に新開発され、七月に売り出される住宅地のスポットCM企画。まず商品について、四谷課長が地図と航空写真をテーブルの上に広げて詳細に説明した。

この時代、まだ不動産バブルには程遠かったが、首都圏への人口集中は加速し、住宅地やマンションなどの開発と販売は年々拡大していた。この物件も都心まで二時間という通勤圏に入る、ひと区画四十坪からという売れ筋のものだそうだ。

ひと通り説明を聞いた後、森山が「課長、ターゲットについてお聞かせ願えますか？」

「ターゲットって？」

「この土地を誰に売りたいか、ということです」

「ああ、それはサラリーマンですね。サラリーマン。二十年ローン組めますからね」

「いや、単にサラリーマンじゃなく、どんな人生観とか、どんな夢や楽しみという意味で」

「夢、それが大事や！」突然、大島社長が叫んだ。「夢のあるCMを作って欲しいんや」

「承知しております」四谷課長が社長の言葉を引き取るように、「ダイゴさん、大島はただ土地を売るだけの、下品で殺伐とした宣伝はイヤだ、と申し上げておるのです」

いいことを言う、とオレは共感した。「おっしゃる通りです。今の時代、CMには豊かな夢や憧れが絶対に欠かせません！」

「そうです。特に土地のような高い買い物にはね」森山も援護する。

「ダイゴさん」四谷課長が何事か意味あり気な眼差しをオレたちに向けた。「当社の大島社長には、ひとつ大きな夢があるのです」

隣で社長がゆっくりと大きくうなずき、さらに課長を目で促す。

「ダイゴさんほどの創造的な会社なら、大島社長の夢を共有していただけるのでは」

「もちろんです！」と森山。「私どもは今日そのためにこちらに伺ったのですから」

「心強いお言葉です。では」と、四谷課長はテーブルの上の内線電話を取り上げ、「社長室です。ダイゴさんのご了解得ましたので、入っていただいてください」

何事が始まるのか、とオレたちは緊張する。

きーっ、と音がしてドアが開いた次の瞬間、オレと森山は「うへぇ！」と声を上げた。

真っ赤なラメの超ミニドレスに赤いピン・ヒールの若い娘がそこに立っていた。

片足をちょっと前へ出してポーズを作り、照れたように笑う。

「社長の夢。ご長女・玲子さまのテレビ・デビューです」と言って四谷課長は下を向いた。

「柴のバカが持ってきそうな仕事だよ」帰りのタクシーの中で森山がぶちまける。「あの娘を使うのが条件ときた！　ＣＭのモデルにだと。あんなブス使えるか？　え、使えるか？　社へ帰ったらすぐ電話して、バカにすんなって断る。公私混同の極みだよ。な、吉野」と、煙草を一本つけてオレにも勧める。ダンヒルだ。一本頂く。

「断るんですか、森山さん」

「当たり前だろ。ダイゴにもおれにも誇りというもんがある」

「仕事ないのに？」

「そういう問題じゃない。あなたクリエイターだろ？　あのブスでよ、何かアイデア湧いてくるか？　おれは無理だなあ。こんな話は断るのが制作者の良心ちゅうもんだろ？」

「考えてみなくちゃわかりません」オレは思ったことを言った。

「はあ？」森山が目を剥く。

「彼女ね、顔は確かにイケてないけど、でもボディはかなり綺麗でした。それもマヌカンみたいにガリガリに痩せていない、水着が似合うようなメリハリのある体してたし、肌も浅黒くて健康的。顔じゃなくて体全体に目が行くような見せ方が、何かあるのではと」

「いやいや……」森山は黙って腕を組む。

オレは自分でも考えながら、思い当たる言葉をそのまま口に出して行く。「彼女モダン・ダンスを長く習ってるって言ってましたよね。かなりヤル気あったから、ぶっ飛んだ過激なアイデアでも乗ってくれるんじゃないかなあ」

「……」森山は考え込んだまま。

「それにね森山さん、この企画、彼女を出せば必ず社長はオーケー」

「よしのっ!」いきなり森山が怒鳴った。

「ごめんなさい!」オレは叱られると思って「余計なことを言いました。すいません」

「そうしよう」森山が大きくうなずいた。

「へっ?」

「すぐに企画を出してくれ。来週アタマにはプレゼンだ」

「断るんじゃあないんですか」

「君子《くんし》は豹変《ひょうへん》する」

「ダイゴの誇りは?」

「くだらないこと言うな。おれは決定した。従え」

7

その週の後半は〈全日本住宅地センター〉(日住センと社内では呼ばれた。何でもかんでも短く言うのが業界の流儀だ）の企画を一人でやる。それ以外は何も仕事はない。毎日夕方になると、ボスと森山さんのお供で麻雀に出かける。溜池にある〈エレファント〉という高級ジャン荘の個室でほぼ明け方まで。森山さんは自称プロ雀士だ。確かに一人で勝ち続ける。オレはそこそこ。負けるのはボスと柴さん（柴イヌと呼ばれた）ばかりだった。終わるとオレは会社へ戻って、ボス・コーナーのソファーで寝る。昼前に出社してきたボスに「ホラ吉野ちゃーん、朝だよん」と起こされて、一階の〈タイム〉へモーニングを食べに行く。それがオレのエンプラ一週目の生活だった。企画の方は金曜の夕方までに面白いアイデアが固まった。後は月曜の午前中にコンテに描き上げれば夕方のプレゼンには充分間に合うだろう。ということで、ジャン荘行き。

土曜日の朝六時過ぎ。週末なので徹夜になった麻雀がやっと終わった。オレはもう三日も家へ帰ってない。少し臭い。（業界ではサイクという）風呂へ入りたかった。新麻布温泉へ行けばいい、と柴イヌさんが道順を教えてくれた。歩いて十五分くらいだと。

新麻布温泉はちょっと豪華な銭湯、というおもむきだ。二百円も取られた。大きな浴槽の背景には定番の富士山が描かれており、若衆四人がつかっていた。四人共派手な刺青を背負っており、大声を張り上げて合唱している。

♪おお晴朗の朝雲に　そびゆる富士の姿こそ
金甌無欠揺ぎなき　我が日本の誇りなれ
右翼のニイサン方に違いない。身を清めて、すぐ近くのソ連大使館にまた殴り込みかな？

オレは全身よく洗ってヒゲも整えた。たっぷり温まって、備え付けのヘア・トニックやオーデコロンも使ってスッキリした気分で新麻布温泉を出た。

薄日でちょっとひんやりする朝だ。微風が心地良い。

オレはどこへともなくブラブラと歩き始めた。

しばらく行くと西麻布のあたり。大きな屋敷が両側に並ぶ長い下り坂だ。

坂の下で大きな排気音がして、白いクルマがオレの方へ向かって上って来るのが見えた。

オープンカーだ。たぶんアメ車、サンダーバードかな。

クルマがさらに近づいて来たとき、オレはあっと声を上げた。

ハンドルを握っているのはチョッコじゃないか！　オレの方を見た。

パオーッとホーンが鳴り、サンダーバードはオレの手前で止まる。

「ヒロ！」運転席から立ち上がって手を振ったのは、やっぱり谷川直子・チョッコだった。

そして隣の席に幼い女の子が乗っている。

「チョッコさん！」

「ヒロ、久しぶり！　もう二年になるよ」チョッコはサイドブレーキを引いてクルマから降りた。「そのヒゲいいね。ヨーロッパにいたって聞いたけど」ああ、この笑顔だ！

「先週帰って来たんです。こんな所で会えるなんてビックリ。凄く嬉しい」ああ、頭も体もよく洗って、オーデコロンも使っておいて良かった、とオレは神様に感謝した。

「わたしも嬉しい。あ、そうだ、朝倉から預かってるヒロへの伝言があったんだ。ちょっと乗って行かない？　用済ませてから話したいんだ」

チョッコは運転席を前へ倒して、後ろの荷物置き場を示した。「ここで悪いけど、ほんの五分だけだから。はい、乗って」助手席の可愛い少女も「ハーイ」と微笑んで手を上げた。

オレはそこへ乗り込んだ。そして二年前と同じように荷物置き場に横座りになった。

クルマは間もなく、広尾駅近くのインターナショナル・スクールの前で停まった。

「すぐ戻るからここにいて」チョッコはクルマを降りて助手席の少女も降ろし、手を引いて校門の中へと急いだ。

荷物置き場にうずくまったまま、オレは気持ちを落ち着かせようと、数分前からのことを正確に思い出してみた。会った場所はたぶんトークリからクルマなら十分くらい。チョッコはそこから来たのだろう。二年前と変わらず綺麗だ。でも髪はまとめてアップにしてあり、服装もミニスカートじゃなく、何やら地味な感じのスーツだった。そしてあの可愛らしい女の子、誰なんだ？　英語で話してた。インターナショナル・スクールだもんな。

「ヒロ」戻ったチョッコの声にオレは目を上げた。チョッコは分厚いドアを開けて運転席に乗り込むと、「待たせてごめん。行こう。あ、前へ移って」

オレは座席の背をまたいで、右側の助手席におさまる。

クルマは走り出した。V8エンジンの野太い排気音も二年前と同じだ。

ややあってチョッコが話し始めた。「ヒロ、朝倉の言葉、言うよ。どうしてもヒロに伝えて欲しいって頼まれてたんだ」

オレは黙ってうなずく。

「『あの朝の気持ちを絶対に忘れるな。時代の大波に乗って、乗り切れ』以上です」

「よく憶えてます」とオレ。もちろんだ。忘れるものか。

二年前のあの六月の早朝、このサンダーバードで朝陽に輝く東京の街を突っ走ったんだ。

朝倉社長が左ハンドルを握り、隣にはチョッコが座っていた。その後部の荷物置き場にオレはいた。足元のスピーカーでラジオがガンガン鳴っていたな。

いい気持ちだった。オレは荷物置きから体を起こし、折り畳んだ幌の上に直接腰かけた。凄い風当たりだ。でも、視点が高くてスピード感がある。

「ヒロくん、落ちるなよー、ハハハ！」朝倉の声は風の中でもよく通る。「この先から首都高に入るぞ。料金所ではちゃんと座れよ」

「はーい！」オレも大声だ。

クルマは、まだ舗装も真新しい感じのする首都高速3号線を走り出した。

オレはまた体を起こして幌乗りになった。眼の前を、朝陽に染まったビル群がびゅんびゅんと過ぎて行く。足元ではチョッコの長い髪が風に踊っている。

空中を走る道路をサンダーバードに乗ってすっ飛んで行くなんて、夢のようなドライブだ。子供の頃〈少年倶楽部〉の口絵で見た小松崎茂さんの〈未来の東京〉そのものだ！

ラジオのボリュームが上がった。ビーチ・ボーイズの〈サーフィン・U.S.A.〉だ。

朝倉がDJのようにハデに声を張り上げる。「ヒロくんよ、東京は凄いぞ。どんどん変わるぞ。ほら、見ろよ！」と、指さす方向にキラキラと輝くひときわ高いビルが見えた。

「四月にオープンした霞が関ビル、地上三十六階の超高層だ。その向こうにも建造中のやつがいくつか見えるだろ。貿易センタービルとパシフィック東京だ。まだまだ建つぞ」

「凄い！　ニューヨークみたいだ」

「いいや、東京はあと二〇年でニューヨークを超えるぞ。世界一の大未来都市になる！」

その時、ブオーッという排気音を轟かせて、一台の黄色いスポーツ・カーが荒っぽく我々を追い抜いて行った。流れるようなボディ・ラインはトヨタの２０００ＧＴだ。

「日本のクルマも世界を席巻する。アメリカ人がトヨタやホンダを買う時代が来る！」

「夢ですね」

「夢じゃない。日本人にはナンバーワンになれる力がある」

「そんな高いところへ！」

「ヒロ、頭の上を見ろよ」言われて見上げると、朝の光に輝くビルのガラスの壁面がぐーっとのしかかるように迫って来る。

「あれは波だ。時代の大波だ。オレたち広告クリエイターは波乗りだ。波が来たら全力でパドルして追いつく」朝倉は両手をハンドルから離してバタバタと動かす。

「追いついて、波の上を滑り始めたら立ち上がる。さあもう自由自在だ！」朝倉がハンドルを左右に振ると、サンダーバードの巨体がタイヤを軋ませながらスラロームする。

「乗り続け、乗り切って行く。そうすればな、波はオレたちをはるか遠い世界まで運んでくれるんだ！」そして朝倉は右腕をまっすぐ頭上へ、輝く高層ビルを指し示し、「ヒロ、高度成長の大波に乗るんだ。お前も乗れるぞ！」


「あの言葉絶対に忘れません、と朝倉社長に伝えてください」オレは大声を出した。

だが運転席のチョッコは、何も答えずにただサンダーバードを走らせる。

ほどなくクルマは見覚えのある路に入り、そして左手にあのトークリの屋敷が現れた。黒い鉄の門の前で、チョッコは静かにクルマを停めた。サイド・ブレーキを引き、エンジンを切る。しかしハンドルを握ったまま、そこを動かない。

不思議な静寂の中でチョッコはぽつりと言った。「朝倉は死にました」


しばらく後、オレは屋敷の居間でチョッコと向き合う。二年前とあまり変わってない。でも家具がちょっと増えて、アップライトのピアノもあった。

チョッコは淡々と語り始める。オレにはただ驚くばかりの話だ。

「去年の九月二十二日でした。死因は肺がんで全身に転移してたの」

それはオレがまだストックホルムにいた頃だ。

「朝倉は亡くなる前月までふつうに仕事していて、病気の事を知っていたのはわたしだけ。

ヒロがバイトで来たのはおととし六月だったね。あの時朝倉は肺がん末期と診断を受けた後だったけど、入院も抗がん剤も全部断って、毎日ジムに通ってトレーニングしてたわ」

「そんな！」バイト二日目の朝、屋敷のプールで見た朝倉の姿が鮮やかに蘇ってくる。

その時、オレは庭を横切って低い階段を上がり、プール・サイドに立っていた。長さ二〇メートルばかりのコースを、男性が一人クロールで往復している。浅黒い体が力強く水に乗り、水泳選手のような鮮やかなクロール。朝倉社長だ、とすぐにわかった。オレが見ているのも構わず、朝倉は何度も何度もターンを繰り返し、泳ぎ続ける。どんどんスピードが上がってゆく。キラキラ輝く水しぶきに包まれながら、朝倉は何かに憑りつかれたようにひたすら泳ぐ。得体の知れないエネルギーのようなものが感じられた。あの力は朝倉の生きようとする意志だったのか！

屋敷に戻る時、芝の上でチョッコとすれ違ったのも思い出す。

ふんわりしたタオルのようなものを抱えて、プールの方へ歩いて行く。オレとはちょっと会釈しただけだったな。あの時にオレはチョッコと朝倉の関係を直感したんだ。

「わたしは五年前、二十歳でトークリに入ってからずーっと朝倉のアシスタント兼恋人でした」チョッコは細身のケントを出してライターで火をつけた。「カレは最後まで陽気でカッコ良かった。ほんとに大好きだった……」チョッコがしばらく言葉に詰まった。にわかに立ち上がり、居間を出て行く。

オレもマルボロを一本つけた。深く煙を吸ってゆっくりと吐きだす。

朝倉の言葉がまた蘇ってきた。『ヒロ、高度成長の大波に乗るんだ！』このひとことがオレを広告の世界へ投げ込んだ。でもそれは朝倉の〈遺言〉になってしまったんだ。本当は生きている朝倉に認められて『トークリへ来いよ』と言われたかったのに。

チョッコがキッチンから缶ビールを二本持って戻って来た。

チョッコはビールの栓を開けながら「ヒロ、私はもう谷川直子じゃないの」そしてオレを真っ直ぐに見つめて「今は朝倉直子です。去年の六月に結婚したんだ」

「け、けっこん！」

「朝倉には亡くなった前の奥さんとの子・真美《まさみ》がいた。さっき会ったでしょ、可愛い子。わたし真美が赤ちゃんの時から抱いてたけど、これで正式にお母さんだよ」

「朝倉さんが亡くなる三か月前に結婚！」

「うん、朝倉は猛反対した。これから死ぬ男と結婚して、チョッコの人生はどうなるんだ、バカな生き方をするなって」

そう言うだろうな。オレは朝倉の彫りの深い横顔を思い浮かべた。

「でも私言ったの。あなただけじゃなくて、すべての男はこれから死ぬ男なんだ。だからその中でわたしが一番好きな男と結婚するの。何が悪い！」

オレは胸が詰まった。これがチョッコの愛し方なんだ。

チョッコはビールをぐーっとひと口飲むと立ち上がり「ちょっと二階で着替えて来る。こういうPTAスタイル嫌なんだけど、真美の学校でまともなお母さんらしく見せようと思って、ハハハ。もう肩がこってきた。ちょっと待ってて、ヒロ」と、走り去る。

ああそうか、とオレは納得した。その地味なスーツ全然似合わないもんね。チョッコがそんなことまで考えるなんて、朝倉さんは凄い男だったんだなあ。あのバイトで三日間ほとんど寝ないで一緒に働いてた時、オレにはチョッコが何となく〈高嶺の花〉のように感じられていた。でももう〈花〉じゃなく〈母〉になっちまった。

「お待たせ」Tシャツに流行りの短いホットパンツのチョッコが、素足でソファーの上に飛び乗った。長い髪もほどいて流し、声まですっかり明るい。ああこれがチョッコだ！

「ここは今、わたしと真美の家なの。会社のオフィスも兼ねてます」

「じゃあ、トークリもチョッコさんがやってるの？」

「さん、はやめて。チョッコにして」

「……オーケー、チョッコ」

「ヒロ、トウキョウ・クリエイターズは広告の世界では一流ブランドだけど、朝倉個人の力が一番大きかったの。朝倉が亡くなってからは、ヒロとやった〈サニー・ネオトロン〉みたいに、新聞・雑誌もテレビ・ラジオも全てを含んだ総合キャンペーンの仕事は受けられなくなった。今は西舘さんたちにも手伝ってもらって、グラフィックの仕事を中心に小さくやってる。会社もこの家やクルマも妻のわたしが相続したけど、会社の借入金の個人保証も付いて来た。一億円以上あったかな、ははは」

「チョッコ、ひとつ訊いていい？」

「なに？」

「いままでの話、なんでオレみたいな人間にしてくれたんですか？　二年前に一度会ったきりのアルバイトの小僧に」

チョッコはオレから視線を外し、横顔で微笑みながら「わからない」とひとこと。

そして短い沈黙の後「なんとなく話したくなった。……たぶん、ヒロはわたしの回りにいるたくさんの世間慣れした人たちと、どこか違って見えたから……かな」

その時、居間のドアが開き、「おはようございます」と、男の声がした。

「ああ、堺さん早いね」チョッコは、入って来た男性に背を向けたまま応えた。

「あれっ、きみは」その人、コピーライターの堺さんはオレを見て意外な表情。色白のぽっちゃりした顔とメガネの奥でパチパチとしばたたく目は二年前と変わらない。

オレは軽く会釈して「お久しぶりです。吉野です」

チョッコが立ち上がって、「ヒロ、わたしの会社トークリの今の社長、堺秀一です」

「社長って呼ばないでよ、朝倉さん、いや会長でした」この人の何となく女性的な喋り方も思い出した。でも、社長ってどういうことだ？　チョッコが会長？

「堺さんがね、経営を引き受けてくれたの」とチョッコ。

「クラさんからも亡くなる前に頼まれちゃってね。社長となると広告屋としての実績がやっぱり問われるでしょ。ボク経営なんかまるでわかんないんだけどさ」

「ヒロ、わたしみたいな二十五歳のネエチャンがトークリの看板を背負えるほど、日本は先進国じゃないみたい」とチョッコは苦笑する。

「それよりもさ」堺がオレを見て「吉野くんがなんで今ここにいるわけ？　ヨーロッパ行って、その後のことは聞いてないけど」

チョッコが二人の間に入るように「ヒロはわたしの友達なの。さっき偶然そこで出くわしただけ」

「ヒロ？　ともだち？」堺はオレをチロリと横目に見て「そうだっけ？　まあいいわ」

チョッコと堺は仕事の打ち合わせがあるようなので、オレは引き取ることにした。

チョッコは門の外まで送ってくれた。

「ヒロ、また来てね。ヨーロッパの話も聞きたい」

「え、いいんですか?」

「友達だから」

「嬉しい。また来ます。これ会社です」オレはダイゴの名刺を取り出す。どれにしようかと一瞬迷ったが、三種類全部渡した。

「え、ダイゴって、あのスーパーセブンのダイゴ?」チョッコは三枚の名刺を見比べて、

「プランナー、ディレクター、コピーライター。すごーい! これ後で堺さんに見せてやろう。目をむくと思うよ」

「やめてくださいよ。ダイゴっていっても、エンタープライズはコマーシャルだけ作る、小さな子会社だから。でも、オレも頑張って何かチョッコを手伝えたら」

「ありがとうヒロ、また会おうね」

自然な流れの中で、なんとなくキスしたくなったけど、止めた。

チョッコは今でも朝倉さんの妻なんだ。

生きていた朝倉さんは凄い男だったけど、死んだ朝倉さんはもう理想の男になってしまった。年をとることもない。

オレは理想の男の妻の、ひとりの友達になったんだ。

まだ十時前だ。

トークリを出たオレは麻布十番の商店街まで歩き、不動産屋へ入った。

今日中に住む場所を決めてしまおう。オレは出されたファイルの中から二つ選び、すぐに見に行った。家賃は一万四、五千円まで出せるので、どちらも1LDKの風呂付きだ。

初めに見た、ちょっと古いが鉄筋コンクリート造りの三階のやつが気に入った。駅までは遠いのだが、ダイゴまで歩いて二十分だから問題ない。すぐ契約すれば入居出来るそうだ。

これに決めた。明日引っ越すことにしよう。

明後日にはいよいよ日住センのプレゼンがある。

まともなスポンサーには通らないような、過激な企画が頭にあった。ふふふ……。

8

四月二十七日、月曜日。雲が低く蒸し暑い。

オレは引っ越したばかりの部屋を八時に出て、会社の一階の〈タイム〉でモーニングを食べ、九時に出社した。小桜さんだけが来ており、お茶を淹れてくれた。

すぐに仕事を始める。

プランは一本に絞った。簡単な企画書と三十秒のコンテは昼前には完成した。

オレは青焼きのコピーを二部作り会議テーブルの上に並べて乾かす。（当時、ゼロックスのような現代的なコピー機は新登場したばかりで、まだ高級品だった。一般のオフィスでは〈湿式〉と呼ばれる、青白い印画紙を現像液に浸して一枚ずつ焼き付ける方式を使った。えらく手間のかかるやり方で、当然コピーの部数には限りがある）一部はスポンサー提出用。もう一部がこちらの控えだ。

一時頃、森山が現れた。一応スーツにネクタイ姿だ。

「森山さん、おはようございます」

「オハ」と森山。これも例の〈短縮形〉の挨拶だ。

「企画、出来てますよ。今、お見せします」

「いいよ。見なくていい」

「は？」

「見る必要ない。あなたを百パーセント信じてる。これで行こう。おれはこの企画に賭ける。しっかりプレゼンしろ、吉野」

「し、しかしプロデューサーとしてのチェックとか、予算とか」

「もう出来てる。麻雀と同じだ。あなたの手の内、ぜんぶ透けて見えるからね」

ウッソだろう、と思ったが、まあいいや。ともかくプレゼンして、通すのみだ。


五時。窓の外は雨が降っている。

森山、柴、そしてオレは日住セン社長室のソファーに並び、大島社長、四谷課長と対峙する。前回同様、柴は冒頭に挨拶し、『営業部と予算の話』と言い訳して退出した。

「本日はご提案の機会をたまわり有難うございます」森山は六十度の礼だ。

オレもあわてて頭を下げる。

「我がダイゴ・エンタープライズが責任もってご提案する企画でございます。我が社の誇る気鋭のクリエイター・吉野……えー、吉野ヒロアキがご説明いたします。じゃあ」と、森山はオレをうながす。

名前、間違えるなよ、と思いながらもオレはプレゼンを始めた。

「吉野洋行です。よろしくお願いいたします」オレは立ち上がると部屋の中央へ進み出て、大島社長に向かって語り始めた。

コンテはまだ見せない。映像や音を説明するのではなく、社長の大事なお嬢さまがどんな気持ちで何をするのか、だけを伝えれば良いと思った。

「社長、では御社の分譲地の真ん中へ行きましょう。空は素晴らしい快晴です。バックの林の緑が鮮やかです」オレは深呼吸するように両腕を伸ばして広げる。

「そこに玲子お嬢さまが立っています。お嬢さまは素っ裸です。木の葉を股間や胸につけ、みずみずしいお体をさらしています。素肌が陽光に輝いています！」

社長が「うっ」と息を呑んで目を剝いた。課長も凍りついた。

「なぜ裸なのでしょうか？　それはやっと自分の土地が手に入った大きな喜びが爆発しているからです。玲子さまはそこで踊り、飛び跳ね、全身を地面にこすりつけて我が土地への愛情を表現します」

隣の森山の方は見なかった。どうせ腰を抜かしているだろう。オレは続ける。

「それでもまだ愛し足りない！　玲子さまはついに地面を掘り始めます。両手で土をかき、動物のように。しまいに玲子さまの姿は見えなくなります。そして穴の中から、木の葉のパンツとブラがポンと空中に放り出されて、決めのナレーションです。『喜びを売ります。全日本住宅地センター』以上です」オレは一礼してコンテを社長の前に置き、着席した。

社長はかっと目を見開いたまま、無言だ。

四谷課長は震える手でコンテをつかみ、ただおろおろするばかり。

隣の森山の様子をうかがうと、意外にも固く腕を組んで目を閉じている。

長い沈黙。

やがて大島社長がゆっくりと視線を巡らせ、控えの間につながるドアの方を見た。

「玲子！」社長の大声。「入って来んしゃい」

初めからうすく開いていたドアが大きく開け放たれ、先週と同じ大胆なファッションの玲子さまが現れた。「よろしくお願いいたします」とオレに向かって丁寧にお辞儀する。

「座りんしゃい」と社長に言われ、玲子さまはオレの向かいに腰を下ろした。

「玲子、あっこのドアの所で話はみーんな聞いとったんね？」

「はい。うかがいました。ごめんなさい皆様」しゃべる態度はとても上品だ。

「ダイゴしゃん」社長はオレと森山に向かって「わしにはゲイジュツはようわからん。じゃけん、テレビに映るのは玲子じゃ。玲子が決めたらええ。玲子、どや？　この企画？」

「やらせてください！」玲子さまはまっすぐにオレを見て「わたし、この演技うまく出来ると思います。キレイに見せられると思います。あ、あの、監督」と、オレに頭を下げながら「わたしのいいところを見てくださって本当にうれしいです」

オレは黙ってうなずいた。あまりにも素直で、しかも合理的な玲子さまの言葉だった。

「よっしゃ！」と社長。「これ話題になるやろ、ね、ダイゴしゃん？」

「前代未聞の画期的なＣＭですから」と森山が調子を合わせる。

「大ヒットや、なあ玲子。監督しゃん、キレイに撮ったってな。よろしゅうな」

「ところでねダイゴさん、これ素人考えですが」四谷課長がためらいがちに口をはさんだ。

「裸を見せるＣＭって放送出来るんでしょうか？　テレビ放送コードは厳しいそうですが」

オレはドキッとした。ＣＭの放送コード？　そんなのオレ知らない。裸ってダメなの？

社長と玲子さまも顔を見合わせ、そして二人同時にオレに注目した。

だがオレは答えられない……。

「課長」森山が突然立ち上がって一枚のメモを取り出し「事前にヤマト・テレビの考査部にあたっておきました。知り合いを通じて個人的にね。結論から申し上げます。オーケーです。条件を読み上げます。一つ、陰部や乳頭の露出をしないこと。二つ、性行為を暗示する動作を避けること。三つ、男性が登場しないこと。いずれもクリアーしております。吉野監督のネライはお嬢様を美しく撮ることです。テレビ放送に全く問題はありません」

大島社長、玲子さま、四谷課長そろって大きな笑顔でうなずいた。

「森山さん」帰りのタクシーの中でオレは頭を下げた。「勉強になりました。本当にオレの企画の中身を見抜いてたなんて。いつヤマト・テレビにあたったんですか？」

森山は煙草の煙をゆっくりと吐きながら「先週の金曜日」

「な、なんでそんなことが？　まだオレ企画中だったのに」

「吉野、あなたはね、広告屋として今まで誰もやってなかったことをやりたがる。そんなアイデアをいつも探して、そこに自分の生きる道があると信じてる。あなたがあのブスの体をほめた時に、おれはピンときた。裸にして、商品である地面と結びつけるだろうとね。九〇パーセントの確率と読んだ。まあ、麻雀と同様だな」

オレはぐっと息を呑んだ。その通りだ！　自分でも気づいていなかったが、確かにそれこそがオレの考え方なんだ。黙って森山に頭を下げるしかない。

森山は軽く舌打ちして「地面に穴まで掘らせるとは思わなかったがね」

「森山さん、でもいちおう見てチェックしておく、なんてことは考えないんですか？」

「バカ言うな。見ないことに意味がある。九〇パーセント的中して、その結果吉野はおれを尊敬する。事実そうなってるじゃないか」

「でも、もし一〇パーセントの外れが出て、オレが全然違うもの考えたら？」

「別に失うものはない。それもまたいいアイデアのはずだ」

「最悪のケース、大島社長がお嬢さまを裸にする企画に激怒したら？」

「吉野、そういう場合プロデューサーたる者はどうするのか、よーくわかっとけよ。もし社長のお気に召さないとなったら、おれはその企画を見ていなかったことにして、社長にお詫びした上で、あなたはクビにして別のクリエイターに替える。何のウソもないだろ」

オレは唖然として、次になぜか笑いがこみ上げてきた。ゲラゲラ笑った。

だが森山は笑わなかった。そういえばオレはダイゴに入ってから、まだこの人が笑ったところを一度も見ていない。普通のいいひと、ではない。でもなぜ笑わないんだろう。


八時に会社へ戻るとボスと柴が待っていた。

プレゼンの結果は二人とも知っており、森山とオレは大いに褒められた。

オレたちは上機嫌で麻雀荘〈エレファント〉へ直行する。

午前一時頃終わったその日の結果は、例によって森山の大勝ちだった。

ボスも柴もそれぞれ二万円以上の大負け。オレは千円ちょっとだが勝った。

森山は「祐天寺のおれんちの近くに馴染みの小汚い店があるんだが、一杯付き合うか？」とオレを誘い、再び一緒にタクシーに乗った。車内で麻雀の話が始まった。

「森山さん、オレ先週から四回も囲みましたけど、全部森山さんの大勝ちです。なぜいつでもそんなに勝てるんですか？」

「強いからに決まってるだろ。プロだから」

「い、いや、でもなぜ」

「おれには皆の手牌がほとんど見える。皆にはおれの手牌が見えない。勝つに決まってる」

「決まってる？」

「吉野、全てのギャンブルには仕掛けがある。それによって、勝って儲ける人間は初めから決まっている。例えばルーレットやバカラならディーラーつまり店そのものだ。競馬なら中央競馬会が常に儲ける。ダイゴの麻雀ならおれが勝つ」そしてオレの腹をちょっとつつくと「あなたはけっこう上手い。四回通算すればちょっと浮いてる。何故だと思う？」

「偶然じゃあ？」

「違う。意識してないかも知れんが、あなたはおれとぶつからないように打ってる。結果的にはおれと組んでるのと同じだ。ドスケさんや柴イヌはおれに勝とうとして向かって来るからかえって負ける。これがルーレットだったらな、おれは他の客たちが張ったチップの合計額が赤黒どちらが多いか、ギリギリまで見て、ディーラーがより多く回収できる色の目が出されると判断してそちらに張る。要は勝つ側と利害を共有することだ。おーっと、運転手さん、ちょっとそこでクルマ止めて」

人通りのない裏道で、突然停止したクルマから森山は飛び出して行く。

オレは訳もわからず座ったまま振り返り、街灯に照らされた森山の姿を追う。

クルマの五、六メートル後ろ、電柱の横にうずくまっている人がいる。女性らしい。森山が寄り添って彼女の背中に手を当てている。彼女は酔って吐いているようだ。やがて森山は彼女を支えて立たせ、気遣いながらクルマに戻って来た。「吉野、前へ移ってくれないか。おふくろを後ろに乗せるんで」

「は、はい」オレは森山の意外な言葉に戸惑いながら、ドアを開けて前の助手席に移った。

「おふくろ、ゆっくりな、ゆっくり、そうだ大丈夫だ、よしよし」森山のお母さんは後席に収まった。ムッとする酒の臭い！　オレはそれとなく観察する。六十代半ばかな。灰色の長い乱れた髪。シワの目立つ小さな丸顔の中で、森山とそっくりの細い、鋭い目が光る。肩を露出した豹柄のワンピースの上から黒い革のジャンパーを羽織っている。泥酔しており、真っ直ぐに座っていられないようだ。おふくろ、という安らかな語感からはほど遠い、もっとアブナイ感じがしてしまった。森山さん、ごめんなさい。

「運転手さん、クルマだしてくれ」そして森山は、オレの背中に向かって「吉野、悪いな。今日は付き合えんわ。おふくろをどうにかせんとな。放っといたら死んじまうよ。ごめん、どっかそのへんで降りてくれっかな」

「わかりました」オレは祐天寺駅の近くで降り、そこで別なクルマを拾い直した。

車内で一服しながら、森山のおふくろさんのことを考えた。森山征人は啓介の父親とは腹違いの弟、〈愛人の子〉だと聞いた。さっきの泥酔した派手な老女がその愛人なのか。

今度啓介に訊いてみなければ。

9

二日後の水曜日に、世田谷区砧の醍醐プロで〈本読み〉が行われた。

世の中はもうゴールデン・ウィークに入る。だが当時の業界では休日も祝日も関係ない。大晦日の深夜ロケですらも平気で行われた時代だった。〈働き方改革〉はこれから半世紀近い未来の話だ。

醍醐プロは帝都映画撮影所（国内最大手）のすぐ隣にあり、特撮専用スタジオが二棟と、木造二階建ての業務棟からなる。そこの二階が制作部の大きなオフィスで、五十人ほどのスタッフがデスクを並べていた。

壁面をいっぱいに使ったホワイト・ボードには、現在制作中の全作品のスケジュールとスタッフ一覧表が掲げられており、〈スーパーセブン・大逆襲〉とか〈マネゴン・純愛篇〉など有名なテレビ番組のタイトルが並ぶ。〈廣澤組〉〈善福寺組〉とあるのは監督の名前だ。

どちらもよく知られたベテランだな。

そのボードの左の隅っこに〈日住センCM・よろこび篇〉があった！　タイトルの下になんと〈吉野組〉と書かれている！

「オ、オレかんとくなんて出来るでしょうか？」オレは森山にすがる。

「出来る。あなたにはその能力がある」森山は平然として「適当にやればいい」

「そんなムチャな、オレは何を言えばいいんですか？」

「何を言ってもいい。あなたの言うことはすべて正しい。監督は神様だ」


たちまちスタッフが集合し、十時から隣の会議室に勢ぞろいした。

水田忠誠プロデューサー。五十代の温厚な親爺だ。下膨れの顔に髪はバーコード状態。この水田に対してはるかに若い森山は〈エンプラ側の営業プロデューサー〉になる。

水田が立って主要なスタッフを紹介する。

栗田明治カメラマン。その名のごとく明治生まれの七十五歳だそうだ。カメラを回すのは三年ぶりなので、チーフ助手には若手でイキの良い鈴木義雄を起用したと説明された。

照明の親方は原武。四十歳前後だろう。ずんぐりした体型のこわもての男だ。

そしてオレの下で現場をまとめるチーフ助監督は、福島勝という三十代の体育会系で、なかなか手強そうだ。ニッセンの唐津にちょっと感じが似てるかな。

水田が森山を見ながら「今回はCMっていう、ちょっと本業から外れたケースなんでね、マーちゃん、まあ何とか皆さんの好意で集まってもらいましたよ。まだ詳しくは聞いてないけど、なんでも地面のアップを撮るんだそうで、それ一体どういう画になるのか楽しみにしてまっせ」一同から笑い声がもれた。

森山が皆に頭を下げ「こんな埋め草仕事でまことに恐縮いたします。おヒマな方もいらっしゃるようなので、楽しんでいただければ、と存じます」爆笑が起こった。

唯一の出演者である大島玲子（現場が始まったので敬称はつけない）はメイク・ヘアの深沢ゆりと並んでかしこまっている。今日は長めの丈の黒いワンピースだ。舞台役者のような濃いメイクをしており、顔の印象はガラッと華やかに変わっている。やはり玲子の顔は、いわゆる〈どうにでも描けるツラ〉なんだな。

〈本読み〉とは監督がすべてのスタッフ、キャストに、これから制作する内容を詳細に伝える初めのミーティングだ。昔の映画撮影所では、一時間以上もかけて監督自身が脚本を朗々と、感情を込めて読み上げたのだそうだ。

新しいCM制作会社であるニッセンと違って、醍醐プロでは万事に映画撮影所の習慣が生きていた。

「では始めましょう。マーちゃん、よろしく」

水田の言葉に森山が立ち上がって、「監督をご紹介します。今回はスポンサーのご指名でございますので、我々エンプラの方から出します。吉野洋行です」

オレも立ち上がって一礼する。

「吉野は御覧のように若手でありますが、フランス仕込みの気鋭です。じゃあ」と、森山はオレをうながした。

オレの監督第一声だ。「全日本住宅地センター三十秒・十五秒〈よろこび篇〉です」

「監督、ひとつ質問いいですか？」いきなり声を上げたのは助監督の福島勝だ。

「ど、どうぞ」

「監督はフランスからご帰国とのことですが、日本で助監督の時には、どこの撮影所でやってらしたのでしょうか？　帝都映画かな？」

初めからなんでそんなこと訊くんだ。オレは返答に詰まった。

「でもこの界隈では」福島は顔をゆがめて「見たことありませんねえ、この十年ほど」

「わたしは」オレは思い切って口を開いた。「助監督なんて、どこでもやってません」

一座がざわざわっとした。「はあ？」「素人なの？」などと聞こえてくる。

「助監やってません。オレはまだ今年で二十二歳です。監督さんなんてやるのは生まれて初めてです。よろしくお願いしまっす」

「よろしくぅ！」と森山が重ねた。

福島が水田や栗田の顔をうかがう。

水田はゆっくりとうなずいて「はい、本読み進めましょう。監督どうぞ」

「ありがとう」オレは不思議なことに、ちょっとリラックスしてきた。子供のころから、こういうアウェイな（当時の言葉でアゲインストな）状況になると、かえって落ち着いてくる奇妙なところがあった。

オレは一座をぐるりと見回しながら「この作品のネライはタイトル通り『よろこび』です。住宅地は高価で、一生に一度の買い物と言えます。自分の土地を持ったよろこびはどれだけ大きなものでしょう。主役の大島玲子はそのよろこびを、衣服を脱ぎ捨て全裸になって生き生きと表現するのです。お手元のコンテをご覧ください」

サラサラと音がして、皆がコンテのコピーを取り上げる。（醍醐スタジオには新型のゼロックスがあった）「えっ」とか「おおっ」という声が上がる。

「こんなＣＭは」森山が声を張り上げ「今まで誰も見たことがないでしょう！」

「一種のモダン・ダンスです」オレが続ける。「裸の彼女が大地と抱き合う感じかな」

「質問！」また福島だ。

「何ですか？」

「主役の大島さんというのは」福島は玲子本人の方は見ずに「スポンサー関係のエライ方のご推薦と聞いてますが、それホントですか？」

本題から外れた嫌味な質問にオレは直球で返した。「大島玲子さんは社長の娘さんです」

「へえっ、それは何と！　その社長さんは娘にこんなピンク映画みたいなことやらせて、テレビで見せて平気なんですかね？」

皆がまたざわついた。「ピンク！」「ひどいな」「これダイゴがやること？」ちょっと収拾がつかない状況になりそうだ。

その時、「監督！」と大声がかかった。見ると大島玲子が立ち上がって、部屋の中央まで進み出た。靴を履いていない。「監督、わたしやってみてもいいですか？　皆さまに見ていただいてもいいですか？」部屋中の視線が玲子に集まる。

オレは黙ってうなずいた。

玲子が両手で黒いワンピースの裾をつかみ、バッと上に脱ぎ捨てる。

小麦色の見事な裸体があらわになった。コンテ通りに胸と股間は木の葉でうまく隠している。部屋の中がシーンと静まり返った。

玲子が演技を始める。

バレリーナのように、つま先立ちの両脚を交叉し、両手を翼のように左右に広げた。ゆっくりと回転しながら、足元の地面を嬉しそうにながめ、だんだんに膝を曲げて姿勢を低くして行く。てのひらで地面をなでているように見える。滑らかな美しい動きだ。

突然、玲子が大きくジャンプした！　空中で回転しながら両脚を横一文字に広げ、着地と同時にペタっと地面に張り付いた。凄い！　フィギュア・スケートみたいだ。

再び地面を撫でさすりながら、次第に起き上がり中腰になる。

そして両脚を大きく開いて前かがみになり、両手で土を掘る動きを見せた。

しばらく掘るとサッと立ち上がり、胸と股間の葉っぱをつかんだ。

「ああっ！」と声が上がったが、玲子は葉っぱを取るマネだけして演技を終わり、深々と礼をした。そのまま真っ直ぐな立ち姿で、ハアハアと荒い息を整えようとしている。

一同は静まり返っている。

突然、拍手しながら栗田明治カメラマンが立ち上がった。「これええね！　好っきや！」

栗田はシワだらけの笑顔を玲子に向けて「ごっつうキレイよ。彼女アートや。三年ぶりにカメラ回すんやから、ええもん撮らしてもらうで。カントク、これオーケーよ！」

部屋中にパラパラと、続いて盛大な拍手が巻き起こった。福島も何も言えない。

流れが、アウェイから逆の方向へ変わったのをオレは感じた。

玲子が素晴らしいパフォーマンスを見せてくれた。パリで三田村さんから勉強したことを思い出す。

　オレが玲子の良いところを認めたから、玲子もオレを助けてくれたんだ。


　それから三十分ほどで本読みは終わった。

「出来たじゃないか」部屋を出ながら、森山がオレの肩を叩いた。「うまく行くと初めから思ってたけどね。あなたは天才だから」

　何か面白い言い返しがないかと考えていると、「マーちゃん」と後ろから声がかかった。

「ヤスケさん、いらしてたんですか」森山が頭を下げた。

　ヤスケさんとはつまり醍醐弥助、醍醐プロダクションの社長でボスの兄さんだ。スーパーセブンや多くの怪獣たちの生みの親で、今やダイゴを背負って立つリーダーだ。

「マーちゃんよ、どだいテレビCMなんてくだらんと思ってたら、なーんか結構面白そうじゃん。センスいいよ、これ当たるわ。このナマイキな小僧、どっから拾ってきたのよ」

「ドスケ社長の人徳ですよ」

「うっそ言うな。ところでな、頼みあんのよ。おーい、連れてこい」とヤスケが振り返る通路の脇から、スタッフに手を引かれて一頭の怪獣（着ぐるみ）がドタドタと現れた。

「マネゴンだ」とヤスケ。

カエルをぎゅーっと横に引き伸ばしたような巨大な頭は、がま口（財布）がモチーフになっていると、これはオレでも知っている。お金ばかり欲しがる子供が変身してしまったという珍獣で、大きな口からガバガバとお金を食べるんだ。

「このマネゴンな」ヤスケはオレを見つめながら「三年前には大ヒットしたんだが、その後、鳴かず飛ばずになっちまってねえ。だがやっとテレビ・シリーズ決まってね、今一話目作ってる。来月からオンエア（放送）だ。それでぇ、出来るだけ露出して話題にしたいんだが、このCMに出してやってくんないかなあ？」

「えっ？」オレは意味がわからない。

「CMだから、ストーリーなんかどうにでもなるだろ？　メインじゃなくてもいいからさ」

オレは戸惑って森山を見る。

森山は渋い顔で「ヤスケさん、そりゃ無理だわな。もうコンテ決まりで、スポンサーの承認もらってますから。見積りも出しちゃったし、今さら変えるわけには」

「そこを何とかさ、ボクの頼みです。親会社・醍醐プロの怪獣あってのエンプラじゃん。ドスケの出す大赤字、埋めてやってるのボクじゃん。わかってるよねえ、マーちゃん」

どういうことかやっとオレも理解した。要は日住センのＣＭをマネゴンの宣伝にも使いたいというわけだ。まともな広告会社トークリやニッセンではまずあり得ないバカな話。だけどこの会社のことだからなあ？と思っていると案の定「なあ、吉野カントクよ」と森山がオレの肩に手をかけた。

「どーかねえ？　なんか手あるかなあ？」

「たった今、思いついたアイデアがあります」オレ、本当に一つだけひらめいたんだ。

「おお！　さすが！」とヤスケがオレを見つめる。

「でも、スポンサーの社長がオーケーしてくれれば、の話ですよ」

「わかってます。聞かせて」

ちょっと間を置いて、オレは話し始めた。

「マネゴンは何もしません。画面の端に立って、大地と抱き合う裸の玲子さんのダンスをじっと見て、時々うなずくだけです。テレビの視聴者はみんな、マネゴンはお金が大好きなことを知ってますよね。つまり」

「この土地はお買い得だ、ということだ！」

「後で入れる玲子さんのナレーションと合わせれば、こうなる。『土地買っちゃったー』マネゴンうなずく。『かわいーい大地！』うなずく。『もう掘っちゃう！』うなずく」

ヤスケがポンと膝を打って「じゃあ最後はこうしたら。彼女が掘った穴の底から脱いだ葉っぱのパンツをポンと投げ上げたら、マネゴンが地上でそれをパッと受けて大きくうなずく、ってのは？」

オレは爆笑した。森山は笑わずに指でマルのサインを出した。

このラストのアイデア、いただきだな。

10

五月一日。わが吉野組の撮影現場下見と打ち合わせが行われた。

日住センの分譲地は埼玉県のふじみ野市にあり、東武東上線の駅から〈徒歩十五分〉という触れ込みだった。スタッフ総出なので大型のマイクロ・バスを使い、日住センの四谷課長は柴のブルーバードに乗っていただいた。

その頃はまだ関越自動車道はなく、川越バイパスも工事中だった。

オレたちは混雑した２５４号線を三時間もかけてトコトコ行き、昼前に現場に着いた。

四谷課長の案内で、十二区画の内いちばん南側にある四十坪ほどの土地に立つ。

「監督」福島助監督がオレの肩をたたき「撮影部、照明部と段取りを決めるんで、しばらくここで待っててください」と言うなり走り去った。

オレは森山、柴、それに四谷課長と灰皿を囲んでベンチに腰を下ろす。

柴が課長に煙草を勧めて、「昨日は森山が勝手なお願いをいたしまして、まことにどうも」

「いやいや、お気づかいなく」課長は柴の差し出すピースを咥えると、「かえって面白くなったと、大島もお嬢様もたいへん喜んでおられますよ。マネゴンは有名怪獣だし」

森山も話に加わる。「そこまでわかっていただいた上に、お見積りの大幅な増額までお許しくださって、何とお礼を申せば」

「マーちゃん、それだけじゃない。大島社長のひと声で、テレビ媒体費は何と三千五百万円。こういう関東ローカルの放映では異例だって、電広のラ・テ局も腰抜かしてましたよ」

「三千五百万かあ。短期集中だからかなり目立つぞ」と森山。

上機嫌な三人だが、オレは目の前のスタッフたちの動きに、ちょっと違和感をおぼえていた。場面の設定、人物の立ち位置、カメラ・アングルや背景の選択まで、助監督の福島がどんどん決めているように見えた。こりゃおかしい。

オレは立ち上がり、相撲の土俵のように一段高くなっている造成地へ上って行く。反対側の隅に集まっていたスタッフに声をかけようとした時「監督」と逆に呼ばれた。

福島がオレの前に来て「この区画でメインカット撮るとね、背景のヌケがよくないです。林の間に、隣の分譲地の家が並んで入っちまう」そして反対の方向を指差すと「それで、あちら側のヌケのいい区画を使うように変えたいんだけど、どうすか？」

「福島さん」オレはちょっと声を荒げる。「ヌケがいいってのは、具体的に何のこと？」

「わかるでしょ。空ヌケだよ。この画の場合、背景には何もない方がいい」

「いいとかよくないとか勝手に決めないでよ。隣の家々が見える背景は、盛んな住宅地という安心感を見る人に与える。プラス樹木の緑が少し入れば快適な感じが出る。バックも広告としてのメッセージの一部なんです」

福島はふん、と鼻を鳴らすとスタッフの方に向かって「おおい、ヌケなくてもいいんだって。ここでやるってよ」

オレは福島にかまわず、栗田カメラマンと原ライトマンの前へ行き「場所の設定とカメラ・アングルを決めましょう」

「監督、これやがな」栗田は一枚のメモをオレに渡す。

「まず、穴はあらかじめ掘っておいて、機械でやね、フタして土かけとくんや」栗田は地面を指差しながら「ワン・カット目はフルサイズ（全身像）や。フィックス（カメラ固定）の水平アングルでええやろ。踊る玲子はんが真ん中や。その右端にマネゴンが立っとる。これで穴掘る前までの踊りが撮れたら、カメラ動かさずにフタを外して彼女を中に入れる。ずんずん掘って行って穴の中へかくれ、最後にパンツ投げるまで行く。これでマスター・ショットは終わり。あとはアップやね。また彼女に同じ踊りやってもろうて、顔とか、胸や脚を動きながら撮る。最後にマネゴンの単独ショット。むずかしいことはなーんもない」

「監督これね」と福島。「自分が段取ったんすけど、なんか問題ある？」

「ちょっと考えさせて」オレはカメラが回って玲子が踊るところを想像してみる。

あっ、ひとつ引っかかることがある。

このやり方だと、玲子はカメラのために同じアクションを何度も繰り返さねばならない。彼女はプロの役者でもダンサーでもない。一昨日の本読みの時には一回のダンスを真剣に全力でやってくれたけれど、終わった時のあのハアハアという荒い息使いはかなりキツイ感じだった。何度もやらせちゃダメだ。おそらくワンカット目がいちばんフレッシュな、魅力的なものになる。繰り返すごとに彼女は疲れ、嫌になってくるに違いない。

オレはメインの三人、福島、栗田、原に向かって「裸であのアクションをやるのはラクなことじゃありません。玲子さんを活かすためには、出来るだけ一発オーケーを狙いたい。撮影の都合だけで、彼女に同じダンスを何度も繰り返させるのは無理です」と自分の考えを説く。「彼女を決まりきった段取りにハメてしまったら、ろくな結果になりません」

「なにバカ言ってんだよ、カントクゥ！」やはり福島が突っかかって来た。「撮影にはな、手順つうものがある。あんた、そもそもドライ・リハーサルやらない気？」

「ドライって何？　なんか乾かすの？」

「勘弁してくれようっ！　話になんねえよ」天を仰ぐ福島。

栗田が割って入って、「カメラ回さんで、役者さんの動きだけ全部やって見せてもろーて、その後に本番や。わかるやろ。それやらんとな撮影部の動きが決まらんのや」

「照明部の都合もあるぜ」と原親方。「役者さんをレフで押さえる（照らす）からな、フルサイズとアップじゃ光量がぜんぜん違うんだよ。そのくらい勉強してこいよ」

水田プロデューサーが何事か、と寄って来た。だが黙って聞いている。

「こんな風に出来ませんか」オレは栗田に向かって、「カメラを二台回すんです。一台は栗田さんのおっしゃる通りに、彼女の全身が入るサイズで背景に分譲地の感じも見せます。そしてもう一台はよりアップで彼女のダイナミックな動きを追う。穴を掘る前まで、彼女のダンスの部分はなんとか一発でやりたいんです」

「はあ？」福島が血相を変えた。「二カメだと！　誰が回すわけ？　カメラマンは栗田さんひとりだよ。どうする気だよ、えっカントクよぉ？」

栗田も原も「何を今さら」という表情だ。

だがオレはちょっと考えた後、答えを出した。「栗田さんはアップで彼女の動きを追ってください。いいカメラワークが必要です。で、固定してあるカメラの方はどうせ動かさないんですからオレが自分で見ます。ファインダーのぞきますが、カメラには触りません」

「あんたなあ！」福島がオレにぐっと体を寄せて、「ふざけんなよ！　撮影部を何だと思ってるんだ。ファインダーのぞかせてもらうまでに何年かかるか知ってんのかよう」

「知りません」オレもしっかりと開き直っていた。「今そんなことは問題じゃない」

「こ、このやろ！」

「待てぇ！」背後から大声がかかった。水田プロデューサーがオレと福島の間に割って入り、「落ち着けよ福島。よく考えろ。監督の言う通りじゃないか。お前、ハダカで踊る役者さんの身になってみたか？」

「せやな」と栗田が小さくうなずく。「何度もやるのはしんどいわ」

水田は続ける。「二カメでいいよ。予備の一台が撮影部にある。フィックス（固定）の方は監督にのぞいてもらおう。それで問題ない。こりゃ本編じゃない。たかがＣＭじゃん」

栗田が苦笑しながら、「ミズちゃんオーケーなら二カメで行こうよ。なあハラちゃんよ」

「なんとかやるかね」と原。

「降りますっ！　自分は降ります」福島が泣き出しそうな顔で絶叫した。「こんなカントクの下で助監やれません」

今度は全員が福島に注目した。栗田と原は戸惑いを見せている。

「降りる！　もうヤル気ない」福島が繰り返す。

「マサルよう」と水田。「冷静になってよ。頼むよ。お前いなきゃ現場どうなんのよ」

「降りると言ったら降りる！」

水田がオレを見て「監督、どうします？」

オレはあまり間を置かずに福島に向かって言った。「降りてください。どうぞ」

「えっ」意表を突かれたように、福島の態度が変わった。視線が泳いでいる。

「降りてください」オレは繰り返す。

「ちょ、ちょっと待ってよ」水田が慌てる。「監督、助監の替わりは今からじゃ間に合いませんよ。福島、お前が監督に謝れ。ここで頭下げろ」

福島は答えない。

「つまらないカマセ張るな。自分の立場考えろ。謝れといってるのがわからんか、福島！」

福島がぴくりと動いた。水田に向かってサッと頭を下げ、「もうしわけありませんでした」

「オレにじゃなくて監督にだよ！」水田の大声。

福島はオレの方へ向き直って、しばらくためらった後ピョコンと頭を下げた。

「監督」水田はオレの肩に手をやって、「福島もこうして謝ってるんで、ここはひとつ穏便にすませましょうや」

「水田さん、たかがCMです」オレはすっかりクールダウンした気持ちになった。「助監なんかいなくってもオレが直接指示出せます。でもね」と福島に目を転じて、「あなたを使うことも出来る。オレを嫌いならそれで結構です。でも、オレの言う通りに動いてください。イヤなら、ふじみ野駅まで徒歩十五分です」

福島はうなだれて、「……そうします」

「ああ、駅ね」

「い、いやいや、やります。はい、仕事やります」

水田は深いため息をついて、「面倒くさい奴だ。もう口閉じて、手足だけ動かしてろよ」

栗田と原も苦笑して顔を見合わせた。

その時、オレは区画の反対側の端に森山が立っているのに気付いた。

両腕を組んで、じっとオレの方を見ている。

さっきからのやりとりを全部黙って見ていたのだろうか？

オレと目が合った。森山の両腕がゆっくりと上がって、頭上で大きなマルを描いた。

その晩九時前、オレは赤堤の実家に寄った。

リシアからの手紙はいぜん来てなかった。もう二週間になる。でも、近い内に必ず来ると信じよう。

オレはダイゴの仕事が始まったこと、新しいアパートでは特に不自由はないことを報告し、母も安心してくれた。長居はせずに、その足でいつもの〈ユー・ユア・ユー〉へ顔を出した。

客はもう全部帰った後で、啓介が一人で片付けをしていた。

「いやあ、ノブさん退院はしたんだけどまだ調子出なくてさ、上の部屋で休んでる。オレがやるっきゃないね」啓介はハイ・ボールを作ってくれた。カウンターで向かい合う。「どうかね？　ダイゴ・エンタープライズとマーさんは？　一週間ちょっとになるかな」

「ありがと啓介、お前のおかげだ。面白いよ。早くもCM一本決まった」オレは日住センの話をした。啓介はうなずきながら笑顔で聞く。やがて話に森山の〈おふくろ〉が登場。深夜の路上。酔い潰れたけばけばしい老女。かいがいしく介抱する森山。

「マーさんちゅーのは不思議な人よ。頭脳明晰で博奕打ちで遊び人。それでいて孝行息子ときてる。親一人子一人でずっと暮らしてます。もち、まだ独身だわ。あのおふくろさん、幸代さん、今はあんなだけどね、若い頃の写真見るとそりゃあイイ女だったよ。マーさんを産んだのが三十七、八の時。僕が小さい頃、彼女はもう五十近かったと思うけど、まだかなりイケてたな。上城ならやりたがるでしょうね」

「啓介のおやじさんのお母さんはどんな？」

「ぐーっと地味。働き者で几帳面だったと聞いてるけどね。ま、爺様はけっこうヤンチャで、幸代さんを愛人にしちまった。マーさんも生まれた。結局マーさんは森山家の次男として認知してもらえたけど、幸代さんの方は追い出された。ひとりで祐天寺にスナック開いてずっとやってたな。マーさんも高校へ入ったあたりから森山家を嫌うようになって、今までもう十年近く母子で一緒に暮らしてる。ただね」啓介はちょっと顔をしかめて「幸代さんな、もうボロボロなんよ。糖尿、腎臓、アル中、それにちょいボケ。なのに、まだ毎晩店へ出てる。出てるってことは、帰って来なきゃいけない。マーさんもね大変なんよ」

11

連休最終日の五月五日。撮影本番だ。

前日の夜からふじみ野駅前の旅館に泊まっていた〈吉野組〉は、午前七時には現場へ入って準備にかかった。握り飯をパクつきながらの作業である。

ああ、ここはフランスじゃなく日本なんだなあ、と実感した。

スタッフはよく動いていると思う。

福島助監もキビキビと、オレの顔は決して見ないけど、ともかくやることはやってる。

大島玲子はまだ旅館にとどまって、メイク中だ。十時に撮影開始を予定しているので、彼女のインはその三十分前とした。福島は二時間前に入れろと主張したが、オレは押し切った。玲子に余計な体力を使わせたくない。

問題は天気。もちろん晴天の強い光が必要だ。

だが前線の通過で雲の動きが速く、時おり突風と共にパラパラと雨が通って行く。予報では昼前から『晴れ間も出る』と言っている。オレもそう感じる。(小さい頃から海へ出てヨットやボートに乗っていたから、気象のセンスはあると思ってる)

九時。オレはスタッフと共に、撮影現場の近くのプレハブ小屋(日住センの案内所)の中で、天気待ちをしていた。日住センの四谷課長は『撮影現場はまかせる』とのことだ。従って営業の柴も来ていない。森山は片隅のソファーで競馬新聞に見入っている。

まだ雨は止まない。

小屋の窓から現場がよく見える。あらかじめパワー・シャベルで穴を掘って厚板でフタをし、上に土を盛ってあった。土砂降りではないが、もうだいぶ土は濡れている。そこに雨ガッパを被った福島の姿があった。玲子が立つ場所を行ったり来たりして地面の様子をチェックしている。ややあって、福島はそこを離れ隣の区画へ上がる。そこに青いビニールシートをかけられた大きな荷物のようなものが置いてあった。福島はしゃがんでシートをめくり、中を確かめている。

雨の中を仕事熱心だなあ、とオレはちょっと感心した。

九時半、予定通り玲子が入った。ヘア・メイクの深沢ゆりがぴったりと付き添っている。オレは栗田カメラマンと一緒に玲子のメイクを確認する。玲子はタオル地のガウンを脱いで裸身を見せた。胸と股間の木の葉はうまく貼ってある。アイ・メイクがちょっと濃すぎる、と栗田が直させた。他には問題ない。

玲子は初めての撮影にもかかわらず、リラックスしており自信がありそうだ。

十時を過ぎて雨が上がり雲が切れ始めた。

撮影区画では、事前に位置決めして据えてあったカメラ二台の脚やレフのスタンドから防水カバーが外されて、カメラ本体がレンズと共にセットされる。ＥＫの35ミリフィルム四百フィートが装填されたマガジンも取り付けられた。

怪獣マネゴンの着ぐるみが、付け人に手を引かれてよちよちと歩いて来る。

先刻からチーフカメラ助手の鈴木が、原ライトマンと共に濃いフィルターをかざして空を見上げ、太陽と雲の動きを追っている。

「監督」鈴木がオレに向かって手を上げ「十五分から二十分で全開になります。スタンバイお願いします」

「オール・スタンバイ！」オレの掛け声で全員が一斉に飛び出す。気持ちいいなあ、これ。

「ちょっと待ったぁ！」区画の真ん中から声が上がった。

「まだダメだよ、カントク」福島だ。足元を指して、「まだドロドロだ。今やったら、役者さんの体、ひどいことになる。陽も照っているから、乾くまであと一時間。待ちましょう」

オレはその場所へ上がり、地面に手をついて土の具合を見る。たしかにまだ完全には乾いていていない。てのひらが汚れる。うーん、玲子の動きを想像してみよう。

バレリーナのように立って、両腕を伸ばして、回転しながら膝を曲げて行く。だんだん姿勢を低くして、その後急にジャンプ……。そうか、彼女の体が大きく地面に触れるのは、穴掘りに入る直前だけなんだ。そこまでなら、ちょっと肌を土にこすったとしても、決して悪くない。むしろワイルドないい感じに見えるだろう。

「これで撮ります。スタンバイ！」オレは福島に向かって、「大丈夫。いけます。陽の具合もいい内に撮りましょう」

「ダメだっつうんだよ！」福島の顔がぐーっと迫って来る。「テイク・ワンやったら、もう彼女全身ドロだらけだよ。顔も体もメイクぐしゃぐしゃになっちまう。それやり直すだけで一時間以上。その間何も撮れない」

「テイク・ワンでオーケー撮れます。動きの中で少し汚れてもかまわない。で、その後の穴掘るところはドロだらけでいいんです。その方がかえって土地を愛してる感じが出る」

「甘いよ！　ＮＧになったらどうすんだよ？」

「その時は、一時間以上かけてでもメイクやり直します。彼女も休憩が取れる。地面が乾くの待ったってどうせ一時間かかるんでしょ」

「お前なあ」

「オレの言う通りにしてよ。福島さん」

福島は黙って目を伏せ、何事かしばらく考えた後、「わかった。やろう」そして隣の区画に向かって声を張り上げた。「おーい、それ持ってこいや」

そこに待機していた制作助手が、二人がかりで大きな青いビニール・シートをはがした。現れたのは、何十個も積み上げてある黒っぽい砂が入った袋だった。

「泥に少し砂を混ぜよう。肌にひっついた時にいい感じになる。おーい、手分けして地面全体に薄ーくなじませるんだ。十分間で済ませろ」福島はオレから目をそらして動きだす。

オレは驚いた。砂！　そんなものを用意していたんだ。福島はオレに徹底的に逆らい続けたけれど、やるとなればしっかり協力して……いや、ちょっと待て、もしかして？

しかしこの間、森山の姿は見えなかった。後で聞いたら、小屋の中でラジオのイヤホンで競馬中継を聴きながら、馬券のノミ屋との電話にかかりっきりだったそうだ。


十時四十分。上空は真っ青に晴れた。（業界ではピーカンという）

土と砂をうまく混ぜた、福島助監督心づくしのステージに、裸の玲子が立った。

メイクでツヤをだした浅黒い肌が陽に輝いている。バックの林の緑もしっとりと美しい。

玲子の右ちょっと奥に怪獣マネゴンも立った。

オレは中央に固定されたAカメラ、ミッチェル・マークⅡの左横で、ディレクターズ・チェアに座ってファインダーをのぞく。よく見える！　そりゃアタリマエだわ。

「監督」鈴木チーフがオレの耳もとで囁いた。「ファインダーからもごく微量の光が入って、フィルムがわずかですが感光してしまいます。カメラ回り始めたらカットするまでの間は、ファインダーに目をくっつけたままでいてください」

「了解。ありがとう」とオレも小声で答えた。

Aカメラのすぐ右には六フィートの高さのイントレ（足場）が組まれ、栗田カメラマンのBカメラはやや高い位置に陣取っている。そこからアンジニューの十倍ズームレンズで玲子の動きを追うのだ。

原ライトマンの三枚のレフ板は正面、左右の三方向から玲子とマネゴンを捉えている。

「スタンバイ！」オレの声で玲子についていたメイクのゆりが離れ、最後に残った助監のひとりがホウキで足跡を消しながらステージを降りた。

「よーい！」オレの号令は森山に教わった日本式だ。

二台のカメラが回り始めた。「二十四コマ、回転出ました」カメラ助手の囁き。

「はいっ！」オレの大声で玲子の背筋がすっと伸び。両腕がゆっくりと動き始める。

テイク・ワンでオーケーが撮れた！

オレも栗田も立ち上がって思い切り拍手した。

玲子は荒い息をつきながら、それでも嬉しそうに微笑んでペコリと頭を下げた。

たぶん猛練習したのだろう、完璧なダンスだった。

福島が言ったように、玲子の体にはあちこちに土がつき、モモやヒザに擦った傷も見える。だが、そのまま穴掘りのカットに入った。両手で土をかく玲子の動きは、ダンスとはがらりと変わって動物的で、汚れた体はかえってセクシーに見えた。

これも一発オーケー。

最後に、穴の底から玲子（手だけ）が葉っぱを投げ出し、マネゴンがそれを受けて大きくうなずくカット。これはもうラクなもんだったな。

十二時半に撮影はすべて終わった。

栗田がオレにくしゃくしゃの笑顔を向け「監督おおきに！　冥土の土産にいい画撮らせてもろたで。ほんにおおきに！」

水田も「吉野ちゃん、いい演出だった。初めてとは思えんよ。勉強して、将来スーパー・セブンも撮れるようになってよ」（オレはそういうもの撮りたくないけど）

そして玲子はオレの手を握って「監督、ほんとうに……」と言ったきり泣き出した。泥だらけの裸のままで、メイクも涙でぐしゃぐしゃだ。やっぱり美人じゃないけど、何か強烈なパワーはあるなあ！

そこへ森山。「おつかれ。まだ編集・音入れあるぞ。よろしくぅ」言葉はこれだけだった。

撮影隊は四時過ぎに砧の醍醐プロで解散した。

最寄りの駅は小田急の成城学園前だ。オレは実家に寄って行こうと思った。新宿行きに乗れば、ほんの四つ先の豪徳寺駅で降りればいい。

撮影所の裏道を駅に向かって歩いていると、オレは背後から呼び止められた。

振り返ると福島がいた。

オレを睨みつけて、ツカツカと寄って来る。

一発くるな、と思った通り、ガーンと左頬に喰らった。たいして痛くなかった。今までもっとキツイやつを何度も貰ってるからね。（特にパリで喰ったプロのボディ・ブロー）

オレは殴り返さず、「おつかれさま」と微笑んでやった。

「監督」福島は真面目な顔で、「すいませんでした。一発だけ、どうしても殴りたかったんですぅ。ごめんなさい」

「いいよ」オレは福島に背を向けて歩き始めた。

オレの後姿ハードボイルドだなあ、などと感動しながらね。

赤堤の実家には誰もいないようだった。母も教会の用事かな。

オレは預かっているカギで勝手口から入った。

きれいに片付いているキッチンを通り、廊下から階段を上がって二階のオレの部屋へ。

先日オレが出て行った時と変わらない。でも少しカビの臭いがした。ここも、もうクニに使ってもらった方が良さそうだ、と部屋の中を見回した時、オレは小さく声を上げた。手紙が来てる！　勉強机の上に、赤青縞の縁取りが入った航空便封筒が置いてあった。オレはそーっと手に取った。〈ミスター・ヒロユキ・ヨシノ〉と青いペン字のあて名書きだ。裏を見る。〈フェリシア・アンドレセン〉ああ、リシアだ。

12

「お父さん、これがその手紙なの！」娘のあすかが、バッグの中から取り出した黄ばんで破れかかった半世紀前の航空便封筒をオレに見せる。

「ああそれだ！　あすか、見つけてくれたんだ。まだあって良かった」

オレはそれをそーっと手にとった。もともと薄い紙は朽ちかけており、ちょっと強く握ったら破れてしまいそうだ。

「大変だったんだ」とあすか。「屋根裏収納の段ボール箱、順番に全部ひっくり返して半日がかり。でもこれ、布袋に入れて大切にとってあったよ。今まで話聞いたから、わしも本当に嬉しいよ、お父さん。でもこれ、お母さんが生きてた時は〈非公開〉だったんだよね」

「リシアの話、あかねは知ってたよ。話したから。でも手紙はしまい込んだままだった」

午後の強い陽が海側の窓から差し込んでいる。

ナースのミヤコがコーヒー・マグをテーブルに置いて立ち上がり、カーテンを引いた。部屋の中がちょっとひんやりと心地良くなった。ミヤコは天井のライトをつけ、椅子に戻って、オレたちのやりとりを見守る。

オレは封筒の中から、注意深く薄い航空便せんを取り出して開いた。流れるような筆記体のリシアの英文。そしてもう一枚の薄紙が挟まっていた。乱雑な字の日本文、こちらはオレが書いたものだ。

「あすか」オレは航空便せんを手渡し、「これな、もらってすぐ自分で日本語訳にしたんだ。リシアのメッセージをしっかり理解しようと思ってね。字が細かいんで読んでくれないか」

「わざわざ訳文！　うーん、お父さんのやりそうなことだね。どれどれ」

あすかはしばらく二枚を読み比べた後、「うん、よく訳してる。ちょっとベタだけどね。わしが朗読しちゃっていいの？　かなりビミョーなこと書いてあるけど」

「わかってる。読んでくれ」

「いいよ」あすかはひとつ深呼吸して、手紙を読み始めた。

亡き妻のあかねに似てやわらかい、優しい声がホームの部屋に流れる。

今、リシアがあすかの口を借りて、もう一度オレに語りかけてくれるんだ。

『大好きなヒロ』とリシアが語りだす。『手紙を読んでほんとうに驚きました。ヒロが一週間も警察に捕まっていたなんて、想像も出来ませんでした。返事を出すのに何週間もかかってしまい、待たせてごめんなさい。わたしにはちょっと考える時間が必要でした』

『実はあの四月七日の朝、出て行くヒロに手を振って見送った時、わたしはもしかしたらあなたは帰って来ないかも、と感じていました。もう会えなくても仕方がない、とも』

『わたしの街、ストックホルムで一緒に暮らした八か月間に、ヒロは自分が少し変わったと気が付いていたでしょうか？』

『バイカル号の上で初めて会って話した時、あなたは他のスウェーデン人たちとはまるで違った男に見えました。わたしはちょっと変わり者だったから、スウェーデンの男たちは豊かで教育があり、優しく、安全清潔だけど、二十代でもう老人のように静かで欲がないと感じていました。そんな男には心がときめかないと』

『ヒロは何も持ってなかったけど、大きな夢や野心があった。パリでCM作って一発当てる、と言ってたよね。ハングリーで、どこか子供みたいに危なっかしいところもあった。わたしはそんなあなたを好きになりました。ヒロがパリに向けて出発してから、わたしは毎日あなたのことばかり想ってた。でも約束の六月が過ぎて、七月になっても何の連絡もない。パパが隠してしまったあなたからの手紙のことはごめんなさい。でも、わたしはもうヒロに捨てられたんだと思いました。そんな時にヤンネが死んでしまった』

『その後はもうメチャクチャで、あまりよく思い出せません。気が付いたらヒロに抱かれて、髪を撫でてもらっていた。あのウーデンガータンのアパートで一緒に暮らすようになって、わたしは最高に幸せでした。毎日ヒロが帰って来て、向き合ってワインを飲むのがうれしかった。クリスマスのラップランド、二人でオーロラを見たのは夢のようでした』

『でも、こんなことを書いてごめんなさい、年が明けて春になる頃、わたしはヒロの変化に気付きました。あなたは未来の話をまるでしなくなった。CMや映像のことも言わなくなった。毎晩、カフェの仕事や客たちの話。街の噂。新しく建つスーパーの話。次の休暇の過ごし方。でもあなたはとても楽しそうでした。わたしもそれで良かった』

リシアの言う通り。オレは毎日が幸せだった。夢や目標がなくてもリシアがいれば良かった。あの時のオレは、未来のことは考えないようにしていたんだ、と今は思う。

『あなたはもともとクリエイティブな仕事の人。ヨーロッパへ来たのもそのためだった。でも比較的自由なスウェーデンでも、外国人のヒロに許可される仕事は限られています。ウェイターのようなサービス業や他の肉体労働。あなたの才能を生かす仕事はここでは出来ない。ヒロはそれでもいいのだろうか？　わたしは悩みました。今の暮らしを続けたら、あなたは〈普通のスウェーデン人〉より不自由な〈普通の外国人〉になってしまう。ここがあなたの墓場になってしまう。でも、わたしはヒロとずっと一緒にいたい』

ああ、本当はオレもリシアと同じ迷いを心の底に隠していたんだろうなあ。

『あの四月七日の朝、わたしはサイコロを投げることにしたの。二度と引き返さない道を決めるため。サイコロの替わりに避妊薬を窓から投げ捨てる。フェリシア・アンドレセンはヒロユキ・ヨシノを抱きしめて、どこにも行かせてはならないのか？　それとも、ここから解き放ってやらなければならないのか？　あの晩、もしあなたが帰って来たら、それは結婚して子供を作りなさいという答え。わたしの気持ちはそうなることを願ってました。でももし、あなたが帰らずにどこかへ行ってしまったら、それはあなたを自由にしてやりなさい、と言う答え。そうなってしまっても、静かに受け入れようと覚悟はしてました。

そしてヒロは帰らなかった』

『日本人をやめることは出来なかった、とヒロは手紙に書いてくれました。そう決断してくれて良かった。日本のたくさんの人々の夢や未来のために、どうか素晴らしい仕事をして下さい。ヒロ、わたしにだって捨てることが出来ないものがたくさんあります。あなたと同じように、生まれて初めてそれに気づきました。そんなわたしたち二人が一緒に幸せに暮らすことが出来たあのウーデンガータンのアパートは、ヨーロッパでもアジアでもない、きっと世界のどこでもない場所だったのでしょう。あの素晴らしい八か月は過去にも未来にもつながらない、いつでもない時間だったように感じています。でもそんな不思議な場所も時間も今は消えてしまいました』
『ヒロ、わたしたちふたりの短い旅は終わりました。これからは、それぞれの旅を続けましょう。どんな景色が見られるのか楽しみです。ありがとう。ありがとう。ありがとう。あなたのことは決して忘れません。　フェリシア・アンドレセン』
　そして追伸としてカミラの言葉があった。『ヒロ、フェリシアは健康になり、大人に成長しました。彼女があなたに出会えた幸運を神に感謝しています。あなたの幸せを祈ります。　カミラ・アンドレセン』

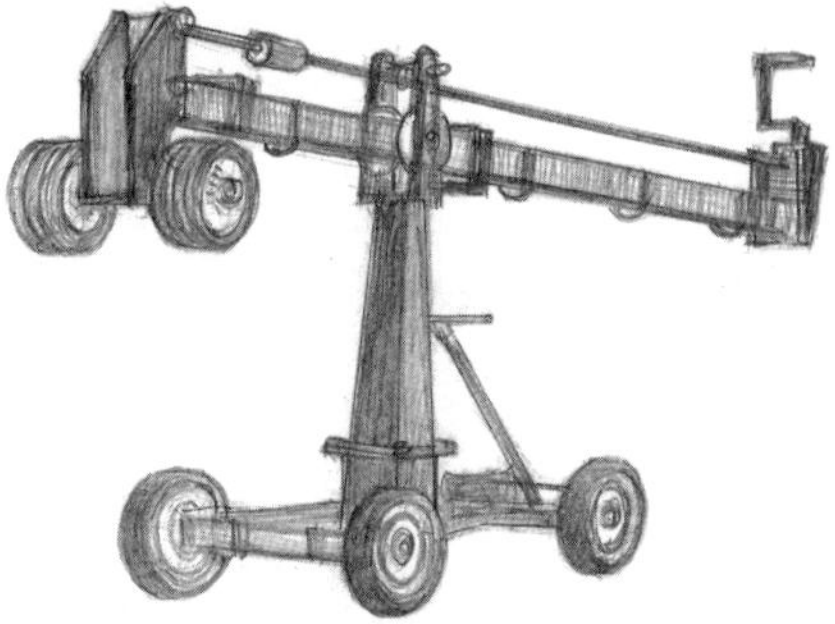

第二章

カナリー・イン・ザ・コールマイン

1

あすか、長い手紙を読んでくれてありがとう。

リシアがオレの枕元で話しているように聴けたよ。

五十七年前これを読んだ時、オレは軽い衝撃を受けた。リシアに別れを告げられたことだけじゃなく、彼女がここまでオレの人生を考えてくれたことが驚きだった。リシアと別れるのはたまらなく悲しいけれど、でも逆に、もしリシアが『ヒロ、来月フィンランドで会おうよ』と書いてきたら、オレは何と答えることができたろう？　いや、そんなことは決して起きない。あの時、リシアはオレよりもずっと知恵があったと思う。

オレたちが過ごした不思議な時間は、もう二度と戻ることはないんだ。

そこまで頭ではわかっていても、リシアの面影はまだ消えない。

でも仕事がある。オレはCMクリエイターとして、第一作の撮影を終えたばかりだ。これを一本の作品に作り上げ、世に出すんだ。

さてあすか、ミヤコ、話の先を続けるぞ。

＊

一九七〇年五月の連休明けだ。

日住センCMのオールラッシュ試写会が砧の醍醐プロで行われた。

この試写会というもの、当時のCM制作プロセスにおいては重要な一大儀式だったな。今は映画、テレビ番組、もちろんCMもフル・デジタル撮影だから、何が写っているかは全て撮影現場のプレイバックで誰でも見られる。ところがフィルム撮影の時代はそうではなかった。撮影済みのネガ・フィルムがダークバッグ（感光しない黒い布袋）の中で、セカンド・アシスタントの手探りでマガジンからフィルム缶に移され、厳重にシールされる。大切な宝物のような缶は品川の極東現像所に運ばれ、ネガ現像、ポジ焼き付けされる。濃度や色味を調整する前の、このポジを〈ワーク・ラッシュ〉通称ラッシュと呼んだ。

つまり撮影の数日後にやっと上がって来るこのラッシュを見るまでは、写っているかどうか（ネライ通りに、という意味で）誰にも、カメラマンや監督にすらもわからないのだ。（実際、ちゃんと写っておらず撮り直し、という悲惨なケースもたまにはあった）

午前十時。映画館のような大試写室にフル・メンバーが集まった。スポンサーの大島社長、四谷課長、そして主役の大島玲子とメイクの深沢ゆり。醍醐プロは水島、栗田、原と撮影・照明の助手たち、それに福島と他の助監たち。エンプラは森山と柴に監督のオレ。

全員が席につき、照明がすーっと暗くなった。ドキドキするなあ！

5・4・3・2・1というリーダーと〈Aカメラ、カット1、テイク1〉と表示されたカチンコに続いて、パッと映像が映った。

雨上がりの強い陽射しを浴びて、分譲地の真ん中に玲子の伸びやかな裸身が立つ。

「よしっ、写ってる！」と栗田カメラマン。周囲からも安堵の声がもれる。

スクリーンの中の玲子がゆったりと動きだした。オレの隣では本人と父親が食い入るように画面を見つめる。玲子の脚がすっと伸び、両腕が翼のように上がる。体が回転を始め、だんだんに姿勢が低くなる。足元の大地を撫でるような動き。かがみこんだ玲子はいきなりジャンプ！　空中で両脚を大きく開く。栗田が、「だいじょうぶや、あっこバレてないで！」玲子は着地して地面に伏せ、土がついた体で起き上がる。汚れ具合、イイ感じだ。福島ありがとう。玲子は膝まずいて、手で土を掘り始める。ここでカット。一発オーケーだ！

「Bカメの同じカットも並べてつないでありますう」と福島の声。

言う通り、次のカットは同じテイクのアップだ。微笑む玲子のバスト・ショット（胸から上の構図）から始まる。よくメイク映えしており、本物よりずっと美人だな。胸、腰、腿から膝のラインはしなやかで張りがある。栗田のカメラ・ワークは健康的に、品が落ちないように、うまく動かして見せていると感じた。

　これに続く穴掘り、葉っぱ投げ、そしてマネゴンのアップ。すべてオーケーだった。

　五分少々でオールラッシュ試写は終わった。

　皆の拍手と笑顔。

「出来てるよ、吉野。おつかれ」森山はオレの肩をポンと叩いて試写室を出て行った。

　ロビーから出口へ向かう社長と玲子の背後から、柴が追いすがって表情をのぞき込む。

　二人とも上機嫌だ！　モミ手をして喜ぶ柴。（悪い結果の場合は、顔をしかめて退席するスポンサーを追って、営業が全力疾走という醜態になる）

　柴にかまわず、社長と玲子はオレの前へ来て深々と頭を下げた。

「監督しゃん、美しゅう撮ってもろうて、ありがとのがんす」社長の頭に天井の蛍光灯がくっきりと映った。

　玲子は逆にオレの顔を心配げに見て、「監督、わたしで良かったでしょうか？」

「オーケーです！」オレは満面の笑顔で、「キレイです。いいダンスだったよ。玲子さんじゃなかったら、こんないい感じ出せなかったと思います」最大限の賛辞を贈った。

オレのアイデアを一番理解してくれたのは、他ならぬ玲子本人だと思ったからだ。

玲子はちょっと涙ぐんで、「うれしい、です」ともう一度頭を下げ、父親に肩を抱かれて去って行った。

「監督」振り返ると福島がいた。「この後のスケジュールの説明したいんすが」

「いいよ」オレは出来るだけフレンドリーな感じを心掛けて、「オーケー出しとかやるんですよね？」

「普通はそうなんすけど、今回はオーケーしかないんで」

「何か不都合が？」

「いやいやいや、とんでもない。NGテイクがない監督なんて初めてです。自分は驚いて、正直言って、何と言っていいかわかりませんが、感動してます。降りなくて良かったす。スケジュールの説明していいすか？」


福島の段取りで、その日の晩から編集・仕上げ作業が始まった。

まず、エディターの河辺ハナさんを紹介された。三十二、三歳で、ちょっとスキがあるエロい感じがミヤコ、キミにそっくりだったな。わがままな監督をフォローして、地味な編集の作業に徹夜で付き合うエディターは〈映像業界のナース〉とも言えそうだな。

晩飯の天丼を食べた後、オレはハナと編集室に入った。
ラッシュ編集はとても面白い仕事だ。35ミリのポジをカットごとに和ばさみで切って、壁一面に仕込まれた、アクリルにバックライトつきのラッシュ・ボードに並べてつるす。玲子の顔、腕、胸、脚、それにマネゴンがくっきりと浮き立って見える。
それを動画として見る機械が〈電動ムビオラ〉だ。大きな虫メガネのような丸い画面の下で、足踏みスイッチで作動する歯車が回りラッシュを一コマずつ投影して行く。機械そのものは、ちょうど両手で抱きかかえるほどの大きさ。左手で足元のバスケットからラッシュをたぐって機械に送り、右手は逆に出て来るラッシュをさばく。カットするタイミングが見えた瞬間に、右手の指二本でラッシュをつまみ上げてモーターを止める。つまんだコマに白や黄色のデルマ（柔らかい色鉛筆）でマークを入れる。このように言うとかなり難しそうに聞こえるが、やってみると実に良くできた仕組みで、オレは一時間ほどで使いこなせるようになった。（ハナが言うには、このカットする部分をつまみ上げる所作に、それぞれの監督の個性が出るそうだ。例えば善福寺監督は『チョーン！』と気合をかけるので有名だと。オレもこの後何百回も編集を楽しむ中で、自分の作法を作り上げたな）
オレと向き合って座っているハナは、デルマでマークされたラッシュを受け取ると、コマとコマの間数ミリの表面を和ばさみの刃で薄く削り取り、そこにアセトン（液体接着剤）を塗って七、八秒乾かしてサッと接着する。（この瞬間接着はかなり技術を要する）つながれた箇所はすぐにオレがムビオラにかけてチェックし、修正があれば（必ずある）またハナに戻す。これを延々と繰り返すのがラッシュ編集という仕事なんだ。

このプロセスが完全に電子化されるのは一九九〇年代。それ以前のフィルムの時代には、編集は精密で高度な職人芸を要する作業だった。でもオレは自分の指先で、自分の目で見ながらじっくりと取り組めるこの手仕事が大好きで、おそらく最後までムビオラを抱いていたディレクターの一人だろうな。世紀が変わる頃には、この極めてアナログなフィルムつなぎ技のことを、若い連中は〈伝統芸能〉などと呼んでいたな。

さて翌日の朝には、AカメとBカメの画で上手く構成した三〇秒と一五秒のラッシュが完成した。テンポを上げるための〈コマ落とし〉やカットの変わり目をダブらせる〈オーバーラップ〉を指定する黄色デルマのサインがあちこちに目立つ。このサインに従って、ハナは大切なオリジナル・ネガから該当部分を慎重に抜き出し、ラッシュと共に極東現像所へ送る。そこで指定のオプチカル処理がなされるのに中三日ほどかかる。この間にタイトルの文言や書体、大きさ等を決め（ゲラ拝、という）音楽やナレーションなどの音の要素も固める。この作品では思い切ってBGMは一切使わず、玲子の声とラストをしめる男性ナレーターだけに絞る。音の面でも、やたら騒々しい他の多くのCMとはガラリと違った印象を作りたかったんだ。


五月十二日。

六本木のアカイ・スタジオで、編集ラッシュ試写を兼ねた録音・ダビングが行われた。

当時のアカイ・スタジオはCMから大作映画まであらゆる作品にかかわる、映像クリエイターたちの一大拠点だった。一階のメイン・ロビーは『ハマちゃん、ぶりひさ！』とか、『イッペイちゃん、それズイマ！　ズイマ！』『え、マジで？　バイヤ！』などと業界語で賑わっている。売れっ子の役者やトップ・ミュージシャンの姿も見えた。

オレたちは地下一階のEスタジオに入った。

約二十坪のスペースの中央を、巾三メートル程の〈ミキシング・テーブル〉が占める。そこに音の要素すべてをコントロールする〈ミキサー〉と監督のオレが並んで座る。

オレの背後には小さな〈ナレーション・ブース〉という一面ガラス窓の防音室があり、その中で玲子やナレーターの小森さんが声を出す。オレはテーブル上の固定マイクのボタンを押して、ブースの中へ指示を出す。

部屋の左隅にはオープンリールのテープを回すデッキが、テープのサイズ別に四台並び、二人の録音助手が録音テープを、ハサミで切ったり貼ったりして音の編集に取り組む。

ミキシング・テーブルの前に、ゆったりとしたソファーがあり、スポンサーの専用席だ。今日は大島社長は急用で来れなくなってしまった、とのことで四谷課長が座っている。

そして誰からも見える真正面の壁いっぱいに、大きなスクリーンが映像を映し出す。

三十秒・十五秒の音を作るのに、フィルム時代にはこれ程大きな設備・機材と広い部屋、そして多くの人手が必要だったのだ。（ちなみに、二〇二七年の今なら、何台かのパソコンをオレのベッドの上に持ってくれば、全く同じことが一人でサッとできるぜ。ははは）

音の構成はシンプルだ。音楽はナシ。バックには小鳥のさえずりが聞こえるのみ。

玲子は裸でしなやかに舞い、跳び、地面を撫でる。本人のセリフが入る。

「土地買っちゃったー」（マネゴンうなずく）

「かわいーい大地！」（マネゴンうなずく）

「もー、掘っちゃう！　掘っちゃう！」（マネゴンうなずいて穴のふちへ）

「しあわせ！」（穴の中から投げ出された葉っぱのブラとパンツを、マネゴンが受け取って、深くうなずく）

「よろこびを売ります。全日本住宅地センター」キメは小森さんの渋いナレーションだ。

テイク三でオレはオーケーを出した。

玲子と課長はオレに深々と頭を下げ、「お仕事の邪魔になっては」と早々に引き上げる。柴が、「さ、さ、ささ」と何か訳のわからないことを口走りながら先導してゆく。

さて、後は三十秒、十五秒の長さに合わせて音を編集する。

玲子のセリフ、小鳥のさえずり、そしてキメのナレーションの微妙なタイミングや音量バランスの微調整だ。

ここから先はもう名人のミキサーに任せて、オレは監督席でリラックス。コーヒーを飲みながらゆったり鑑賞しよう。

面白い、インパクトのあるCMが出来た。

いろいろと批判も出るかも知れないが、大いに目立って話題になるのは間違いない。

この〈目立つ〉ということ、今の若い世代はとても嫌う。他の人たちとは異なる個性はある種のリスクにつながると考えているのかな。だがオレたち〈団塊の世代〉にとっては、目立つことこそが生きる術だったと思う。ガキや若者などそこいら中に掃いて捨てるほどいた。友達の一人が高校で野球部に入ったら、セカンド（二塁手）だけで十二人も並んだそうだ。もちろん三年間、試合には一度も出られなかった。

ともかく目立たないことには何のチャンスも貰えない。

テレビCMこそまさにこの時代の〈目立ちたい精神〉の権化だったろうな。

これは絶対にイケる。オレはひとり悦に入った。東京を中心にかなりの量が放映されるのだから、もしかすると新聞記事になってオレのインタビューが載るかも知れない。

ありゃ、いけない！　まだ新しい住所に新聞とってなかったな。すぐ申し込まないと。


仕事は夕方前には終わった。

後は今週金曜に初号（一回目の完成プリント）が上がり、十八日月曜のスポンサー試写、そして六月一日からのオンエア（放送）を待つばかり。

さすがに疲れた。

まだほとんど何の家具もない部屋に戻り、オレはフロにも入らずに毛布に潜り込んだ。そのままぐるりと翌日まで眠って、目を醒ましたら昼近かった。すぐに起き、バタバタと身支度して部屋を飛び出す。ああ、電話もまだ申し込んでなかった。


会社に着くと、珍しくほとんどの社員がデスクについて何やら多忙そうだ。

「吉野、ちょっと」スーツにネクタイ姿の森山がオレを捕まえて、ボスのコーナーへ引き込んだ。ボスはまだ出社していない。

森山は「これ見たか？」と、毎朝新聞の朝刊をオレの目の前に突き出す。

「えっ、もう載ってるんですか、やった！　まだ放送前なのに」などと言いながら新聞を開いたオレは「ええっ！」と声を上げた。

『全日本住宅地センター社長　特別背任横領と巨額脱税で逮捕』一面ではないが、大きな記事だ。写真も付いている。連行される人物は、頭を光らせた大島社長本人ではないか！

「と、とくべつ、はいにんって、社長が？」

「会社の金を好き勝手に使った、ちゅうことだ」森山は記事を見て「株式や先物商品投機、ギャンブル、遊興費などとある。で、全部会社の経費に付け替えて税金逃れもしたと」

「これ、何かの間違いじゃなくて？」

「証拠が完全に固まってるから逮捕されるんだわ。社内から通報があったと書いてある」

「そんなことに、社長が……」

「吉野、こりゃイカンな」森山が先を話そうとした時、小桜さんが顔を出して、のんびりとした調子で「マーちゃん、おでんわよー」

森山はテーブルの上の電話を取った。しばらく相手の話を聞いていたが、「わかった」とうなずいて、「だからオメエはバカだ、と言われんだよ！」ガチャンと受話器を置いた。

森山はオレに向かって、「柴イヌだ。四谷課長とやっと連絡がついたそうだ。大島社長が逮捕されたのは昨日の夕方。今、社内はメチャメチャだと。そりゃそうだ」

「あ、あの、CMのオンエアはどうなるんでしょうか？」

「オクラ（放送取りやめ）だな。日住センは店頭上場はしてるが、実態は大島の個人商店に過ぎん。その大島が罪人となっちゃ、こりゃCMどころじゃないわ。ウチもヘタすると、制作費や媒体費まで取りっぱぐれる危険がある。柴イヌはそのリスクわかってない」

「おくら、ってオレのCM放送されないんですか。あんなに面白いの出来たのに！」

「吉野、柴イヌみたいなこと言うな。社会的な信用を失った日住センは今CMなんか流せる立場にない。テレビ局も相手にしてくれない。そんなことわかれよ。オクラだよ」

2

逮捕の翌日、大島社長は起訴・拘留決定と報道された。ダイゴと日住センの間でオレには見えない〈水面下のやり取り〉が森山を中心に数日間行われたが、結果は最悪だった。

オレの第一作は陽の目を見ないことになった。森山の言う通り、オクラだ。

しかもダイゴ・エンタープライズは製作費の回収も、媒体（テレビ・スポット）キャンセル料すらも取れそうにない。業務の全てを一人で決めていた大島社長の不在で、日住センは会社として機能停止した。担当責任者の四谷課長は事件の翌週に、なぜか突然辞職してしまって、以後連絡が取れない。そして経理部長の役員は〈急病〉で入院だと。大島玲子は、無理もない事だが、家にこもったきり人前には決して出てこない。全く会社の体をなさない日住センに、さすがの森山もお手上げだ。

事件直後はパニックになったオレだが、しかし一週間で起きたことを受け入れた。これは何か新しいアイデアで解決できるような問題じゃない。ダメなものはダメ。でも口惜しい！　オレは一本だけ作られた初号16ミリプリントを、エンプラの映写機で何べんも見た。初夏の陽を浴びた全裸の玲子がひらひらと舞うこの空間は、またしても〈世界のどこでもない場所〉になってしまったんだ。

玲子はあんなに頑張ったのに、可哀そうに……でも、あの娘に本物の才能があるのならば、きっと次のチャンスを掴むだろう。いや、オレだって同じだ。面白いCMをオレの手で作ることが出来たのは事実なんだから、必ずもっといい仕事が来るに違いない。

ともかく何か気分転換しようと思い直した時、ふとオレはひとつ忘れていた大切なことに気付いた。

帰国後一か月ほど、バタバタと急用が続いて〈カフェ・クレモン〉へ挨拶に行ってなかった。ジャン（マルセル）にお礼を言わなければ！

ちょうど月曜日、店は開いている。午後、オレは地下鉄で東銀座へ向かった。

街路樹とカフェ・テラス。毎日その中にいた東銀座裏通りの風景。ほんの一年ちょっと前のことなのに、何だか十年も過ぎたような気がする。店は開いていた。

店の中でテーブルを拭いていたジャンはオレに気付くと、「ヒロ！」と叫んで駆け寄って来た。オレたちは抱き合って再会を喜んだ。キスしそうな勢いだったな。

「帰ったんだねヒロ。ママンからの手紙に君のことがたくさん書いてありました」

「本当に危ない所を助けてもらったんです。それに昔の話も聞かせてくれたし」

「ママンは君と数日過ごしたことを心から喜んでいたよ。ウキウキして楽しかったってね」

「オレの方こそ。あ、ところでトオルさんやモリさんは？」

「モリさんは辞めました。今は別のシェフがいます。トオルはね」

「どうしてます？」

「役がついたんですよ、とうとう、オーディション合格！」

「え、すごい！」

「テレビです。NHK。連続ドラマで脇役なんだけど、毎回出て来るいい役です。撮影終わる来月まで店の仕事はお休み。私一人で何とかやってます」

その晩の閉店後、オレはジャンとワインを飲みながら一年分の話を聞いてもらった。

ダニエル・コードウェル教授の話もしてしまった。でもジャンは屈託なく笑い飛ばして、

「私は男も女も平等に愛せるようになりました。ダニーもそうなって欲しいね、ははは」

そしてマリーとユリウス・クラウゼン少佐の恋物語。

「ヒロ、ママンは不思議なひとです。私はママンがユリウスと本当に再会して結婚するようなことがあっても驚きません」オレもうなずいた。

〈カフェ・クレモン〉は、これからもオレにとって特別な場所になる、と思った。


それから半年、次の仕事もその次もどんどん来た。日住センの一件で、ダイゴ・エンタープライズは親会社・醍醐プロにまた借りを増やしてしまった。少しでも仕事で返すしかない。〈怪獣もの〉のCMをプロの下請けで作るのだ。もちろんプロデューサーは森山、企画・演出はオレの一手引き受けだ。オレは醍醐プロのヤスケ社長から信頼されたようだ。

六月初旬、まずは子供の運動靴のCMが入った。〈健脚堂製靴〉という聞いたことがないスポンサーの〈スーパーセブン子供靴〉という。ピンクや黄色の布とゴムの上にスー

パーセブンのキャラクターが貼ってある、安っぽーい商品です。

オレは頭をひねって、創意工夫をこらしたプランをプレゼンしたが全く理解されず、結局決まったコンテは、ただ子供たちが砧緑地公園で遊んでいる画に、スーパー・セブンのテレビ番組のアクション映像を混ぜただけの安直かつ平凡なものになってしまった。

撮影ではオレは幼稚園の先生のように振舞って、なんとか撮り終えた。

ただひとつ嬉しかったのは栗田カメラマンと福島助監督が、『吉野組です』と名乗って仕事に自分から参加してくれたこと。二人ともガキ共と優しく付き合ってくれたな。

編集・仕上げでは、ヤスケ社長が、『これを使いな』と命じたスーパー・セブン大活躍のカットが持ち込まれ、オレは優しい河辺ハナさんに慰められながら十五秒一本を仕上げた。

初号プリントがエンプラに届けられた朝、オレは森山と二人で映写してチェックする。十五秒はあっという間に終わった。

「おつかれ」と森山。「まあ、こんなもんだろ」

オレは顔をしかめて、「森山さん、これ面白いですか?」

「つまんねえ。だが、オーケーだ。クリエイターは仕事が済んだらゴチャゴチャ言うな」

オレは黙ってうなずいた。

「これから電広へ試写に行く。一緒に来てくれ」

「え、何で電広？　これ、醍醐プロからの仕事でスポンサー直取引なんでしょ？」

「テレビ・スポット枠の八割以上は電広か博承堂がしっかり押さえてる。ダイゴは直接には媒体を買えない。セブンとか番組の付き合いもあるからすべて電広通しになる。スポンサー試写の前に内容確認していただかないと、オンエア出来ねえのよ」

ああ、そうなのか。オレはひとつ理解した。だからニッセンが直取引で作ったＮＡＬのクレジットに電広の名前も入っていたんだ。

「おーっとっと、もうこんな時間だ」森山は腕時計を見てオレをせかした。


築地の電広本社はコンクリート打ちっ放しの、巨大な要塞のような十階建てのビルだ。オレたちは地下一階の〈Ｃ試写室〉に通され、現れた二人の電広社員と名刺交換する。四十代の三川徹・ラジオテレビ局第六媒体営業部長とその部下の茂木修一。

「どうもどうも」と頭を下げる森山。「先月の日住センの件ではえらいご迷惑をおかけしまして、改めまして」

「いいよいいよ、もう」三川はドスの効いた低音で、「今後は、クライアントの信用調査はしっかりやってもらわんとね。そもそも、初めからウチのクリエイティブの仕切りでやってくれれば、何の問題も起きないんだわ、森山さんよ。で、今日は何だっけ？」

「子供用の運動靴です。テレビ・スポットを少しばかり分けて頂くことに」と森山は鞄の中から16ミリのプリントを取り出した。

「どこのメーカー、アポロとか？」

「健脚堂製靴です」

「聞いたことねえな。おう茂木、与信（取引上の信用）は大丈夫なんだろな？」

「チェック済みです。Dランク、月三百万まで通りまーす。今回はそれ以下ですから」

「それっぽっち？　ははは、わかった、じゃ見よか」

その時ドアが開き、もう一人若い男がバタバタと飛び込んで来た。「ごめんなさい。ちょっと時間を勘違いしまして」周囲を気遣うような薄笑いに、オレは見覚えがあった。

「神山くん、名刺」三川がうながす。

その男、二年前の夏トークリで朝倉さんに紹介された、当時R学院大三年の神山隆だ。

神山は森山と名刺交換し、そしてオレに気付いた。「あ、きみは前に朝倉さんのところで会った、ええと何ておっしゃいましたっけ？」

「吉野洋行です」オレも名刺を出した。

「ああそうそう、吉野くんだ。しばらく。僕今ここの社員です。朝倉さんねえ、お気の毒に、亡くなってしまわれて」

「神山くんはね」三川が神山の肩を抱くようにして「クリエイティブ局の人間なんだが、こういう外部の試写は極力見てもらうようにしてるんだ。勉強になるからね」

茂木がプリントを映写機にかけようとすると、神山が駆け寄って、「あ、それ、茂木さん、僕がやりますから」

「いいよ、神山くん」三川が引き止めて、「茂木にやらせといて。きみはしっかり見なさい」

「はーい」と神山。ああ、ニッセンの亀山さんに聞いた話を思い出した。こいつは東洋自動車の常務の息子という大スポンサー・コネ付き社員なんだ。出世するんだろうな。

部屋の明かりが消え、子供靴CMが始まり、何の見せ場もなく終わり、明かりがついた。

一同、全く無反応……。

神山はポケットの中から別のプリントを一本取り出し、「部長、これもかけていいですか？」

「何だい？」と三川。

「アーバン・エレガンスのシリーズ新作。ジャック・ルネ、例によってカッコいいですよ。勉強のために、ロケ現場まで行かせてもらいました」

「制作は電広映像（電広の子会社）だろ。また藤本監督？」

「そうです。ジャック・ルネのご指名ですよ。コーディネーターはユーロの佐野英子さん」言いながら、神山は自分で映写機にフィルムをかけた。慣れた手つきだ。

再び明かりが消え、一流男性ファッション・ブランドのCMが始まった。

早朝。葦の茂る沼地の一角。フランス映画の大スター、ジャック・ルネが肩当て革のついたハンチング・ジャケット（商品）を着て、猟銃を構えている。ルネは周囲の気配を探って視線を鋭く動かす。緊張感のある音楽が盛り上がる。突然、バタバタッと鳥が飛び立つ羽音！　ルネがその方向に銃を向けた瞬間に画面はストップ・モーション。

「アーバン・エレガーンス」フランス語風のナレーションはたった一言でキマリ。

明かりがついた。三川と茂木が拍手喝采。神山が頭を下げて「ありがとうございます」

「きみが作った訳じゃない。でも美しい作品だな。さて神山くんよ」三川は神山と、オレにも視線を飛ばして、「このアーバン・エレガンスはさっきの子供靴CMとどこが違う？」

「は？」神山はちょっと考え込んだ後、「すべて違います……どこも似てない」

「そうだ」三川は森山をちらっと見て、「一流のクリエイティブは、そうでないものとは似ても似つかない。誰が見てもわかるはずだ」森山は無表情に三川を見返した。

三川はオレに目を向けると「きみはどう思う？　えーと誰だっけ？」

「吉野です」とオレ。

「どうだい、どこが違う？」ひどい質問だ。

オレは開き直って答えた。「大作のフランス映画と、子供の運動会の8ミリ映画の違い！」

ガハハハッ！　電広の三人が愉快そうに大声を上げる。

三川が笑いながらオレに寄って来て、子供をほめるように肩を抱いて頭をなでた。

「部長」と横から森山。「うちの作品、オンエア上問題ありませんね？」

「ああ」ちょっと気が抜けた感じの三川。「問題ないよ」

「失礼します」森山は立ち上がり、オレをうながす。

神山が、出て行くオレの顔を覗き込むように、「吉野くん」

オレは黙って見返す。

神山は薄ら笑いを浮かべて、「きみのCM、子供の笑顔が可愛らしかったよ。それにね、僕スーパーセブンのファンだし」

オレは答えずに足を速めた。

電広本社を出たところで森山はオレの腕を取り、「昼メシ食って行こう。この近所に旨いウナギ屋がある」

電広からしばらく行った裏通りのその店にオレたちは入った。昼休みちょっと前の時間で店はまだ空いており、オレたちは奥の席についた。

「うな重の特上ふたつ下さい」と森山が叫ぶ。

「いいんですか？」とオレ。

「制作費だ」

「わかりました」

この店は、客の注文を受けてから焼いているようだ。美味しそうな匂いが漂ってくる。

「吉野よ」森山がネクタイをゆるめながら、「電広の奴らの言いぐさ、口惜しいか？」

「口惜しいです」

「それでいい。せいぜい口惜しがって、もっとマシなもん作れ。だがなあと五年経ったら、あなたの作品を見せつけられて真っ青になるのは奴らだ」

「五年先が見えるんですか？」

「必ずそうなる。これからあなたの前にうな重の特上が出てくるのと同じくらい確実だ」

「信じます」オレは微笑んだ。森山はいつものように表情を変えなかった。

〈健脚堂製靴〉は初号をオーケーしてくれ、翌週から放映された。

オレの作品・放映第一号だが、見たくないし見せたくもない。誰にも知らせなかった。

その年は暑い夏だったな。

ダイゴのオフィスにはクーラーがなかった。窓を開け放ち、扇風機をかけ、それでも皆汗まみれで働く。オレは九月までに三本のCMを企画・演出した。

まずは〈ニンジャ・レンジャー・スリー〉の水鉄砲。広告主は〈バンザイ教育玩具社〉。今度こそはと、オレは力の入った企画を出したが、バンザイさんに受け入れてもらえず、決まった案は力の抜けるようなものになってしまった。

砧緑地公園で子どもたちが水鉄砲で遊んでいる画と、醍醐プロのテレビ番組から抜き出したレンジャー・スリーのアクション映像を組み合わせただけ。

出来ばえについては何も言う必要はない。前と同じで商品が違うだけだな。

電広の試写は今回も森山と二人で行った。

三川部長は顔を見せず茂木ひとり。神山もいない。茂木さん、さすがに一人では前回のような高笑いも出来ず、「問題ありません」のみで静かに終わった。

次は〈雪国あったか金庫〉の〈マネゴン通帳とお金のたまる貯金箱セット〉

そして三本目は大手・大正製菓の〈ニュー・スーパーセブンのおまけつきキャラメル〉

べつに説明もいらないよな。またまた同じことの繰り返し。砧緑地公園がセットの子供部屋に変わっただけ。つまりこれが醍醐プロに依頼されるCMのカタチなのだ。電広ももう面倒くさいと思ったのか、試写にも呼ばれなくなってしまった。

3

十月に入った。六本木のこのあたりには季節感がない。でも、うすら寒い日が続いた。オレのふところ具合も多少寒い。半年前ダイゴで仕事を始めた時には、スウェーデンから持ち帰った金が十数万円残っていた。だが、その後引っ越して、家具を買い電話を引き、スーツや靴も買った。どうしてもダイゴの給料〈税込み三万五千円〉では足りずに預金を喰ってしまう（当時、買い物はほとんど現金払いだった）。残高七万二千円。

そんな時にエンプラでは、数か月前から給料の遅配が始まっていたのだ。

八月二十五日に出るべきものが二日遅れになった。説明はナシ。

九月分も何と二十九日まで出なかった。ボスは海外出張でお留守。

小桜さんがいつものゆるーい調子で、「みなさーん、ごめんなさーいねえ。あしたのあさにはぎんこうさんがおかねをもってきてくれそうだからあ、ちょーっとまってってね。みんないいこだからね」

「森山さん」オレは一階の〈タイム〉で森山と向き合っていた。「遅配なんてひどいですよ。何でこんなことに？」

「おれも経理は蚊帳の外なんでわかんねえが、多分今月からは遅れないだろうよ。あなたのやってくれた三本のＣＭの代金がな、十日にはまとめて入る。それで回って行くだろ」

「会社にお金ないのに、ボスは飛行機に乗ってタイ出張ですか？」

「ドスケさんはなあ、スーパーセブンのキャラクター使用権を海外に売ろうとしてる。これが成功すれば大金が入る」

「じゃあ、そのお金が本当に入ってからベンツ買えばいいのに」

「あのクルマ見たのか？」

「３００ＳＬのオープン。横にちょっと乗せてもらいました。『これ、いくらするんですか』って訊いたら『君の給料十五年分くらいかなん、ははは。でもね吉野、僕は腰が悪くてね、ベンツのシートでないと痛くて座れないのよん。トヨタなんかヤワヤワでとうてい無理。ベンツの体になっちゃってるのん』げっ！　げげげっ！」

「まあそう言うなよ。ドスケさんにもいいところがあるんだよ」

「どこが？」


十月の給料は森山の言った通りちゃんと二十五日に出た。ほっとした。

その夕方、オレは小桜さんに呼ばれた。

「吉野ちゃん、ちょーっと頼みたいことがあるの」

「はい」

「これをね」と小桜は銀行のロゴが入った封筒をオレに渡した。分厚く重い。現金だろう。遅配されたオレの給料の三、四倍以上はありそうだ。

「今夜中に届けてくださーい」小桜は住所と名前が書いてあるメモ用紙をオレにくれた。

練馬区にある〈ベルサイユ沼袋・四〇二号〉片貝みゆき、と書いてある。

「この人誰ですか、社員？」

「さー誰かなあ？　今晩中によろしくねえ」


西武池袋線に乗って、オレはその住所へ向かった。着いたのは八時過ぎだ。

ベルサイユ沼袋は商店街の奥、布団屋と米屋に挟まれた古いマンションだった。ハモニカを立てたような細長い建物で、ワンフロア二世帯ほどの広さしかなさそうだ。

オレは団地のような外階段で四階へ上がった。目の前の四〇二号のベルを鳴らす。いきなりドアが開き、下半身ハダカの若い女が現れた。いや正確に言うとパンティ一枚の上に男物のシャツをひっかけている。恥じるでもなく、ドーンとオレの前に立った。オレは多少気押されながらもきちっと頭を下げて「ダイゴ・エンタープライズの吉野と申します。会社からこれをお渡しするようにと」銀行の封筒を手渡す。

「よかったーっ！　あたしのお手当、先月も遅れちゃって困ったのよ」そしてオレを招き入れながら「あ、ごめんなさい、あたし片貝みゆき。片想いの片にバカ貝の貝」

「お邪魔します」オレが入ると、みゆきは右脚をバレリーナのように高く上げてドアノブを掴んで引いた。こんな作法は初めてだな。かなり酔っ払っているように見えた。

みゆきは封筒を破って札束を数えながら、「あたしね、醍醐ドスケのメカケでーす」

オレもさすがにムカッ腹が立ってきて、「ドスケのメカケ。ドスカケだあ！」

「あはは、吉野くん面白い子だ。せっかくだから一杯やってく？」

「え、何？　せっかくだから一発やってく？」

バシーン、とオレの左ほおにみゆきの張り手が飛んだ。まるで痛くなかった。

「あんたね、そんなことやったら会社クビになるよ」

「ああそう」オレはみゆきに体を寄せて、「クビを覚悟すればやってもいいんだ！」そして今で言うところの〈壁ドン〉の態勢でみゆきを追い詰める。

「や、やめて」みゆきが初めて真剣になって、体をこわばらせた。

その時、オレはみゆきからすっと離れて、「失礼いたしました。冗談でした」

「ば、ばか……」みゆきの顔は真っ赤だった。

オレは靴を履いてドアの前に立ち、「わたしはドスケ社長とは趣味が合わないようです。お邪魔いたしました」踵をパンと鳴らし、六〇度三秒の礼をキメて立ち去る。


ベルサイユ沼袋を離れて歩きながら、オレはだんだんに気持ちが落ち着き、そしてつい先刻自分がやったことをちょっと後悔した。

オレは悪い冗談を仕掛けて、片貝みゆきのような弱い立場の人をからかってしまった。

傑作だった日住センはオクラ。その後三本も続けて駄作を作らされ、給料は毎月遅配。

一方でドスケ社長はベンツの新車とベルサイユの愛人。そこへオレはお手当の配達。

ひどい話だ。でもその意趣返しを、オレに何の悪意もないみゆきにぶつけたのは反省。

片貝みゆきさん、ごめんなさい。

キミは酔っぱらってただけで何も悪くない。すけすけのパンティも可愛かったよ。

それにしても、十代、二十代の頃のオレはけっこうよく殴られたな。

人に〈わざと殴らせる〉ような悪いクセがあったかも知れない。

あれ？　最後に殴られたのっていつだったろう、まだ二十世紀の内だったかな？

まあ、そんなことはどうでもいい。

オレは沼袋駅前の公衆電話から森山の自宅に電話した。給料日だし、ダメもとのつもりだったが意外にも森山が出た。

「森山さん、オレです。今、片貝みゆきさんのお手当の配達完了しました」

「おつかれ。パンツ見たか？」

「見ました。手は触れてません」

「おつかれ。酒飲みたいか？」

「飲みたい」

「ウチで良ければ、今から来い」

「行きます」

「タクシー使え。あとでおれが払う」

「いいんですか？　ここ沼袋だけど」

「制作費だ」

十時頃、オレは祐天寺駅近くの森山のマンションに着いた。

小さなエレベーターで三階へ上がると、三〇三号室のドアが開け放ってあった。

部屋へ入ると廊下の奥から森山の声。「吉野、来たか」

「お邪魔しまーす」

「真っ直ぐ入って来い。いちばん奥の和室だ」

言われるままに和風のドアを開けると、そこは六畳ほどのベッドルームだった。畳の上にピンクのカーペットが敷かれ、花柄のシルクのカバーがかかったシングル・ベッドが置いてあった。ベッドの上の壁には大きな神棚。その周囲は、数えきれないほどのテディ・ベアのぬいぐるみとリカちゃん人形で埋まっていた。母親・幸代さんの部屋なのだろう。

カーペットの床に森山がうつ伏せになり、その背中にパジャマ姿の幸代がまたがっている。何かマッサージでもしているような体勢だ。

「吉野、今終わるからちょっとそこで待っててくれや」

オレはベッドの上に腰を下ろした。

「ああ！　あああっ！」と森山が声を上げた。

幸代がやっているのはマッサージではなさそうだ。森山の体には直接手を触れず、肩のあたりに掌をかざすような動作だ。幸代は化粧も落とし、半白の長い髪も乱れ放題だ。骨ばって血管の浮いた両手をゆっくりと動かしながら、規則正しく息を吸って、吐いて行く。

「すっ、はあーっ」

「あ、ああ！」

「すっ、はあーっ」

「あああっ！　ああああっ！」

何やら超能力的な鬼気迫る感じがして、オレは息をのんだ。

これは〈お手かざし〉という技に違いない！


五分ほどで〈お手かざし〉は終わり、森山は起き上がって幸代の手を取ると、ベッドのカバーをめくって幸代を優しくいたわるようにして寝かした。

幸代は横たわったままオレに顔を向け、「吉野くん、ごきげんよう」子供のような声だ。

「あ、お邪魔しております」

「せんだっては、タクシーの中で失礼しましたね」

「こ、こちらこそ、あの、もうお体はよろしいんで？」

「ぜんぜんダメ。でも今夜は少しは息ができるんでね、征人にちょっとだけ〈おかざし〉をしてあげてたの。征人の肩にね、へんなものがついてたから。もう落ちたわ」

「すっきりしました」と森山。そしてオレを見ると、「吉野もやってもらうか？」

「そうだわ」幸代はオレを見つめると、「きみも良くないものが背中にべったりついてる」

森山はオレの腕を取って、カーペットの上に寝かせ、「おふくろ、大丈夫？」

「もうちょっとだけね」幸代はベッドからそーっと起き上がる。オレは覚悟を決めた。

三十分後。

「凄い効き目でした。体がかるーくなりました」オレはキッチンで森山とバーボンを飲んでいる。「お手かざしなんてオレ信じてなかったのに、でも今は」

「信じるか？」

「体の中にたまっていた悪いもんが、気持ちも含めて、何かぶわーっと出ちゃった感じです。信じます」

「飲め」森山はオレのグラスにジャック・ダニエルを注ぎ足して、「あなたの言いたいことはだいたいわかってる」

「やっぱり」

「ダイゴ、辞めたいか？」

「迷ってます。みんなにも良くしてもらってるし、頼りにもされてる。でもオレはもっと面白い、本物のＣＭ作りたいんです」

「ダイゴに来る仕事は、まあ怪獣テレビ番組のオマケみたいなもんだからな。やっぱり、あなたはＣＭ専門の会社へ行くべきだろう。小さくてもいいから」

「え、ダイゴを辞めてですか？」

「まだここだけの話だが」森山はダンヒルに火を点けた。オレも一本もらう。

「吉野、おれは実はひとつ会社を持ってるんだ。ダイゴとはまったく無関係にな」

「そ、それって？」

「去年、麻雀と競馬で大勝ちしてな、その金で設立した。〈株式会社　モリス〉という」

「もりす？」

「といっても社員二人だけ。おれは一〇〇パーセント株主で会長だ。雇ってやった社長は猿田っていう。テレビ局のＡＤくずれだが、クソ真面目で馬力もある。おれよりも年上、三十二、三かな。で、もう一人は事務のハイミスだ。頭はいい。猿田とやってると思うが、まあいい。この二人だけの会社だが、仕事は電広経由も含めて山ほどある。ダイゴとは違う。レッキとした広告だ。ホンモノのＣＭだ」

　オレは目を輝かせた！「その会社へ行けと？」

「吉野、もうちょい待ってくれ。いくつか片付けたいことがあってな。年明けにはあなたが動けるようにしてやる。給料は今の倍払う」

「森山さんはダイゴ辞めるんですか？」

「辞めねえよ。ここはここで使い勝手ちゅうもんがある。スーパーセブンや沢山の怪獣のキャラクターとダイゴの名前には大きな商品価値がある。おれはそっちも上手いこと使いたいんだ。だからあなたに頼むんだ」

「何かよくわからないけど、わかりました」

「いい答えだ。しばらくマル秘でよろしくぅ」

「もういい具合に煮えたかしら？」と言いながら幸代が入って来て、ガスこんろの上から鍋を下ろした。幸代はオレたちの前に木の鍋敷きを置いて鍋を据え、自分も座った。

ふわっと湯気の立つ、美味しそうなおでんだ。

「食いなよ吉野」と森山。「旨いよ。店だったら四百円だったたっけ？　おふくろ」

「四百二十円」

「超人気メニューだよな？」

「そう」幸代が息子に微笑みかける。

森山も笑顔を返した。

笑ったぁ！　森山が笑った！　ダイゴに入って半年、初めて見る森山の笑顔だ。

「おれの顔がどうかしたか？」

「い、いや、何と言うか、森山さんがくつろいでるなあ、と思って」

「普段くつろいでないか？　おれは」

「全然くつろいでない」

「そうか。ま、ここおれのウチだから。これでもおれのおふくろだから」

「何、その言い方？」幸代は森山の額をちょんと指先でつついて、「征人もエラそうなこと言うようになって、うふふ、これであたしも気楽に死ねるわ」

「おう」森山がもう一度大きな笑顔を見せて、「いつでも安心して死んでくれ。おれがきっちり骨をひろってやるよ。なあ、おふくろ」

　オレは言うべき言葉が見当たらず、黙っておでんを頂いた。

　とても美味しかった。

4

　十一月二十五日水曜日は、オレの世代の者にとってアポロ十一号やケネディ暗殺とは違う意味で、〈忘れることができない日〉となった。

世界的作家の三島由紀夫が、自ら率いる愛国団体〈楯の会〉の四人の若者と共に市ヶ谷の陸上自衛隊・東部方面総監部に乱入し、憲法改正のためのクーデター決起を呼びかけ、そして割腹自殺したのだ。

よく晴れた、北西風が冷たい日だった。

午前十一時過ぎ、オレは河田町のヤマト・テレビへCMの完成プリントを届け、タクシー乗り場へ行くため通りかかった正面ロビーで異常な混乱に巻き込まれた。

何か大事件があったらしい。あちこちに設置された大型テレビの回りに人が群れをなして騒いでいる。画面にはマイクを持った若い報道記者が映っているが、音声が入っていない。記者のバックに石の門柱と〈陸上自衛隊〉という文字が見えた。

「吉野じゃないか！」呼ばれてオレは振り向いた。

見覚えのある顔。ナホトカ航路で知り合った松木純一だ！

「二年ぶり。こんなところで会うなんて！」松木はスーツにタイを締め、〈報道〉という黄色い腕章をつけている。

「驚いた！　テレビ局へ入ったんだ」オレは松木の手を取った。

「いやいや、なつかしがってる場合じゃない。すぐ行かないと」松木はオレの背中を押して、「後でゆっくり話そう。その前にまず行かなきゃいけない。吉野、一緒に来いや」

「どこへ?」とオレ。

「クルマの中で話す。これを」と松木は〈報道〉の腕章をもう一本取り出し「吉野もこれ、巻いてくれや。一緒に現場連れて行ってやるよ。凄え見ものになるぞ」

オレたちは非常階段を降りて地下二階の駐車場へ。

そこには、ヤマト・テレビの派手なロゴ入りのランド・クルーザーがウォーミング・アップしながら待機していた。オレたちを含め六人がバタバタッと乗り込むと、ランクルはタイヤを鳴らしながら急発進した。

オレは最後尾の席におさまって、松木と上司のディレクターらしき男の会話を聞き、何が起きているのかを理解した。しかしこの時点ではまだ『三島由紀夫が四人の若者を率いて、自衛隊・東部方面総監部に乱入。総監を人質に取って、何事かを要求している』程度の情報しかなかった。

クルマは十分もかからずに現場へ着いた。駐屯地の門の前にはパトカー、機動隊のバス、新聞社やテレビ局のクルマ、それに消防車までいる。警察は非常線を張ろうとしているのだが完全に出遅れて後手に回ってしまった。駐屯地内は右往左往する自衛官たち、カメラとデンスケ（録音機）を担いで走り回るマスコミ勢、それに単なるヤジ馬まで好き勝手に往来し、上空には何機もの取材ヘリの爆音が響く。

オレは松木にピッタリついて、人波をかき分けながら駐屯地奥の本館前庭へ向かう。ディレクター、カメラと音声のクルー、それにアナウンサーの藤木茂も一緒だった。オレはたぶんADのひとりのように見えただろうな。

時計を見ると十一時五十五分だ。

腕に同じ黄色い腕章をまいた背の高い若者が、ディレクターに駆け寄ってメモを一枚手渡した。「なに！」ディレクターはオレたちを振り返って、「急げ。三島が刀を抜いて本館のバルコニーに立った。演説を始めたそうだ。急げ！」

古めかしい石造りの本館の前庭。

オレはその光景をあおぎ見た。

三島由紀夫は軍服のような楯の会のユニフォームに白手袋、額には〈七生報国〉の鉢巻をしめてバルコニーの端に立つ。左下から見上げるオレの視点からは、日本刀の抜き身は見えなかった。カメラが回り、藤木茂がマイクを構えて話し始めた。

オレは三島を見上げる。正午の強い陽ざしが汗まみれの顔に濃い陰影を作っていた。

三島は拳を振り上げ、何かを繰り返し叫んでいる。しかしまったく聞こえない。

周囲は野次と怒号のうずだった。「何だあのキチガイは」「バカもの、降りてこい」「三島、お前なんかに国防の何がわかる」「頭でっかち、死んじまえ」「ファシスト、クソ野郎」

三島の唇の動きがオレにちょっとわかった。『聞け！　聞いてくれ！』と叫んでいるんだ。自衛官の中にも「静かにしろ！　ちゃんと聞いてやれ」と声を上げる者もいた。しかし、その声も泥流のような罵詈雑言にのまれて沈む。

「これ見ろ」松木が二枚ほどのペラをくれた。「あいつのメッセージだよ」

オレは手に取って、さっと目を通した。

〈檄文〉と題され、そこには憲法改正の為には自衛隊が決起する他にない、という呼びかけが書かれていた。

『われわれは戦後の日本が、経済的繁栄にうつつを抜かし、国の大本を忘れ、国民精神を失い、本を正さずして末に走り、その場しのぎと偽善に陥り、自ら魂の空白状態へ落ち込んでゆくのを見た。政治は矛盾の糊塗、自己の保身、権力欲、偽善にのみ捧げられ、国家百年の大計は外国に委ね、敗戦の汚辱は払拭されずにただごまかされ、日本人自ら日本の歴史と伝統をけがしてゆくのを、歯噛みをしながら見ていなければならなかった』

『自衛隊が目ざめる時こそ、日本が目ざめる時だと信じた。憲法改正によって、自衛隊が建軍の本義に立ち、真の国軍となる日のために、国民として微力の限りを尽くすこと以上に大いなる責務はない、と信じた』

オレは昭和史に詳しかったし、三島の作品も多く読んでいた。この〈檄文〉とほぼ同じ主張がもっとちゃんと書いてある作品が、一九六六年に出た〈英霊の聲〉。二・二六事件で自決した将校と、特攻隊で死んだ搭乗員の霊が、戦後日本人の〈裏切り〉に恨みを語るという凄い作品だ。

三島はこのままでは日本は滅びる、という強い危機感を持ったのだろう。

しかしそこは一九七〇年の日本だった。まだ高度経済成長の真っ盛り。多くの人々が、オレも松木も自衛隊員たちも未来を楽観して、バラ色の世界観を共有出来ていた時代だ。そのオレたちから見て、日本刀を握った三島の異様な姿は、理解と共感の外にあった。

はっ、とオレが〈檄文〉から目を上げると、三島がキラリと輝く抜き身をかかげて叫んだ。「諸君の中に一人でもおれと一緒に起つ奴はいないのか！」そして眼下を見回した。

そこへ再び怒号の嵐だ！「そんなやついるかあ」「バカ言うな三島」「ひきずりおろせ」「撃ち殺せ」「狙撃銃もってこい」

罵声を浴びながら三島はゆっくりと東の方角を向いた。そして刀を鞘におさめると姿勢を正し「天皇陛下万歳」を三唱して、バルコニーから室内へと消えて行った。

そして三島由紀夫は切腹した。作法通りに部下の森田必勝が介錯に立って、三島の首をはねた。直後に、森田も師を追って腹を切り絶命した。

その日、オレはテレビ・クルーについて夕方過ぎまで市ヶ谷駐屯地にとどまった。

総監室の血の海も、立ち入り禁止のロープをくぐって短時間だが目にした。

夕方本館内で行われた記者会見で、新聞記者の一人が「ほんとうに三島さんの首が切られて胴から離れたのでしょうか？」と訊いて嘲笑が起こったのを憶えている。

人間の首が胴から離れることなどあってはならない、というのが当時の平和国家日本の常識だったのかも知れないな。


その夜、オレと松木は新宿で遅くまで飲んだ。二人とも異常な興奮状態で、飲まずにはいられなかったんだ。

オレたちは酒の助けも借りて、今日見たことについてあらゆる言葉を尽くして語り合い、その意味を見つけようと足掻いた。

「僕は三島の壮大な妄想、としか思えないな」松木は否定的な立場だった。「ボディ・ビル、剣道、楯の会で自衛隊体験入隊と、売れっ子作家が自己満足の愛国遊びにのめり込んで行く内に、現実の日本と小説の中の日本が入れ替わってしまったと」

「松木の局のニュース番組では、きっとそういう方向を出すんだろうな」オレはちょっと違う見方をしていた。「あの三島さんの必死な表情が頭から離れないんだ。物凄く切迫した危機感があった。何かが見えていたんだと、オレは思う。オレたちには見えていない何か、三島由紀夫が命がけで訴えようとしたものが」

その後朝方まで、オレたちは議論を続けた。

だが話せば話すほどに、飲めば飲むほどに、三島由紀夫はオレたちの理解を飛び越えてはるか彼方へ去ってしまった。

＊

あすか、ミヤコ、これはきみたちが生まれる二十年ほども前のことだ。

実はオレな、最近〈英霊の聲〉を久しぶりに読み直してみたんだ。

ほんとうに驚いた。

やっぱり三島由紀夫は天才だった。

あれは一九六六年の作品だ。しかしそこに描かれている日本、表面上は豊かでも未来への希望がなく、国民としての誇りを失い、それでもまだ自らをだまし続ける姿は、まさに今や大半の人々が本気で危機感をつのらせているこの二〇二七年の日本そのものなんだ。

もし今の若者が、何の予備知識もなくあの作品を読んだら、去年あたりに書かれたものに違いないと思うだろうね。

〈カナリー・イン・ザ・コールマイン〉という英語の表現がある。あすかは知ってるね。

昔イギリスの炭鉱では、酸素の欠乏や有毒ガスの発生を素早く察知するために、鳥かごに入れたカナリアを常に先頭に立てていた。超敏感な呼吸器を持つカナリアは、ごくわずかな空気の変化に気付いて突然鳴き方を変える。危険信号だ！　これが〈炭鉱のカナリア〉転じて『未来の危機を先んじて予知する人や事象』という意味で使われる。

三島由紀夫というカナリアは、世の人々より何と半世紀も早くこの国の危機を感じとり、命がけでそれを訴えたんだと思う。だが誰にも理解されず、カナリアは死んだ。

＊

翌十一月二十六日の早朝、オレと松木は新宿駅東口で別れることになった。

「吉野に言わなきゃいけないことがあったんだ」松木はオレの手を取りながら、「去年の四月な、モスクワで僕を助けてくれて本当にありがとさん」

「いいよ松木。今頃になって」

「あの時、もしモスクワの警察に連行されてしまっていたら、今年僕はヤマト・テレビなんかに絶対入れなかったよ」

「何それ？」

「吉野に訊かれて、僕がちゃんと答えなかった質問があったね」

「ああ」オレは思い出した。「警察沙汰になったら、松木のお父さんにえらい迷惑がかかるって話だ。お父さんって誰なの、って訊いたんだ」

「親父は民自党の松木正純です。今の政権では自治大臣（警察を所管）やってる。テレビ局ちゅう所はコネ入社が多いのよ。この僕もしかり」

「なるほど」オレはうなずいて松木の肩を叩いた。「気持ち良くバラしてくれてありがとう。また近い内に飲もうな」そして〈報道〉の黄色い腕章を取り出し「この凄い威力のおかげで、オレには見れないはずだったものが見れた」

「そんなモノ、局にはいくらでもあるんだ。吉野にやるよ。記念に持ってけよ」

オレたちは名刺を交換して別れた。


〈参考資料〉『決定版三島由紀夫全集　第36巻』（新潮社）

5

その週の後半は特に仕事もなく、どこか気の抜けたような日々になった。

チョッコに会いたいと思ってトークリへ電話したが、『久々の大プレゼン』ということで超多忙だと。西舘女史がクリエイティブ・ディレクターでチョッコがアートをやるんだと張り切っていた。コピー・ライターはもちろんトークリ社長の堺さんだろう。「CMは?」とたずねたら「電広の佐久間さんとニッセンの鞆浦ディレクター。企業名は言えないけど、西舘さんは業界初の女性CDよ」オレはチョッコを盛大にはげまして電話を終えた。

トークリはまだまだオレの出る幕じゃない。『お呼びでない?』という感じだなあ。

土曜日の夕方、オレは世田谷の実家で母の手料理を食べ、しばらく雑談した後〈ユー・ユア・ユー〉へ電話した。ノブさんが出た。

「吉野です。あれから体調はどう?」

「店には時々は出てっけどねえ、パッとしねえなあ。でもよ、啓介がフルタイムでやってくれてんで、助かってる。代わろうか?」

間を置かずに啓介の声がした。「おー、どうよ? 例のオクラの後はがんばってる?」

「生活は出来てる。啓介さ、お前学校行ってないの?」

「それを吉野に言われたくないなあ! あはは、今年は留年と決まったんで、当分こちらに草鞋を脱がしてもらうさ」

「後で行っていい?」

「おお、来なさい。誰にも相手にしてもらえないんだろ。なぐさめてやるよ。今日は八時過ぎれば客は帰っちまうだろうから、おいで」


しばらく母とテレビを見て時間をつぶし、八時半にオレは家を出た。

線路沿いの道は、落ち葉が木枯らしに吹かれ、人通りもない。

でも〈ユー・ユア・ユー〉の看板にはほんのり灯がともり、まだ店は開いていた。

入るとカウンターの中には啓介一人。そして右隅の席に女性客らしき背中が見えた。

「よう啓介、来たよ」とオレ。

啓介が何か意味あり気にオレを見ると、黙ってアゴをしゃくって隅の女性を指した。

その女性は分厚い毛布のような紺のダッフル・コートを羽織っていたが、コートの裾から素脚とバスケット・シューズがのぞいている。あれっ、もしかして？

「ナッキ、吉野来たよ」啓介が声をかけた。

そうだ、ナツキだ。でもナツキはカウンターにヒジをついてハイボールのグラスを握ったまま、こたえない。

オレはその横にいくつか席を空けて、そーっとカウンターに座った。

啓介が小声で、「びっくりしたよ。お前の電話のすぐ後でいきなり来たんだ。偶然だよ。僕は何も仕組んでない。お前に連絡したい、とナツキが言うからここで待っていれば、と」そしてオレの背中を押して「ホラ、話してやれよ、吉野よお」

オレはうなずいて立ち上がり、ナツキの隣に腰かけた。

突然、ナツキがオレの腕にすがりついて来た。そのままオレに体を預け、そしてナツキは大声で泣き出した！　オレは倒れ込んでくるナツキを抱き支え、ゆったりしたボックス席へ移動した。

座ったナツキはオレの胸にどーっと顔を埋めて、いっそう激しい泣き声を上げる。オレは黙ってナツキを抱いたまま動けない。

啓介が電話を取り上げてどこかへダイヤルした。「もしもし、小田急交通さん」小声だがよく聞こえる。「一台お願いします。松原の〈ユー〉です。はいはい、吉野です。五分ね、よろしく」電話を切ってオレを見る。「わかってるよね」

オレはちょっとためらったが、「ありがと」そして啓介に向かって小さく敬礼した。

走るタクシーの席で、ナツキはオレにむしゃぶりついて来た。

ダッフル・コートの前をはだけると、下は紺のタンク・トップにショート・パンツ。バスケの試合からそのまま来たような恰好だ。持ち物はスクール・カラーのバッグだけ。

ナツキはいぜん何も言わず、ただオレに激しく体をからませてくる。

オレも火がついてしまった。猛烈にナツキが欲しくなってくる。

恥ずかしながらこうなると、立場だの筋道だのという理屈はブッ飛んでしまう。

オレの部屋へ入るなり、二人は服を脱ぎ飛ばして抱き合った。

二年前のクリスマスの夜と違うのは、オレだけではなかった。

ナツキも女が男に何をするのか、何を男に求めるのか、体でわかっていた。

二人とも恥じらうこともなく大声をあげた。

夜半頃。

体力も尽きた二人は、ベッドの上に並んで横たわっている。

オレは少し〈思考〉が戻って来るのを感じた。たぶん隣のナツキもそうだろう、と思う。ほとんど二年ぶりに〈ユー・ユア・ユー〉で再会してから、オレたちはまだひとこともまともな言葉を交わしていなかった。

話そう、とオレは思った。

「ヒロ」ナッキに先を越された。

「うん、ナツキ」

「ヒロが外国へ行く前に、あのクリスマスの時に、初めてすればよかった。でも……」

「いいよナツキ。オレだって同じ」

「バスケ部でわたし一年生からレギュラーになって、二年で区大会優勝した」

「うん、上城に聞いた」

「監督にすごく可愛がられたわ。四十代だけど素敵なひとだった。初めはうれしかった。でも今年になってから、その、こういう関係になってしまったの。バスケ部室で無理やり」ナツキは何か他人ごとのように淡々と話す。「でもそれからは毎週のように抱き合うようになって、わたしも、何ていうか、ほんとうに好きになってしまって」ナツキはその先をちょっと言い澱んだが、やがて体を起こしてヒザを抱くと「秋になってから。彼はわたしに暴力ふるうようになった。ひどく殴ったり蹴ったりされて、わたし驚いて、怖くて」

オレも体を起こしてナツキに寄り添った。

「ヒロ、わたしは合宿で暮らしてたから、朝から晩まで監督の言うなり。〈特訓〉で一対一のシゴキやられるの。ウサギ跳びとか、転んでも転んでも、足蹴りで起こされて」ナツキは抱えたヒザ小僧の擦り傷にちょっと指をあて「その後、宿泊室でまた抱かれて、痛いことされて」ナツキはふて腐れたように、再びベッドに体を投げ出した。

よく見ると、ヒザだけではなく、ナツキの全身は傷とアザだらけだった。

「わたしね、今日逃げてきたの」ナツキの声が小さな囁きになった。「体育館から手近にあった物だけ持って、部屋にも戻らないで、タクシー拾って来た。うちに帰るとママ驚かせちゃうから、どうしようかと思って、何となくここへ来たら啓介が『ヒロ来るよ』って。会えて良かった。気持ちスッキリした。ヒロ、わたしバスケ部もう辞める。あいつの顔も二度と見ない。いいよね？」

「オーケー」とオレ。ちょっと待てよ、オーケーじゃねえだろ！　そんな調子のいいこと言える立場かよ！と心の声がした。オレの話もちゃんと聞いてもらわねば、と思った。

窓のカーテンが薄明るくなっている。時計を見ると六時に近かった。

ヨーロッパで起きたこと。日本に帰ってからやったこと。ダイゴでCMを作っている今の生活。ベッドに寝転んだまま、オレはすべてをありのままに話した。ナツキは驚いたりゲラゲラ笑ったりしながらも、オレの気持ちを受け入れてじっくりと聞いてくれたが、リシアとの生活のところだけは、息をひそめたような感じがした。

でも、オレは何もかも正直に話した。

ナツキはひとつだけ質問した。「そのひととはもう会わないの？」

「会うことは、一生ないだろうな。何ていうか、もう別の人生になっちゃったし」

「でも、忘れないでしょ？」

「忘れない」オレはナツキに微笑んで、「オレの歴史みたいなもんだからね」

ナツキは曖昧にうなずいて、「……サヨナラだけが人生だ、っていう歌があったね」

ナツキがこんなことを言うなんて意外だった。でもオレたち二人とも、いろいろなことにサヨナラをし続けて行く人生の旅が、もう始まっていたんだな。

目を覚ますと昼前だった。

ナツキは先に起きて身づくろいをしていた。といっても髪をまとめて口紅を塗ったくらいだ。小さなバッグには、まともな服はなかったらしく、タンク・トップの上にセーターを被り、下はショート・パンツのままでダッフルを羽織る。

「おはよう」ナッキはオレに抱きついてキスした。「わたし、帰る」

「え、どこへ？」とオレ。

「家へ。やっぱりパパに全部話して相談する」

「あ、ああそうだな。そうした方がいい。異議なし」

「ヒロ、わたし、また来ていい？」

「あたり前田のクラッカー。いつでも来な」

「そこの電話使わせて」


一時間もしない内に、ナツキのパパが赤いアルファ・ロメオを運転して迎えに来た。イタリア製家具の輸入会社を経営するダンディーな渡辺一樹氏は、オレの〈パパ〉とはまるで違ったムードを漂わせているが、しかし父親には違いない。オレは少し緊張した。

「吉野君」パパはちょっと微笑んでくれた。「ナツキがいろいろ面倒かけてます」

「いいえ、とんでもない」オレは頭を下げた。

ナツキは二人のやりとりを黙って見守っている。

パパは続けて「ヨーロッパに長いことといたんだってね？　帰って来てくれて嬉しいよ。こいつがバスケット・ボールにハマッちまって合宿から出て来ないんで、実のところ私もイライラしてたんだけどな。良かったよ、はっはっは」

　オレもつられて笑ってしまい、だがすぐに真顔に戻った。

「吉野君」パパはオレの肩をポンと叩くと、「こんなジャジャ馬娘で悪いけど」

「パパ！」顔をしかめるナッキ。

「つきあってやってくれな」

「も、もちろん」

「私も、こいつの母親の明美もねえ、若い頃はツルんでずいぶんと暴れたもんだ。結局、私も年貢納めたけどね。そうでなけりゃナツキ、ここにいないもんな。そうだろ、ははは」

「ははは」オレは、この人も〈男のサンバ〉を踏んでいるのだろうな、と思った。

「吉野君、仕事だけは気合入れてやれよ」と言い残すと、パパはナツキをクルマに乗せ、路上の落ち葉を舞い上げながら走り去った。

6

年が明けた。一九七一年だ。

正月は何事もなく過ぎた。ナツキも上城や啓介も各々の家で祝った。

うちは恒例の逗子詣で。祖父はかなり多忙らしく、オレとゆっくり話す時間はなかった。鎌倉の八幡様と世田谷の岩井田家。母の実家は相変わらずの酒盛り、高笑い、大騒ぎ。

一月四日にアパートに戻ったら、晩メシはナツキが持って来てくれた。

二人であらためて正月をやる。

年の内にナツキはバスケ部に退部届を出していた。両親と相談の結果、監督の暴力の件は『忘れる』ことになったそうだ。（この時代、学生の側から学校や教師を訴えるなどは、特に体育会系ではまだ誰にも考えられないことだった）

ナツキは補講も受けて三年生の単位を取り終え、進級する予定。

就職のための企業訪問なども始めるようだ。

あれから、クリスマスも年末もそして今も、ナツキは猫のようにするりとオレの部屋に出入りするようになった。予備のカギを首から下げてね。そして来るたびに、いろいろと細かい物を持ち込んでそのまま置いて行く。たちまち部屋は〈女の痕跡〉だらけとなる。

でもオレはそれでいいと思った。

ナツキはどこかで生活の秩序だけは守ろうとしているように見える。

オレの部屋に居ついたりは決してしないし、避妊のことも真剣に考えている。

オレたちは、今のふたりの付き合いがいったい何なのか、あまりキッチリ決めようとはしなかった。二人ともいろいろ辛い経験の後、今は信じられる相手とラクに過ごせることが何よりも嬉しいんだ、とオレは思っていた。


一月最後の週、オレの転職が決まった。森山が作った会社〈モリス〉へ入るのだ。

オレは森山に付き添われてボスに辞表を出した。

ボスは全てを了解しているように見えた。森山が事前に話をつけてあるのだろう。

「残念だけど、吉野はCM専門の会社へ行った方がいいだろ」とボス。「まあ、どっちみち君とはこれからも長い付き合いになるね。森山もいることだし、ダイゴの仕事もやってくれよん」退職金はないそうだ。

オレは柴さんや小桜さんにも挨拶して、早々に引き上げた。

これからモリスの社長・猿田さんに会うのだ。

オレは森山と一緒に、六本木駅から地下鉄に乗る。

「会社どこですか？」オレはウキウキした気分で訊いた。「青山とか？」

「木場の近くだ」

「きば？　材木とか置いてある、あの木場？」

「家賃安いからな。重要なことだ」

オレたちは東西線に乗り換え、茅場町駅で降りた。

十分ほど歩くと運河のほとりに倉庫が立ち並ぶ、舗装の荒れた道に出た。かすかにアンモニアのような臭いが漂う。

「あそこだ」森山が指差す先に四階建ての古びたビルがあった。


「やあやあ、いらっしゃい」一階の入り口に猿田社長が出て来た。中背だががっしりした体格。薄めの髪に分厚いアゴ。四角いメガネを通して優し気な笑顔を見せる。「ここが我がモリス社ですよ」そこは三十坪ほどの小さなスタジオ兼編集室のような造作だった。半面が棚になっており、撮影、照明機材らしき物がぎっしり並んでいる。左奥の編集コーナーには、編集台、バスケット、そしてムビオラまであった。

オレは棚のカメラを見て、「え、これミッチェルですよね！」

「いやいや」と猿田。「土井ミッチェル。日本製のコピー製品やね。土井さんちゅう人が作ったんよ。もし本物だったらこの会社全部より高いわ、ねえ森山さん」

「バッタもんだよ」と森山。「おれがつぶれたプロダクションからブッ叩いて買ったヤツよ。レンズも五本ついてるぞ。他にも麻雀の貸しのカタに取り上げた機材がある」

面白い場所だとオレは感心した。ここで一応全部の作業が出来てしまう。やたら散らかっているようで、よく見るととても機能的なのがわかる。

「あそこにいるのが事務の丘道子さん」猿田が指す右奥にいくつかのスチール・デスクがまとまっており、算盤をはじいていた三十代の女性が会釈した。紺の事務服に短いスカート。黒いストッキングの上から分厚いソックスとスリッパを履いている。「いいひとだよ。ちょっと暗いけどね」と猿田がからかった。しかし道子は無視して仕事を続ける。

オレは森山を見た。森山がうなずいた。なるほど。

「あの隣が君のデスク。小さいけどね。ま、ほとんど座ってるヒマないから。あ、それから、ジブンのこと社長って呼ばなくていい。〈サルさん〉でたのんます。昔からそう呼ばれてるんでね」

「サルさん、ですか？　うーん」

「そうそれでいいの。了解？」

「あ、はい、サルさん」

「いーよ、いーよ吉野。それで行きまひょ」

帰りの地下鉄の中で森山はモリスについていろいろと話してくれた。

サルさんは元々は、ヤマト・テレビの下請け制作会社でＡＤをやっていたそうだ。勉強熱心な人で、技術的なことも全て覚えてしまい独立したがっていた。そこを森山さんに見い出され、ワンマン会社のワンマン社長に抜擢されたのだ。

現在、モリスは主として広告代理店経由で仕事をもらっており、電広の〈千葉支局〉と外資（アメリカ）のサイモントン・エージェンシー・沖縄支社がメインだ。他に千葉市内のいくつかの個人商店の仕事もある。

今まではサル社長が一人で、アルバイトなどを使って何とかこなしていたが、これからは、クリエイティブ面をすべてオレがやることになるのだ、と。

これはなかなか大変そうだな。

そもそも電広に千葉支局なんてあったのか！　築地の本社からたった三十キロの所で何をやるんだろう？　それに外資の沖縄支社！　当時、南西諸島はちょうど返還交渉の最中、つまりまだアメリカの領土だったのだ。

でもともかく、ＣＭをガンガン作らせて貰えるのは間違いない。それだけで嬉しい。しかも給料は六万円にアップ！　大卒の初任給が四万円ちょっとだったから、オレは高給取りになる。

チョッコにも電話で知らせた。ひどく忙しそうだったが、「ヒロ、プロになってきたね。

嬉しいよ。朝倉もどこかできっと喜んでいるよ」と励ましてくれた。


二月一日月曜日。

前夜、〈転職祝い〉をやって泊ってくれたナッキに見送られて、オレはアパートを出る。

地下鉄の乗り換えもあり、茅場町まで徒歩も入れて一時間以上かかった。

車内で考える。こりゃちょっとかったるいなあ。引っ越そうか？　いやいや、やっぱり
麻布・六本木を離れちゃいかん。トークリも歩いてすぐだしね。まあ、じきに慣れるだろ。


十時前にモリスに着いた。今朝は運河の臭いが先週とは違う。日替わりなのだろう。

出社早々、オレはサル社長（以後は敬称略とする）と電広千葉支局へ行くことになった。

「吉野さん」と丘道子がオレを手招きして、「はい、あなたの名刺出来てるわ」

「何種類ですか？」

「四種類。確かめます？」

「いや、だいたい見当つくので」オレは名刺をまとめて鞄に入れ、サルについて表へ出た。

「ちょっと、ここで待っとって」と、サルはビルの裏へ走る。

間もなく空き地の奥から、クリーム色のクルマが出て来た。日産セドリックのバンだ。

タテ目だから十年近く前の型。塗色もあせ、あちこちへこんでいる。かつてのムトウのシトロエンDSといい勝負だな。

オレはドアに手をかけ、「サルさん、運転オレがやりますよ」

「いいから乗ってや」とサル。

「でも、社長にやらせちゃ」

「自分、運転好きだから。はい、乗ってや」

オレは言われるままに助手席に乗り込んだ。


京葉道路は大渋滞だった。

サルとオレはぬるい缶コーヒーを飲みながら、まずは自己紹介もかねて雑談の時間だ。

「あんたのことはマーさんから何ちゃらかんちゃら聞いたわ。けっこうバタバタやってきたんね。フランスまで行ってねえ」サルの言葉使い、これ何弁だろう？　今まで聞いたことのある関西弁とも違う。

「サルさんはどこの御出身なんですか？」

「長崎。でも高校出てから自衛隊に十年ほどいてたから、あっちこっちに転勤させられて、言葉はもう日本中のナマリでぐちゃぐちゃ。ジブンでも何弁だかわかんねえや」

「へーっ、自衛隊からテレビ制作会社へ転職」

「ああ、そういうヤツ結構おるよ。えらくキッツイところがおんなじや。まあ、ジブンは連隊の広報班にいたから、十六ミリのアイモとかスクーピックなんか回してたよ」

「モリスには機材とか何でもあるから面白いです」

「そうだ。うちで働けば全部覚えられる。何でも出来るようになるわ。そのかわりな、何でもやらなきゃいかん。これかなりキツイで」

「給料も上がりましたから」

「あはは、上がった分の三倍働かせてやるから心配せんでええよ」

7

電広千葉支局は市役所通りの裏手にあった。銀行の支店が入っているビルの四階の窓に看板が出ている。

支局は二十人ちょっとの規模だ、とサルは言った。

受付のようなものはない。オレたちは〈クリエイティブ部〉と書かれた小部屋へ入った。

「お早うございます。モリスです」最敬礼するサル。オレも従う。

「おおサルよ、元気そうじゃん」二つしかないデスクの大きい方で新聞を読んでいた男が、こちらに顔を向けて立ち上がった。上背があり太鼓腹だ。丸い顔に大型のメガネ。誰かに似ている。そうだ、大西巨典にそっくりだ。オレを見て「その坊やが新人なの？」

「ほら吉野、こちらの春日部《かすかべ》CDにご挨拶」とサル。

オレは〈ディレクター〉の名刺を渡して、「吉野洋行です。よろしく」と頭を下げた。

「吉野は若いですが、もう何本も企画・演出をやっております」サルはオレの肩を叩く。

「ああそう」春日部も名刺を出した。〈電広千葉支局・専任部長　春日部晃〉とある。「実はおとといまで本社クリエイティブにいたんだけどね」と別の名刺を見せた。〈電広本社・第四クリエイティブ局　アソシエート・クリエイティブ・ディレクター　春日部晃〉こちらはクリエイターらしいハデな肩書だ。「白雪乳業やエース・クック知ってるよね。あそこのCM全部CDをやってた。だけど、ま、ちょっと飽きたっていうか、疲れたかな。で、こっちへ回してもらったと。CDの名刺もあげようか？」

「いや、結構です、現在のがあれば」さらっと答えてしまうオレ。

「そう」春日部がちょっと機嫌を損ねたようにサルを睨んだ。

サルはあわてて、「でもこちらでもお忙しいですよねえ。お得意先全部おひとりで支えておられますからねえ、へへへ」サルの愛想笑いはおそろしく不自然だ。自衛隊とヤマト・テレビではどうしてたんだろう？（オレも人のことは言えないけどね）

春日部は苦笑して、「いやいや、バーチーの仕事なんてのはぁ、僕に言わせりゃお遊びだね。まあいいや、そのお遊びの話あるんで、ちょっとお茶しに行こう」

ばーちー、だって！　何も〈千葉〉までひっくり返して言うことはないだろうと思ったが、旨いコーヒーは飲みたい。行こう。

バーチーのヒーコーはズイマ！　濃けりゃあいいってもんじゃない。香りがしない。

オレはその液体をズルズルとすすりながら、春日部とサルの会話を聞く。

「シャンゼリゼ・チーバって聞いてるか？」と春日部。

「すいません、まだ」アゴを出して詫びるサル。

「中央通りの正直屋百貨店な、あそこのてっぺん、七階に出来るんだわ」

「え、でも、七階は特売場とか福引とかの」

「そこを今度さ、ガラッと変えるんだわ。レストラン街にして〈シャンゼリゼ・チーバ〉って名前がつく。うちの企画が通ったんだ」

「へえ、シャンゼリゼ！　フランス料理とか出すんで？」

「ばか、バーチーでそんなもん出せる訳ねえだろ。焼肉とお好み焼き屋。みそラーメン屋。カレー屋と讃岐うどん。洋食屋も一軒あるにはある。あとガキの遊び場。そんなとこだ。工事はだいたい終わってるから帰りに見とってくれっかな」

「了解です」

「千葉テレのニュース番組わく一本なんで、CM三十秒のみ。予算は今詰めてるところだが、正直屋さん結構力入ってるんでバーチーとしてはそこそこ出るだろ」

「そりゃグーすねえ」

「まずみんなで、おそろいのブレザーでも作ろうかね」春日部はオレに向かってウィンクして、「坊やのは次回からにすっかな」

オレは言われた意味がわからず、「はあ」と曖昧にうなずくのみ。

「ありがとうございます」とサルは深々と頭を下げた。


電広を出たオレたちは、クルマを裏通りに停めたまま正直屋百貨店へ歩いた。

オレはさっきの『おそろいのブレザー』の意味がわからず、サルに尋ねた。

「へへへ」サルは苦笑して「まあ昨今の業界じゃあようけある営業なんやけどねえ、仕事が始まる前に制作費をちょっとばかり使わせて頂いて、何か春日部さんの、時にはジブンたちのもお買い物とかもするわけや。ゴルフのクラブなんてのもあったな」

オレは二の句が継げず、黙ってサルの後を歩く。


正直屋百貨店は戦前からそこにあるようなどっしりした、しかし朽ち果てた建物だ。七階へ上がる。

小さなエレベーターのドアが開くと、目の前に〈シャンゼリゼ・チーバ〉があった。虹をかたどった半円形のゲートの上に〈SHANZERIZE・CHIIBA〉と何とローマ字つづりで書いてあった。シャンゼリゼは長さ三十メートル足らず。レストラン街は先ほど聞いた通りの店が通路の両側に並ぶ。何の愛想もない、ただの小さな食堂街だ。

「わかりました」オレはあるがままに受け入れた。

『ぼく、本物のシャンゼリゼで撮影したことがあるんですよう』なんて言ってみたところで何になる？


帰りも京葉道路は大渋滞だった。時速五キロでは東京は遠い。

それでもサルが言うには、「千葉支局は何かまとまった仕事をやるには、なんちゅーても東京の本社に近すぎるんよ」そして小声で、「本社でな、ちょっと居場所がのうなった人間の仮置き場、ちゅう噂も聞いたなあ。どっかホントに遠くへどーんと飛ばされる前の」

モリスに戻ったら午後四時を過ぎていた。

オレは道子の隣のデスクで企画作業を始める。これから十日間で初号あげ、という凄いやっつけスケジュールなのだ。

プレゼンは明日の夕方。正直屋の会長の御自宅に伺って行われるのだそうだ。

ともかく今晩中にコンテを上げなきゃいけない。

サルの許可を得て、オレはデスクを部屋の反対側、編集台の隣に移動した。ここの方が落ち着く。道子の隣だと算盤をはじく音がうるさいし、時々サルが横へ来て、伝票を見ながら道子の胸をつついたりするので気が散る。（当時セクハラなんて言葉は地球上にない）

この引きこもったような位置は気に入った。目の前は撮影用の白塗りアール・バックと隣に土井ミッチェル。右にムビオラ左に編集台というクリエイティブな環境だ。

さて、電広千葉支局の春日部CDがどうであれ、吉野洋行は真面目に仕事をやるぞ。

サルと道子が、「お先に」と仲良く退社したのも憶えていないくらい、オレは企画に集中した。やっと完成したのは午前四時半だった。

コンテと簡単な企画書。もちろん一案に絞った。

オレのネライはシンプルだ。

これといって何の特色もない貧相なレストラン街そのものは見せずに、『正直屋七階にシャンゼリゼが来た！』というメッセージだけを繰り返しアピールするんだ。

フランス人の若い娘（モデルタイプの美人ではなく、マンガチックな面白いキャラの子）が、正直屋の食品売り場、ファッションや雑貨売り場などで、地元の客たちを捕まえて語りかける『ショウジキヤ、ナナカイニ、シャンゼリゼキタヨ！』『えっ、何？』『シャンゼリゼ、キタヨ！』と笑顔で上を指差す。これを老若男女の客に繰り返す。ラスト・タイトルはアーチ型の〈SHANZERIZE　CHIIBA　正直屋百貨店〉に絞る。音楽はBGM程度。

要は『ハテ何だろう？　行ってみよう』とお客さんに思ってもらえば成功という企画。自分でもたいして面白いとは思わないが、でもCMとしてちゃんとサマにはなる。

これで行こう。すぐに複写を作る。幸いモリスには最新のゼロックスがあった！

帰宅にはタクシーを使わせてもらう。

アパートに着いたら朝六時。すぐに寝た。

チョッコの夢を見始めたところで目覚まし時計が狂鳴して起床！　九時半だ。

十一時にモリス出社。今日の運河の臭いはほのかにウンコ臭い。

すぐにサルとセドリックに乗り込んで、電広千葉支局へ出撃した。

「上出来じゃん。バーチーにはもったいない世界観だ」オレのコンテにさっと目を通して、春日部は指でマルのサインを出す。

「ありがとうございます」とオレ。良かった！　やっぱりこの人はプロなんだな。

サルも大きくうなずいている。

「音楽いいの作ろう。作曲家の桃山隆さんね、僕のマブダチだからさ」春日部は突然唄いだす「♪シュワシュワシュワア、シャンゼリーゼエ　♪ウイー、シュワシュワシャンゼリーゼエ♪シュワッシュワッ　シュワシュワシュワッ、とこんな感じかな」

何を言いたいのかよくわからん。

「サルよう」と春日部。「これA案で出そう。ただもうひとつ別な方向性あった方がいい」と春日部は数枚のペラを取り出してオレの前に置いた。B案のコンテだ。

トップカットは焼肉のアップにパパの笑顔。次はお好み焼のアップにママの笑顔。お子様ランチのアップにお子様の笑顔。最後にラーメンとタンメンに爺ちゃん婆ちゃんの笑顔。

「♪シュワッシュワッシャンゼリゼ　シュワッシュワッシュワー　まあ、こういう世界観も選択肢としてはお得意に出しておきたいね。うん」大きくうなずく春日部。

シュワシュワっていうのが何なのかよくわからないが、まあともかくオレの企画がA案なんだからいいとしよう。

8

正直屋百貨店の創業者で現・会長の安総頼近《あそうよりちか》老人は、千葉市郊外の古い小さな農家に住んでいる。三年前に社長の座を長男・頼義《よりよし》氏に譲り、今は『晴耕雨読』の生活だが、依然経営の実権は握っている、と春日部は言った。

オレたちはセドリックを大根畑の横に置き、庭を抜けて家の土間へ入って行く。

「電広千葉支局です。お邪魔します」春日部が声をかけた。

「どーぞお」すぐ近くで女性の声がした。土間の脇にある昔風の台所でモンペ姿の老婆、おそらく会長夫人がトントントンと野菜をきざみながら、「そこの囲炉裏のとこへお上がりなさい。どうぞ遠慮せんでね」

オレたちは言われた場所に車座になった。

これからプレゼンというよりも、炉端焼きでも始まるような、まったりしたムード。

会長夫人が茄子の漬物とお茶を出してくれた。「爺ちゃん、すぐ来ますんでね」三、四歳の男の子と女の子がドタドタと走って来て、オレたちにまとわりついた。女の子がサルの背中に乗って、貴重な薄い髪をぐちゃぐちゃにして引っ張る。

「こら、お客様に失礼じゃぞ」甲高い声と共に白髪の老人が現れた。会長だろう。小さな人だ。だが大黒さまのようにふくよかな顔は巨大で、四頭身くらいに見えた。作務衣を着て足袋を履いている。

子供たちは部屋の隅にかしこまった。

「ようこそおいでです。安総です、あっはっは」会長はゆったりと笑って腰を下ろした。

「電広千葉支局の春日部と申します。これはプロダクションの猿田、サルと呼んで下さい。えー、それとぉ、吉野だっけ」

「お忙しいでしょう。さっそく宣伝のお話ししてくれますかねえ」会長はオレたちに優しげな笑顔を向ける。

「承知しました」と春日部がプレゼンを始めた。オレたちは脇で聞いているだけだ。

春日部の話はさすがに上手い。A案、B案ともにとてもわかり易く簡潔にまとめている。

だが、例の不可解な『シュワシュワシュワッ』はやっぱり出て来た。

話を聞き終わると、会長は福々しい笑みを浮かべて大きくうなずき「結構なおはなしですねえ。ふたつとも結構ですねえ」

「ありがとうございます」春日部につづいてオレたちも最敬礼。

「どちらにいたそうか？　迷いますですねえ」そして会長は、部屋の隅に正座している男の子へ、「頼造、こっちへ来なさい。皆さま、この子が頼造、正直屋三代目になる子です」

頼造がちょこちょこと寄って来て、会長のヒザに乗っかった。

会長は「らいぞうや、これ見てごらん」と二つのコンテを孫に見せる。「さっきのお話は聞いていたよねえ。らいぞうはどっちが好きかなあ？」

「こっち」ためらわずに頼造はオレのA案を示した。「おんなのこがかわいい」

「よーし、いい子だ」会長は孫の頭を撫でながら春日部に微笑みかけ、「このA、という案でお願いいたします」

「ちょ、ちょっと待って下さい」とオレ。

「黙れ」と春日部がオレの口を封じようとする。「会長はもうお決めになられたんだ」

「会長」オレは食い下がる。「ひとつ伺っていいですか？」

「黙れっちゅうのに！」

「まあまあ」会長がオレと春日部に笑顔を向けて、「言ってみなさい。何ですか？」

春日部は沈黙した。

オレは選ばれなかったB案のコンテを示して、「会長、このように料理を見せるカットがなくてもいいんでしょうか？　レストラン街なのに」自分のプランを否定するようなことをなぜオレは言ったのだろう？　会長が『子供に選ばせた』と思って反発したのかな。「それはね、あ、らいぞうたちはあっちで遊んでいなさい」子供たちは部屋を出て行く。それを見送って会長は語り始めた。「吉野君、いい質問ですね。料理は見せない方が良い、というのが答え。こういうアーケードでは出店者から『隣の店の方がおいしそうに見える』とか、『うちの店より内装や椅子がきれいに写ってる』というような文句が必ず後で出ます。だから何も見せない方が賢い。平等に何も見せなければ誰も文句なし。わははは」「さすが！」春日部が叫んだ。そしてオレを横目に見て、「ジョーシキだよ。常識」ややや遅れてサルも、「なーるほど！」とフォローした。

オレは黙ってうなずいた。でも会長の知恵とユーモアには感心していた。

この後も長く、この種のレストラン街やショッピング・モールのCMは、しばしば頼まれるジャンルのひとつになったけれど、この時の安総会長の言葉は常に、二十一世紀になっても原則として通用したな。『平等に何も見せない』つまり『何か別なものを見せる』。

企画が決まったとなると、さあ超特急のスケジュールを組まねばならない。

オレたちはすぐ会社に戻って、段どりを始めた。

まずスタッフ。何とサルとオレの他にはバイト二人、計四人だけで制作するという。

「そんなことって」オレはダイゴ・プロの〈吉野組〉を思い出して、「カメラやライトはどうするんですか？　それにメイク、衣装とか？」

「カメラはジブンが回す。照明は当てない。こういう企画はノーライトでいい」

「あの重たい土井ミッチェル、手持ちで振り回すんですか？」

「新兵器がある。これ見いや」サルは機材棚の下から、何やらアルミパイプと黒いゴムバンドの構造物を取り出した。「ソバ屋が出前に使う〈オカモチ〉を改造したんや。これを」と、サルはオカモチを上げて自分の胸の前にかかげ、腰にベルトで固定した。サルの顔の前にゴムバンドが下がっている。「ハリウッドにはもっとカッコええやつがあるそうやね。でもな、原理は一緒。カメラをゴムで浮かせて、軽く滑らかに動かせるようにするんや」

「びっくりです」オレはその機能がすぐに想像出来た。「これ、誰の発明なの？」

「ジブンですわ。〈サルカム〉って名前つけたで」

「さるかむ！　いいなあ！」この人は凄い、とオレは思った。

この五年後にハリウッドから日本へ導入されて、現在も更に進化し電子化して使われている〈ステディ・カム〉と同じ機能を、サルはソバ屋のオカモチから作り上げたんだ。

「ASA250の高感度フィルム使って、ノーライトでいけるわ。この前現場行ったろ。あの時に明るさ測ってある」とサルはポケットから小型の露出計を取り出した。「チーフもセカンドもアシスタントの仕事全部ジブン一人でやる。あんたはタレントと相手のお客さんに集中してればいい。群衆整理はバイトがやる。ただあ、問題がひとつ」

「あ、それキャスティングのこと？」

「ピンポン！　せや。フランス娘どうする？　モデルクラブに頼んだら十万も二十万も取られるわ。とうてい予算ない、時間もない」

「それね」オレにひとつ考えが浮かんだ。「サルさん、フランス娘はオレが二、三日で調達します」オレは自分の席へ戻って、電話を取る。ダイヤルしたのはもちろんカフェ・クレモンだ。閉店時刻寸前だったが、電話にジャンが出た。

ジャンはオレの唐突な相談を気持ちよく聞いて「ウィ」と即答してくれた。「知り合いの留学生に可愛い子いますよ。でもヒロ、彼女はギャラ貰えるんですよね？」

「もちろんです。ちょっと待って」オレは受話器をふさいでサルに向けて指で〈お金〉のサインを出した。

サルは道子の所へ行き、何か言葉を交わした後オレに向かって、「E万。一日」

オレはサルにマルのサインを出し、電話に、「ジャン、ギャラは一日三万円出るそうです」

「一日で？　ＣＭって凄いんですね！　彼女喜ぶと思います」そしてジャンは、明日には返事出来ると約束してくれた。

オレが電話を切るとサルと目があった。

サルは道子の太ももからパッと手を離して、パチパチと拍手してくれた。


〈シャンゼリゼ・チーバ〉はラッキーなプロジェクトになりそうだ。

翌日の午後、ジャンの紹介の留学生がモリスに来てくれた。

会った瞬間にオレもサルもぱっと笑顔になった。可愛い子だ。ブルネットで美人ではないけれど、ペコちゃんのような愛嬌に溢れた素敵なキャラだ。「ハナコです」と彼女は日本語で言う。「日本で日本の名前もらいました」いい声だ。背が小さめなのも使い勝手が良い。よし、ハナコで行こう。オレとサルはその場でハナコに返事をし、スケジュールを伝えた。春日部ＣＤからはすでに「まかせる」という言質をもらっていた。

オレはハナコのコスチューム・アイデアを考えた。

パリのギャルソンの制服にしよう。黒の上下、蝶タイ、カマーベルトで男装をキメる。そして頭にアーチ型で〈SHANZERIZE　CHIIBA〉のキラキラ文字が入ったティアラを飾るんだ。

サルの指示で、道子がメジャーを持ってハナコの体のサイズを取り、頭と足も測ってくれた。「後はジブンがうまく発注かけるわ」とサル。「ダイゴ・プロの衣装係のいいバイトだな」

二月五日金曜日。

開店三十分前に、オレたちは正直屋百貨店の通用口に集合した。集合といってもタレントを含めてたった六人。

ディレクターのオレは肩からカセット・デンスケ（小型録音機）を下げて音声の仕事も兼ね、アルミポールの先に付けた集音マイクを画面の外で操作する。

サルはカッコいい。パワースーツのような、ソバ屋のロボットのようでもあるサルカムを身に付けて、顔の前にソバより重いカメラをぶら下げ、ヒザと腰で上下左右にアングルを動かす。「吉野、三十五ミリの単玉（レンズ）で行く。ズームじゃ重すぎてバランスとれない。だから、寄り引きは体でやるから、それわかっといてや」とオレにウインクした。

バイトの二人は手分けして〈写ってくれるお客さん〉探しと、カメラ前の交通整理だ。

そしてハナコさん。コスチュームとティアラ、ばっちり可愛い！　彼女のやることは実に単純。にっこり笑って上を指差し「ナナカイニ　シャンゼリゼキタヨ」と言うだけだ。

ティアラを手製したダイゴの深沢ゆりも、わざわざメイクの手伝いに来てくれた。トークリでもニッセンでもダイゴでも、そしてモリスでも、皆仕事が好きな人ばかり。たった六人のチームは十時の開店から三時間ほど、地下一階の食品売り場から、六階の呉服や仏壇のコーナーまで、老若男女の客たちとハナコの珍妙なやりとりを撮りまくった。

撮影は午後二時でおつかれさま。

翌日のラッシュ試写は拍手喝采だった。ハナコが何とも言えず愛らしい。

正直屋の客たちのリアクションも千葉っぽい感じで、とぼけた味があったな。

「いいねえ。僕のネライ通りだわ」と春日部。キミのネライなんてあったっけ、と思ったけど、まあホメてくれてるんだからいいか。正直屋の担当者もえらく喜んでいた。

人物の力だ。ハナコの魅力。バーチーの客たちの素朴さ。企画のアイデアは大したことないのに、出演者たちがそれを傑作に変えてくれた。ニッセンの三田村さん言うところの『皆さんからいただいた』とはこのことなのだろう。

ネガ現像・ラッシュは大手の極東現像ではなく、横浜ラボという小さな現像所だ。ラッシュは一晩で上がる。早い。ただしオレは現金を持って横浜まで受け取りに行かねばならなかった。零細三流プロダクションはツケお断りなのだ。

さて、土日をかけて編集、音楽録音、ダビングして二月九日の火曜日には初号の予定だ。

編集はなんとオレ一人。つまりダイゴの時のエディター・河辺さんの仕事までやるんだ。ラッシュはどうにか、新製品・スプライシングテープの力も借りて土曜の夜に終わった。ただしネガ編集はオレには無理だ。撮影済みのネガを台無しにしてしまうだろう。オレはサルに泣きついて、そこだけやってもらった。サルは白手袋をして編集台に座り、編集済みのラッシュとオレンジ色のネガ・フィルムを並べて回しながらエマルジョン・ナンバーを合わせて行く。「次回からあんたがやるんよ」と言いつつサルは楽し気にネガのコマをスプライサーのカッターで切り、口笛を吹きながらアセトンで圧着する。ネガの映像面には絶対に何も触れてはいけない。これ、かなり難しそうだ!

「大切な映像だと思うからいけん。会社の花見の風景くらいのつもりで適当にやるんよ」

ネガ編集は深夜に終わり、オレはネガ原版の缶と現金を抱えて、セドリック・バンで海岸道路から一国を横浜ラボへ走る。(首都高七号線未完成。もちろん湾岸線は影もなし)

三時間程度の仮眠の後、日曜日の昼前から〈音楽どり〉が始まった。これもメジャーな六本木のアカイ・スタジオではなく、人形町にあるキネ・センター(キネセン)だった。和菓子屋の地下一階と二階にあって、A・B・Cの三つのスタジオのみだ。

オレたちの入ったCスタジオは小さい。八畳ほどのミキシング・ルームと、ガラス窓を隔てて四畳の録音ブースがあるのみだ。スタッフは年配のミキサーと助手一人。

約束の時刻をだいぶ過ぎて、春日部が現れた。やたら派手な中年と初老の男女五人がついて来る。作曲家の桃山隆は業界内では有名人のようだ。禿げかかったロング・ヘアにサングラス。プリントのシャツにストライプの細すぎるパンツがかなり痛い感じだな。

音楽プロデューサーの香川は、色白の肥満体をダブルのスーツに押し込んでいる。

そしてボーカル・グループ〈スィート・シックスティーン〉の三人のおばさん方。さすがに、名乗る時に激しく照れ笑いすると、桃山に「〈スィート・シックスティー〉って読むんだよね」とやられた。スタジオ・ミュージシャンや声優さんは顔も姿も全く見えないので、声さえ変わらなければ相当な年齢までやれる〈息の長い商売〉だな。

「おばさん方のアカペラ（伴奏なしの唄のみ）で行くよ。オケの予算ないし」と桃山。

「もう先生におまかせよ」春日部が持ち上げる。

録音が始まった時、オレは「えっ」とつぶやいてしまった。

本気でシュワシュワって唄うんだぁ！

♪シュワシュワ　シャンゼリゼ
ウィー　シュワシュワ
シュワシュワ　シャンゼリゼ

シュワシュワ　シュワシュワ　シュワワァー
ガラス窓のこちら側では、桃山と春日部が香川の持ち込んで来た年代物のワインを開け、缶詰めのオイル・サーディンとチーズをつまんで宴会を始めた。電広本社で華やかにやっていた頃の悪ふざけを再現しながら、三人はかなり盛り上がって来る。
オレとサルは黙ってガラスごしに、ミニ・スカートやホットパンツのおばさん方の可愛らしいコーラスと多少無気味なアクションを鑑賞した。
この音楽、ダビングの時にはうんとレベル（ボリューム）を下げよう、とオレは思った。

9

二月十二日から千葉テレビでオンエアされたシャンゼリゼ・チーバは好評を博し、正直屋百貨店の来店者は二月の週末としては増加した。会長も夫人もご満悦と聞く。

オレとしては初めて、オンエアされしかも家族や友達にも見せられるCMになった。しかし残念ながら、東京では放送されませーん。バーチーのみ。

次の仕事が来月に続く。〈サンシャイン・オレンジ〉の沖縄向けモノクロCM三十秒。

サイモントン・エージェンシー沖縄支社長の東京出張に合わせて、キック・オフ・ミーティングのスケジュールが組まれる。ちょっと先になりそうだ、とサルは言った。

翌週水曜日の夕方だった。サルは外出中。

道子のデスクの電話が鳴った。狭いオフィス中にベルが響き渡る。

竹製の孫の手で背中を掻いていた道子は左手で取る。「はい、モリスでーす。あ、はい、今おります。ちょっとお待ちください」道子はオレに向かって孫の手を振り「吉野くんへ電話。二番取ってくれる」誰からとも言わない。

オレは受話器を取り、「吉野ですが」

「イロくん、久しぶり！　温井です」

「え？」

「ぬ・く・い。パリでNALの仕事で一緒だった」聞き覚えのある鼻にかかった声だ。

「ええっ、ニッセンの温井さん！」

「いや、去年会社辞めてフリーになりました。コピー・ライターの温井です」

「あ、でも、何でここが？」

「朝倉直子さん、トークリの会長に聞いたんだよ」

「チョッコに？　ですか」

「ああやっぱり友達なんだ。良かった」ちょっと間を置いて温井は続ける。「パリではさあ、ムトウさん失踪の結果とは言え、あんな理不尽な思いをさせてしまって申し訳ない。君はベストな仕事してくれたのに、撮影中にクビなんてひどすぎる。もし許してくれなくても仕方がないと諦めるけど、ダメもとで頼みたいんだ。僕ともう一度、一緒に仕事するって考えられる？」

オレは、「え！」と言ったきり先が出ない。振り返ると道子は伝票整理をしている。だが、背中を掻いていた孫の手が止まり、オレの会話に聞き耳を立てているように見えた。

「もしもし」と温井。

「あ、ごめんなさい。ここ会社なんで……」

「そうだよね。えーと、例えば今日の夜とかどこかで会えませんか？　僕どこでも行くから。どーだろ？」


その夜九時頃にオレは六本木に着いた。

雲のない東の空に三日月が浮いている。

約束の小さなバーはテレ朝通りの裏手にある。巨大な六本木ヒルズが建つ三十年以上前のこのあたりには、下町のような鉢植えのある狭い路地に、飲み屋や小料理屋が並んでいたな。

雑居ビル一階の、看板も何もない鉄のドアを開けてオレが店に入ると、カウンターの端で温井が手を上げた。二年前と変わらないギョロ目と大きな笑顔。でも最新流行のネイビー・ジャケットとフレアーのパンツが似合っている。

「イロくん！　いや、ここパリじゃないからヒロくん、元気でよかった」

「ヒロ、でいいです。温井さん二年ぶり。独立したんですね！」

オレたちは並んで座り、飲み物を注文し、名刺を交換した。

温井の名刺には〈温井広告事務所〉とあり、原宿の住所だった。おシャレだなあ！

温井はオレの名刺から目を上げると、「先にあやまっておくよ、たぶんもう見てると思うから。例のNAL受賞作のクレジットに君の名前入れられなかった。ボクも三田村さんも絶対に入れるべきだって言ったんだけど、亀山部長が『逃げたムトウにかかわってる人間はダメ』みたいなことで許さなかった。ごめん。申し訳ない」

「もういいよ、気にしないで温井さん。すごい賞取れて良かった。それよりもムトウさんはあれからどうなったの？　行方わかったんですか？」

温井は首を横に振り「消えた。あの後ユーロの佐野英子さんからも何度か連絡をもらってるんだけど、ムトウ氏はフランス国外へ出たみたいだ。その後は消息なし」

ああ、やっぱりムトウさんは地の果てか！　スペイン？　モロッコ？

どこだっていいけど、せめてエリザやショウタと会えますように、とオレは念じる。

「本題に入っていいかなあ？」と温井がオレの顔をのぞきこむ。

「あ、ごめんなさい。仕事の話でしたね」

「ヒロは今ＣＭ制作会社にいるんだよね。社外の仕事なんて出来るかなあ？」

「それは、社長に聞いてみないと。出来るような気もするけど」

「なら、行きがかりを説明するよ」温井はちょっと考えてから「マルワって知ってるよね。分割払い専門の一種のデパートだ。昔は〈月賦屋〉なんて言われて貧しいイメージがあったんだけど、ここ数年で〈クレジットのマルワ〉として若い世代の客層がどんどん増えて、ファッションやインテリアを中心に老舗の百貨店を超えるメジャーな存在になってきたね。新しい客層は、ボク自身も君も入るけど、何年も先の稼ぎまで使って今を楽しみたい。そうだろ？　だから当然、現金払いのデパートよりマルワのクレジットで買い物をするさ」

「うん、ロンドンでもそんなお店が流行ってた」とオレ。

これ経済成長第二波。つまり皆の稼ぎが実際にどんどん増えて行く本来の成長が、そろそろ限界に近くなって登場した〈新しい成長〉、すなわち皆がこれから稼ぐ金まで先へ先へと使わせてしまう仕掛けだ。ともかく買い物をしてくれればGDPは成長するから。この時から今に至るまで〈成長の仕掛け〉はどんどん麻薬化して、オレたちを刺激し続けてゆくことになる。この初めの波に乗ったのがマルワだな。

「二か月くらい前、電広の第三クリエイティブがトークリ、ニッセンと豪華メンバーを組んで、マルワへのプレゼン準備に入った。電広は佐久間CD、トークリは社外から招いたCDとして西舘女史、その下のADはトークリの朝倉さん。どちらも女性だな。CMはニッセンの鞆浦カントクだ。コピーは堺社長じゃ古い、ということでボクに決まった」

チョッコが張り切っていたあの仕事だ。マルワだったのか。

広告業界初の女性CDでチョッコがAD。でも電広の佐久間さんやニッセンの鞆浦監督までいて、このオールスター・チームを一体誰が仕切るんだろう？

「初めはイイ感じだったよ。僕のコピー『キミ今月から給料十倍』に電広の佐久間CDが乗ってくれた。これからはクレジットやローンなどの借金も収入の内と考える時代だと」

「温井さんのコピーは、相変わらず単純明快ですね！」

「佐久間さんのチームは『最新流行のスーツに身を固めたビジネス・マンがカメラに向かって札束をぶん投げる』っていうすごいコンテを考えてくれた。西舘・朝倉の女性陣は、初めはどうも乗らなかったけど、朝倉さんが面白い新聞広告のアイデアを出した。監督含めて全員が聖徳太子の顔、という野球チームのモノクロ記念写真。聖徳太子が十人っていいよね！　ところがさ」と、温井がギョロ目をむいて「CM企画サイドが全然ノッてくれない。鞆浦巨匠が『そんな表現には美しい夢もロマンもない。世の人々が急に金持ちになったような下品な錯覚にとらわれることからは、本当の豊かさは生み出されない。そんなものはサギだ』と言ってまるで聞く耳持たない」

「うーん、鞆浦さんらしい感じもするけど」

「年末までモメたよ。クリスマスもなし！　鞆浦さんのコンテは『ファッションや家具や電気製品をかたどったオブジェが浮かんでいる無重力空間を、ボディ・スーツを着た男女がふわふわと浮遊する』みたいなシュールなやつ。それに合わせて『買い物は芸術だ』なんてコピーまでボク書かされた」

　オレには話の先がちょっと予感されてきた。

　温井は天を仰いで、「電広の佐久間CDとしてはオールスター・チームを壊したくない。結局『両方の案をプレゼンにかけましょう』とまとめてきた。西舘、朝倉組とボクはまあそれでオーケー。ところが鞆浦カントクが絶対に認めないんだ。『今月から給料十倍なんていういかがわしい企画と一緒なら、私は降りる。制作会社としてニッセンもこのプレゼンから手を引く』ときた」

「そんなムチャなカマセ言っても、鞆浦さんなら通るんですか？」

「ちょっと前までの美生堂あたりがスポンサーならね、相手が企画を引っ込めただろう。だけど、今はそんなに甘くない。電広三クリ局長の判断で、ニッセンは本当に降ろされた。樺山プロデューサーあたりが慌てて電広に駆け込んでも遅いわな」

オレたちは顔を見合わせて嘆息した。

二人とも煙草に火をつけて、ロックのグラスを鳴らす。

「ヒロ、チームを組み直すにあたって、僕は西舘ＣＤや朝倉さんの意見を聞いた。二人とも、ＣＭクリエイターとしては思い切って若手を起用したいと言うんだ。そこで君の名前が出た。僕も朝倉さんから君の近況を聞いて驚いた。もちろん大賛成したね。電広の佐久間さんはヒロのことは知らない。でも『西舘ＣＤの意向を尊重する』と言ってくれた。ま、ざっとこんな具合なんだけど、やってくれっかなあ？」

「温井さん」オレは逸る気持ちを抑えながら、「オレはバイトじゃなくて正規のプランナーとして参加するんですね？」

「当然です。企画、そして制作が決まれば演出もお願いします。ギャラの支払いは、ヒロ個人にでもヒロの会社にでも、希望に添ったカタチで。ヒロ、どうだろ？　キミが入ってくれたら、チームはガラリと変わると思うんだ。朝倉さんも是非にと言ってる」

「企画はもう一度初めから、アイデアからやっていいんですね？」

「テーマそのものから考え直す、と佐久間さんも言ってる。もしやってくれるなら、すぐに再オリエンテーションを段取りたい」


翌日、オレは朝イチでモリスに出社してサルを待つ。

十一時過ぎ、セドリックのガラガラというエンジン音が聞こえて来た。

オレはビルの裏手の駐車場へ出て、クルマから降りて来たサルを捕まえた。

二人だけで話したかった。オレたちは駐車場の端、運河のほとりに積まれた古タイヤに並んで腰を下ろす。今朝はカラッと晴れて、ウンコ臭いそよ風が水面を渡る。

「サルさん、ひとつ相談があるんですが」オレは切り出す。

「言うてみ」とサル。

オレは慎重に言葉を選びながら、マルワのプレゼンに参加したい、スケジュールはもちろんモリス優先で、ギャラも会社に入るカタチで、と説明した。

「やんなせ」サルは実にアッサリとうなずいて、「うちではそんなゴツい仕事出来まへん。あんたには最高のチャンスや。やっていいよ」

「えっ、本当に！　有難うございます！」

「ただし沖縄のオレンジCMあるけんね。あんたの言うた通り、スケジュールは当然うち優先で。まあ、外資の仕事はけっこう間があくからね、どうにか入るやろ。ギャラは有難くうちで貰う。せいぜい稼いでくれや。スケジュールの調整は道子にやらせよう」

「げっ、ほんとに？」

「大丈夫、あいつけっこう有能やから。キッチリ働かせてくれるで」

10

二月十九日金曜日。

朝九時半にオレは西麻布のトークリ屋敷に着いた。

三年前、どこにも雇ってもらえずにベソをかきながら閉じたこの黒い鉄の門を、オレは招かれたCMクリエイターとして堂々と開けたのだ。ああ、朝倉さんがいたらなあ！

オレはドア・ノッカーに手をかける前に、昨夜の短い電話でチョッコと交わした言葉を反芻した。

『ヒロ、仕事受けてくれてありがとう。ヒロと一緒ならもう一回闘える気がする』

『闘うって、誰と？』

『……ウソつきの男どもと』

『オレも男だよ』

『ヒロはウソつかないよね。助けて……わたし、あいつらがわからない』

チョッコがこんな弱気になってオレを頼るなんて想像もしていなかった。

事情はまだわからないが、ともかくベストを尽くそう。

ドアが開き、堺社長が顔を出した。その後にチョッコがいる。ふわふわの白いセーターにフレアのパンツが似合っている。でも何か緊張した表情だ。

「吉野くん、いらっしゃい」堺がオレを中へ招きながら「君とこんな風に仕事することになるとはビックリ。へへへっ、ま、女性軍とあの若いコピーライターが一緒になってね、どうしてもと言うんでね。しゃあないわ。よろしく頼みます」

「こちらこそ」オレは堺に軽く会釈し、すぐにチョッコを振り向いた。

「吉野さん」チョッコの言葉遣いにオレは戸惑った。オレに向かって丁寧にお辞儀をして「十時から電広の佐久間ＣＤのオリエンテーションを始めます。しばらくお待ち下さい」

「わ、わかりました」まだオレにはこの場の事情が呑み込めない。

屋敷の二階にある会議室は二年前のままだ。

そこで定刻通りにオリエンは始まった。

だがかつて朝倉真社長の精悍な姿が見えた中央の席には、今は電広の佐久間昭彦CDが背中を丸めて座り、金縁の眼鏡を光らせている。

テーブルを挟んで、西舘礼子CDを中心にコピーライターの温井、ADのチョッコ、そしてCMのオレが陣取る。ちょっと離れてテーブルの隅に堺社長が控えていた。

いぜんCDが二人だ。これはどう展開するんだろう？

「皆さまお早うございます」佐久間がオレたちを観察するように見回した。「さっそく本題に入りましょう。まず私の立場から。仕切り直すにあたって、私はクリエイティブ・ディレクターを遠慮いたします。CDの仕事はすべて西舘女史にお願いしたい。私はあくまで電広全体の視点からプロジェクトを俯瞰したい。プレゼンも西舘さんにお願いします」

西舘が佐久間をにらみつけながらも、小さくうなずいた。

佐久間は続ける。「理由を簡単に申し上げます。従来、明治の昔からつい最近まで、買い物の主役は男性でした。家族では夫が消費の主役でした。しかし、これからは変わります。これからの時代、買い物はカップル、あるいは夫婦で楽しむものになる。更に近い将来には完全な女性主役の時代も考えられますが、まずはカップルがターゲット。そこで重要なのが女性のモノの見方ですね。前のチームで考えた〈給料十倍〉路線は面白いアイデアではありますが、あくまで給料を稼ぐ男の側からの見方に過ぎない」

なるほど、とオレはつぶやいた。隣の温井もいちおう納得しているかに見える。

「質問」西舘が小さく手を上げた。

「どうぞ」と佐久間。

「あんた本気なの？　女性のモノの見方なんてサラッと言うけど、考え甘くない？」

佐久間がちょっとたじろぐ。

チョッコが唇を結んで目を閉じた。

西舘は続ける。「七十年代に入った今だってさ、世間ではほとんどの女性は家庭に閉じこめられて炊事洗濯やらされてるのよ。あたしみたいに風当たりの強い変人が本音でモノ言って、それがちゃんと広告になる、とあんたは確信してるわけ？」

「西舘さん」佐久間が冷静さを取り戻して、「これは電広マーケティング部局の予測です。佐久間個人の主観じゃない。会社として確信を持っている、とご理解お願いします」

「会社っていう名前の人間がどこにいるのよ？　まあいいや、同じケンカ何度もやってもしょうがない。あたしはこの仕事やることにした。ねえチョッコ、やったろうじゃない！」

「はい」目を閉じたままうなずくチョッコ。

佐久間はニッと笑い、「西館CDのディレクションを私は全面的に支持いたします。どうぞ若い男と女、カップルのための企画を作って下さい。責任は私がとればよろしい」

西館は厳しい表情のまま、「前回のように別な考え方のB案はいらないのね？　佐久間さん」

「いりません」佐久間が首を横に振って、「ひとつのコンセプトに徹して下さい。あなたが納得出来るものが欲しい。私のオリエンは以上でございます」

いちおう筋は通っている、とオレは納得した。誰がどんなウソをついているのか、などはまだオレにはわからない。佐久間、西館、温井、チョッコそれぞれが、ともかく何事かやろうという気になっているのは感じた。

ただし堺社長はあまり存在感がなかった。『気配を消していた』とも言えるかな。

三月初旬プレゼンを目途にスケジュールが組まれ、一回目の打ち合わせは週末をまたいで二十二日の月曜・夜八時と決まる。そこまででお疲れさま。

オレはその場でモリスへ電話して、丘道子にスケジュールを伝えた。

玄関を出たところで、チョッコがすっとオレに身を寄せて囁いた。「ヒロ、後で来れる？」

「来る。おそくてもいい？」

「その方がいい。マサミ寝かしてからね」


その晩は冷え込んだ。雪の予報も出ている。

十一時過ぎ、オレは再びトークリの門をくぐり、チョッコの笑顔に迎えられた。

キッチンでココアを淹れてくれているチョッコを居間のソファーで待ちながら、オレは二年前とは少し様子の変わった室内をあらためて見回す。

アップライトのピアノ。その上に去年来た時にはなかった写真立てが四つ並んでいる。

オレは立ち上がりピアノの前へ。

朝倉真さんの写真がある。仕事中のきりっとした横顔だ。

もう一枚は朝倉とチョッコのスナップ。チョッコは小さな赤ん坊（マサミだろう）を抱いて嬉しそうだ。五年前の日付が入っていた。でもチョッコはあまり変わってないな。

そしてあと二枚、不思議な写真があった。

ひとつは古いワラ葺き屋根の農家の庭先。家族の記念写真のように見える。

野良着の爺ちゃん、婆ちゃん。汚れたシャツ姿だがハンサムな父ちゃんらしき男性。その前に坊主頭にくたびれた学生服の男の子が二人。そして中央に、セーラー服の美少女がいた。チョッコだ！ 今よりもちょっとふっくらしてるけど、確かにチョッコだ。

意外だった。オレはチョッコが東京か横浜あたりのお嬢さまだ、と勝手に思い込んでいた。でもこれはどこかの山村の風景だ。

更にもう一枚。これはおそらく看板屋さんの写真か。ペンキでベタベタの作業服を着た三人。年配の男性と若者、そしてペンキのバケツを抱えたチョッコ！　背景には完成した映画看板らしきものの一部、キスしている外国人男女の大アップが見える。

「驚いた？」背後から声をかけられて、オレはハッと振り向く。

「特製のココア」マグを載せたトレイを持ってチョッコが立っている。「あったまるよ」

オレはマグを受け取り、何も答えられず、ともかく一口飲んだ。ああ、おいしい！

「座ろうよ」とチョッコはオレをソファーへみちびく。オレはそうした。

「ヒロ、わたしは岩手の山奥で育った百姓の娘なの」チョッコはココアのマグを両手で温めるようにくるんで話し始めた。「家、かなり貧乏だった。……わたし小さい頃、母さんが死んだ。男兄弟が上に一人、下に一人。私は高校どうにか出て、東京で就職したの。看板屋さんの見習い。絵が好きだったからね。でもちゃんとしたグラフィック・デザインをやりたかったから、夜のデザイン・スクール行って勉強した」

オレは黙ってうなずく。

チョッコは続ける。「わたしはたいして才能ないけど、ただね、運はいいんだ。東京へ出てまる二年の春、たまたまナンパされた男の子のコネで広告会社のバイトした。その会社がトークリ。朝倉さんに会いました。奥さんがマサミを産んだ時に亡くなって一年だった。わたしは会った瞬間に好きに……朝倉さんはもう少し時間かかったけど、好きになってくれた。その後は何ていうか……トークリの社員兼社長の恋人兼マサミのママ役」

「そーなのかあ」オレはずいぶんと間の抜けた反応をした。

「ヒロ、わたしのこと、山の手のミッション・スクールかなんか出て、チャラチャラやって来たお嬢さまだと思ってた？」

「まさに、そう思ってた」

「オーケー、ありがと。わたしねカッコつけるのが得意なんだ。村の中学行ってた頃からね。上京してから、岩手ナマリも半年で直した。へへへ、今は全然わからないでしょ？」

目の前のチョッコが、何かたまらなく愛おしく感じられた。

ぎゅっと抱きしめてやりたい、と思った。

でもそれは絶対にやってはならないことだ。チョッコは今でも朝倉真さんの妻。そして朝倉さんはもうオレを殴ることすら出来ないんだから。

「仕事の話しよう」オレはココアを飲み干した。「いろいろ聞きたいことあるから」

「そうだったね」とチョッコ。「お酒にしよう。仕事の話にはアルコールが必要です」

オレとチョッコはキッチンの小テーブルで、ジョニ黒のフルボトルを挟んで向き合った。キッチンで飲むって、どこかリラックス出来てオレは好きだ。あのウーデンガータンのアパートで、よくリシアとこんな風に飲んだな。いや、もう過去のことだ。

「チョッコ」オレはストレートのジョニ黒をひとくちあおってから、「ウソつきの男って、いったい誰が何をした話なの？」

チョッコはケントを一本つけて、「ヒロ……これわたしのただの思い込みかも知れないけど、聞いてくれる？」

「前田のクラッカー」

「何それ？」

「ごめん、聞きます」

チョッコはふーっと煙を吐いて話し始めた。

オレもマルボロに火をつける。

「ヒロ、これは朝倉さんから聞いたことだけど、今どんどん巨大化している電広や博承堂、つまり大手広告代理店は、ニッセンのような強力な制作会社が広告主と直接取引するのをとても嫌がってる。クリエイティブ・ハウスであるトークリもニッセンと同じこと。電広はわたしたちを下請け制作会社としてコントロール下に入れ、彼等にとってドル箱であるテレビや新聞の媒体取引の武器にしたいのだろう、と朝倉さんは警戒してた」

「うーん……広告の世界でも、もうそんなことになっていたのかぁ」

「今度のプレゼンで、佐久間CDが欲しかったものは〈トークリ〉と〈ニッセン〉のブランドだけ。それも仕事を取って来る時にスポンサーに見映えが良ければ、それで用済み。これはわたしが直接に見て感じたことです。佐久間CDにとって、鞆浦監督や西舘さんのクリエイター個人としての強い主張など手に負えないものだった。電広や電広映像の社員クリエイターの人たちの方が、何でも言いなりにやってくれるから使いやすいわ」

驚いた。電広の佐久間という人はそんなややこしいことを考えていたのか。

オレは思わずチョッコの、今まで見たことのない厳しい表情を見つめた。

この先、話はかなり乱暴なものになる。

チョッコの言葉としてそれを語るのはオレは嫌だ。チョッコはオレに事実を伝えただけなんだから、オレが解釈したように、オレ自身の元々乱暴な言葉で話すことにする。

佐久間氏は厄介な二大クリエイターに仕事から外れて貰おうと考えた。コピーライターの温井もニッセンの社員として一緒に切られるはずだった。ところが仕事が始まるちょっと前に、彼はニッセンを辞めてフリーになってしまった。

佐久間にしてみれば渡りに舟だ。独立したばかりで、金もかかるし、いろいろと不安な温井を破格のギャラ（これはオレの推測）で雇った。そして温井に『まだ稼いでいない金まで使えるクレジット払い』という新しい広告コンセプトを吹きこんだ。温井が大ノリで過激なコピーを出して来るのは、古ダヌキには手に取る様にわかることだな。

その通りになった。『キミ今月から給料十倍』と剛速球が来た。

もちろん温井には何の悪気もない。コピーとしては強力かつ明快。

だが佐久間の予想通り、〈鞆浦美学〉はこんな生々しい表現は絶対にうけつけない。

『下品だ。降りる』鞆浦監督とニッセンは言い出した。

佐久間は鞆浦の考えた別の案も尊重するとか、ニッセンを説得するポーズは取ったが、どうせ後へは引かないだろう、と読んでいた。自ら降りるとまで言ってくれたのだから、ホントに降ろしてしまえば良い。そしてそうなった。

西舘CDはチョッコと共に、いちおう『給料十倍』に対応するビジュアル・アイデアは出したが、CM企画が崩れたことで全ては仕切り直しとなった。佐久間からは『鞆浦監督とニッセンはチームの意志を無視して降りてしまいました』さらに『西舘さんたちはどうされますか？』と来た。西舘は『あんたはあたしも降ろしたいのだろうけど、そうは行かないよ。あたしはこの仕事続けます。どーぞよろしくね』と言い放ったそうだ。

まあ、誰がいいとか悪いとか言う話でもない。騙し合いも仕事の内なのか？

そして今朝の話だ。

佐久間は女性のモノの見方を尊重し、今後は西舘CDに全てをまかせると言う。

そもそも去年の十二月以来今日まで、電広の営業の他にはスポンサーであるマルワの顔を見た者は誰一人いないのだ。佐久間の言に従う他にない。

「わたし西舘さんと温井さんは信じてるよ」とチョッコ。「だからヒロを呼びたいって相談したの。二人とも大賛成してくれた。でもね、佐久間さんと電広の人たちは何考えてるのか今でもわかんない。それとね」チョッコは一口グラスを傾けて「うちの堺さん、あの人も何かヘン。トークリの社長として会社の立場を守るとか言って、毎日言うことが変わる」

うーん、チョッコがとても迷っていることだけはオレにもわかった。

だがオレもまだ若僧だ。古ダヌキの方々と闘うには〈男のサンバ〉が足りないなあ。

オレに出来ることは何だろう？

「ヒロ」チョッコが正面からオレを見つめて、「わたしぐちゃぐちゃになってたんだけど、ヒロが来てくれて……少しラクになった」

オレは小さく微笑むことが出来た。

チョッコは、どこか遠くを見るような目をすると「朝倉さんがいたら、きっとこう言うかな。『誰と誰がどうのこうのなんて、くだらんことは忘れてしまえ。ただ広告主と消費者のことだけを考えろ。いいもの作ればそれでオーケー』ってね」

オレはグラスを持って立ち上がり、庭が見える出窓の前へ行く。

チョッコも来てオレの隣に立った。かすかに甘い、いい香りがした。

外の闇に眼をこらすと、庭園灯の光に中にふわふわと雪が舞っていた。

「チョッコ、今夜はここまでにしとこう。オレたちかなり煮詰まってるし」

「うん……そーだね」

「あ、それ、ちょっとナマッてる。ははは、初めて気が付いた。ナマッてる！」

「バカ！」オレに体をぶつけるチョッコは、本当に『少しラクになった』ように見えた。

11

翌日土曜日、九時頃電話が鳴って起こされる。

上城だった。「よう、元気かよ。ロング・タイム・ノースィー」

オレは半分寝ぼけたまま「うーと、半年ぶり、かな」

「今日ヒマ?」

「ああ、えーと、ナツキは来ないからぁ、別にやることないな」

「クルマ買ったんで、どっかドライブに行かない?」

「えっ、親父さんのシボレーじゃなくて?」

「フォルクス・ワーゲン。64年式のビートルだよ」

「すげえ!」とオレ。若者のマイカーはまだ贅沢な時代だった。それも外車だ。


十時過ぎ。窓から見下ろす前の通りに草色のビートルが停まった。身支度して待っていたオレはすぐ下へ降りて、クルマに乗り込んだ。パタパタという独特の空冷エンジン音を響かせてビートルは発進する。

「七年落ちの中古車なんだ。でもキレイだろ。五十万だけどヤナセで二年月賦できるから親父に頼んで買ってもらった」上城は上機嫌だ。

「二年払いかあ」なるほどクレジットの時代なんだ、とオレは再認識した。「オレもクルマ買おうかなあ。地下鉄で会社行くのかったるいし」

「おお、稼ぎいいんだから買いなさいよ」

目黒通りを下りながら、まずはフォルクス・ワーゲンの話になった。アメリカで、この小さなクルマがバカでかいアメ車を向こうに回していかに大成功したか、上城は得意になって話した。「吉野のやってる広告の分野でも『シンク・スモール』っていうビートルのキャンペーンは有名だよ。新聞の全面広告の片隅にビートルがちょんと小さく出てるやつ」

その話は聞いたことがある。ニューヨークのDDB（ドイル・デーン・バーンバック）というクリエイティブ・ハウスの作品だ。ビートルが小さく、しかし高性能であることをアイデアの効いた広告でアピールし、GMやフォードの巨大なクルマたちを一挙に陳腐化させてしまったのだ。（これが十数年後のトヨタやホンダのヒットにもつながるんだ）

やがてビートルは環八から第三京浜に乗り入れた。

「久々に逗子行こうぜ」と上城。

「そーだね」と答えて、オレは昨夜のチョッコのナマリを思い出した。

夏の週末には大渋滞になるこの路線も、二月の今はガラガラだ。

ビートルは快調にすっ飛んで行く。

保土ヶ谷近くで、右手の丘の上にヨーロッパの城のような建物と大きな看板が見えた。

おお、これが最近話題の〈モーテル京浜〉か！　オレは今日初めて見る。日本で最初の画期的な方式の連れ込みホテルだった。クルマごと誰にも会わずに部屋まで直行できるから、仲居の婆さんに見られて『ごゆっくり、イヒヒヒ』とか言われなくても済むのだ。

「このモーテル、いいよ。ベリー・コンフォタブル」と上城。

「お前もう使ったの、誰と?」

「まあ新人とね。いつまでもヨーグルトびんに貯めとけないじゃん」

「色魔!」

「吉野もナツキと戻したんだろ。クルマ買って連れ込んでやれよ。喜ぶぞー」

そう言われて、オレはいろいろと想像する。

クルマはオースチン・ケンブリッジなんていいなあ。日産がライセンス生産していた、十年ちょっと前のやつ。あれなら買えるだろう。

でも隣に乗るのはやっぱりナツキ……だな。それでいい。

まさかチョッコとマサミと三人でというわけには行かないもんな。

不可能な想像は止めよう。オースチンにナツキなら可能だ。

横浜新道を出て国道一号線に入った所で、二人とも煙草をつけた。

「吉野よう」

「なに」

「お前、仕事のプロになったなあ。カッコ良くすっ飛ばしてるなあ」

「なーに、田舎のちゃちなCM作ってるだけ」

「いーや、いつまでも田舎なもんか！　時間の問題だ。僕には見えるよ。お前はどんどん先へ行っちまう。僕は、親の金でつまんないことやってる内に、はるか後ろに置いて行かれるんだ……」

オレは思わず、ハンドルを握る上城の横顔を見た。

「上城、何言いたいんだ？　ズバリ言っちまえよ」

「……ああ、そうだな」上城はダッシュ・ボードの灰皿で煙草をもみ消した。

「親父がな、アメリカへ行けと言い出した。昨日の夜だよ。ロス・アンジェルスにある南カリフォルニア大学。USC（University of Southern California）だな。今年の秋までに四年生の単位取り終えて、一年間の語学留学やれと。例によって段取りは全部親父がつけるんだろうね」

「いいじゃん！　お前の希望通りだろ？」

「僕の希望なのか？　親父の希望なのか？　あの人やたらカッコ良くってよ、何やっても、英語しゃべっても、ゴルフやっても、スーツやジャケット着こなしても全然かなわないし。

尊敬してるんだけどねえ。このままじゃすべて親父の指示通り、一年ロスにいて、帰って四年に復学して、親父の知り合いのパン・アメリカン航空日本支社へ就職。そんなのアリかよ？」

「お前、小学生の頃はＦＢＩの捜査官になってギャングをやっつけるって言ってたよな。パンナムじゃ不足かな？」

「からかうなよ」

「ごめん。先言ってくれよ。どうしたいの？」

「自分の道を見つけたい。お前みたいに」

「オレはただ行き当たりばったりに歩いてるだけだけど」

「吉野、お前ヨーロッパで何が見えた？　何が掴めた？」

オレはしばらく黙り込んだ。

ダニエル・コードウェル教授なら『いい質問だ』と言うだろう。

実はこの十か月、時々一人で考えていたことなんだ。上城の前で言葉にしてみよう。

「二つあるな」オレは一言ずつ探りながら話し始めた。「去年の四月に日本へ帰って来た時、オレはなんか奇妙な感じがした。学生の頃ごく当たり前だったこの世間の全てのことが、どこか異常に見えた。自分が外国人か未来人にでもなったような感覚。それから一年近く経ったけど、その感じは今でも変わらないな。でもCM制作って摩訶不思議な仕事でさ、これやってる限りオレは〈ヘンな人間〉のままでいられそうだ。自分がラクなんだ」

「うーん……もうひとつは？」

「まるで違うこと言うよ。ストックホルム市警察の留置場で考えたことだ」

「留置場！」上城が視線をオレに向けた。

「前見て運転しろよ」

上城がうなずいて「そこで何を？」

「オレは地球人じゃなくて日本人だってこと。リシアはスウェーデン人だってこと。国の違い、日本にいた頃はどうでもいいことだと思っていた。でもそうじゃなかった。オレは日本人として生まれ育って、今お前の横で日本語で勝手なことが言える。オレは日本人を捨てることも忘れることも出来ない。地球人なんて人間はこの地球上に一人もいないんだ」

「吉野よお、やっぱりお前は僕よりずっと先を走ってる。今お前が言ったこと、口惜しいけど僕にはよくわからないぜ。ははは。アイ・マスト・ラーン・マッチモア。僕には新しい体験と知識がいっぱい必要だ。僕のアイデア聞いてくれっかな？」

「言えよ」

「アメリカへは行く。USCにも入る。でも僕はそこには留まらない」

「は？　どこ行くの？」

「インド」上城は前を向いたまま、ニヤリと微笑んだ。


昼頃オレたちは逗子に着き、毎夏借りていた海の家の前にクルマを停めた。

今は空き家になっているようで人の気配がない。

オレたちは勝手に門をくぐり、裏庭へ回った。長らく手が入っていないのだろう。雑草が伸び放題で、その中に二年も乗っていない小さなヨットの船体が埋もれている。そして縁側にはネコの糞がひとつ干からびていた。その脇に腰を下ろす。上城も座った。

「ここでなあ、よく飲んだり吐いたりしてたな」と上城。

「なんか、ずいぶん昔のことみたいに感じる」とオレ。

上城がちょっと改まって、「さっきのインド行きの話だけど」

「ヨガの行者に会って、修行するんだろ」

「それまだ誰にも言わんといてな。内緒で頼む」

「いいけど。でもさ、どうせバレることじゃないの？」

「本当にインド行けばね。だけど、もし行かなかったらバレないよな」

「お前なあ」オレは苦笑した。

「吉野、もし僕が結局インドへ行かなかったら、お前にバカにされるんか?」

「いやいや」とオレはちょっと考えてから、「……お前がインドへ行ってヒッピーになる人なのか、それともUSCでしっかり勉強して帰国する人なのか、どちらの人なのか自分で悟るだけでも意味があるんじゃないのか」

　上城は黙ってうなずいた。

「どちらにしても、上城健さんはオレ吉野洋行には出来ないことが出来る人だ。アメリカ行ったら自分が実際にどう動くのか見られるんだから、楽しみにしてりゃいいと思うよ」

「僕がどう動くのか、自分でわからないなんて！　自分が怖い」

「上城よお、オレなんかずーっとわからなかったよ。今だってわからない。だから面白い」と言って、オレは干からびた猫の糞のカケラを何気なく指でつまんで口元へ持って行き、「ぎゃーっ」と叫んで放り出した。

12

『キミが欲しいものはボクも欲しい。ふたりのマルワ』と大書されたB4ボードを、温井コピーライターは皆の前に掲げた。

そこはトークリの会議室。二月二十二日月曜日の夜だ。集まっているのは西舘、温井、チョッコ、電広の佐久間とトークリ堺社長、そしてオレ。フル・メンバーだ。

「うぬぬ」と腕を組む西舘女史。「そこまで言い切るか？　温井くんよ」

「言い切りましょうよ、ネエさん」温井はギョロ目の笑顔を西舘に向ける。

「わたしはいいと思います。ふたりのマルワ、わかる」とチョッコ。

「あたしも個人的にはそこまで行きたいのよ」西舘はマルワの顧客分類グラフを見ながら、

「だけどね、キミとボクが欲しい物、って言い方が絵空事にならないかな？　ふたりが共通して求めるものってなんだろう？　まだ売り上げの多くは男性の客なのよ」

「西舘さん」テーブルの端から電広の佐久間の声がかかる。「ウーマン・リブの旗頭であるあなたが、そんなこと言わないで欲しいですねえ。大切なことは『今どうか？』ではなく『これからどうなるか？』でしょ。いつものようにアグレッシブに行きましょうよ」

西舘はちょっとひるむ。

佐久間は追っかけて、「釈迦に説法ですけど、『広告は半歩前進』です。当社マーケティング部のリサーチも『カップルをターゲットに』と読み取れます。それがマルワにとっての〈半歩〉にあたると」

「わかってるわよ、うるせーなあ」西舘が佐久間を睨みつける。「あんたはカンタンに言うけど、こういうことはまずあらゆるアングルから疑ってみる必要があるの。イケイケになるのはそれ済ませてから」

なるほど、とオレは心のなかでうなずいた。勉強になるなあ。

「失礼いたしました」佐久間がちょっと頭を下げて、隣に座っている堺を横目に見た。堺は腕を組んでじっと目を閉じている。いや、違うな。こりゃ居眠りしてるんだ！

西舘は語調を戻して、「例えばさ、どんな商品ならキミもボクも欲しいだろう？」

一同しばらく沈黙。

神様のお通りだ。これ見るの久しぶり！　レベルの高いミーティングでないと神様はお通りにならない。電広千葉支局じゃあり得ない。

「インテリア商品なら？」チョッコが口を切った。

皆が注目する。

チョッコはしばらくためらった後で、「ベッドです。大きなダブル・ベッド。キミとボクが並んでシーツにくるまって微笑んでいるの」

「いいね！」西舘がすぐに反応した。「ジョン・レノンとヨーコのベッド・インみたいね」

「あ、でもね」とチョッコ。「これマルワの広告じゃなくベッドの広告になっちゃうかな？」

「そうですね」と佐久間が口をはさむ。「特定の商品を出すべきかどうか？　あくまで企業キャンペーンですからね」

「うるせーんだよ」再び西舘が睨む。「商品を出すとか出さないとか、そんな話してないの。ベッドが出て来るような考え方にいい方向が見えてるのよ。黙っててよ、佐久間さん」

「失礼いたしました」

その時、オレはチョッコと目が合った。次の瞬間、何か不思議なインスピレーションがチョッコから直接オレに伝わって来た。それはすぐにひとつのアイデアのカタチになる。

オレは手を挙げて、「キミもボクも欲しい物があります。でも商品じゃありません」

一同の視線が集まる。

オレは立ち上がって「チョッコ、い、いや朝倉さんのアイデアからつながるものです。ベッド・インしたら生まれるもの。赤ちゃんです」

「え！」とか「あ！」とか声がした。

オレは続ける。「仲良く散歩する二十代のカップル。夫婦でしょう。彼女は妊娠してます。大きくふくらんだお腹を抱えてる。彼は両手にマルワの紙包みを抱えてる。二人は冗談でも言い合いながら、並木道を歩いて来る。ワン・カット、長いレンズで捉えます。そこにナレーションで『キミが欲しいものはボクも欲しい』そしてサウンド・ロゴで『ふたりのマルワ』とキマる」言い終わってハッと気がついた。これって、オレがストックホルムの留置場の夜に、一人で夢見た光景じゃないか！

だがちょっと間を置いて、皆からどーっと歓声が上がり、西舘がVサインをくれた。

十時半にミーティングは終了。

チョッコとオレのアイデアでキマリだ。後はそれぞれの作業を進めるだけ。

CMはさっき話した通りの画で三十秒・十五秒のワンセット。

グラフィック（新聞、雑誌、ポスター）は散歩、ベッド、スポーツと場の設定を三通り変えて、お腹の大きな彼女と優しい彼のポートレートで行く。

西舘と温井はB倍駅貼りポスターもやろうと盛り上がっている。

佐久間は不自然なくらい柔和な笑顔で、オレの肩を叩いた。

しかし堺社長はついにラストまで眠り通し、終わった時に『お疲れさまでございました』のひとことを発しただけ。

トークリの門から出る時、周囲に他の人たちがいて良かった。

もし誰もいなかったら、オレはチョッコを抱きしめてしまっただろうなあ。

一週間後の三月一日。いよいよプレゼンだ。

午後一時、中野駅前にあるマルワ本社の一階ロビーにオレたちは集合した。

想像したよりも小さな、地味な社屋だった。

佐久間に先導されエレベーターで六階へ上がる。

オレたちは会議室らしき部屋に通され、コの字型に並んだテーブルの窓側に五人並んで着席した。

堺は他のクライアントとの打ち合わせということで欠席。

グレーの床と白い壁。何の飾り気もない無機的な部屋の中で、『己を知れ』と大書された字の額だけがやけに目立つ。

数分後、足音がしてドアが開いた。

スーツ姿の若い社員二人の後ろから、グレーのルパシカ風シャツの中年男が入って来た。

立ち上がって礼をするオレたちの前に男はどんと腰を下ろし、「宣伝部長やっとる奥田いいます。名刺なんぞは後でええ。すぐ話してくれまっか」モロに関西弁だ。奥田部長は赤ら顔で硬い髪が逆立ち、小さな丸い目に突き出た大鼻と口。タコのような印象だ。

佐久間が立ったままで「本日はご多忙中のところ、貴重なプレゼンテーションの機会を賜りまことに」

「そんなんええからぁ、早よやってえな。時間ムダや。ホラ、うっとうしいから座って」

「失礼いたしました。では」五人は着席した。

促されて、西舘が口を切った。「クリエイティブ・ディレクターの西舘です」

「あんたが」と、奥田はジロリと無遠慮な視線を向け「親分でっか？」

「はい」平然と西舘は話し始める。「今回、私たちの企画のポイントはマーケットの大きな変化に対応することにあります。ご承知のように、男性だけが買い物の主役である時代は終わりました。これからは男女のカップル、あるいは夫婦。近い将来は女性が中心という方向へ劇的に変化してゆくものと思われます」続いて西舘はいくつかのマーケティング・データーをグラフで示した上で、「現在のマーケットは〈カップルと夫婦の時代〉に入りつつあると考えました。ではヘッド・コピーを」と温井を促す。

温井はテーブルの上に伏せてあったボードをサッと胸の前に掲げ、大声で読み上げた。

「キミが欲しいものはボクも欲しい。ふたりのマルワ」そして反応を確かめるようにギョロ目の笑顔で奥田をうかがう。

だが奥田はキョトンとしたタコ顔のまま無言だ。

すかさずオレが立ち上がり大きなジェスチュアを交えて、散歩するお腹の大きな妻と優しい夫の若いカップルのCMを説明し、『キミが欲しいものはボクも欲しい』と繰り返す。

チョッコもポスターや新聞・雑誌広告の展開をきらびやかに説明した。

この間約十五分。

奥田宣伝部長は全くの無言・無反応を通した。

そしてオレたちの話が一段落したとみるや、西舘の顔を珍しい物でも見るようにまじまじと眺めて「ニシダはんだっけ？」

「西舘です」

「まあ、どっちでもええわ、あんたおいくつでっか？」

唐突で無礼な質問に西舘は言葉が出ない。

「あんたご主人は？　いらはりますのか？」

「……おりません。だいたい、何でそんなことを」

「あれかいな、ウーマンなんちゃらの闘士とか、そんなもんでっか？」

「な、何の話をされてるんですか？　御社の広告とどういう関係があるの？」

「当社の広告の話ゆうけどな、あんたうちの商売わかっとるんでっか？」

「私なりに、理解していると」

「はっは、何ゆうとんねん！　理解してへんよ。『キミとボク』やてぇ！　このお二人ねえ、見るからにお金なさそーでんなあ。何でもっと立派な大人の男を出さんのでっか？　若くてもええけどね、うちの売り場で仰山お金使うてくれるヤング・エグゼクティブとかそんなの出してくれんと、こんな三畳一間暮らしみたいなネエチャンいらんのよ。そもそもあんたたち、うちの顧客分析とかちゃんと見てるんか？」

何か言いかけた西舘を手で制して、佐久間が立ち上がり深々と頭を下げた。「部長、まことに未熟な料簡で申し訳ありませんでした」

「そー、まことにオソマツ。電広はん、こんなウーマンなんちゃら連れてきちゃあかんのよ。お前らマルワなめとるんかって言われてもしゃあないよ。広告のプレゼンは一人前の男の仕事やあらへんの」（男女平等の世の中は、まだまだ四半世紀も先の未来だ）。

「おっしゃる通りです。キモに命じます」西舘を押さえながら、佐久間が再び低頭する。

「ともかく時間のムダやから、すぐBチームのプレゼンやれい」奥田は怒りの表情だ。

「承知いたしました」

Bチームだって、そんなのあったのか？　話の展開が理解できないオレたちは、しかし何も言わせてもらえずたちまち部屋から追い出されて廊下へ。

納得が行かない四人に取り巻かれて佐久間は、「ともかくここはいったん会社へ帰ってください。私はまだ次のプレゼンがあるので」

「次ってどういう意味よ？　Bチームって」と西舘が言いかけた時、エレベーターのドアが開き五人ほどの男が降りて来た。

「佐久間CDお早うございます。電広映像・トークリチーム入ってもよろしいですか？」

リーダーらしき男が言った。その後からおずおずとついて来た人物に気が付いて、オレとチョッコは同時に声を上げた。堺社長じゃないか！

「堺さん、なんでその人たちと、ここに？」とチョッコ。

「ままま、今はちょっとナンだから、帰ったらちゃんと説明するからさ。いろいろあって、会社のための配慮なのよ。朝倉さん、君はわかってくれると思うよ」

そしてもう一人見覚えのある男がいた。山科渡だ。三年前、サン・クリエイティブ社の入社試験で競争してオレが負けた。小脇に抱えた書類袋には〈電広映像〉のロゴが見える。大手・電広グループに転職したのだろう。山科の方はオレには気付いていない様子だ。

「Bチームの皆さん、すぐにプレゼンお願いします。入ってください」オレたちを無視して佐久間は会議室へ駆け戻って行った。

「西館さん」と言いかけてオレは言葉を呑み込んだ。きつく唇を結んだ西館の両眼に涙があふれていた。この人が泣くなんて！


午後八時を回っている。

温井、チョッコ、オレそして堺の四人はトークリ屋敷の居間にいた。

今までプレゼンの結果について堺の説明を聞いていたのだ。

西舘は「何も聞く必要はありません」と言って先に帰ってしまった。

企画はBチームのものが採用となったのだ。

決定したコピーは『今すぐ買って、ぼちぼち払う。キャッシュなくてもクレジット』

CMのコンテは『最新流行のスーツに身を固めた若い男が、高級本革ソファに腰を下ろし、ワイン・グラスを持った手にはローレックスが光る。男は上着から財布を取り出すと、逆さにして開く。中から数枚の百円玉が落ちて床に転がる』山科渡の企画に違いない。

言うまでもなく、これは『金持ちになった下品な錯覚』で、『給料を稼ぐ男の側の見方』に過ぎず、『これからの時代に合わない』からオレたちには採用されなかった考え方だ。

だが佐久間CDは、現在の顧客層に合ったこの現実路線が、実はマルワにとって本命であることをよく知っていた。だから、これをオレたちには内緒で子会社の電広映像Bチームに振ったのだ。おまけに、コピーライターとして堺社長を起用し、グラフィック関係の下請け仕事を約束してトークリを取り込んだ。

西舘さんやオレたちはだまされて、乗せられて、万が一当たるかも知れない〈サプライズ企画〉を当て馬として作らされた。〈夫婦の時代〉も〈女性の時代〉も現実にはまだ始まっていない。オレたちはタコ部長にただ軽蔑されただけで終わったのだ。

堺以外、全員が猛然と煙草を吹かしており、ソファの上空には雲がたなびいていた。

「それでは僕はここらで」と堺が立ち上がり、「皆さんのお気持ち、わかりますがぁ、まあ、当社のような零細企業が生き残って行くためにはぁ」

「零細企業じゃない！」大声を出してチョッコが堺を睨んだ。「朝倉さんの作ったトークリは一流広告会社です！」

最後に残った三人は一時間ほどヤケ酒を飲んだ。

オレはモノまねで『奥田タコ部長の怒り』をやって、温井とチョッコに凄くウケた。

オレも口惜しかったけど、チョッコの気持ちはそんな半端なもんじゃないだろう。

佐久間に騙されてトークリの名前だけ利用され、尊敬する西舘と共に女性であることを蔑まれ、堺に裏切られて電広の下請けにされたんだ。

今のオレに出来るのは、せめて全力でタコ踊りすることだけ。

踊っていると、「奥様」と階段の上から声がかかり、通いのメイドの女性が顔を出した。

「ああ、ユカさん」チョッコが振り向いて立ち上がる。「遅くまでごめんね」

「マサミちゃん、お絵描き仕舞ってベッドに入りました。後、何かございますか？」

「ううん、ありがと。お疲れさまでした」

ユカさんと共に、オレたちもお開きとなった。

帰る時、門の外までチョッコはオレを送ってくれた。

しんと静かな暖かい夜だ。でも星は数えるほどしか見えない。

「ヒロ」

「うん」

「ヘンなことに巻き込んじゃって、ごめんなさい」

「なーに全然オーケーだよ、チョッコ。一緒に仕事できて嬉しかった。勉強にもなった」

「ヒロ、わたしこのままじゃ終わらないよ」

「そうだ！」オレは大きくうなずいた。

「朝倉さんがくれたトークリもマサミも、わたしが守る。見ててヒロ」

「オレ、何でもやる」

「ありがとう」

しばらくの間、オレたちは黙って見つめ合った。

微妙な間合いだった。チョッコの瞼が少し動いたが、でも目を閉じたりはしなかった。

「おやすみ」オレは笑顔を投げて踵を返した。

「また来てね、ヒロ」チョッコの声を背に、オレは手を振った。

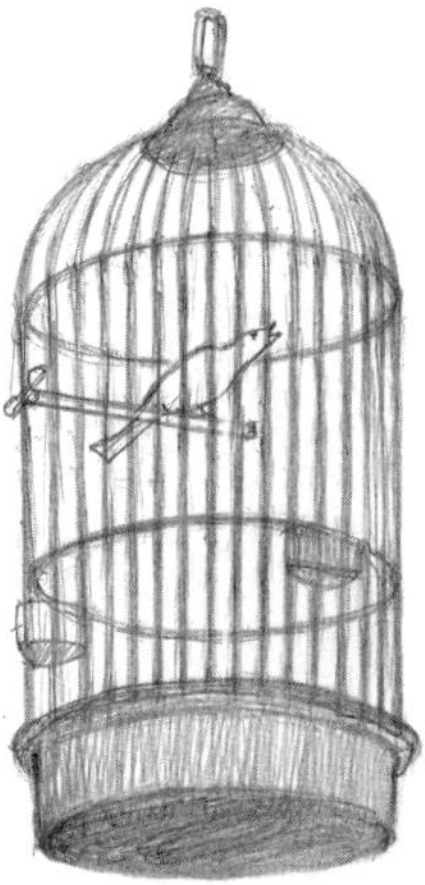

第三章

オレは何も背負っていない

1

今日は一九七二年九月十八日。まだ真夏のような月曜日だ。

地下鉄の駅を出て、オレは赤坂一ッ木通りの角に立つ。

目の前にそびえ立つＴＴＶ・東都テレビ本局のガラス壁に、雲間から強い陽射しが反射している。その先は華やかなブティックや一流レストラン、クラブが並ぶ繁華街だ。

茅場町の運河沿いを走るウンコ臭い道路とは別世界だな。

ＴＴＶの真向かいに、小さいけれどモダンなデザインの九階建てビルが見える。その中にこれから訪問する〈東洋ムービー〉があった。


あのマルワのプレゼンから、たちまち一年半が過ぎていた。オレも二十四歳だ。

この年、世の中は大ニュースの連続だった。

正月明けには、沖縄の日本への返還が五月と発表された。ついに〈沖縄県〉になるのだ。

二月、札幌冬季オリンピックの開催と連合赤軍の浅間山荘テロ事件。

四月にはノーベル賞作家・川端康成がガス管をくわえて自殺。三島由紀夫の後を追った。

七月、戦後最年少の田内栄三首相が誕生。〈日本列島大改造論〉をブチ上げて、そこら中で土木工事と共に土地価格の急上昇が始まった。

八月にはミュンヘン・オリンピック。

そして九月の今日はオレにとっての大ニュース。CM制作大手の一社・東洋ムービーの採用面接を受けるチャンスをつかんだ。『大きな波』が来たんだ！


ガラス壁に白いカーペットの明るい会議室で、オレは五人の男たちと向き合っている。

矢島《やじま》清《きよし》社長。五十歳前後だろう。秀でた額に深い感じの眼差し。引き締まった体にポロシャツとジャケットの軽装が似合っている。

権藤《ごんどう》正《しょう》二郎《じろう》制作部長。社長より少し若い。きっちり七三に分けた短い髪、太いべっ甲のメガネ、四角くごつい顔だが声は甲高い。こちらはスーツだ。

野々《のの》村《むら》誠《まこと》企画演出部長は五十は越えている。元々カメラマンだそうだが、今は管理職が主だと。他の二人は名乗らなかった。

「来てくれてありがとう」矢島社長がオレの履歴書をファイルから取り出して話しだす。

「今回の経験者募集では今日が最終面接になる。残ってるのは、吉野くんも含めて四人だけで採用予定は一人。いろいろとぶっちゃけて話を聞きたい。よろしくな」

「あ、ありがとうございます。何でも話します」矢島社長の気さくな話ぶりに、オレも少しリラックス出来た。

権藤部長がぐっと胸をそらせて「君の履歴書は読ませてもらった。いくつか確かめたい」

「はい」

「このモリスという会社では今、君はどこのセクションにいるんだ？」

「いや」オレは苦笑して、「社長と経理の女性と私。その他にバイトから最近社員になった子が三人いますが、実戦力はいぜん社長と私だけです。すいません。社長が営業、プロデューサー、ＰＭ、時にはカメラマンもやります。私はプランナー、コピーライター、ディレクター、編集まで自分でやってます。運転もします」

「はっはっは、そりゃ凄い会社だ。で、志望動機は？」

「私は街場のバイトから業界に入ったので、ほんとに小さな仕事の機会しかありませんが、それなりに工夫を凝らして制作して来ました。広告主や代理店からも評価されていると思います。でも、そこで出来ることには限界があります。より大きなクライアントの仕事で、もっと面白いＣＭをたくさんの人に見せたいと思ったからです」

「ふん、大きな仕事ならいくらでもある。我々東洋ムービーは大手七社の内に入ってますからね。だけどね君も知っての通り、博承堂さんから重要なレギュラーの仕事をまかせて頂く責任ある立場です。今までみたいに一人で何でもかんでもやらせないぞ」

「はい。企画演出でお願いします」

「今、お仕事いただいてる代理店はどこ?」

「電広千葉支局とサイモントンの沖縄支社です。後は千葉の商店とか」

「へっ、電広に千葉支局なんてあったっけ?」

「すいません、あるんです」

「ゴンちゃんよ」矢島が割って入って、「もういいからさ、作品見せてもらおうよ。持って来たんだろ、吉野くん」

「三本だけですけど」オレは十六ミリフィルムの小型リールを鞄から取り出し、リストを添えて矢島に手渡す。

「どれ」矢島はリストを見て、「えーと、〈シャンゼリゼ・チーバ〉七二年、NAC地域CM奨励賞。〈サンシャイン・オレンジ〉同年毎朝広告賞地域CM話題賞。ふうん、ローカルの賞だけど貰ってるんだ。それと〈ジャンヌ・カバリエ〉アパレルかな。他には?」

「あとは細かい商品のCMが八本ほど、あんまりお見せしたくありません。ごめんなさい」

「ははは、わかった。じゃ代表作見ようじゃない」

面接官のひとりがプロジェクターにフィルムをかけてくれ、ガラス壁に電動のシェードが降りる。

まず〈シャンゼリゼ・チーバ〉だ。ハナコが凄くウケた。「この娘カワイイねえ！」「もっとメジャーな仕事させればアイドルになる」などと皆がほめる。ただし作品全体としては『田舎のデパートのCM』としか見てもらえてないな。

次は沖縄の〈サンシャイン・オレンジ〉。この内容はまだキミたちにも話してなかったな。〈オレンジ・デモ〉というタイトルだ。食料品店にオレンジを出荷するサンシャイン社の品質管理がとても厳しいので（これが売りだ）、多くのオレンジがチェック過程で無情にも処分されてしまう。それに抗議して、オレンジたちがデモ行進をするのだ。色やカタチが不良なオレンジにも生きる権利がある、とね。〈コマ撮り〉という、実物をフィルムのひとコマごと（一秒間に二十四コマ）少しずつ動かして撮影する手法だ。非常に精密・複雑な作業で、本来は〈コマ撮りアニメーター〉という専門家に依頼する仕事なんだ。

ところがサルとオレは無謀にもそれを手作りでやってしまった。

数十個の実物オレンジにボール紙の目や口をつけ、電線で手足を作り、打ち合わせテーブルの上に並べる。あとは大体のカンでジグザグ・デモの動きや、シュプレヒコールを叫ぶ表情をつけた。二晩徹夜で撮り終え、ラッシュを見るとけっこう良く出来ていた。もちろん素人仕事なんで、画面の隅で叫んでいたオレンジ君が突然消えてしまったりもするのだが、そこはどうにか編集でごまかして堂々の三十秒が完成。スポンサーには大好評で、日本への返還にあたってデモ等が多かった沖縄ではかなり話題になり、小さな賞も貰った。

「げっ、モノクロ!」画が映ったとたんに権藤部長が叫んだ。「沖縄ってもう日本に戻ったんだよな。まだカラーじゃないの?」

「今、カラー・モノクロ半分ずつくらいです。すぐにオールカラー化されると思います」

「これアイデア面白いね」矢島が大きくうなずいて、「ジャーナリスティックな視点で新鮮味がある。でもさ、コマ撮りアニメの動きメチャクチャ! プロはこんなやり方しちゃいけないぜ。NACの審査員も〈地域賞〉レベルになると素人が多いからバレないかも知らんが、もしうちの作品だったら絶対に納品させません。撮り直しにする」

「すいません。予算なかったんで」

「だったらば予算内で出来る企画に変えなきゃダメ。いくら面白くても手を出しちゃダメ」

オレはNALのパリ・ロケを思い出した。『金がない』というムトウの悲鳴が頭に浮かぶ。

「その通りです……考え甘かったです」オレは頭を下げた。

最後が〈ジャンヌ・カバリエ〉。パリの新進アパレル・ブランドだ。

これはトークリの仕事で、いつものグラフィックに東京ローカルのCMが加わったものだ。あのマルワの屈辱から半年後、チョッコが自ら営業担当したスポンサーだ。

CDは西舘さん、コピーは温井さん、制作はモリスでやらせて貰った。

これはカッコイイ映像になった。

走行中の地下鉄の車内でファッション・ショーをやる、というアイデアだ。乗客の視線を浴びながら、白人女性のマヌカンが颯爽と歩いて来る姿を、カメラは後退移動しながら捉える。車両から車両へ連結部も越えて彼女は気持ち良さそうに大股で歩く。車両が変わるごとに、衣装もパッと変わる。ファッション・ショー風のアナウンスは駅員の声で車内のスピーカーから流れる。

この作品、チョッコと西舘さんが凄く喜んでくれた。ファッション誌などの評判も上々だ。

「これ私がいちばん好きな作品です」とオレ。

「後退移動の映像、いい動きだね」野々村が初めて口を開いた。「乗客との対比も面白い。これ、よく地下鉄の撮影許可取れたね」

「えーと、実はですね」オレはちょっと言いにくかったが、「許可取ってません。ぶっつけ本番、ダマテン（無許可撮影）です。ははは」

ズルッ、とコケる音が部屋中に響き渡ったような感じがした。

矢島社長と重役たちは、呆れ果てたような表情で無言になった。

ダメだろう、とオレは覚悟を決めて東洋ムービーを出た。

いちおう『数日内に合否を連絡』と言われてはいるが、まず無理だな。

特に、地下鉄のダマテンは致命傷になってしまった。業界のルール違反だからね。

メジャーな会社への移籍という甘い期待はガラガラと崩れた。この調子では、いったいいつバーチーから脱出できるのだろう？　まあせめて、面接でウソをつかなかったことを良しとするしかないな。ははは。ともかく昼メシにしよう。

せっかく赤坂まで来たのだからと、ＴＴＶビルの地下にある〈トップス〉に入った。

十二時ちょっと前だったので、待たずにテーブル席へ。

この店、オレは初めてだけど、ナツキに教わった辛口のカレーとビシソワーズ・スープを頂いた。美味かった。デザートにチョコレート・ケーキも食べて、かなりストレス解消が出来たかな。

二時にオレはモリスへ戻る。

運河を渡るウンコ臭い風も、今日はなんだか優しくオレを包んでくれるように感じた。

オレは階段を上がって二階へ。入り口に〈ＭＯＲＩＳ〉という大きなロゴが目立つ。

半年ほど前に新しく借り足したこのフロアはオフィス専用だ。ただしクーラーはない。

以前からの一階は拡張されたスタジオと編集台、機材庫などに充てられている。

「ただいま」とオレはオフィス内へ。

「おつかれでーす！」と男二人、女一人が声を合わせた。

その中の一人で背の高い、肩まで髪を伸ばした若者、ディレクター見習いの岸田がコンテを持って走って来た。「吉野さん〈船橋マハロ・ビーチ〉の企画コンテにしてみました。ちょっと見てもらえますか？」

「これから社長と話すんで、終わってからね」と、オレは仕切りドアをあけて隣の部屋へ。

「おう吉野、どーやった？」大きめの社長デスクからサルさんが立ち上がった。

ソファーセットを挟んで経理の席には猿田道子さん（この春にサルさんと正式に入籍したんだ）。道子は新しい部下の女性や制作の若者たちからは〈専務〉と呼ばれている。

「吉野」サルはジャケットを羽織りながら、「天気ええから外で話聴かせてくれや」

運河のほとりに積まれた古タイヤの上。この野外席は一年半前と変わらない。

「なんや、あかんかったのか」サルは本気でガッカリした風だった。

「決まったわけじゃないけど、たぶんアウト。オレのプレゼンがバカだったんです。モリスの作品は良かったのに。特にサルカム使った地下鉄の移動撮影は好評でした」

「そんなもんホメられても、あんたが受からなきゃしゃあないわ。やっぱり、東洋さんとなると大手やからねえ、敷居高いわ。アタマ来るなあ。まあええ、うちにおりゃあええ。ジブンもそれで大いに助かるわ」

「え、いてもいいの？　オレ、モリス辞めるつもりだったんですよ」

「ええに決まっとる。うち、売り上げが伸びて人も増やせた。森山会長に株主配当も払った。あんたの働きで新しいクライアント三社出来たからなあ。ジブン結婚もしたし。式はやっとらんけど。あ、こりゃ関係ないか」

「……ありがとう、ございます」

「どこかええとこ決まるまでいてな。今年入れた岸田もけっこう才能あるけん、あんたがうまく教えたってや」

「いや、オレ教えるなんて立場じゃなくて」

「吉野、立場で教えるんやない。あんたの仕事で教えるんや。やって見せるの」

「わかりました」オレは深呼吸した。

目の前の水面をポンポン船がのんびり走って行った。

2

夕方六時過ぎ。オレは岸田との打ち合わせを終えてオフィスを出た。ビルの裏の駐車場にクルマが置いてある。

草色のフォルクスワーゲン・ビートル。上城《うえき》のクルマだ。

上城は去年九月アメリカへ発った。聞いた通りの南カリフォルニア大学（USC）への語学留学だ。ちょうどオレがクルマを買おうとしていた時、上城がこのビートルを持って来て『僕のいない間、乗っててくれないか』と。オレは有難く引き受けた。

それから一年になる。三回ほど葉書をもらった。上城はロス市内にホーム・ステイし、真面目に学校へ通っている。アメリカ人、メキシコ人、日本人各一名ずつのガール・フレンドを作り、『ぶわーっと』気持ち良くやってるようだ。

例のインド行きの話はまだ一度も聞いていない。

夕闇が降りて来る街を、オレは麻布のアパートへ向かって走る。

いいクルマだ。平面のフロント・グラス。塗装むきだしのメーター・パネル。銀メッキのホーン・リングが付いた細く大きなハンドル。しっかりと硬いシート。国産車に較べるとほとんどクラシック・カーだな。でも空冷エンジンは絶好調。足回りもガッチリしてる。

ほどなく、クルマは神宮外苑に近い並木道にさしかかった。

ふと、目の前の景色にどこか見覚えのある感じがする。

どこだろう？　……ああ、想い出した！　三年前のロンドンだ。ハイド・パークの南を走るケンジントン・ロード。オレは骨董品配達のモーリスのハンドルを握っていた。今のオレはビートルで麻布のアパートへ向かっている。ポケットには部屋のキーがある。

でも何が変わったのだろう？　オレは同じオレでしかない。

ポケットのキーは、もしかしたらコードウェル商会のドアのものかも知れない。

先の信号を左折したら、そこはアールスコート・ロード。その先はミルトン・レイン。

執事のアルが犬を連れて散歩していても何もおかしくない。

……だが、すぐにオレは無意味な妄想をしていることに気がつく。

こういうフラッシュ・バックのような感覚、それからも何年か、何十年か置いて繰り返されたな。

オレはアパートの近くに借りた駐車場にビートルを停めた。

エンジンを切る前に、ラジオで七時のニュースを聴く。大型の台風が接近していた。

見上げると雲の流れが速く、湿った東風が強まって来ているな。

オレはアパートには戻らず、そのまま表通りまで歩いてタクシーを拾った。

今夜は世田谷・松原の〈ユー・ユア・ユー〉へ行く。

そこへナツキも来ることになっている。啓介も入れて久々に三人で飲むつもりだ。


八時頃、オレは松原に着いた。

降り出した雨の中、〈ユー・ユア・ユー〉の看板がぼんやりと光っている。

月曜の夜でこの天気だから、店に客の姿はない。カウンターでグラスを拭いていた啓介が嬉しそうに手を上げた。ナツキは少し遅くなる予定だ。

オレたちはカウンターを挟んで向き合い、ハイボールを飲みながらよもやま話を始めた。

半年近く会っていなかったので、まずは上城や森山征行さんの話題から。

上城は葉書にあった通り、相変わらず調子よくやってる、と。

森山さんはまだダイゴにいるが、最近はホンコンやタイへの出張が多いそうだ。オレは二月に祐天寺のおフクロさんの店で飲んだきりだ。彼の話には例によって『マル秘』が多かったが、どうも映画制作にかかわっているような感じだったな。

　啓介がハイライトを一本つけて、「ナツキとはうまく行ってるかね?」

「うん」オレもマルボロを咥えて、「まあまあだな。お互いラクにやってる。ああそうだ、お前あいつの就職先知ってたっけ?」

「いいや、ここのところ会ってないからね」

「ヤマト・テレビだよ」

「え、うそ?」驚く啓介。テレビ局は難関だったからね。

「入っちゃったんだよ。しかも今、スポーツ・レポーターの見習いをやってる」

　啓介は大きくうなずいて、「そりゃあ凄い。スポーツ・アナね。でも、あいつそんな感じ合ってるかも。スカッとしてるし明るいし」

「明るいなんてもんじゃない。変わったよ、あいつ。今日も実地講習とか終わってから来るって言ってた。」

「……ところでな」啓介がちょっと改まった感じで、「お前の意見聴きたいことがある」

「非常識な意見で良ければ」オレはハイボールを一口。

「それが聴きたい。……僕の就職の話さ。去年留年して、今度はまあどうにか卒業できそうなんだけど、この夏から何社も受けたのよ」

「お前、銀行方面だったよな？」

「そう。知っての通り親父も銀行勤めでさ、おふくろも含めてカタイ家なのよ。マーさんと幸代さんがあの渡世だけに、せめて僕は銀行員にならんとね。都銀を七行ほど受けた。いくつかは面接までいったけどさ、結局全滅！　親父のコネも通用せず！」

「ぜんめつ！」

「まあT学園大卒じゃあ勝負になんないかもね。東大、京大や私立でもK大、W大がずらっといたもんな。でもな僕、採用されなくて良かったような気もする」

「え？」

「面接で出てきた銀行のおエライさん方、ひどいもんだったよ。『我々こそこの国の支配者だ。銀行とは日本そのものなのだ。銀行員には年を取って死ぬまで安定した生活が保証されている。君はその最高の職場を受験しているのだ』と言いやがるのさ。ホントかよ。僕には信じられないな。人サマのお金預かって、それを別の人に貸して金利取って、銀行内だけで通用するルール憶えて、そんなことで未来永劫大繁盛？　大蔵省のもとにいる限り死ぬまで安泰？　ウソでしょ？　親父の時代とはもう違うでしょ？」

「そう言われてみればなあ」

「僕は銀行には落とされたけど、なんかね、かえって気持ちがラクになったのよ」

オレは二本目のマルボロに火をつける。

「吉野よぉ」啓介はオレに向かって微笑んで「僕はこのままがいいんだ」

「このまま？」

「この店のこのカウンターの中で、ハイボールやナポリ作って、ギターの弾き語りやって、時々友達がきてくれて、そういう生活けっこう好きなんだなあ。ここ最近、ノブさんの具合良くない。ちょっと退院してはまたずーっと入院でね。今は実質僕がこの店やってるのよ。給料もキッチリ貰ってる。時々妹も手伝ってくれるしね」

「なるほど……」

「どうよ？　お前から見てどうよ」

「啓介の気持ちはわかった。でも親父さんには話したの？」

「お前にそれ言われたくないなあ！　三年前の僕のセリフじゃんよ。お前、親の言うなりになったかね？」

「オレ学校辞めて、バイトして、ヨーロッパ行っちまった」

「そうだろ。でも僕はそんな凄いことやらない。ただ、ここを動かないだけ。どうよ？」

「……直観的な意見でいい？」

「論理的な意見なんてお前に言えるわけがない」

「……啓介はそのカウンターの中でゆったりと安定して見える。この店の空気もお前がそこにいることで優しい、イイ感じになってる。森山啓介にはこの場が合ってる」

「おお！」啓介が顔全体で笑った。「お前の、その根拠のないオーケーが欲しかったのよ。僕、すごくラクになった。おっしゃる通りにしましょう！」

オレたちは乾杯した。

啓介がオムライスを作り始めたので、オレはカウンターの奥に置いてある小型テレビをつけた。歌番組をやっている。小柳ルミ子が〈瀬戸の花嫁〉を歌い終えて、CMになった。♪道の彼方へ走って行こう、と耳慣れたCMソングが流れる。大ヒットしていた〈ケンとマリーのスカイレーン〉これ、制作はニッセンだ。

この頃クルマのCMは『はるか遠くへ』『初めて来る町へ』『見知らぬ海を眺めて』と、ロマンティックな表現が全盛をきわめていた。『恋はセリカで』なんていう直球もあったな。カップ・ヌードル、イエイエと続くCMを見ていると、店のドアが突然バーンと開き、外の風雨と共に全身びしょ濡れの女が飛び込んで来た。

「ヤマト・テレビでーす！」ナツキだ。タンクトップにピタピタのマイクロ・ミニという、真夏のビーチから来たような格好だ。壊れた傘を床に投げて、オレにウインクした。

「閉めて！　ドア閉めて！」啓介がキッチンのタオルを持って駆け寄り、「ありゃありゃ、風邪ひくぞぉナッキ、テレビ局ってこれが通勤着なわけ?」

ナッキはタオルを被りながら、「今日ね読売ジャイアンツの取材あったの。わたしは見学だけどぉ。堀内さんとか王さんもいてね。で、わたしたち見学者もできるだけ肌を露出した服装で来るように、と部長から指導がありました。ジャイアンツにサービス露出よ」

「お前、ジャイアンツじゃなくても、一年中露出じゃん。ともかく二階上がって着替えろや。トレーナーとか何かあるからさ」

「わたし、ぜんぶ脱ぐ!」ナッキはさっとオレに駆け寄り、キスして店の奥へ走った。

「啓介よ」オレは煙草をつけて、「ナッキな、勢いあるだろ。ノッてるだろ」

「まさに。凄い勢い!　テレビの勢いだな」啓介もナッキを追って二階へ。


三十分後。オレたち三人はボックス席で改めて乾杯した。

ナッキはスーパーセブンのトレーナー上下に、タンクトップから外したスマイルバッジをつけてはしゃいでいる。

自然の流れでヤマト・テレビの〈スポーツ局〉の話題から始まった。

「同じ女子アナウンサーでも、報道局とは全然別な部門になるの」ナッキの話し方はとても歯切れがいい。半年のトレーニングの成果だろう。「報道局は勉強できる子が多いかな。

わたしたち〈スポーツ局〉は体育会系。アタマはいまいちでも体で勝負。顔もまあ何とか。やっぱり、一本立ちするにはプロ・スポーツ選手に好かれないとダメなのね」

啓介がナツキをまじまじと見ながら、「お前変わったなあ！」

「可愛くなった？」と顔を傾けるナツキ。

啓介は苦笑して「もうテレビ出演者のような態度してる。たった半年でヤマト・テレビの渡辺ナツキさんに変わっちゃった」

「鋭いね啓介」オレもうなずいた。確かにその通りだ。この四月、ヤマト・テレビへ通い始めてからのナツキの変化は、毎週のように会っているオレにも驚きだ。以前の彼女は、啓介が言うほど明るくはなかった。バスケ部での辛い体験もまだ忘れてはおらず、むしろ無口な、自分を押さえた感じがあったと思う。でもそれがすっかりブッ飛んでしまった。今のナツキは啓介が言う通り、テレビ画面で光り輝くタレントのようだ。服装とか外見は高校生の頃から派手だったが、最近はちょっと危険な感じのエロさが出て来た。でもオレはそういうナツキも好きだったけどね。

「ナツキはね」オレは二人に向かって、「自分の力に目覚めたんだよ」

「ありがと」ナツキはオレを抱き寄せて頬にキス。「ヒロってね、意外にホメるのうまいのよ。毎週末にホメてくれるんで、月曜日からバッチリ働けるんだ。カメラの前に立つまでもうひと頑張りだけどね。あ、十時だ」ナッキはブランド物の腕時計を見て、「テレビつけていい？　台風情報見ようよ。だいぶ近づいてるみたい」

啓介がテレビのスイッチを入れて、ヤマト・テレビにチャンネルを合わせた。

回線が乱れているのか、画面が激しく点滅してやがて安定した。

横殴りの豪雨の中、床上まで水浸しの民家の前。

ヘルメットと雨合羽に身を固めてマイクを握りしめた男が、下半身泥水に浸かって撮影ライトに照らされている。顔はフードに隠れてよく見えない。

「台風が接近している浜松市から中継です。そちらいかがですか？」とスタジオからの声。

男は雨をよけて俯きながら、マイクに向かって何か言った。だが音声が入らない。

「スタジオの音声は届いてますかあ？　松木さん、松木さん聞こえますかあ？」

男はヘルメットとフードをがばっと脱ぎ捨てた。びしょ濡れの顔で叫ぶ。「松木です！こちら浜松市郊外です！」音声が入った。「松木です！　ごらんの通り、水かさはどんどんどん増えてます！　さきほど……」また音声が切れた。男が手で顔を拭った。

そこでやっと、オレは気が付いた。これあの松木純一じゃないか！

「松木さんだあ！」とナツキが叫んだ。「カッコいい！　こんな洪水の中で特攻取材して、さすが報道のプリンス！」

「え？」オレは驚いて、「知り合いなの？」次の瞬間、テレビ画面はスタジオに戻った。

「ああ、松木さんね、わたしたち新人の歓迎会でとても親切にしてくれて、二年先輩なの。報道局のエリートだけどね、何度もご飯とかおごってくれて、いい人なの」

「……」実はオレも知り合いなんだ、と言うのは何となく気が引けた。なぜだろう？

たぶん、松木純一がオレとはまるで違う世界の人のように見えたからかも知れない。テレビに出るということは（二〇二〇年代の今とは違って）当時は特別なことだった。テレビ画面の中の松木とそれを見ているオレとの間には、はるかな距離がある。

そういえば去年、NHKの連続ドラマの画面であのトオルさんを見た時も、オレは同じように感じた。あのカフェ・クレモンの仕事仲間とは同じ人物とは思えなかったんだ。

帰りのタクシーの中でやっと、オレは三年前の松木との出会いを話した。でも、面白がって聴いているナツキも、これからはあちら側の人間に変身して行くんだろうか？

吉野洋行はCMクリエイターだ。オレの作ったCMは田舎のテレビに映っているが、オレ自身が映っているわけじゃない。広告屋はそれでいいのだ、と思うけれど……。

3

金曜日だ。

面接から四日過ぎたけど、東洋ムービーから何の連絡もない。オレのことなんか、もう忘れてるんだろうか？　まあ所詮バーチーだからなあ。ダメなもんは仕方がない。

今日は休みを取った。午後から大切な行事があるのだ。天気もまずまず。

九月二十二日は朝倉真さんの命日。亡くなって三年になる。

去年から、オレはチョッコ、マサミと一緒に墓参りをするようになったんだ。

近所の喫茶店で軽くブランチを済ませ、オレはビートルに乗ってトークリへ向かった。

滅多に着ないダークスーツに地味なタイをつけている。オレにとって朝倉さんはほとんど神様みたいなもんだからね。

麻布の屋敷に着くと、その神様の妻と娘がすぐに乗り込んだ。二人ともカタい地味な服があまり似合ってないけど、墓参りらしい感じではある。

走り出したクルマの後席で、マサミは背筋を伸ばして静かに座っている。

八歳。インターナショナル・スクールの二年生だ。ルームミラーに映る、面長な彫りの深い顔は朝倉さんに似ている。万事に几帳面な子で、その点、かなりアバウトなチョッコとは違うタイプだが、絵を描くのが好きなところは共通していて良かった。

助手席のチョッコはとても楽しそうだ。ラジオのFENから流れて来るクリーデンス・クリアウォーター・リバイバルの〈雨を見たかい？〉に声を合わせてハミングしている。

この不思議な家族みたいな感じ、ヘンだけど、温かくていいなあ。

二時頃、オレたちは青山墓地に着き、駐車場にクルマを停めた。

これは全くの偶然なのだが、オレの実家・吉野家の墓もここにあるんだ。オレが中学生の頃、祖父がここに墓地を買って、福井の田舎にあった墓を移したのだ。ただし朝倉家の墓とは広大な敷地のほぼ反対側になる。

オレたちは〈伊勢や〉という花屋さんに寄って、花と線香を買い〈朝倉家〉と名の入った水桶と掃除具を受け取った。

吉野家の墓参りでいつも使っている〈やちよ〉とは離れた別の店で助かった。〈やちよ〉だとオレは以前からの顔見知りだから、チョッコとマサミを店主に紹介した上、ややこしい説明までしなきゃならない。変な誤解を受けるのは嫌だしね。

朝倉家の墓はちょっと広めの二坪ほどの区画だった。楓の大木の下、いい場所だ。

ごく普通の四角い墓石の裏側には五、六人の先祖の名前が並ぶ。その末尾に二つの記名があった。ひとつは『朝倉清美　昭和三十九年七月三日　享年三十五』マサミを産んで亡くなった朝倉さんの先妻だ。この日がマサミの誕生日になる。そしてすぐ隣には『朝倉真昭和四十四年九月二十二日　享年五十二』とある。二人とも戒名ではなく実名だった。

オレたちは箒やブラシで墓石とその周囲を丁寧に掃除する。もっともチョッコが毎月のように一人で来てピカピカに磨いているから、さほどの汚れもなかった。

花器に花を生け、線香をたいて、チョッコから詣でる。

チョッコは墓石に水をかけ、手を合わせて頭を下げ、しばらく何事かつぶやいていた。

朝倉さんに何を話しているのだろう？　マサミのこと？　トークリのこと？　オレのことも少しは入っていたら嬉しいけど。

チョッコが終わるとマサミが立つ。小型のスケッチ・ブックを脇に挟んでいた。マサミはそれを開き、墓石に立てかけた。鉛筆画が描いてある。そして静かに祈り始めた。

オレはマサミの後ろからその画をのぞき込む。バースデイ・ケーキを持って微笑むマサミとチョッコの姿。これ、八歳の誕生日にオレが撮った写真と同じ構図だ。たぶんマサミは写真を見て描き起こしたんだろう。リアルで上手い。しかも二人とも写真よりも魅力的に見えた。でもそこにオレはいない。カメラマンはいつも画面の外なんだ。

最後はオレが墓石の前に立った。

「朝倉さん」オレは心の中でぼつぼつと語り始めた。「……ごめんなさい。オレまだ、ロクな仕事出来てません。チョッコやマサミの役にも立ってません。朝倉さん、教えてください。オレに何が出来るか、示してください。それを全力でやりますから……」


墓参りの後、オレたちは青山のウエストでお茶を飲んだ。

そこでの話題は、もっぱらマサミのピアノ発表会やデッサン教室のこと。

マサミはオレと直接に言葉を交わすことがほとんどない。だが決して嫌われているのではないと思う。オレをどう扱ったら良いのか、マサミはまだ迷っているのだろうな。


オレはチョッコたちをトークリ屋敷へ送り、いったんアパートへ戻ってクルマを置いた。そしてシャワーを浴び着替えてから、夕方前にはトークリへ出直した。

六時から打ち合わせが組まれていた。電広からの仕事でウィスキーの新発売。ケンタッキー・バーボン〈ブルー・ムーン〉という。輸入商社が広告主だが全ては電広の仕切りだ。

新聞とポスターだけの制作だが、オレはチョッコに頼まれて〈アドバイザー〉という名目で参加している。彼女は電広が苦手だからね。オレの役目は何回かの打ち合わせに出て、チョッコの気持ちを支えるだけ。それでもオレはやる。

六時をだいぶ過ぎて、電広第三クリエイティブ局・アート・ディレクターの安達京一が一人でふらりと現れた。

安達は小太りの体をチェックのシャツとコットン・パンツに包み、四角く肉付きのよい顔に丸いメタルの眼鏡だ。三十は過ぎているはずだが、態度や口の利き方は子供のような感じだ。（当時はオタクという言葉はなかった）

チョッコのアシスタント・浜田進が安達を会議室に通し、コーヒーを出した。

打ち合わせの前にキッチンでチョッコがオレに囁いた。「ヒロ、ひとつ頼んでいい？」

「いいよ」

「今日はわたしが全部やれると思う。だから見てて」

「オーケー、黙って座ってる」

「でもね、わたしがほんとにヤバイこと言っちゃったら割り込んで。ごめんね、いい？」

「非常の場合のみね。わかった」

会議のメンバーは安達、堺社長、チョッコと浜田、そしてオレの五人。

「じゃあ安達さん」と堺がテーブルの上に新聞広告（全十五段）のラフを広げて「いちおうまとめてみました。コピーについてはぁ、前回僕が提案したカタチでいいかなぁ？」

そこに描かれているのはケンタッキーの農場。夕暮れの空に月。ひとりの年老いた農夫のポートレートだ。農夫は古びたバンジョーを膝に抱えている。顔には深いしわが刻まれ、悲し気な、でも優しい目をしている。美しい鉛筆画だ。チョッコが描いたものだろう。

「来てるねえ！」安達はポコちゃんのような笑顔で「来てるきてる。バーボンの世界だし。こんなキャラの人撮れたらいいいし」

「ありがとうございます」微笑むチョッコ。

「コピーはさ、ホントはうちの一クリの畑中でいきたかったんだけどぉ、彼アルコールは競合商品やっちゃってるし、仕方ないんで」と堺に苦笑を向ける。

「だから僕のコピーでばっちりでしょ？『月がでたでた、青い月』これしかないと思うけどなぁ？」と堺。

安達がニッコリ笑って、「それでかるーく出してみたら、広告主オーケーになっちゃったし、いいことにします。で、朝倉さんね、人物とか場所の写真なんか見たいなボク」

「まずキャスティングです」チョッコの指示で浜田が数枚の外国人の写真を出して広げた。よく選ばれており、本物の老農夫のように見える。さらに浜田は、「ロケ場所は千葉と茨城にけっこうあります」と広々した農場の写真も加えた。

「うーん」安達は写真をチラッと見ただけで、「フォトグラファーはだーれ？」

「出口修はどうでしょう？　若手ですけど、センスいいと思います」とチョッコ。

安達は首を激しく横に振り、「ボク池谷さんとやりたいんだ。池谷優」断固言い切った。

「池谷さん！　い、いや、無理ムリ。高すぎます」チョッコが顔色を変えて、「今回、全部込みで予算二百三十万しかないんですよ。カメラマンにそんな高い人無理です」

「ボクお金の話してないし！」安達はムッと口をとがらせて、「池谷さんが欲しいの！」

「朝倉さん」と堺が口を出す。「そんな、アタマっから予算でネガティブにならないでぇ、他の要素をけずってさ、もっと前向きに考えられないかねぇ？」

「ぜんぜん無理です！　池谷さんに撮影お願いしちゃったら、タレントから衣装やメークまでぜーんぶ、高い人が繋がって出て来ちゃう。それに、たぶん池谷さんだと、この写真の撮影、千葉や茨城じゃやってくれない。飛行機に乗ってケンタッキー行かせろって話になると思います。困ります」

これはチョッコが正しい。オレはパリでの記憶に残ってる言葉を想い出した。ニッセンの唐津プロデューサーが言ったのだ。『甘いよムトウちゃん。これじゃ撮影全体がどんどん大ごとに化けていくぞ』これがまさにそのケースだ。

チョッコ、絶対にオーケーしちゃダメだ。オレは無言で念力を送る。

「この空気感ィィ感じで撮れるの、池谷さんだけだし。ボクはケンタッキー行ってもいい」安達は鼻孔を膨らませてムズカり始めた。「池谷さんじゃないとボク仕事やる気ないし」

「わ、わかりました」堺がその場をつくろって、「何とかぁ前向きに検討してみますんで、お時間少々くれますか？」

「さ、堺さん、それは」戸惑うチョッコ。

「まままま、ここはちょっとさぁ、後で話しましょうよ、会長」

もうマサミはベッドに入っている時刻だ。安達はとっくに帰ってしまった

でもチョッコと堺はキッチンで〈ブルー・ムーン〉を飲みながら議論を続けている。

オレは約束通りに無言を通した。つまりチョッコは『ヤバイこと』は言っていない。

ヤバイのはもっぱら堺の方だ、とオレは感じていた。

堺はチョッコに笑顔を作ると、「何とか工夫してやりましょうよ。池谷さんなら僕よく知ってるし、気持ち良くやってくれますよ。たとえばぁ、電広にあと五十万ほどの予算増額を交渉して、それでも足りなかったら安達さんの次の仕事で埋めてもらうとか」

チョッコが堺の言葉をさえぎって、「埋めてもらうどころか次の仕事もまた予算オーバーになるよね。今までもう二年、毎回赤字を先送りして積み上げてる！　朝倉さんはそんなルーズなやり方は絶対認めなかった。トークリは出血サービスなんてしないの！」

「時代が違いますよ、会長」堺はチョッコからオレに視線を移すと、「吉野くんよ、今夜はキミ何も言わないの？　アドバイザーとやらでしょ？　アドバイスすれば」

オレはちょっと考えた後、堺をまっすぐに見て、「朝倉さんの意見に賛成です。予算を無視した過剰サービスは自殺行為だと思う」

「なーにを！」堺は両手を大げさに振って、「アドバイスになってないよ。現実をぜんぜんわかってないわ！　安達さんはね、我がトークリのファンです。次の仕事も確実にうちに来る。今はね、会長のキライな〈ルーズな先送り〉をこれからも続ける。継続性こそ大事なのよ。どうなの？　電広さんから見放されて食って行けるの？　あなたが個人で銀行に保証しているトークリの借金、まだいくら残ってますかぁ？　え、会長？」

チョッコは言い返すことが出来ない。

「まあ、そんなにカタく考えないでぇ、社長の僕に任せてよ。池谷さんと助手一人、安達さんとボク、計四人でエコノミーで行って来ますよ。モデルなんか使わない。現地で本物の農夫のおっさん撮ります。いい画になると思うよ」

十一時を回った。

堺も引き取り、キッチンに残っているのはひどく酔ったチョッコと同様のオレだけ。

「ヒロ」

「なに？」

「わたしヤバイことゼッタイ言わなかったよね？」

「チョッコは正しかった……朝倉さんがいたら必ず認めてくれたと思う」

「ありがと、ヒロ」チョッコは疲れた笑顔を浮かべて立ちあがり、キッチン・テーブルを回ってオレの後ろに来た。「いてくれて嬉しかった……」そしてチョッコはオレを背中から両腕で抱きしめ、頬をすり寄せた。やわらかな体温といい香りが伝わってくる。オレはチョッコの腕を握り、ぎゅっと引き寄せた。

「ママ」居間の方から呼ぶ声がした。「ママ、どこ？」マサミだ。

チョッコはオレから離れると大声で、「マサミ、今行くから」そして振り返って苦笑した。

「チェッ、まだ寝てなかったんだあの子。夜型でさ、お父さんそっくり。ははは」

「ははは」オレも正気に戻った。

いけない！　朝倉さんの妻にみだりに手を触れてはいけない！

だから、マサミがちゃんと引き止めてくれたんだ。

でも十五秒ＣＭほどの時間だったけど、オレはチョッコの恋人のような気分になれた。幸せだった。……チョッコ、マサミ、そして朝倉さん、おやすみなさい。

4

九月二十五日月曜日の朝、オレは電話で起こされた。寝ぼけたまま受話器を取る。

「吉野洋行さまのお宅ですか？」若い女性の声だ。

「はぁ、わたしですが」

「株式会社　東洋ムービー、代表取締役・矢島の秘書をやらせていただいております大林と申します」

「えっ、お、おはよう、ございまして」

「お早うございます。さっそくですが矢島が取り急ぎお目にかかりたいと申しております。本日の御都合など伺ってもよろしいでしょうか？」

三十分後、オレはビートルを飛ばして赤坂へ向かっていた。

やった！とガッツ・ポーズを十数回も繰り返す一方、『この早合点がいけない』という過去の苦い反省もある。ともかく結果が確定するまで、感情にはフタをしておこう。

赤坂に到着。クルマをＴＴＶの駐車場に入れ、東洋ムービーへ。

オレは九階の社長室へ通された。ガラス壁と古材のフローリングという洒落たインテリアだ。オレは黄色い布地のソファーで矢島社長を待つ。

コーヒーとクッキーが出た。秘書の丁重な応対に、オレの期待感はイヤでも膨らむ。

やがてドアが開き「やあやあお待たせ」と矢島が笑顔で入って来た。今日もポロシャツにジーンズ姿だ。「吉野くん、返事するの遅れちまってごめん」

「いやいや、わざわざお時間をいただいて」恐縮するオレ。

矢島はオレの目をじっと見て、「一緒に仕事しよう！　採用決定です」

「え！」

「企画演出部・ディレクター。ただし博承堂の企画の手伝いもやってもらう。いいね？」

「も、もちろんです！　ありがとうございます。ああ、嬉しいです」ついに確定だ！

「選考の時にモメたこと、ちょっと聴いてもらえるかな？」

「はい」

「何人かの取締役は反対した。『マチ場の三流プロダクションの若僧だ。うちでは使い物にならない』とね」

「おっしゃる通りです」

「ははは、ずいぶんアッサリと認めるねえ。でも、私は『こいつしかない』と言ったんだ。理由は二つある」矢島はポケットからゴロワーズを取り出して一本咥え、オレにも勧めた。

二人が火をつけて一服吹かすと、部屋中になつかしいパリの香りが広がった。

「一つ目は」矢島はちょっと間を置くと、「君の作品はどれも面白かった。造りは粗っぽくて欠点が目立つが、ともかく独創的。他のＣＭにまるで似てない。これは今の広告競争の激化の中で大きなアドバンテージだな。二つ目は面接の受け答え。君は自分の不利になることまでバカ正直に話した。つまりウソがつけない人間だ。君は信用できる」

オレはゆっくりうなずいて矢島社長を見つめた。こんな評価の仕方があったのか。

「わかってくれたかな？」

「……はい」

矢島は微笑んで、オレの前にさっと右手を差し出した。

オレはその手を握った。（採用決定した相手に、さっと右手を出す矢島のこのスタイル、凄くカッコ良かった。オレも将来取り入れることになる）

オレは矢島の指示で六階の制作部へ回り、小会議室で権藤・常務取締役制作部長と野々村・取締役企画演出部長の面接を受けた。

「吉野よ」権藤は苦笑しながら、「まあ、よろしくな。おれは反対したんだが、ヤジさんがどうしてもってことでよ」

野々村はちょっと首を捻って、「わしはそんな反対でもない。作品、確かに面白いよ」

「面白きゃいいわけじゃない」権藤が噛みつく。「こんな非常識なヤツ、博承堂さんに出せるか？　え？　たちまち出入り禁止になるわ。そう思わん？」

「ゴンちゃん、そこまで言わんでも。あ、ごめんね吉野くん。君、わしの部に入るんだったよなあ。来月から来れるんだよね」

「……はい」奇妙な会社だ、とオレは思った。大手プロダクションだからと身構えて来たけれど、社長が採用を決めたばかりのオレの前で、それとは逆な本音を重役たちがそれぞれ勝手に言って聞かせるなんて。

「ともかくよ、アタマしっかりと切り替えてくれよ、吉野」と権藤が睨む。「これからは、相手は千葉ナントカじゃないんだよ。天下の博承堂さんの大仕事だ。まあ、ほかの小さいのもあるけどね。ちゃんとルール守って、礼儀作法もぴしっとやってよ！　頼むよ」

「わかりました。よろしくお願いします」オレは六十度・三秒の礼をした。

「ふうん、アタマの下げ方は悪くない。じゃ、おれの話は終わり。これから八階の総務へ寄ってくれ。諸手続きだ」と権藤は立ち上がった。

三十分後、オレはＴＴＶ地下〈トップス〉の座席で、プレミアム・ブレンド・コーヒーとチョコレート・ケーキ二個を前にニンマリと笑っていた。

ついに業界大手の一角へ進出となる。オレは大波に乗ったんだ！　立ち上がるんだ！　バーチーの商店街もこれで卒業だ。でも、サルさんにはしっかりとお詫びしなければ。

昼ちょっと前、オレはモリスの一階スタジオの編集テーブルに座り、サルさんと向き合っていた。オレの報告を、サルはフィルム・カウンターの歯車を指でもてあそびながら、静かに聴いてくれた。やがて大きくうなずき、「おめでとう、吉野。あんたが大手の連中に認められてジブンも鼻が高いわ。ようやった！　給料なんぼ？」

「税込みで月九万八千円、ボーナスは別です」

「ふうん、社員ディレクターとしてはまあまあやな」

「……サルさんのおかげです。で、でも、ごめんなさい。ここまで教えて貰ったのに、いいところで辞めてしまうことになっちゃって」

「ジブンは何も教えとらん。あんたが勝手に覚えただけ。ここで何十日徹夜したよ？」

オレはガランとしたスタジオを眺める。卒業する小学校の教室のように見えた。

「ここで仕事してほんとうに楽しかったです。気が付いたら朝になってたみたいな」

サルは目を細めて、「これは森山会長の受け売りやけど、『吉野はサルを裏切らなかった。だから会社は辞めても信頼関係は一生続く。だがもし裏切ったならば、会社は辞めなくても関係は終わる』あの人ジブンよりも年は下なんやけど、ええこと言いますなあ」

なるほど、とオレは納得した。モリスを辞めてもサルさんは残る。ダイゴは辞めたけど森山さんとは今夜会う。この二年半で信頼関係の貯金が少しは出来たんだな。


午後九時。オレは〈コーポ祐天寺〉三〇三号室のチャイムを鳴らす。

そろりとドアが開き、森山が顔をのぞかせた。「しーっ、静かにな。おふくろやっと寝てくれたんで。入れ、入れ」

オレは森山の部屋へ通された。

幸代さんの寝ている部屋とは離れているけど、森山はそーっとふすまを閉めた。

万年床と小さなデスク以外は数百冊の本、雑誌、競馬新聞に覆いつくされた六畳間だ。

オレは布団の端に腰を下ろしたが、森山が床の上の本を脇へどけて二人分の座る場所を作ってくれた。

　オレたちはジャック・ダニエルのボトルと湯飲み茶わん二個を挟んで、久しぶりに向き合った。すごくリラックスできるイイ感じだ。まずは乾杯した。

「サルに電話で聞いたよ。おめでとう」

「すいません、モリス辞めることになっちゃって、いいんですか？」

「全然オーケーよ、吉野。あなたが上へ行けば行くほどな、おれにとっての価値も高まるってもんだ。今までは地方の公営競馬で走ってたあなたが、これからは中央競馬の府中や中山のトラックで勝負するんだ。ダービーまで行け！」

「オレは馬ですか？」

「馬だ。おれも大分つっこんで来たよな、あなたには。いずれたっぷり儲けさせてくれや。あっはっはっは！」笑った！　しかも大笑いだ。オレも愉快になって来た。

「森山さん、ダイゴはどう？」

「うーん、おれはこのところ映画やテレビ番組の関わりがメインだな。広告はあまりやってない。CMなんか、もう電広と博承堂のやりたい放題でしょう。ダイゴあたりがハンパな下請け仕事をやってもなあ、サヤ抜かれるだけで儲けなんか残らんのよ。あ、もちろんあなたが入った東洋ムービーくらいの大手ならいいけどな」

「映画作ってるんですか？」

「科学映画なんだけどな。未来教育研究社って知ってるか？」

「いや」

「出版社だよ。『ぼくらの科学』出してる」

「ああ、中学の時読んでました」

「そう、そこがいろんな映画にも出資してるんだ。社長に頼られてな、プロデューサーの一人をやって、海外配給交渉も任された。で、ついでにテレビ・アニメの海外売りも始めた。放映権と商品化権だ。ムサシ・アニメーションが連続物で作ってる〈エーデルワイスの少女〉シリーズ。これヨーロッパ中のテレビで放映されるんだぞ」

「すごい。それ原作はスイスですよね？　日本製アニメでやっちゃうんだ！」

「日本の作品な、実写映画は役者とか言葉の問題でなかなか難しいんだが、アニメや特撮ものは別だ。売れる。業界はまだこれに気付いてない。実は……まだここだけの話だが、ダイゴのスーパーセブンな、タイから買い手がつきそうなんだ。ずーっとドスケさんが交渉してもラチあかなかったんで、おれが引き取ったのよ。その件で来月からバンコク行く。マル秘だぞ、まだ」

「ふーん、何だかオレとは世界が離れて行くような」

「いーや、そんなことはない。おれもあなたも今仕事してる世界で上へ昇れば昇るほど、どんどん距離が詰まって来てな、トップまで来たら同じ場所で出会うことになる」

「おー、またマーさんの予言だぁ！　あの二年前のやつは当たるかも知れませんよ」

「必ず当たる。あなたはトップに立つ」

「そうなったらオレたちはどこで顔を合わせるんですか？」

「すごい所だ！　そのうちにわかる」森山はバーボンをぐーっとあおる。

それからオレたちは日住セン、あの惨憺たるオクラ仕事の思い出話を始めた。

「とんでもない奴らだったな」と言いながらも、森山は懐かしそうな表情だ。

「あの玲子さんは」とオレが言いかけた時、森山の背後でふすまがすっと開いた。

廊下のダウンライトの下に幸代さんが立っている。

その姿にオレは息を呑んだ。森山も気付いて振り向く。

幸代は上半身はパジャマ。しかし下半身はぐしゃぐしゃに汚れたレースのパンティ一枚だ！　視線が宙をさまよい、体がゆらゆらと揺れ両手が無意味に動いている。

「まさゆき」幸代が喉の奥から声を出した。「どーしたんだろー？　ごふじょうでね、これが、ずろーすが、はだとひとつになって、ひっぱってもいたくて、ぬげなくて、どーして？」

「おふくろ！」森山がぱっと立ち上がった。

オレも立ったが、「吉野、ここにいてくれ、なっ」と森山に押さえられて腰を下ろす。

「よし、大丈夫だ、さ、お風呂へ行ってきれいにしようね。はい、つかまって」

「どーしたんだろー、まさゆき、へんだわ？　なぜぬげないの？」

「さ、こっちの足からね、いち、に、いち、に」森山は後ろ足でドアを閉めた。


しばらく固まっていたオレは、茶碗のバーボンをぐっとあおってほっと息をついた。煙草をつけて一服深く吸い込む。

「吉野」外から大声で呼ばれて再びオレは立ち上がった。

「吉野、ちょっと手を貸してくれ」

「はい、今行きます」オレは煙草をもみ消し、部屋を飛び出して風呂場へ走る。

森山が浴槽の湯で幸代の体を流し、タオルで拭きとる間、オレは両腕で後ろから支えた。ちょっと手が滑ると、老女の体は床に崩れ落ちてしまいそうだ。

森山は「よし、よし」と声をかけながら細かく手指を動かす。

幸代は嬉しそうに、「まさゆきはまだ子供なのに、じょうずねえ。そこ、きもちいい」

これは酔っているのではない、とすぐにわかった。幸代はボケてしまったんだ。羞恥心が全く見られない（当時はまだ若年性認知症という病名は知られていなかった）。

「さーおふくろ、きれいになった」森山が優しく微笑んで、「吉野、もうひと仕事。ベッドまで手貸してくれや。そーっとな。骨折れちまわないようにな」

驚くほど軽い幸代の体をベッドに横たえながら、オレは森山の辛さを思った。おでんを食べて酒を飲んで、ゆったりとくつろげたこのマンションも、森山にとってはもはやそんなラクな場所ではなくなってしまったんだ。

森山の部屋へ戻って、オレたちは一息ついた。

「吉野、とんでもない汚れ仕事させて悪かったな。でも助かったよ」森山は疲れた口調で、「店はもう閉めてる。昼間は介護婦さんに来てもらってるんだが、夜はこのザマだ。この半年の間にここまで悪化しちまった。いやぁ、参ったよ……」

オレは少し驚いた。知り合って二年半、オレが見てきた森山の顔、耳にしてきた森山の言葉は、いつもある種の鋭い武器のようだった。人と闘って勝つための武器。

だが今、森山は武器を投げ出して、オレにグチを言ってるんだ。

森山は友達が欲しいんじゃないだろうか？

その週の残りはモリスでの引継ぎ仕事を片付けた。

週末は久々に赤堤の実家に泊まり、母と弟に近況報告をした。

オレの勤め先が『大手の会社に移った』ことを二人ともとても喜んでくれたな。特に母。「洋行、これでやっと地方から中央へ進出ね！　兜の緒を締めなさい」

森山さんの言葉とほとんど同じだ。『競馬』が抜けているだけ。

弟のクニ（久邦）は都立M高校から、見事に現役で国立H大学に合格していた。今は校内にある学生寮で暮らしている。『バンカラな旧制高校の世界だよ』と嬉しそうに言った。前よりも人当たりが良くなった感じがする。（オレに言われたくないか？）

三人でビールを飲みながらいろいろと話した中で、ひとつちょっと気になる母の言葉があった。「おじいちゃまだけどね、ここのところ毎日のように楠さんのキャデラックがお迎えに来て、東京へいらっしゃるんだそうよ」

「へぇ、でも楠さんの顧問弁護士なんだから」

「行く先はどうも民自党本部みたいなの。毎日ね。その後は赤坂の料亭とか」

「それ、おばあちゃま情報でしょ？」

「はは、さすが洋行。おばあちゃまが『先生、あたしも料亭行きたいわ』って言ったら、凄く怒られたそうよ。普段と違って、何の仕事なのか教えないんだって。洋行、ママね、何かやっかいなことの予感がするの」

母の第六感は当たるからなあ。今年で八十歳になる祖父は何事か始める気なのか？　さて父・百男さんは相変わらずだった。

オレが寝てから帰宅。次の朝、オレが出かける時にはまだ寝ていた。

家を出て、オレは開いたばかりの〈ユー・ユア・ユー〉に顔を出す。

啓介がモーニング・サービスを作ってくれた。トースト、ゆで卵、サラダにドリップで丁寧に淹れたコーヒーだ。

「お前、マーさんのところであの人見たのか？」とカウンター越しに啓介。

「幸代さんのこと？」オレは卵のカラをむきながら、「見ただけじゃすまなかったな。幸代さんの体、びっくりするくらい軽かった」

啓介は顔をしかめて「お前に何かやらせたんだ、悪かったな。だけどマーさんはな、幸代さんがひどいことになるだろうと前からわかってたと思うよ」

「あんなになるって」

「どんな汚れ仕事でもやるって言ってたよ。ほんの一時のことなんだってな」

「え？　それどういう意味？」

「マーさんの言葉通り言うよ。『おふくろは気っ風の良い女だ。意志も強い。シモの始末が出来ないような状態で、いつまでも生き恥さらすようなことはない。必ずいい死に方を見せてくれる。間もなくだ』吉野よぉ、マーさんってのはこういうことを本気で言うのよ」

そうかなあ?とオレは心のなかで反論した。これは本気というよりも、むしろ森山さんのいつもの〈戦闘モード〉の言葉に近いような気がする。彼にとって幸代さんは『生き恥』などという存在じゃない。おふくろさん、なのだとオレは感じた。

5

十月三日の火曜日。

オレは朝五時に目を覚ましてしまった。やっと明るくなったばかり。

今日は東洋ムービーへ初出社する日だ。どうせもう眠れないだろうと、オレはシャワーを浴びて念入りに身支度をし、六時に家を出た。

パリの時と同じように、会社の回りのどこに何があるのか見ておこう。今日はもちろんクルマは置いて行く。

オレは七時前には地下鉄赤坂駅を出て、まだ人通りのない街を散歩した。

ひんやりとした高曇りの朝だ。

TTVの前から一ツ木通りへ入って行く。華やかな商店街もまだほとんどシャッターを閉ざして静まり返っていた。

隣のみすじ通りを抜けて細かい裏道へ入って行く。赤坂は東京でも有数の〈夜の街〉だ。ミカドやベガスなどの大キャバレーや高級クラブ、対照的にひっそりと佇む老舗料亭。ここのどこかの座敷で祖父と楠さんが何事か密談していたのだろうか？

だが、若僧のオレにとっては未知の世界だ。

黒い板塀の奥はしんとして、前夜の疲れの中でまだ眠りこけている感じだな。

ガランとした通りに動いているものは数匹のネコ、そしてゴミ箱の残飯をつつくカラス。開いている喫茶店を探してTTVへ戻る方向へ歩いて行くと、カラカラという足音と共に人影が近づいて来るのが見えた。たちまちオレの目の前へ。

その男はカラフルなゴルフ・ウェアに料亭の下駄をつっかけて、首に豆絞りの手拭い、そして口には歯ブラシをくわえている。四十歳近いか。体はがっしりして大きいが、肥えた正方形の顔はそれにも増して幅広で〈妖怪・ぬりかべ〉みたいだ。

「あ、ああっ」男はすれ違いざまオレを指差すと歯ブラシを外し「きみ、あれじゃない、企画演出に先週入った新人だね、そうだね？」東洋ムービーの人だったのか。

「は、はい、吉野です。よろしく」オレは頭を下げた。

「僕、プロデューサーの花畑《はなばたけ》。きれいな名前でしょ。あ、わかってる。顔に似合ってないよね。みんなにそう言われます。でも花畑良二は花のプロデューサーですからね、ふふふ」花畑は小さな目をくりくりと動かして笑うと、「吉野くん、もう早くも徹夜仕事したの？」

「いやいや、今日からが正式出社なんで、ちょっと早めにと」

「早すぎだよ。僕はさあ、今朝方まで〈やまむら〉で飲んだ後、お座敷に布団敷いてもらって寝てたのよ。あ、馴染みの料亭ね。そうだ、一緒にコーヒー飲みに行こうか」

「あ、いいですね、ぜひ」オレは花畑の後を歩き出す。

オレたちはＴＴＶの脇の坂道を上がり、局の裏へ出た。道はくねくねと曲がって下り坂になる。そこには路上駐車のクルマがずらりと並んでいた。その中の一台、黄色いスカイレーン２０００ＧＴの横で花畑は足を止め、ポケットからキーを取り出しドアを開けた。

「♪あーいの　スカイレーン、ああいうカッコイイＣＭ作りたいやね。ニッセンはいいなあ。ああ僕さ、ちょっとパンツだけ替えたいんで、そこで待っててくれっかな」

「ど、どうぞお気づかいなく」とオレ。

花畑はクルマの中から水筒を取り出しガラガラ、ペッとうがいをし、歯ブラシを片付ける。そして後部ドアを開け〈ＮＡＬ〉のロゴの入った航空バッグを取ると、ＢＶＤのブリーフを一枚引き出した。花畑はオレに構わずその場でばさっとズボンを脱いだ。あっという間にパンツも脱いで、白い尻をムキ出しにして履き替える。「ごめんねえ、僕さぁ潔癖症でね、パンツ毎日履き替えないといやなの。四、五日分はいつもクルマに積んどくようにヨメには言ってるね」

着替えを済ませた花畑とオレは坂道を引き返してみすじ通りへ戻り、路地裏の小さな純喫茶に入った。〈ちぐさ〉という名前だ。初老の女性が一人でやっている。

オレたちはブルー・マウンテンとモーニング・セットを頼んで、小さなテーブルで向き合った。

花畑はオレに興味があるようで、生い立ちから職歴までいろいろと質問してくる。オレも（帰国の顛末などは除いて）パリやロンドンを中心に話を盛り上げた。

「ふーん、面白いねえ」花畑はアバタの多い頬を撫でながら、「うちの企画演出部には十人ほどいるけど、ふつうに大学出て、就職試験受けて入って、型通りにマジメにやってるだけ。つまんないヤツばっかり。僕プロデューサーとしては、あいつら使うのツライ」

「でも、オレは落ちこぼれですから」

「僕もさ、大学なんて行ってないよ。この会社の前はトラックの運ちゃんやってたのよ。出来ちゃった婚のヨメ養うためにね。でもさ、CM業界に知り合いがいてね、なんかこっちの方が儲かりそうでしょ。それにさ女にもモテそうでしょ。それで転職したらけっこううまく行っちゃってさ。性格が向いてたんだね」

「どちらの仕事が多いんですか？」

「相手は博承堂なんだけどね。広告主はレオン油脂。石鹸、洗剤、シャンプー、歯磨き、いろいろ忙しいお得意先よ。僕はここがメインだけど、最近はフジ・ビールも始まった。新しくウィスキーも出るのよ。いけね！　これマル秘だった」

「凄い。大きな商品のCMばかりですね」

「まあ気が疲れっけどねぇ。そうだ、キミちょっと手伝ってみる？」

「ぜひ」オレはぐっと身を乗り出した。「何でもやります」

「今夜もさ、博承堂の人と飲むから、キミもつれてってやるよ」花畑はにっと笑顔を向け、

「七時くらいに会社出るから。声掛けるよ」

九時ちょっと前に花畑とオレは東洋ムービーへ。

生まれて初めてタイムレコーダーという機械をガチャンと押す。大企業だなあ！

六階の〈第二制作部〉に花畑のデスクはあった。ガラス壁の外にＴＴＶが見える。

もうじき定時だがオフィスにはまだ人がほとんどいない。

隅の薄暗い給湯コーナーで男女二人が何か小声で話をしていて、花畑に気付き「おはよーす」と頭を下げた。

「あー、見ぃーちゃったぁ！」花畑が二人を指して、「お前ら、またぁ二人でお泊まりかよ。若いっていいねえ！　あ、ところでこれさ、今度企画演出に入った吉野洋行くんね」

オレは二人に頭を下げ、「よろしく」

「ＰＭ（制作部）の杉です」中条きよしのような感じの二枚目だ。

「制作管理の川俣でーす」大きな笑顔だ。胸も大きくモモも太い。

「じゃあ吉野、きみは八階だから、これでね」花畑はオレの肩をポンと叩くと、杉に向かって、「十時からの打ち合わせの資料、出来てんね？」

「はい、一応は。見ます？」

「後でいい」花畑はデスクの電話線のねじれを直しながら、「お前らなぁ、今後会社内でのセックスはゼッタイ禁止。役員応接室のソファーとか汚れるからね。仕事場は清潔に」

「はーい」「はい、拭いときます」杉と川俣が声を合わせた。

うーん、『大手制作会社』といえども、ダイゴやモリスとあまり変わらないのかなあ？

でもそれはオレにありがちな早合点だったようだ。

九時を過ぎるとバタバタっと社員が現れ、オフィスはたちまちフル稼働となる。

オレは八階の半分ほどを占める〈企画演出部〉の部屋へ行き、指定された自分のデスクについた。今日からここがオレの仕事場なのだ。何の変哲もないスチールのデスクとライト。オレは持参したちょっとした文具類と先程貰った名刺の束を引きだしに収めた。

名刺は〈企画演出部・吉野洋行〉。初めて一種類だけの名刺が持てた。これがプロだ！

部屋にはオレを入れて十人のデスクが五人ずつ二列に並び、ちょっと離れて部長の野々村さんのコーナーがある。その横にパネルで仕切られた会議室。

部長以下、すべての部員が出社して黙々と仕事の準備をしている。二十代から四十代で全員男性だ。服装は意外にキチンとしており、スーツにネクタイ姿も四人ほどいたな。

オレは取りあえず自分の席について、何らかの指示を待つ。

部員たちは皆、オレをチラチラと横目でうかがうが、誰も声をかけてはくれない。

そのまま三十分。

やがて野々村部長が立ち上がって、「みんな、遅くなりましたが朝礼やりましょう」

部員が一斉に立ち上がり、ぞろぞろと会議室へ入って行く。オレも付いて行った。

「お早うございます」部長の大声に皆もそろって応えた。

「今朝はまず新しい仲間を紹介します」野々村はオレを目で促す。オレは末席から立ち上がった。

「吉野洋行くんです」と野々村。

「吉野です。よろしくお願いいたします」オレは礼をした。

「部長」年長者らしき、分厚い眼鏡の痩せた男が手を挙げた。

「何だ？　藤田」

「彼、新卒ですか？　今頃の時期に？」一座がちょっとザワザワする。

「いやいや経験者中途採用だよ。ま、うちとしては初めての試みだな」と野々村。

藤田は首を捻りながら皆を見回し「副部長である私も、他のプロパーの部員たちも一度も相談は受けてません。会社の意図はどのようなところにあるんですか？」

「また藤田はぁ」野々村が苦笑して、「そんな組合委員長みたいな言い方すんなよ。意図も何もさぁ、要はクリエイティブ力の強化だよ。わかってるだろ。敵のニッセンや東西映像だのと闘ってゆくためには、より面白い企画、より新しい表現が必要でしょ。お前らプロパーと威張ってるけど、自分は博承堂さんに堂々と通用すると言い切れますか？　企画でも演出でも博承堂さんから指名かかりますか？　まあゼロじゃあない、という程度だよね。

そんなんじゃ会社は困るんだ。だから今回、矢島社長の判断で初めての中途採用に踏み切ったわけだ。なぁ藤田、新しい仲間と競い合えば皆のレベルが高まる、と思わないか？」

「わかりました……」藤田は下を向いて沈黙した。

「あのぉ……」もう一人がそろそろと手を挙げた。藤田副部長より若いが、もごもごと年寄りのように話す。「この吉野さんの経歴とか、作品とかは見せてもらえるんですよねぇ」

「この会議では他の議題もあるから、後で誰でも見られるようにしておきます」と野々村。

「どうか御覧になってください。よろしく」とオレはもう一度頭を下げた。

会議はこの後、各部員からの報告に移った。現在進行中の作品や、これから始まるプロジェクトの状況説明だ。

九人で合計四十分ほどの報告を聴いて、野々村部長の苦言の意味が少し理解出来た。

この会議室にいるプランナーやディレクターたちは、東洋ムービーという大手制作会社が博承堂から受注する多数のメジャーな仕事に、実はあまり貢献出来てはいないのだ。

総務で聞いた話では、会社の売り上げの八割はその博承堂経由でダントツ。

残りの内一割は千年社とか坂東広告社といった中小代理店からの小さな仕事になる。

そしてあと一割が直取引。ハマナ製作所というモーターバイク、スポーツ用具、ピアノやギターなどのメーカーとして名高い会社だ。ただし東洋ムービーが受注出来るのはＣＭ

ではなく、小型の販促映像や十六ミリのPR映画だけ。予算も限られているようだ。

そしてこの九人がやっているのは、主として最後の二割の部分なのだということがよくわかった。メインの大きなCMは、フリーランスの名だたるクリエイターや演出家の先生がたに大枚のギャラを支払ってお願いしなければならない、という事情だ。

会議はダラダラと続いて昼過ぎに終了。オレは一人でトップスにカレーを食べに行った。

午後は特に予定もなく、オレは試写室で会社の作品集を見たり、四軒隣の別のビルにある撮影部や編集室を自己紹介して回った。

6

夕方七時前、オレは六階へ降りて花畑のデスクへ。

花畑は客らしきスーツの男と立ち話をしていた。花畑よりもやや年上だろう、無精ヒゲが目立ち、時代劇に出て来る〈浪人者〉のような雰囲気だ。だが眼差しは優しそうだな。

花畑がオレを引き寄せて「工藤さん、今日入ったばかりの新人です。博承堂のどなたよりも先に工藤さんにご紹介！　吉野、ほらご挨拶」

オレは名刺を差し出し「吉野と申します。中途入社ですが、企画演出やりますのでよろしくお願いいいたします」

「へえ、東洋さんで中途採用なんて珍しい。吉野洋行くんね。工藤です。ハナちゃんにはもういろいろとワガママを聞いてもらってまして」名刺には〈博承堂第二制作局　御代田チーム　チーフ・プランナー工藤正〉とある。

花畑はオレの肩を抱いて「当社の企画演出、今まで力不足でお役に立てませんでした。吉野はたいへん優秀で海外経験もあるので、思い切ってスカウトしました」

スカウト？　誰が？と思ったが、まあプロデューサーという人種は、だいたい何でも自分がやったように言うものだ。ほめてくれてるんだからオーケー。

「行きましょうか」と花畑は先に立ってエレベーターへ。オレも工藤の後からついて行く。

ふと周囲を見ると、オレたちと同じような五、六組のグループがオフィスを出て行く。どれも東洋ムービーのプロデューサーが付き添った、スーツ姿の人物が一人か二人、談笑しながら夕闇の降りる赤坂の街へ散って行く。

料亭〈やまむら〉は氷川坂の方へ少し入った路地の奥にある。四階建てのビルの一階を和風にしつらえた、こじんまりとした店だ。

「ただいま」花畑は店へ入るとどんどん奥へ。

「ハナちゃんお早う。会社でよー休んで、さあこれから元気いっぱいね」若いふくよかな女将が微笑んだ。「工藤さんもようこそおいでやす」

「さえ子さん、これうちの新人・吉野」と花畑。

オレは女将にぴょこっと会釈する。

「さえ子さん、手ぇ出しちゃダメだよ。大切な若い才能なんだからね」

「はーいはい。ハナちゃん、ボトル今朝がたで空っぽやったけど」

「新しいの入れて。シーバス・リーガルの十八年だっけ、八十年だっけ？」


奥の小さな座敷は坪庭に面した茶室風の造りだ。

工藤を上座に、花畑とオレが向かいに座る。掘りごたつなので足がラクだ。

「ハナちゃん」工藤がおしぼりを使いながら、「飲まないうちにね、一つだけ悪いニュース」

「え？」

「レオン油脂さんの先週の競合プレゼン、エメール・シャンプーの新発売。負けました。電広とニッセン組にまたしても取られた。電広は塚本CD、ニッセンは三田村宏。NACグランプリ取ったディレクターですよ。いやあ、やられたぁ！」

「あーあ！」花畑が白眼をむいて「工藤さーん、あれゴッい金掛かっちゃってるんですよ。企画に一流演出家使ってるし。ノーリターンは痛いなぁ、イテーッ！」

「ごめん。いいとこまで行ったんだけど、まあ、敵も強いしね、勘弁してよ」

「エメール石鹸で取り返します。でもなあ、もう石鹸でアタマ洗う時代じゃないしなあ」

オレは余計なことを言わないように押さえながら、おしぼりで顔を拭い続けた。

「悪いニュースここまで。ハナちゃん、そのエメール石鹸の話しましょう」と工藤。

「お歳暮のCM、今年もあるんですよね？」

「もちろん。まだ石鹸の豪華詰め合わせは定番だからね。博承堂の一社指定もらってる」

「タレントは？」

「まだこれから。ただね、今年はいきなりタレントの話じゃなくて、企画そのものから見直して行きたい。うちの御代田CDからも『今回は思い切って表現を変えよう』と言われてます。御着物で風呂敷包み抱えて、というパターンはもう流行らん、とね」

「そりゃあぜひ」花畑が鼻孔をふくらませて、「企画からお手伝いさせていただければ」

「え？　でもさ、この前の企画演出の人、江田さんだっけ、ちょーっと何て言うかさぁ」

「イマイチでしたよね？」

「イマニかイマサンくらいかなぁ」

「わかってます。今回はこの吉野がお手伝いです。お役に立ちます。僕が責任持ちます」

今朝初めて会ったばかりじゃないか！

でもオーケー。もちろんオレはやる。花畑さん、責任持ってもらいましょう。

一週間後に打ち合わせ開始と決まった。初日からとりあえず幸先が良い！


その後は第二制作局の人事の予想とか、フリーの演出家やカメラマンのいい話悪い話、さらに博承堂の取締役たちのゴルフ・マナーがどうのこうのと、オレにはほとんど入れない話題が続き、九時過ぎにお開きとなった。

花畑と工藤はもうちょっと『お散歩をする』のだそうで、オレはそこで失礼した。


赤坂駅のホームの赤電話でアパートにかけてみる。ナツキが来ているような気がしたからだ。呼び出し音三つでカチャッとつながった。

「はい、吉野でございます」ナツキの声。

オレは嬉しくなって、「奥様ですか?」と訊いてやった。

「ただのお友達です」と言って、ナツキはケラケラと笑った。

「ごちそうさまでした」

「おそまつさまでした」

オレたちはベッドの上で向き合って座り、ふたりとも煙草をつけた。

「♪ベッドでたばこを　すわないでねー」とオレ。

「♪わたしを好きなら　火を消してぇ」とナツキが続ける。

「あ！　ひとつ忘れてた」ナツキがオレのヒザを掴んで、「ヒロのお祖父さまのこと」

「へ、何それ？」

「今日の昼ごはんの時に松木さんに聞いたんだけどね」

「また松木さん？　お前、しょっちゅう会ってるんか？」

「あ、気にしてる！　カーワイー！　だーいじょうぶ、ヒロ。ただの先輩よ。松木さんにはもう婚約者がいるから。三友不動産創業家の御姫さま、報道局の女子アナよ。もう局内ではプリンスとプリンセスって有名。でも、ちょっぴり政略結婚っぽいけどね」

「そーなのかぁ……松木も大変なんだなあ」

「いや、そんなことよりもぉ、吉野久先生って、よく話に出るヒロのお祖父さまよね。松木さんもそのこと知っててさ」

「松木には春先に飲んだ時に話してるからな。で、じいちゃまがどうしたっていうの？」

「総選挙に出るんだって。民自党から、東京第一区で」

「えぇっ！　せんきょ！」オレは煙草を落としてあわてて拾い上げる。

「あ、あの、わたしはよくわかんないんだけど、スポーツ局だから。でも松木さんがお父様から聞いた話ではもう衆議院解散が近いんだって。たぶん来月解散で年内総選挙だと。それに立候補することが内々に決まったっていう話。お祖父さまの名前、松木さんはよく憶えていて、わたしに言ってくれたの。吉野に伝えてくれって」

「ウソだろ！　もう八十だよ。あの人がなんで今ごろ代議士に立候補？　あり得ない！」

「サトヤマなんとかさん、っていう名前も出てたわ」

「ああ里山井史郎、じいちゃまの友達だよ。その人がどうしたって？」

「ごめんヒロ、わたし政治とかよくわかんない。スポーツ局だからさ。松木さんからじかに聞いてくれないかなあ」

7

翌日の午前中。会社では特に仕事もなく、オレは松木に電話して約束を取り、河田町のヤマト・テレビへ向かった。

四階の第一報道局は百人近くがデスクを並べる広大なオフィスだが、電話とテレックスが鳴りっぱなしの中、カメラとデンスケを担いだ取材クルーが飛び出し、飛び帰り、怒声が飛び交う大混乱だ。もっとも松木が言うには、これが日常普通の景色だそうだが。

オレたちは一階まで降りて、ロビーの隅にある喫茶室へ行った。

奥の席につき、注文もそこそこにオレは本題に入る。

「渡辺ナツキに聞いたのね」と松木はニヤリとして「ベッドの上で、かな?」

オレは舌打ちして、「まあいいじゃん。で、うちのじいちゃまの選挙の話。ぶったまげて飛んで来たんだ。ナツキの聞き間違いじゃないんか?」

「うちの政治部長からたまたま聞いたんだ。親父にも確認した。吉野久は立候補するそうだ。ただ、まだ内定の段階だからここだけの話だよ。解散も公示も来月以降だからな」

「なんでだ? じいちゃまは大学も引退してる。そもそも、代議士なんかになりたがるような人じゃない。里山さんにでも頼まれたの?」

「逆だよ。吉野先生が里山井史郎に頼み込んだそうだ」

「え?」

「東京第一区から出たいと。千代田、港、新宿が含まれる。定員は三名。民自党からは、すでに田内栄三首相が推す、うちの親父もよく知ってる主流派の現職候補が内定している。吉野先生はその候補と争うことになるんだ。同じ民自党といっても里山派は反主流だから吉野候補を支持するんだろう」

「民自党から二人？　じいちゃまはなんでそんな無理なことを？」

「新宿西口の再開発計画が実質的な争点だ、と聞いてる。戦後、焼け跡にびっしりと並んだ闇市、ラッキーストリートってやつだ。今では西口商店街。けっこう旨い焼き鳥屋とか、いい店も多いんだけどね、古くて小さな違法建築街は二十年前とほとんど変わってない。そこで、田内首相と主流派の候補者は、このボロ屋群を全部地上げして取り壊し、高層ビルと複合商業施設に建て替える、という政策を準備してる。もう地上げは始まってるぞ」

「〈日本列島大改造〉の新宿西口版か」

「ところがぁ、これに真っ向から反対している男がいる。ええとね」松木は手帳を取り出して何ページかめくり「クスノキ、ええと楠伍郎という人だ」

「え、楠さん！」

「吉野、知ってるんか？」

「じいちゃまは今弁護士をやってる。楠さんはそのクライアントの一人だよ」

「えっ、そうなの！　なるほど、だから協力してるのか。楠伍郎は商店街の先頭に立って再開発計画に反対してる男だ。彼は不動産屋、タクシーや飲食店、遊戯場なんかをかなり手広く経営してるな」

「それと、あの、風俗営業とかも?」

「いやそっちは彼じゃない。別の人物のマチガイだろ。楠は元々テキヤだよ。西口一帯の焼け跡闇市時代からの古い店主たちを仕切っている大親分だ。自身でも細かい土地を百か所以上も持ってるが地上げには全く応じてない。吉野先生は楠氏の〈再開発絶対反対論〉を支持して立候補するのだ、と聞いているね」

オレは楠のお地蔵様のような顔を思い浮かべた。しかしそれは優しい顔ではなかった。


昼前に会社へ戻り、企画演出部デスクの島さんから午後のスケジュールを貰った。

『三時から博承堂・第一制作打ち合わせ。権藤部長に同行』とある。

あの権藤さんが博承堂の仕事をくれるのか?

オレは使いモノにならないいんじゃないのか? まあ仕事はひとつでも多い方がいい。

二時半に出るとして、まだ時間がある。会議室が空いているようなので、オレはそこの電話を使わせてもらうことにした。

まず逗子へかけた。祖母が出た。

オレがじいちゃまに連絡したいと言うと、すぐに東京の事務所の番号をおしえてくれ、「洋行、ちょうど良かった。あんたから先生に訊いておくれよ。毎日毎日、民自党やら赤坂やらでいったい何をやってるのかね」

オレは選挙の話はしなかった。祖父自身の口からちゃんと聴いた上でないと言えない。祖母はオレの新しい職場のことをいろいろと知りたがったが、手短に切り上げた。

すぐに祖父の事務所へダイヤルする。

「吉野久・弁護士事務所でございます」応対した声は、たぶん書生の松山さんだろう。

「松山さん？　洋行です。お久しぶりです」

「ああ、洋行坊ちゃま。ご活躍と聞いてます。先生に御用ですか？　すいません、ちょっとお待ちください」いるとも、いないとも言わない。

しばらく待たされる。

「ひろゆき、ああひろゆきか？」突然、祖父の声がした。ガラガラした、息がつまったような声だった。

「じいちゃま、お元気ですか？」

「わしは大丈夫だ。……洋行、用件は何だ？」

オレはちょっとためらったが、思い切って切り出す。「選挙の件です」

「なんだと?」

「これから始まる衆議院選挙に出ると聞きました。あの、なぜ今から政治などに?」

「……きみがどうしてそのようなことを知っているのだ?」

「じいちゃま」オレはちょっと考えて「……オレもテレビ関係の仕事してる人間です。いろいろと情報は入って来ます」つまらない言い方をした、と思いつつもオレは続ける。「新宿西口の再開発計画を止めるため、と聞いたんです。楠さんと組んで」

電話の向こうで祖父はしばらく沈黙した。

オレは祖父の言葉を待つ。

やがて「……洋行、わかった。きみにも聴いてもらおう」

「あ、ありがとうございます!」

「あさっての金曜日はどうだ?」声のガラガラが消え、少し聴きやすくなった。「ちょうどわしの事務所に楠くんが来ることになっておる。一緒に話そう」

「うかがいます。住所はばあちゃまから聞いてます。何時ですか?」

「夕方五時だ」

「わかりました」会社の方はどうにかしよう。モリスの仕事の引継ぎがまだひとつだけ残っていた、などと言えばいいだろう。

その午後、予定通り二時半にオレは権藤部長に連れられて博承堂へ向かう。

権藤は秘書に呼ばせたタクシーにオレを押し込んで出発した。「おれは地下鉄が嫌いなんでな」と座席にふんぞり返る。

「権藤さん」オレは権藤の横顔に向かって、「ありがとうございます」

「何がありがたい？　わからん」権藤はオレを見もしない。

「いや、オレを博承堂の仕事に使ってくれるとは思いませんでした」

「企画演出部の連中がお前の〈作品集〉を見て『こんな三流の人間をなぜ採用したのか？』と怒ってるそうだ。それを聞いてな、おれはなぜか気が変わった。これから博承堂で一番うるさい御方に会わせる。お前はおそらく出入り禁止を食らう。まあそれは、矢島社長に見る目がなかった結果だ。だが、万が一そうならなかったら、おれの手もとに使える社員演出が一人出来る。じつに結構なことだ。ああ、それからな、今後おれのことは『常務』と呼べ」権藤は横顔のままだ。

「わかりました常務……」オレはちょっと間がもたなくなり、煙草を咥えてライターを取り出した。

「やめろ」権藤が初めてオレを見た。「おれの前で煙草を吸うな。臭いで吐き気がする」

オレはあわてて煙草を引っ込めた。


博承堂の本社は竹橋にあるのだが、第一から第四までに分かれたクリエイティブ部門は、有楽町から大手町への通りに沿って別々のビルのフロアに分散している。競合スポンサー対策だろう。今日行く第一制作局はいちばん有楽町寄りの〈新大洋ビル〉七階だ。

受付の前が広いロビーになっており、横に小さな応接室が五つ並ぶ。その中のひとつにオレたちは通された。お茶も何も出ない。

間もなくノックと共にドアが開き、地味なスーツを着た小柄な三十代の男が現れて権藤に軽く会釈する。権藤も「どうも」と頭を下げた。

そして後からもう一人。五十代に見える、痩せて背が高い男だ。黒いジャケットをやや猫背気味に羽織り、白いシャツの前をはだけている。蒼白い頬はこけ、長く尖ったわし鼻に太い眉と大きな鋭い目。黒い髪がパラっと額にかかる。

「お早うございます」権藤がぱっと立ち上がって最敬礼する。オレも六十度・三秒の礼。

「秋月EC、越後園のお仕事、今回も私共にご用命ありがとうございます。同行しましたのは企画のお手伝いをいたす吉野でございます」と権藤はオレを促す。

「吉野洋行です。よろしくお願いします」とオレは名刺を差し出した。

若い男の方が素早くそれを取り、自分の名刺も出す。〈プランナー　田所孝一〉とあった。

秋月はソファーにどーんと身を沈めると、無言で名刺を一枚、テーブルの上に投げ出す。

オレはそれをいただいた。〈チーフ・エグゼクティブ・クリエイター　秋月哲〉とある。

オレはもう一度頭を下げた。この人がプロジェクトのボスになるのだろう。

秋月はポケットからショート・ピースの青い箱を出し、一本抜いて咥えた。

権藤がすかさずライターを出して秋月の口元で点火する。秋月が深く一服。

「バージニア葉はいい香りですね」とうなずく権藤。

「では」と、田所が秋月の顔色をうかがいながら、「越後園〈北海茶漬け〉新発売十五秒です。お得意様は数多い他社のふりかけ類との明確な差別化をご要望です」

さて、全員が秋月の初めの言葉を待つ。

秋月は高々と脚を組んでソファーにもたれかかり、天井に向かって煙を吐き出した。

そして誰に言うでもなくぼつりと、「……茶漬けはな、文化だ」

田所と権藤が同時に深く大きくうなずく。

「この北海茶漬けに入っている鮭や昆布もまた文化だ。北の文化と言えるだろう」

「おっしゃる通りです」と権藤。

「ならば、北の文化を体現するものは何だ？」秋月は一座を見回す。

誰も答えられない。

「それは……一人の素朴な歌唄いの男ではないか。それは誰だ？」秋月は目を閉じる。

誰も答えられない。

「……もしかすると」秋月は独り言のように、「潮太郎ではないか？」

「あっ！」「おお！」田所と権藤が同時に大げさな驚きの声を上げた。

「それは気が付きませんでしたぁ！」と権藤が続ける。「まさに潮さんの唄には、北の大地や海原の香りが漂っております。それを感じ取られるとは！」

「簡単なアイデアっすね」オレがサクッと言った。「潮太郎のコマソン、誰にでもわかる」

次の瞬間、一座は凍り付いたようになった。

何かまずかったのかな？

田所と権藤は沈黙したまま、恐ろし気に秋月の表情をうかがう。

秋月は、オレを珍しい動物でも見るかのようにしげしげと眺めると、「きみ、誰だっけ？」

「企画演出の吉野洋行です」とオレ。

横から権藤の苦し気な息づかいが聞こえる。

「おかしいな？」秋月は首をひねって「おたくの企画部の小僧共はみーんな、この秋月の前では金玉が縮みあがってものが言えたことが一度もない。きみ、金玉あるか？」

「あります」

「つかんでみろ」

オレは言われた通りに、ズボンの股間をぎゅっとつかんだ。

「あるか？」と秋月。

「はい、あります！」

「でかいか？」

「そこそこです！」

「はーっはっはっは！」秋月は愉快そうに大笑いして権藤に目を向け「この小僧使うぞ。秋月につけてくれ。企画だけじゃない。今回は秋月が直接演出もやる。昨今の演出家連中、ギャラばかり高くてロクな仕事せんからな。この秋月がやる。こいつを助手にして細かいこと手伝わせたい。仕事終わるまでに殺すだろうが、いいな？」

「はい」と権藤。「殺してください」

オレはその権藤を横目で見ながら、何も言わなかった。（パワハラなどという言葉は、セクハラと同様に一九七二年当時の地球上にはなかった）

秋月は田所にアゴをしゃくって、「こいつにいろいろ作法を教えてやれ」

田所は首を傾けたまま答えない。

だが秋月は部下にかまわず、オレに向かって「潮太郎に〈北の海鳴り〉を唄わせよう。それだけ決めた。あとは秋月がこれから考える。茶漬けの撮り方はむずかしいぞ。よーく勉強しとけ」

「わかりました」と答えたものの、オレはまだ何も理解してはいない。

「本日はここまでにする。帰れ」と秋月は立ち上がって部屋を出て行く。

オレたちも直立不動で見送った。

「東洋さん」田所がオレの袖を引いて小声で「次回は来週です。何か秋月の参考になる案を二つほど用意願います」

オレはうなずいて「わかりました」

「違う」権藤がオレを睨んだ。『『うけたまわりました』と言いなさい。博承堂様の御社名は『ひろく何でもうけたまわる』という意味ですよ。それくらい憶えとけ、吉野」

「うけたまわりました」とオレ。何でもオーケーという社名だったんだ。代理店だなあ！

何にせよ、オレは出入り禁止にならなかったことを喜ぶとしよう。

8

二日後の金曜日。

午前中、オレは自分のデスクで企画の準備に入った。

レオン石鹸は来週の打ち合わせまで、まだ何もやることがない。

でも、北海茶漬けの方は今日から考え始めよう。

まずは潮太郎の唄う〈北の海鳴り〉について。この唄がヒットした時、オレは日本にいなかったから、まず聴いてみないと。近くに楽器屋があったから、何枚かレコードを買ってこよう。こういう場合は『企画資料費』になるが、どのように精算をするのだろう？

部屋のなかを見回すと、ふたつ隣のデスクで日経新聞を読んでいた男と目が合った。

「お早うス」とオレは微笑む。「あのう、ちょっとひとつ」

「初めまして、トモウラです。社内で名刺もナンだけど」と差し出された名刺には〈企画演出部　鞆浦譲〉とあった。二十代後半だろう。小柄で痩せているが目つきが鋭い。

「鞆浦さんって」オレは名詞から目を上げて「ひょっとして、あのニッセンの鞆浦監督の？」

「鞆浦光一ディレクターは僕の叔父です。珍しい苗字なんで、自己紹介する時いつも叔父の話から入ることになっちゃう。この業界にいる限り、宿命みたいなもんですね。ははは」鞆浦監督よりも愛想の良い、多少サラリーマンぽい印象だ。

「叔父様と一度お会いしたことがあります」とオレ。「強烈なカリスマを感じました」

「いやはや、僕はあの人にはかなり疲れてるんですけどね。〈大芸術家〉が広告を〈創作〉する時代はもう終わり。広告は販売促進の手段、ビジネスです。僕は最近まで、会社から派遣されて〈マッキーバー・スタイン・エージェンシー〉のクリエイティブで二年、広告発想法の勉強してたんだ」

「それは驚きです」とオレ。

鞆浦さんのニッセンは、つねにCMを〈作品〉として作り上げ、ヒットを出し続けていた。その表現は直感的・情緒的で、面白さや美しさがいつも優先されて来た。

そしてオレ自身もそのようなCMづくりに疑問は感じていなかった。

対してマッキーバー・スタインやオレが沖縄で付き合ったサイモントンなどの外資系代理店は、広告表現を論理的な説得として組み上げる手法に徹していた。だが、七〇年代前半の当時は、少なからぬスポンサーから『理屈っぽすぎる』とか『消費者に好感されない』と敬遠されていた実態もあったな。

鞆浦譲の興味深い話に、つい引き込まれてしまった。

オレが訊きたかったのは『企画資料費』の話だった。

「資料購入はまず自分のお金で払って、領収書と立て替え払い精算書を経理に出すだけだよ。本、雑誌、レコード、映画、何でもオーケー。ところでさ」と鞆浦はオレの腕を取り、「昼メシ行こうよ。いい定食屋あるから。おごらないけどね」

オレたちは会社を出て裏道を乃木坂方向へ五分ほど歩き、〈野田食堂〉という店に入った。

オレは鞆浦に合わせて焼き魚定食（二百九十円）を頼んだ。

「ここ日替わりメニューだから便利だよ」と鞆浦。そのような昔ながらの定食屋が、いつの間にか姿を消して行く時代だった。

アジの塩焼きをつつきながら、当然、企画演出部の話になる。

「僕は四年前、新卒で入社したプロパーなんだけどね」鞆浦はちょっと箸を休めて、「つい最近までマッキーバーに行かされてさ、すっかりアメリカのアドマン連中に感化されちゃったのよ。『この商品によってどんな不満が解決されるのか？』を表現する彼等のやり方は合理的で正しい、と確信したね。だから当社へ戻ってから、企画演出部の方々と全然話が合わなくて、実は困ってるんよ。副部長以下全員、ＣＭ制作がビジネスだってこと理解してない。何かっていうと自分の想いだの幼児体験だのを持ち出して、無理やり企画に結びつけようとする。広告の私物化はナンセンス！」

「広告の私物化、ですか……」オレはちょっと考え込んだ。確かに鞆浦の意見は論理的に正しい。広告は販売促進というビジネスの一部に違いない。

しかし、『面白い広告』や『美しい広告』、つまり結果として『効果的な広告』には、必ずと言っていいくらいそれを創ったクリエイター個人の想いが入っている。鞆浦の言う『私物化』の臭いが漂っているんだ。そして、オレはそれが悪いことだとは感じていない。

実際これから二十年近く、バブルの絶頂期に向かって、日本の広告（特にテレビＣＭ）の極端な個人作品化、クリエイター私物化は業界の大きな波になって行く。

だが一九七二年の今、オレはまだそれを見てはいない。

アジの塩焼きとアサリの味噌汁はとても美味かった。


夕方五時少し前に、オレは神楽坂にある〈吉野久弁護士事務所〉に着いた。

一階が和装小物屋の古い小さなビル。前の路上に黒い巨大なキャデラックの姿があった。

車内で待つ運転手の姿が見える。事務所は階段を上がった三階だ。

古風な波ガラスのはまった木のドアを開けると、そこは控えの小部屋になっていた。

「洋行坊ちゃま、いらっしゃい。ご無沙汰しております」書生の松山さんがデスクから立ち上がって、「先生もお待ちです。さ、どうぞ」

オレは奥の部屋に通された。

「洋行、よく来た」デスクの前のソファーから祖父が手招きして「さ、そこへ座りなさい」

祖父の向かいに座っていた楠伍郎はオレに黙礼すると、立ち上がって祖父の隣に移った。

オレは腰を下ろし二人と向き合う。松山さんがお茶を出してくれた。

久々に見る祖父は表情が引き締まり、法廷に立ったような緊張感を漂わせている。

楠も前に会った時のように気軽な態度ではなかった。

「お仕事の邪魔をしてしまってすみません」オレはまず詫びた。「でもじいちゃま、どうかオレにもわからせてください。何か今までとは違ったことをやるんですね。それで、もし何かオレに手伝えることがあるなら」

「手伝いなど無用」祖父が言い切って、「これはわしがやるべきことだ。だがな洋行、何年か前の正月にきみはわしの昔の話を聞いてくれたな。戦争中の裁判のことだ」

「憶えてます……翼賛会裁判……東京大空襲……敗戦で何もなくなって……」

「だがきみはわかってくれた。だから、今日も聞いてもらうことにした」

「……うれしいです、じいちゃま。何でも話してください」

「この事務所よりもな、もっとふさわしい場所がある。楠くんとも相談したのだが、新宿の彼の店のひとつで話したい。今から行く」祖父は大儀そうにゆっくりと立ち上がった。


夕暮れの街を静々と走るキャデラックの中で、祖父は口を閉ざしたままだった。

オレも何も問わず、ともかく頭の中をカラにしようと努めた。

二十分ほどでクルマは新宿西口に着き、〈思い出横丁〉と呼ばれる飲み屋街の入り口で、オレたちは降りた。

狭い路地には終戦直後の闇市から続く朽ちかけた小さな店たちが、継ぎはぎの増改築を重ねながらびっしりと軒を連ねていた。焼き鳥屋、もつ煮屋、おでんや今川焼の店、また衣類や靴、質流れ品などのあらゆる雑貨商もある。そこには醤油の匂いと人々の体臭、それに埃とカビが入り混じった空気があった。決して悪臭ではない。昭和二十年代の空気。

人混みの中を歩いて行くと、先頭の楠に周囲から次々と挨拶の声が掛かる。三十歳ほどの男女が多い。楠はその都度笑顔で答え、相手の肩を抱いたり頭をなでたり、まるで息子や娘のように可愛がる。

「じいちゃま」オレは隣を歩く祖父に小声で「あの人たちは、楠さんの会社の人とか?」

「いいや」と祖父「みんな彼の子供だ」

「え？　だって楠さんはまだ四十幾つかのお年で」

「後で話を聞けばわかる」祖父は楠についてずんずん歩いて行く。

9

その店は〈菊水〉という名だった。

商店街の中ほどにある、小料理屋兼飲み屋という風情だな。

「これは昭和二十三年に私が初めて持った店です」と楠。オレが生まれた年だ。楠は続ける「ここを開く前は、屋台引いて進駐軍の残飯煮込みを売ってました」

まだ開店前らしく客は誰もいない。オレたちは奥の席に座った。

「おやっさん、らっしゃい。吉野先生も」店主らしき、これも三十代半ばの男が坊主頭をぺこりと下げる。顔の右側に大きな火傷の跡が目立つが、笑顔にはどこか愛嬌があった。

「満《みつる》、こちらが吉野先生のお孫さん、洋行さんとおっしゃる」と楠。

オレはいきなり紹介されてあわてて頭を下げた。「よ、よろしく」

「この人に、話をすればいいんすか？」満はオレを無表情に一べつした。

「ああ、これは失礼しました、洋行さん」楠はオレにとりなすように「これは息子のひとりで満と申します。この店を継いでくれてましてね」

「あの、話って何の？」オレは戸惑って祖父を振り返る。

「洋行、聞きなさい。まず楠くんが誰のために何をして来たのか、きみによく知ってもらいたいのだ。だが彼は、そのような話をご自分の口からおっしゃるのは気が進まないと。だから息子さんの満くんに話してもらうんだ」

「ビール取って来ます」満が踵を返して調理場へ向かう。その後ろ姿を見て右足が不自由なのがわかった。

「空襲でやられまして。義足です。四歳の時にね」楠はそう言うなり立ち上がり「では、先生と私はちょっと〈菊水会〉の打ち合わせをして来ますので」

「そういうことだ」と祖父「満さんの話を聞きなさい。わしらはまた戻る」

二人は店を出て行き、後には満とオレが残った。

「おれはこんな話、てんでしたくないんすが」満がビールとコップを卓に置いて、「でも、おやっさんと吉野先生が『満がいちばん正しく話せる』っておっしゃるから、だから話します。店開ける時間、延ばしちまいます。ビールどうぞ」満はオレと向き合った。

「おやっさんを極道モンと一緒にせんでください」満の話は、まずオレの勝手な思い込みを引っくり返すことから始まった。「おやっさんは、何て言ぅか、この町のお父さんだなぁ。実際、おれの父親っす。おれ養子縁組してるから」

なるほど義理の親子なのか、とオレはうなずいた。

「おれだけじゃない」満はちょっと微笑んで「他にも男が八人、女が十三人。おれもいれて二十二人兄弟っすよ。そいつらのガキ、孫だな、これが十七人。オレのガキも二人ね」

「二十二人兄弟！」オレは目を見張った。

「あ、勘違いしないでな。おやっさんがどっかの女に産ませた子なんて一人もいないっすよ。みーんな戦災孤児よ。空襲で親兄弟焼き殺されたみなしご。おれはついでに脚一本持ってかれちまったけどね。おやっさんはおれみたいなガキ共を片っ端から拾い上げて一緒に住まわせて、食わせて学校行かせて、ここまで面倒見てくれた。その時、おやっさんだってまだ十九や二十。特攻隊から帰ったら家族全滅してて家もない。とりあえずおれたちのために掘っ立て小屋建ててくれた。稼ぎは靴磨きだのアメリカ兵狙ってイカサマ博打だの、そのうちに進駐軍食堂から出る残飯をごった煮にして出す屋台が大当たりしてね、牛肉の噛み残しなんか入ってて栄養あるから。その儲けで菊水の一号店ができたんすよ」

オレは嘆息した。幼い頃に逗子でよく目にした、小ぎれいなアメリカ将校たちが食い残して捨てた物を、ここの日本人は奪い合って食べていたのか！

満は〈しんせい〉を一本つけ、話を続ける。「おやっさんの世話になったのはおれたちだけじゃない。この思い出横丁のほとんどの店をおやっさんは体張って守ってくれたっすよ」

「誰、からですか？」

「ヨタもんだよ、三国人のな」満の目に嫌悪の色が浮かんだ。

（あすかやミヤコはこの言葉の意味、知らないだろうね。中国や朝鮮半島から日本へ来ていた人たちのことだ。進駐軍が純日本人と区別する意味で〈ノン　ジャパニーズ〉と呼んだのを、日本の役所が〈三国人〉と訳して使った。言葉自体に侮蔑する意味はないが、当時日本人とのトラブルが多かったため、結果的にネガティブな語感になってしまった）

満は続ける。「やつらはおれたちを『敗戦国民』だ『四等国民』だとバカにして、戦前や戦中にやられた恨みを晴らした。この横丁にも大勢で踏み込んできて、ただ食いして商品を盗み、店主を殴ったり、ウインドをたたき割ったりやりたい放題よ。揚げ句の果てによ、『お前らには土地の権利がないのだから、店たたんでここを立ち退け』と脅かすんだ」

「警察には届けたんですか」

「へっ！」満が失笑して「警察なんかなーんにもしてくれないっすよ。あいつらに出来ることは、何かちんまりした違反かなんかで弱い日本人をとっ捕まえて威張り散らすだけ。こんなヤバイ所、ビビッちまって見に来る度胸もねえよ」

「それを楠さんはどうやって？」

「おやっさんにとっても簡単じゃなかったす。頭下げて、大金払って話つけたこともある。金じゃダメな時は、おやっさん日本刀抜いて一人で乗り込んだっすよ。あ、おれ見たわけじゃないけどね。何人か切ってるっしょ。こっちはもっと切られてるけどね。おやっさんは特攻の生き残りで、なんか怖い物なしだったね。でも昭和二十五、六年頃までには、この横丁もおやっさんを頭にだいたいまとまって、〈菊水会〉ってのも出来て、警察の手なんか借りなくてもなんとかおれたちの生活守れるようになったす」満は自分のコップにもビールを注ぎ、ぐーっと飲み干した。

オレもひと息ついて、マルボロを咥え火をつける。

「洋モクっすね。一本いいっすか？」と満。

「あ、もちろん、どうぞ」オレは箱を差し出した。

一服してビールを飲みながら話していると、この満という男、第一印象よりもずっと明るくて素直だと気付いた。言葉は多少乱暴だが話はとても上手い。楠さんが、そのように育てたんだろうな。

やがて店の引き戸が開き、祖父と楠が戻った。「お帰んなさい」と満が立ち上がる。

「洋行」祖父がオレの向かいに座って「楠くんのこと、少しはわかったか？」

「はい、少しですが」そしてオレは。楠に向かって「ひとつ伺ってもいいですか？」

「かまいません」と楠は優しい表情で答えた。

「楠さん、なぜ、なぜ命かけて二十二人もの子供と何十軒ものお店を守ろうと？」

「わたしは……」楠は遠くを見るような目になって「特攻機に爆弾抱いてね、敵空母にブチ当たって死ぬ気になってました。親父やお袋や兄貴、妹たちを守るためにね。それが、終戦でわたしは死に損ない……その五か月前の空襲であいつらみんな死んじまった。どうしていいかもわからない時……ここのガキどもと出会いました。こいつらが餓死しないで生きられるように、何か出来ることをしよう、と思った。ガキどもの周りにはこの横丁の人たちもいて、みんなひどく困っていた。これも放っとけない。ともかく、目の前のことをひとつずつ片付けた。金が要る時にはどこからか都合して来た。腕っぷしを使う時には無理やり使った。どうせ一度死んだわたしが、皆を助けられるのは嬉しかったです。そんなことしてるうちに、気ィついたら二十七年経っちまってた。それだけです」

「洋行」祖父が話に入って来た。「警察も行政も、この街の人々や子供たちを理不尽な暴力から守ってやることが出来なかった。戦争最後の年、わしは翼賛会選挙の違憲無効判決を出した。だが、そんなものでは一人の日本人の命さえも救えなかった。判決文は空襲で灰になり、帝国憲法も消滅した。……わしが茫然自失しているその時、この楠くんは実際にたくさんの人々の命を救い、食べ物や住み家を守り、安心と希望を与えた。それを為すために、彼は暴力や汚い金も使っただろう。だが結果を見れば、彼は善を為した。『法外の法』に従って、警察にも行政にも出来ない仕事をした、とも言えるだろう」そこで祖父はちょっと言葉を切る。そして両方のこめかみを指で押さえ、目を閉じた。

「先生」楠が祖父を気遣いながらオレに、「洋行さん、わたしには難しい法律のことなどは何もわからんです。バカにでも出来る仕事をやってきました。でも今度のことは参った。札束投げても刀振り回しても話つきません。だから、先生にお教えをお願いしたのです」

「田内内閣の〈日本列島大改造〉が問題の根源だ」と祖父。「新宿西口の再開発を止めなければならん。国政レベルをすぐに動かす必要がある。だからわしは選挙に出る」

「皆が脅かされて立ち退きを迫られてます。うちのガキどもの店もね。まるで浮浪者でも勝手に住み着いたかのように言われて、ゴミみたいに片付けられる」と楠。「でも誰一人、これから建つちゅう新高層ビルのテナントになりたい者などおらん。皆この横丁で自分のやりかたで商売を続けたいんです。でも立ち退けと。しかも条件がひどく悪い」

「え、なぜ？」とオレ。

「ほとんどの店主が土地の正式な権利証を持ってない。平べったい焼け野原に、地面から生えたみたいに出来た闇市の縄張りが始まりだからねえ」楠が腕を組んだ。

「それでも現実に二十七年間、商店街として多くの客に利用されてきた」と祖父。「これは『既得権益』とみなすべきだ。権利証というたった一枚の紙切れがなくとも、長期間に渡ってその土地を自らのものとして生かして商売し、世間が広くそれを認めて来た事実こそが権利を生み出すのだ」

オレはゆっくりとうなずいた。「じいちゃま、わかりました」

祖父は嬉しそうに微笑む。

オレは祖父を見つめて、「選挙、頑張ってください。勝ってください」

「そんなに簡単ではない。田内総理に支援された現職は強いぞ……だがな洋行、この店の名前の由来を知っておるか？」

「菊水、ですか。楠正成の旗印。ええっ、楠さんは正成の子孫で？」

「いいや」楠が苦笑して「たまたま、です。わたしはただの百姓の生まれで。でも正成公にあやかりたいと思いまして。湊川の合戦のおり、負けを承知で出陣されたお心にね」

「洋行」祖父は晴れやかな表情で「わしも楠公《なんこう》の精神で闘う。裁判官としては決して出来なかった仕事だ。一度やってみたかった。わしは満足だ」

オレは祖父と楠に応える言葉が見当たらなかった。『頑張って』なんてチャラすぎる。あの戦争の時代を生きた人たちは皆、何か重いものを背負っている。でもオレは何も背負っていない。羽のように軽い。

オレの責任ではないけれど、情けないほどの軽さだなあ。

ともかく、新宿での話は八時頃終わり、オレは地下鉄でアパートへ戻った。

10

その深夜、オレのベッドの脇の電話が鳴った。寝ぼけながら受話器を取る。

母の声だ「洋行、聞きなさい」

「何？　どうしたの？」

「じいちゃまが倒れた。今逗子から電話があったの。洋行、すぐに自動車で家に来れる？」

「倒れたって、え！　オレ昼間会ったばかりだし、ど、どんな具合で？」

「詳しくはわからない。ともかくすぐ逗子へ行きたいの。百男さんはまだ帰ってないから書置き。クニは明日の朝電話するしかない。学生寮だからね」

「わかった。行きます」

「服装は何でもいいから、早くね」

オレは時計を見て「一時半には迎えに行く」と電話を切った。


午前四時前。

母とオレが祖父の屋敷に駆け込んだ時、横たわる祖父の枕元に祖母と主治医の秋間先生がかしこまっていた。

祖父はすでに生を終えていた。

「脳溢血です。私が来た時、すでに亡くなっておられました。午前三時頃と思われます。まことにご愁傷様であります」秋間先生が祖母とオレたちに静かに礼をした。


それから四日間。十月十日に葬儀が終わるまでの出来事を、オレはあまり整然と思い出すことが出来ない。

今、頭に浮かんでくる情景を断片的に話そう。

眠り続ける祖父の顔にはほんのりと血の気がさしているように見え、オレが最後に聞いた『わしは満足だ』という言葉の余韻を感じた。

泣きわめく祖母の姿。恐ろしかった。母が慰めて別室へ連れて行ったのを思い出す。祖父の手が凄く冷たかった。でもオレは手を取ったまま、随分と長い時間祖父の傍らに座っていた。ほんの半日前、祖父と過ごした最後の時間を思いながら、オレは涙を流していたと思う。

気がついたら朝になっていた。十月七日土曜日だ。

通夜は八日の日曜。築地本願寺での本葬は翌々十日（火曜だが祝日）と決まった。

葬儀の準備に関して、家族の中では母がほとんど取り仕切る。

昼前にやっと現れた父は康二さん、新三さんと兄弟三人で祖父の遺産や遺言の話を始め、何やらややこしくなっている風に見える。

オレとクニは親戚への電話・電報と、葬儀社や本願寺事務局との打ち合わせで走り回る。

書生の松山さんが、東法大や民自党関係への連絡と協力要請を引き受けてくれた。

祖母は嘆き悲しんだ後そのまま寝込んでしまい、秋間先生の診たてでは十日の本葬に出るのがやっとだろう、とのことだ。女中のよしやが枕元に付きっ切りとなった。

そのうちにハッと気づいて会社に電話した。

幸い総務の何人かが出社していたので、オレは九日月曜の忌引きを届けた。

そのまま続けて啓介にも連絡。

さらにヤマト・テレビに電話して『スポーツ局の渡辺夏樹さん』を呼んだ。土曜日だがまだ社にいるだろう。

「渡辺です」ナッキの声。

「オレ。仕事中にごめん。今朝方、じいちゃまが死んじゃった」

「え！」

「脳溢血で倒れて、そのまま……」

「ヒロ……なんてこと！」

「今、逗子にいる。通夜や葬儀の準備があるんで、来週火曜までは忙しい」

「わたしも手伝いたいんだけど……ごめん、これから大阪ナニワ・テレビへ出張なの。でも月曜の夜帰るから、そっちへ電話してもいい？」

「オーケー。じゃあね。あ、この電話、報道局の松木に回せるかな？」

電話は繋がったが、松木は不在だったので伝言を頼んだ。

ちょっと考えて『友人の吉野です。祖父が急に亡くなりました』と言った。どのみち、松山さんから民自党へは連絡が行く。そちらからも松木の耳に入ることだろう。

クルマで逗子と世田谷の実家と麻布のアパートを二往復し、ついでに葬儀用の礼装小物を買いにデパートまで寄る。喪主をやる父は、万事足りないものだらけだ。

悲しんでいる時間も持てないうちに、十月十日、築地本願寺・本堂での葬儀になった。

凄い規模だった。改めて祖父の偉大さを見せつけられる思いがする。

見上げるような巨大な本尊の下に、煌びやかな法衣をまとった二十四人の高僧が左右に分かれてズラリと並び、声の音程を変えて唄をハモるように読経する。南無阿弥陀仏のお経がこれほど美しく響くものだとは知らなかった。

会葬者は二千人を超えた。田内首相をはじめ政府要人の顔がある。自治大臣・松木正純の後ろに松木純一の姿が見えた。里山井史郎議員も沈鬱な表情で列席していた。

吉野家だけではなく、母の実家・岩井田家からも外祖父以下四人が来ている。

オレの知人たちも皆が顔を揃えており、それぞれ声を掛けてくれた。

ナツキは両親まで来ている。啓介と他の仲間たち。上城は父親が代理で。森山さんは一人だった。サルさんと道子さん。チョッコとマサミ、それに温井と西舘まで。

オレは祖母や吉野家の家族と共に並び、次々に焼香台に上がる会葬者と礼を交わす。

その中に東洋ムービーの権藤部長もいて、オレに黙礼して去った。

そして列の最後尾に近いあたりに、楠伍郎がいた。満も一緒だ。

楠は祖父の写真を長いこと見つめ、深々と礼をすると丁寧に焼香を終えた。並んでいる家族に一礼し、オレの前まで来ると右手を差し出した。

オレは頭を下げながら握手して、小さな声で「お役に立てませんでした……」

楠も囁いた。「洋行さん、吉野先生は戦死されたと思ってます。御恩は終生忘れません」


正午に出棺となり、喪主として父が挨拶に立った。

父はひどく緊張しており、言葉も途切れがち。

母に言わせれば、『偉大な葬儀にふさわしからざる喪主』だそうだ。


その午後は快晴だった。

桐ヶ谷火葬場の高い煙突から、祖父の亡骸は白い煙になって青い空へ昇って行った。

でもオレにはまだ祖父がいなくなった実感がない。骨を拾ってもピンと来ない。

これから逗子の家へ帰って、祖父と一緒にコーヒーを飲みながら『凄いお葬式でしたね』などと話が出来る気がする。

その後もずいぶんと長いこと、ひょっとしたら二〇二七年の今でも、オレには祖父がどこかにいて何時でも会えるような感覚があるな。

＊

「それ錯覚じゃないよ、吉野さん」おどけた調子のミヤコの声が、オレをホームの部屋に呼び戻した。「もうそろそろ、あっちへ行けばおじいちゃまが待ってるよ。ヒッヒッヒ！」

あすかが困ったように苦笑した。でもね、ミヤコには何の悪気もないんだ。

このホームから健康を回復して出て行く者はない。ミヤコは『人の死を手伝う仕事』を続けるうちに、『あの世』の冗談を老人たちと楽しむようになったのだろう。

窓の外はもうとっぷりと日が暮れていた。

江の島の灯りがぽつんと見える。

祖父は八十歳で亡くなった。あの時二十四歳のオレの目には、祖父はすべてを悟っているように見えた。最後のひと仕事までは出来なかったけどね。

だが今、オレ自身が七十九歳を目前にして、実際、何もわかっていないことに気付いて愕然とするぜ。五十年前と大差ない。ははは。

あ、でもな、一つだけ悟ってることがある。

オレの人生もそろそろ終わるってこと。それは決して不幸じゃない。

「そんなこと言わないで！　おじいちゃん、いつまでも長生きしてくれないと！　なーんてのがひと昔前のキマリ文句だったなあ」とミヤコ。

今なら何て言うんだよ？

「おじいちゃん、いい死に方してね！」

直球だな！　あすかはちょっと顔をしかめているが、オレはミヤコの言う通りだと思う。

いい死に方……まだオレにもチャンスはある。

さぁて、今日はここまでにしておこうか。

あすか、今週の土曜、五月十五日だ。あかねの誕生日・命日やろうな。

ケーキ頼んだよ。

第四章

ながい、やさしいキス

1

♪ハッピー　バースデイ　トゥ　ユゥ
ハッピー　バースデイ　トゥ　ユゥ
ハッピー　バースデイ　ディア　あかねちゃん
ハッピー　バースデイ　トゥ　ユゥ

あかねが好きだった苺のショートケーキに、太いロウソクが七本と細いのが五本ともる。去年よりちゃんと一本多い。あかねもあちらの世界でこの一年を過ごしたからね。

オレはロウソクにふーっと息をかける。肺活量不足を、横からあすかが助けてくれた。

皆の盛大な拍手。あすか、ミヤコ、長尾くん。それに加えて、壁のモニター画面の中にもう二人、笑顔で拍手している男女がいる。息子の洋太《ようた》とその妻・由衣《ゆい》だ。アメリカに住んで、日本アニメのメカ・デザインをやっている洋太も今年三十五歳だ。由衣は一つ年下。オレゴン州のポートランドから送って来るリアルタイムの動画だからね、今頃あちらはもう日暮れ前だろう。二人は声をそろえて「ハッピー・バースデイお母さん！　お父さんもこの一年ご苦労さま！」そして洋太が「クリスマスには一週間ほど帰れると思います。元気でね。それでは」再び盛大な拍手。

手を叩いている男がもう一人いる。柳孝太郎《やなぎこうたろう》常勤医師だ。

柳医師は四十そこそこ、小太りの一見愛想の良い男だ。ミヤコのボスに当たる。

柳はあすかからケーキ一切れとコーヒー・マグを受け取ると、オレのベッドの横へ椅子を引いて腰かけた。そしてケーキを頬張りながら長尾とミヤコを振り返ると、「君達、ちょっと外してくれますか。ご家族とお話ししたいんだ」

「ドクター、じゃあこれだけ撮ってから」とミヤコはスマホを取り出す。

皆がオレを取り巻いて記念撮影だ。「チューシャ！」とミヤコがシャッターを押した。

撮った画を見ると、オレの横、画面の左側が空いている。

「ちょっと右へ寄っちゃったね」とあすか。

「これでいいの」思わせぶりな表情のミヤコ。「左の空いてる所に心霊写真であかねさんが写るからね」皆にどっとウケた。

ミヤコ、いいこと言うなあ！　あかね、心霊写真でいいから隣に来いよ！

スマホをあすかに交替してもう一枚。「チューシャ！」やはり左空きにしてくれた。

そして長尾とミヤコは顔を見合わせてうなずき、ケーキとコーヒーを持って部屋を出て行った。

柳医師はベッド・ボードから下がっている診療ノートをちょっと確認した。

あすかは柳と少し間を置いて、窓際に立っている。

柳はオレに微笑みかけて「吉野さん、お元気ですか？」

オレが元気な訳ないだろ、アホ医者！

「先日ご相談頂いた件ですがね、今日はちょうどマクレガーさんもいらっしゃるんで」

え、マクレガーさんてどこにいる？　ああそうか、あすかの亭主はラリー・マクレガーだから、つまりあすかのことだ。ややこしい言い方するなよ。

「あ、失礼しました。あすかさんでよろしかったですね。でぇ吉野さん、いくつか伺ってみたいんですが？　ええと、この会話が録音されていることについてはご承知ですね？」

と、柳は襟元にのぞく小さなヘッドセットを示した。

わかってますよ。何でも録音してくれや。

「それでは、まず現状の確認ですが、ええとぉ、吉野さんの肺繊維症と肺気腫の進行は、なかなかに予断を許さないものがあります。直近四週間は毎日数時間のＢＴＳＳ、つまり自動呼吸補助システムによる酸素補給が欠かせませんでした。現在もその状態にあります」

それで命が繋がってるんだよね。よく理解してます。

「室内のトイレなどへは、ご自分でベッドから降りて行けますか？」

どうにかね。それだけは言ってでも行くよ。

「さぁて、吉野さんからのご要望についてですが、施設長や理事長とも相談いたしました。現在行っているBTSS使用の中止には、これはナンですね、ご本人様のみならずご家族の完全に一致したご意思の表明が必要です。ここ数年、延命治療中止に起因するトラブルがたいへん増えておりまして、訴訟も後を絶たないことをご理解いただければ、と」

オレは窓際に立ったままのあすかを見た。こちらのやり取りには背を向けて、海の方を眺めている。あかねとそっくりな後姿が何を語っているのか、オレに察しはつく。

「ここまで、よろしいでしょうか？」と柳。

いいよ。そのBTSSってやつを止めちまえば、そのままラクに死ねるんだね？

「い、いやあ、ラクにとおっしゃられるとナンですが、まあ推定いたせばですね、おそらく二十四時間以内には酸素欠乏により意識がなくなり、呼吸停止に至る可能性が大きいと。それがまあ、吉野さんのお望みの結果になりましょうか」

そうだ。それであかねとの待ち合わせにあまり遅れずに済むんだ。

去年約束した。もしあかねが先に逝ってしまったら、オレもいろいろと現世の事を片付けて一年後に追いかける。あちらの世界でまた一緒に旅して楽しもうぜ、と。

柳さんよ、仮に治療をしっかり続けたとしても、オレはもう長くはないよな？　だったらば、あかねをあまり待たせたくない。

今は若い連中にオレの長い昔話を聞いてもらっているけど、もうしばらくで話も終わる。それで仕事は完結だ。オレもあかねの所へ行かせてほしいな。

「吉野さん、治療中止の判断は不可能とは申しません。でもご令息やお嬢さまのご同意をしっかり頂きましょうよ。別に何も急ぐことはありません」柳は窓際のあすかを見やって、「どうかよーくご相談ください。ご家族の皆様にとって重い選択ですから……」

言い終わった柳は、ほっとしたようにコーヒーを飲み干す。

その時、あすかがゆっくりと窓のカーテンを引いて、こちらを振り向いた。

「お父さん」優しい笑顔だった。「誕生会の続きやろうよ。それに物語も今日はじっくりと聴きたい。ミヤコさんは仕事らしいけど、長尾さんはすぐに戻るって」

そうか、あすかも今日は楽しい昔の話がしたいんだな。

オレがいかに死ぬかではなくて、オレがいかに生きたかの話。そっちの方がいいや。

「じゃあわたしはこれにて。お大事に」頭をぴょこっと下げて、柳は部屋を出て行く。

よし。長尾くんが戻ったらまた物語の再開だ。一九七二年へ飛ぶぞ。

十月十一日水曜日。祖父の葬儀の翌日だ。

オレは九時前に東洋ムービーへ出社した。

エレベーターの中で権藤部長に出くわして、オレはさっと頭を下げた。「部長、昨日はわざわざ来ていただき驚きました。ありがとうございます」

「常務」

「あ、すいません常務」

「昨日のことは気を遣わんでいい。お前のために行ったんじゃない」

「え？」

「おれは東法大・法学部の卒業生だ。吉野久先生がまだ学部長になられる前、よく教わっていた。クラス会幹事から急報が入ったんだ。だがまさか、お前がお孫さんとはな！」

驚いた。やはり祖父は偉大だった。こんな所にも教え子がいたんだ。「東法大だなんて！でも法律家にはならなかったんですね」

「親はそう勧めたんだが、おれは何かクリエイティブな仕事がしたくてな」

どこかで聞いたことがある話だな、と思ったらオレのことだった。「何て言うか、そんなご縁があったなんて、うれしいです、部長」エレベーターのドアが開いた。

昼前に花畑プロデューサーがオレのデスクへ来た。「吉野、聞いたよ。ご愁傷さん。もう落ち着いたのかい？　キミの御祖父さんって偉い人だったんだ。スジいいんだねえ」

「昨日、葬儀無事終えました。すいません。今日からバッチリ働きます」

「二時から博承堂、大手町の二制へ行く。デスクには今スケジュール入れた。いいね？」

「了解です」

「エメール石鹸の今年のお歳暮セットのカタログ、ここに置いとくからさ、何かブッ飛んだアイデア考えといてくれっかなあ。十五秒一本きり。打ち合わせ中に一発強力なやつが出るとさぁ、全然こっちのペースになるじゃん。はい、これね」花畑は分厚いカタログのページを折ってオレの目の前に置き、小走りに出て行った。


オレは昼メシがてら企画アイデアを練ろうと、純喫茶〈ちぐさ〉へ行った。案の定、店は空いていた。奥の席でサンドイッチとコーヒーを頼み、お歳暮のカタログに目を通す。

ＣＭに出すべき商品にマークがついていた。千五百円のエメール石鹸詰め合わせだ。

オレは煙草をつけて考え始めた……。

だが、いつものように『何が面白いか？』『何をやったらみんなぶっタマげるだろう？』という方向へパッと思考が進まない。

祖父のことが頭に浮かんでくる。新宿で楠さんや、満さんとした話も。

この石鹸詰め合わせは皆が欲しがっている、本当に世の中に必要な物なのか？

もしこれがなかったら誰がどのように困るのだろう？

これで多くの人を助け、喜ばせることが出来るのか？


昼過ぎまで考えても、何の答えも見つからなかった。

諦めて席から立ち上がった時、突然オレの頭の中にひとつの言葉がひらめいた。

『ヒロ、高度経済成長の大波に乗るんだ！』朝倉さんだ。オレは朝倉さんにバーンと頭をはたかれて、正気に戻ったような気がした……。ああ、そうだ、オレはこの喫茶店に入ってからずっと今まで、じいちゃまと話していたんだ！　じいちゃまはもう亡くなって、葬儀も終わった。オレは広告屋に戻るんだ。面白いＣＭで商品を売りまくる。それでみんながより豊かになるんだ。思い出横丁の人たちだって、いつまでも貧しいままじゃない。店を綺麗に作り替え、商品もより豪華に。ボスの楠さんはキャデラックまで持ってる。

それでいいんだ。今は昭和四十七年だ。迷わずに、石鹸を売る華やかなＣＭを考えよう。

オレの心の中で、祖父の葬儀が今やっと終わりかけている。

十五秒のアイデアは何もない。でも頭がカラッポになって、気分がスッキリした。

博承堂へ行ってから、その場でどうにかなるだろう。

2

午後一時半。オレは花畑と落ち合う。鞆浦譲が一緒だった。

「吉野くんよ、今日は鞆浦くんも参加だ。トモちゃんとヨッちゃんって呼んでいいよね？」

「よろしく」「よろしく」と、オレたちは型通りの挨拶を交わす。

花畑のスカGの助手席にトモちゃん、後席にヨッちゃんが乗り込んで出発。


博承堂第二制作局は、第一よりやや大手町よりの〈亜細亜ビル〉にあった。

花畑はクルマを地下の駐車場に入れ、オレたちを引き連れて五階へ上がる。

権藤と行った第一制作の時と違って、オレたちは直接オフィスの中へ通された。

雑然と散らばる何十ものデスクの間をぬって、花畑は周囲の博承堂社員たちに声をかけ、頭を下げ、笑顔と愛嬌を振りまきながら進む。鞆浦も何人かには顔を知られているようだ。

オレは二人にアクションを合わせながらどうにか付いて行く。

オレたちは奥の小さな会議室におさまった。黄ばんだパネルで囲まれた窓のない部屋。中央に合板張りのテーブルがあり、パイプ椅子が六脚並ぶ。

片側に並んで座って数分待つとドアが開き、工藤プランナーが現れた。UCLAのトレーナーに相変わらずの素浪人風無精ヒゲだ。「ハナちゃんお早うございます。トモちゃん、ヨッちゃんと若手二人イイ感じですねえ！　今日から御代田《みよた》CDも入ります」

「みなーさん、おはよーっ」バリトン歌手のような美声と共に、とても小さな人が入って来た。パリのムトウさんとほぼ同じ位、一五〇センチはないだろう。仕立ての良さそうなツイードのスーツにブランド物のネクタイとポケット・チーフ。七・三に分けた髪は真っ黒でツヤがある。目はぱっちりと大きく、少女漫画のように睫毛が長い。

「エメール石鹸お歳暮は十五秒スポットの勝負。いい仕事しましょう！」御代田守《みよたまもる》CDはオレたちを見回して朗々と宣言した。

御代田の後から盆を持った女子社員が来て、テーブルにお茶を並べ、中央に大きな皿を置いた。皿の上には柿の種とグミが山盛りになっていた。「どうぞ、つまみながらやりましょう」と微笑む御代田。

打ち合わせが始まって三十分。

オレはまだ発言せずに、グミを噛みながら他の四人のやりとりを聞いていた。

一九七二年当時、季節の贈答はまだ国民的な習慣としてしっかりと残っている。お年賀、お中元、そしてお歳暮。どれも新聞やテレビで大々的なキャンペーンの対象になった。お歳暮のCMには『心づくしの品を風呂敷に包み、先様の御宅を訪問してお手渡し』というパターンがあった。しかし実際にはほとんどのお歳暮は郵便で送られており、つまりCMは『現実離れした表現』になっていた訳だ。御代田CDもそれを感じている。表現を変えるなら、ではどんなアプローチになるか、の議論になった。

リードしたのは鞆浦だ。「お歳暮は『贈るか贈らないか?』じゃありません。贈るに決まってます。だから問題は『エメール石鹸を選ぶか、他の何かを選ぶか』にある。エメールを如何に他のお歳暮と差別化するか? これを考えましょうよ」

「うん」御代田がパチパチと睫毛をしばたいて「今年こそは過去のパターンと訣別するか」

「僕は賛成ですねえ」工藤もうなずく。「トモちゃん、何かアイデアあるんでしょ?」

「僕の実家の話していいですか?」皆の返事も待たずに鞆浦が続ける。「お歳暮に必ず石鹸の詰め合わせをくれる知り合いがいましてね、おかげでうちは一年間それで足りるんです。最近は洗髪なんかには使わないから、ちょうどワン・セットで一年もつ」

「なるほど」工藤がうなずく。「うちも同じだなあ」

「ちょっと飛躍しますけど、『もしお歳暮にエメール石鹸が貰えなかったら、うちの家族は来年どうやって手を洗えばいいのだろう？』なんて悩みますね。これどうですか？」

「ああ、面白いかもね」と工藤。

「おもしろいかもっすね、ははは」合わせる花畑。

「タレントは去年と同じでいいです」鞆浦が説明を始めた。「落語の桂子きん師匠。まずファースト・カットは〈ニード・ストーリー〉つまり何が足りないのか？から入ります。ツルツル頭の子きん師匠のバスト・ショット（胸から上の像）です。師匠は使い切って小さくなってしまった石鹸を指でつまんで渋い顔です。黒バックに白文字のタイトルが入る。『ゆく年や』。二カット目はエメール石鹸・お歳暮セットのアップ。ぱっとふたを開けると、真っ白なエメール石鹸がぎっしりです。タイトル『待ってたエメール』。三カット目。再び子きん師匠のバスト。ツルツル頭の上に真新しいエメール石鹸をひとつ乗せて嬉しそう。これが〈ソリューション〉つまり問題の解決『ゆく年や　待ってたエメール　来ましたよ』」

工藤が反応する。「いいじゃない！　トモちゃん。今までのエメールに無かった単純明快なアイデアですね」

「いいでしょ。今はこの位ズバリでいいと思うなあ」鞆浦は得意そうだ。

「でも子きん師匠がやればイキな感じにもなりますよ」無精ひげを撫でてうなずく工藤。

「イキな感じしますねえ」と花畑。

「うーん」御代田CDが悩まし気に目を伏せて「そーねえ、これわかりやすいんだ、たしかに。でも、何というかね、これだけでいいのかしら?」

「うーん、これだけだとなあ、確かに何かが?」いったい花畑はどっちなんだ?

オレもどうしようかと迷っていた。ひとつアイデアが出たのだが、鞆浦のような整然とした理屈がつけられない。ちょっとバカっぽい感じもするし。うーん、と腕を組んだ時、ふと御代田CDと視線がパチッと合った。「キミ、吉野くんだっけ? どう思う? なんかあったら言ってよ。何か、こう、メチャクチャでもいいからさ」

「はい」オレは言う気になった。「ほんとにメチャクチャな考えなんですが、あの『師走』って言うじゃないですか。だから『師』が『走る』のはどうか? 袈裟がけのお坊様が、エメール石鹸のお歳暮セットを抱えて全力で走る。それを二番目のお坊様にリレーする。受け取ったお坊様も全力疾走して、エメール石鹸を三番目のお坊様に渡す。三番目が走り出したあたりで突然プッツリとCMは終わる……」

その場の四人全員が一瞬沈黙し、つぎにゲラゲラと大笑い!

しばらく笑った後、再び沈黙に落ちた……。

「メチャクチャだな」御代田。

「メチャクチャですね」工藤。

「ヨッちゃーん、もうちょっとさぁ、なんとかさぁ、どうにか出来ないかなぁ？」花畑。

「やはり、きちっとソリューションを出しましょうよ」鞆浦がうまくまとめた。

打ち合わせはそれから一時間ほどのやりとりで終わった。

結局その後とりたてて新しいアイデアはなく、『風呂敷抱えて訪問』と大差ないような案しか出なかった。オレも『走る坊主』を却下されて多少落ち込んだな。

具体案としては、鞆浦の『ゆく年や　待ってたエメール　来ましたよ』だけがコンテに構成されることとなり、さらなるアイデアが次週の会議までに求められた。

鞆浦は別の打ち合わせがあり、帰路はオレ一人が花畑のクルマに乗せてもらう。ハンドルを握る花畑は不機嫌だった。「吉野よぉ、新人のキミを売り込んだ僕としてはさ、カッコつかないわけよ、あれじゃあさぁ」

「……すいません」と助手席のオレ。

「使えるアイデア出さなきゃ、ねっ、金になる企画だよ。次回は頼むよ！」

オレはぼんやりと、シフト・ノブにはめこまれたガラス玉の金魚がゆれるのを見ていた。

翌々日は十三日の金曜日。博承堂の一制で越後園の打ち合わせだ。オレが、怖ろしい秋月哲チーフ・エグゼクティブ・クリエイターに殺される仕事を始めるにはピッタリのお日柄だな。

午後一番でオレは権藤と二人でタクシーに乗り込み、降り始めた冷たい雨の中を有楽町の博承堂・第一制作局へ向かう。

「吉野」いつものように権藤は横顔を向けたまま、「ひとつ頭に入れといてもらいたい」

「はい……何でしょう？」

「秋月ECには絶対に逆らうな。『でも』だの『しかし』だのという言葉は禁物だ。だから、吉野、お前は常に『秋月ECがお前に何を言って欲しいのか』と『何をして欲しいのか』を全力で考えてそれをやるんだ」

「EC、というのはチーフ・エグゼクティブ・クリエイターの呼び名ですよね？」

「そうだ。二制や三制では電広のようにCDと呼んでるがな、一制の秋月さんだけ特別なんだわ。村上社長ともツーカーの関係だ」

「そんなに怖い秋月ECの前に、よくオレみたいな人間を持ち出しますね？」

権藤は苦笑しながら「おれはな、そういうの好きなんだ。不祥事ギリギリみたいなキワどい判断するのが面白くてな。お前が秋月に殺されるところもぜひ見たいもんだ」

今回はオレたちはオフィスの中へ通され、ちょっとした応接室に着席。お茶も出た。

ほどなく、田所を露払いにして秋月ECが現れた。

四人は向き合って座ったまま無言だ。秋月が何か言うのをひたすら待つ。

秋月はショート・ピースの箱を出して一本咥える。

権藤と田所が同時にオレの方を見た。オレは意味がわからない。

秋月はピースを咥えたまま動かない。

その時、苛立った田所がオレに向かって指で煙草を吸うような仕草を見せた。

あっ！　オレはやっと気付いた。あわててポケットからライターを出し、秋月の口元で点火する。「熱っ！」と叫ぶと秋月はオレのライターを振り払い、煙草を放り出した！

権藤と田所が駆け寄るのを手で制し、秋月はオレを睨んで二本目のピースを取り出す。

「小僧」秋月が唸る。「煙草の火ぐらいちゃんとつけろ。ホラ、もう一回やらせてやる」

オレは床の上のライターを拾い、今度はどうにか点火に成功した。

秋月はゆっくりと煙を吐きながら、オレに顔をそむけたまま「何か言ってみろ。小僧」

オレは『北の海鳴りについて言え』と解釈した。レコードは何度も聴いた。歌詞も頭に入れてある。「海がどんと鳴るカモメが騒ぐ、浜は男の戦場《いくさば》だ、というアタマの歌詞が印象的です。沖から風が吹きすさび、波が砕ける北海道のどこかの海岸に、潮太郎が立っている感じをイメージしました。それで」

「やめろ。くだらん」秋月が一喝した。

「な、なぜですか？　まだオレは何も」

「キミねぇ」と田所が口を出す。「やめろ、と言われたらやめなさい」

権藤もひとこと「バカ、さっき言ったろ」

オレは口を閉ざした。

その時、ノックと共にドアが開き、年配の女子社員が塗りの膳を捧げて入って来た。

「おお、ここに置いてくれ」秋月がテーブルをバンと叩く。

彼女がそこに並べたのはご飯を軽く盛った茶碗、花柄のポット、そして〈北海茶漬け〉の一袋だった。

秋月は煙草をもみ消すと、オレに顔を近づけ「小僧、これが〈北の海鳴り〉の実体だ。お前、まだ食ってないだろう。見たこともないだろう。今から作るからな。目ぇブッ開いて、鼻の孔ぁ広げて、よーく茶漬けの唄を聴くんだ。よしノリ子、作れ」

彼女は茶漬けの袋を開いて中身をご飯の上にかけ、ポットを取り上げてゆっくりとお湯を注ぐ。いい香りが漂って来た……ただ、それだけだ。お茶漬けだ。それがどうした？

「小僧、見たか」

「はぁ？」

「この作り方じゃあ、食いたくもないダメな茶漬けになってる。なぜかわかるか？」

予想外の質問にオレは答えられない。

「教えてやろう。昆布が死んでるからだ」

「こぶがしんでる……」

「意味がわからんか？」

「わかりません」

「ならば今日の打ち合わせは止めにする。帰れ。お前の会社にも商品は渡してある。意味がわかるまで勉強して明日出直せ。以上だ」

「明日は土曜ですが、ＥＣ」と田所。

「秋月は出社する。お前らも来い」言い捨てて秋月は部屋を出て行った。

会社に戻るやオレは六階の制作部へ行き、越後園の担当ＰＭだという杉博司を探した。

「夕方には戻ると思うけど」と制作管理の川俣節子が教えてくれた。北海茶漬けの商品はすべて杉が保管しているので、彼が戻るまでわからない、と。

オレは自分のデスクに戻って、取りあえずのビジュアル・アイデアを考え始めた。

波荒い北の海、という設定が本命だろう。小柄だが威勢の良い潮太郎は漁師の役にしよう。早朝の出漁だ。十数隻の小型漁船団の先頭に太郎の船がいる。防波堤を出ると、舳先にどーんと荒波が当たって砕ける。

♪海がどんと鳴るカモメが騒ぐ　浜は男の戦場だ、と唄が流れる。

揺れる甲板上にあぐらをかいた船長の太郎。太い釣り竿を刀のように立てて握り、正面からカメラを睨んで大声で「茶漬けだぁ！　茶漬けをくれい！」これ、時代劇のセリフだな。戦場に行く前に「湯漬けを所望じゃあ！」ってやつだ。これがメイン・カット。

その後は問題の茶漬けのアップ・ショットになるが、それは杉PMと話してからだ。

夕方までかかって、いちおうコンテにまとめた。

描き上げてみると、まあ平凡な企画だな。だが潮太郎の匂いは強烈に出る。商品が商品だし、あまりブッ飛ぶのもいかんだろう。それに、あの秋月ECが相手だ。何を言われるかもわからないのだから、まずは一本出してみることだ、とオレは思った。

夜七時過ぎ。

野田食堂で肉じゃが定食を食べて会社へ戻ると、杉PMがオレを待っていた。

「おはよう。越後園、一緒にやることになった。よろしくね」もう打ち解けた感じの杉だ。

「こちらこそ」とオレも微笑む。

「会議室にもう準備してある。おいで」

オレは杉と一緒に制作部の小会議室へ。

テーブルの上には、北海茶漬けの小さな紙袋がいっぱいに詰まった段ボール箱がある。

オレの後からすぐ、川俣節子が入って来て、「スギっち、白いご飯なんだけどロケ弁当の余りから抜いていいかな？」

「オーケー。茶碗にかるーく盛ってな、セツコ。熱いお湯もね」と杉。

「あいよ」出て行く川俣。この二人似合いだな。これからはスギとセツコと呼ぼう。

間もなく〈実験〉が始まった。

「メシは熱くなくていい。茶漬けは冷メシでも作るからね。その分お湯は沸かしたてを使う」スギはずいぶんと詳しいようだ。「二年前からこの越後園の〈海苔茶漬け〉を撮ってるんだ。ただ、今回の〈北海茶漬け〉は新発で中身がだいぶ違う。やってみましょうぜ！」とても楽しそうだ。大手でも零細でも〈現場の男〉は皆同じ匂いがするなあ。

一回目。スギとオレが顔を寄せて見つめる中、セツコが茶碗のご飯に茶漬けをふりかけ、ゆっくりとお湯を注ぐ。いい香りがして、茶漬けが出来た。博承堂で見たのと変わらない。

「これがね」オレは茶碗の中を指して「ダメだって言うんだ。食いたくもないって」

「誰が？」とスギ。

「秋月ＥＣ」

「げげげ！」と顔をしかめるスギ。「あいつな、ドラキュラって呼ばれてんだ。ホラ、似てるだろ？　あの怖いツラで、口から血ィたらーって垂らせばな、そのものじゃねえか」

オレはちょっと笑って「似てる。そのドラキュラが『昆布が死んでる』って言うんだ」

「そのセリフ」スギはちょっと考えて「前に聞いたことあるような、いつだったか？」

「意味わかるの？」

「……いや、わかんねえ。乾燥昆布や鮭なんて入ってる茶漬けは初めてだからなあ。取り合えず、ご飯の量とお湯の温度やかけ方を、いろいろ変えてやってみるしかないな。それでお湯を注いだ一瞬後の見え方を較べるんだ」

オレたちはそれから六回、実験を繰り返した。だが昆布にも鮭やご飯にも、別に何の変化も見られなかった。

「うーん」スギは首を捻って「まあ、もっと回数をやって見ねえとなあ」

「もちろん」オレはうなずいて「オレ一人でやってみます。これから、この部屋使っててもいいですか、朝まで？」

「いいよ。今日はもうナンだけど、月曜の朝イチで〈海苔茶漬け〉の十五秒を何本か見せるよ。モノは違うけど、ドラキュラがＯＫくれたカットだから、参考になると思うよ」と、スギはセッコと目を合わせて、身支度を始めた。「実験終わったらちゃんと電気消しといてな。じゃあ、おれたちはちょっとやることあるんで」

二人は軽やかな足取りで出て行った。

一人で再び茶漬けに挑む前に、オレはナツキに電話した。ヤマト・テレビのスポーツ局だ。ナツキはまだそこにいた。「ヒロ、おつかれ」電話口で息をついて忙しそうだった。

「おつかれ。ナツキ、今晩来るだろ？」

「ごめん、ヒロ、また大阪出張入っちゃったんだ。ごめーん。月曜には戻るからね」

「なんだ」オレはちょっとガッカリして「じゃあオレも、とことん仕事するわ」

「ほんとにごめんね、じゃあ」言い捨ててナツキは電話を切った。

何か寂し気な感じにとらわれたけど、すぐにオレは気を取り直して北海茶漬けの実験を再開した。

深夜三時過ぎまで二十回以上のトライをしたが、結局意味のある発見はなかった。

むしろ、先へ進むにつれて、昆布、鮭やご飯もくたーっと湿気てしまって、オレの目にも『もっと死んでいる』ように見えてきた。

セツコが用意してくれた大量のご飯も尽きて、実験は終わりになった。

帰って寝ようと、オレは部屋を片付けた。

3

翌朝、オレはビートルで出社した。花畑のスカGを見習って、TTV裏の坂道に路上駐車した。(たまに取り締まりがある時には、会社に通報が入ると聞いた)

権藤と落ち合って博承堂へ向かう。

当時、週五日制はまだ始まったばかりで、土曜日は『出来るだけ休みましょう』というほどの感じだ。どのみち秋月が『出て来い』と命じたら、当社員は日曜日でも出るそうだ。

十一時、昨日と同じメンバーが応接室に顔を揃えた。

「小僧」秋月がオレを睨んで「今朝何時までやった?」

「四時です」オレも正面から秋月を見返す。

「何かわかったか？」

「わかりませんでした」

「バカヤロ！　少しはアタマ使え！　まあいい、企画の話するぞ。何か言え、小僧」

秋月の意外な物わかりの良さにちょっと驚きながらも、オレは用意してきたコンテを取り出した。ドラキュラの前で初めてのプレゼンだ。

オレはコンテを秋月の前に置き、立ち上がって説明に入った。「潮太郎は漁師の役です。早朝の出漁。太郎の船は漁船団の先頭を切って防波堤を出て行きます。舳先にどーんと波が当たる。太郎は甲板にあぐらをかいて座り、カメラを睨んで『茶漬けじゃあ！　茶漬けをくれい！』」オレは大声で唄いだした。

♪海がどんと鳴る　カモメが騒ぐ
浜は男のー
「やめろっ！」秋月の怒声が響いた。

オレは大口を開けたまま凍りつく。

「何のお祭り騒ぎだ？　バカバカしい」秋月は長い指をオレに突きつけ「小僧、座れ」

オレは黙って腰を下ろした。

秋月はオレにぐーっと顔を近づける。本当にドラキュラに見えた。「小僧、お前が何をやってるのか教えてやろう。ここに新鮮な旨い刺身がある。お前はそれにバターとソースとケチャップをぬったくってマヨネーズまでつけて、さあ召し上がれと。阿呆だ、お前は」

「さしみ……」オレはきょとんとした目で秋月を見返し「それは……どのような企画のことでしょうか？」

「秋月に言わせるのか？」

「言ってください」とオレ。隣から権藤の指がオレの腹を何度もつつく。

ドラキュラの顔に薄笑いが浮かんで「くだらないことをやるな、と言ってるのだ。漁師も船も港もいらん。ただ潮太郎が唄う、それが全てだ。スタジオのグレー・バックでいい。衣装はいつもの着物。潮焼けした顔と張りのある声で〈北の海鳴り〉を唄う。そして茶漬けのシズル・カット。以上十五秒だ」

「……なにもするな、と」

「そうだ、茶漬けも刺身と同じ。余計なことをすればまずくなる。クリエイター気取りの若僧どもは、何だかんだとやりたがるから使いもんにならん。よし、小僧」

「はい」

「今からここでコンテを作る。秋月の言う通り描け」

それから三十分足らずで、オレは秋月の言うなりに五コマのラフ・コンテを描かされた。太郎の全身、バスト・ショット、顔のアップまで寄る。最後に茶漬けのカット。それに越後園のロゴだ。

今まで描いた中で最も単純なコンテ！　確かにオレは何もしていない。

「よし、これでいい」秋月はうなずいて煙草を咥えた。

オレはちょっとタイミングが遅れたが、ライターを出してどうにか点火に成功した。

秋月は煙を吐きながら「権藤よ」

「はい。何なりと」とかしこまる権藤。

「コンテ屋手配してくれ。小僧の汚い画じゃ越後園さんに失礼だ。カラー・ボード作る」

「すぐに」

「ああ、コンテ屋な、樋口じゃダメだぞ。画がヘタすぎる。児島だ。児島使ってくれ」

「うけたまわりました。吉野、わかったな？」

ええっ、ボード発注オレがやるの？　と思ったが「うけたまわりました」と頭を下げた。

「月曜の午前中にカラー・ボードをこちらに届けろ」と秋月。「越後園さんとの話に一週間ほどかかる。お前は何もするな。会社で待っとれ。決まったら呼ぶ」

「権藤さん」帰りのタクシーの中だ。「オレは秋月ＥＣの奴隷ですか？」

「そうだ」権藤はアッサリうなずいて「だが、いい奴隷だな。今までうちの企画演出部の若僧でな、秋月の下で一本完成までクビがつながってたヤツは一人もおらん。ほとんどは一回目か二回目の打ち合わせでチョン切られてる。だがよ、お前はまだ生きてる。驚きだ」

「はぁ？」

「秋月は気狂いだからな、たぶんお前のどこかが気に入ってるんだろう」

オレはちょっと声を荒げて「今回の仕事は切られない限り、最後までやります。何をやらされても受けます。でも次は奴隷じゃない仕事をください」

「士・農・工・商・代理店・そのまた下にプロダクション。己の身分をわきまえろ」

「ひとつ訊いていいですか？」

権藤は珍しくオレの方を向いた。「何だ？」

「この東洋ムービーっていう会社、ひょっとして博承堂さんの子会社か何かですか？」

「いいや、ヤジさんが若い頃に仲間と創業した独立プロダクションだ。博承堂の資本など一円も入ってない。金も借りてない」

「でも何でも言われ放題で、独立してる感じしません。あ、ごめんなさい」

「お前もよく言うよな！　確かにそうだろう。うちの年間売り上げ十五億の八割が博承堂だからな。親会社のような顔されても文句は言えん。おれが入った頃はうちもまだ小さかったが、仕事のほとんどはスポンサー直取引だった。今でもやってるハマナ製作所とか、レオン油脂なんかも当時は直扱いだ。だがこの五年、うちが急成長して大手の一社にまでなった過程で、博承堂仕切りの仕事が一気に増えた」

オレはトークリのチョッコや堺のことを思い浮かべた。

「まあ、考えようにもよるが」と権藤。「博承堂をスポンサーだと思えばいい。仕事の入りも安定してるし、取りっぱぐれや放送拒否のリスクもない」

今度は日住センのオクラ仕事が頭に浮かぶ。

「あまりムキになるな。肩の力抜けや、吉野」権藤が何やら優し気な口調になった。

オレはちょっと微笑んで煙草を出した。「一本だけ吸ってもいいですか?」

「ダメだ、と言ったよな？　バカヤロ！　おれをナメんじゃない！」

「すいません……」オレは煙草を引っ込めた。

その午後は特にやることもない。昨夜はほとんど寝てないし、ひどく疲れた。

TTV裏の坂道に停めていたビートルは、タイヤに駐車違反取締りの白いチョークの跡もなく、ここが駐車場替わりに使えることがわかった。ありがたい！

アパートに帰ったオレは夕方まで眠り、起きてから実家の母に電話した。

明日十月十五日は祖父の初七日の法要をやることになっている。

葬儀とは違って、今回はごく近い親族だけが集まって逗子の家でやる。皆の都合もあって日曜日となった。


朝十時。オレはビートルで世田谷の実家へ行き三人を乗せた。クニが助手席に座り、父と母は後席だ。

逗子まで二時間あまりの道中、（当時は第三京浜、横浜新道の先は国道一号線・藤沢経由で行くしかなかった）オレには後席の会話が嫌でも耳に入って来る。

父母は祖父の遺産の話をしていた。

逗子の屋敷は同じ土地に住んでいる次男・康二さんが相続するらしい。長男である父には『十四年前、逗子から東京へ引っ越す時に、世田谷区赤堤に六十坪の土地と家屋を買い与えたので、これを生前相続とみなす』と遺言状に書いてあったのだ。オレは知らなかった！　あの家『買ってもらったモノ』だったとは！

それでも父は不満らしい。「逗子の土地は六百坪もある。赤堤の十倍！　いくらなんでも不平等ですよ、ねえママ」

「いいじゃないの、おじいちゃまが遺言状にそう書かれたんだから。それに、土地や家はそこに住んでいる者に優先権がある、っておじいちゃまいつもおっしゃってたわ。これからはおばあちゃまのこともあるしね。パパ、そこまで考えてないでしょ。隣に住んでる康二さん夫婦が、結局おばあちゃまのお世話をしなくちゃいけないことになるんだから」

そうか、祖母はやっぱりあれから寝込んでしまったんだ。

祖父とは仲が良かったからなあ、ばあちゃま可哀そうになどと思いながら運転していると、突然母が背中から声をかけて来た。

「洋行、あなたにもあるそうよ」

「え、オレに？」

「おじいちゃまの蔵書、全部ですって」

「書斎にあるあの法律の本ぜんぶーっ！」

「ほとんど文化財だね」とクニが苦笑した。

昼すぎに始まった法要は、祖父の友人だった老僧侶と吉野の親族十数名だけで三十分ほどで終わった。

オレは父母、弟と共に離れの座敷に寝たきりの祖母を見舞った。

祖母は目を開けており、女中のよしやが足先を揉んでいるところだった。

「どなた？」と祖母は天井を見たままだ。

「母上、も、ももおです」おろおろした父の声。

「ももお？　誰それ？　しーらない」

母がオレの背中を押した。

オレは祖母の枕元に寄って「ばあちゃま、ひろゆきです」

祖母はじーっとオレを見つめると嬉しそうに、「ああ、よくきてくれました」

オレたち全員が大きくうなずいた。

「大河内さんごきげんよう」祖母はオレに微笑みかけ、「ミツ子もお会いしたいと思っておりました。ほんとうにお久しぶりでございます。近衛歩兵にいらしたおりは大尉で中隊長をなさってました。今はきっと出世されて連隊長くらいにはおなりかと……まだ独り身でいらっしゃるのかしら、ほほほほ」

オレは言葉が出なかった。

よしやがオレと目を合わせて、悲し気に小さく首を振った。

引き取る前に、オレは祖父の書斎をのぞいた。

よく一緒にコーヒーを飲んだあの場所を見ておきたい、と思ったのだがもう遅かった。

部屋のなかにはもうもうと埃が漂い、書生だった松山さんと他に二人の学生が、膨大な蔵書や文書類を分類してミカン箱に詰め込んでいる。

この本は全部まとめて東法大図書館に寄付しよう、と心に決めた。

オレはコーヒー・ミルとカップだけ貰えれば嬉しい。

4

今日は何日だっけ？

目を覚ましてオレは壁のカレンダーを見た。十月十六日月曜日。

十日前まで不動の存在に見えていた大吉野家は、もはや過去のものになってしまった。

今の〈当主〉はただの不良サラリーマン百男さん。百男さんが死んだらオレか？

気が遠くなる……オレは考えるのを止めた。

歯を磨いて身支度をし、鞄とキー・ホルダーを持ってアパートを出た。

空地に借りた駐車場のビートルに乗り込む。TTV裏の坂道があるので〈マイカー通勤〉に切り替えたんだ。花畑を見習って、洗面具とパンツの替えもちゃんと積んである。

九時前に赤坂に着き、オレは純喫茶〈ちぐさ〉でモーニング・サービスを食べた。

マルボロを吹かしながら、今週の仕事のことを考える。

〈北海茶漬け〉は取りあえずドラキュラとの打ち合わせはない。一週間待つのみ。ただ、午前中にスギに会って〈海苔茶漬け〉のプリントを見せてもらおう。『昆布が死んでる』話について何かヒントがあるかも知れない。

企画の方はエメール石鹸のお歳暮に頭を切り替えよう。夕方、打ち合わせがある。

先週はオレのアイデアは却下され、鞆浦譲に先を越されて、花畑にも不興を買ってしまった。今日こそは一発キメなければいけない。

オレはコーヒーをお替わりして居座り、あれこれと考え続けた……。

〈走る坊主〉は不条理で面白いと今でも思う。あの感じを何か別のネタで出せないか？

エメール石鹸のセットを両手で有難そうに捧げて、バッと前へ突き出す感じなんだ。勢いとスピード感がある、力強いビジュアル・アイデアはないかなぁ……。

ふと、座席の横の本棚に目がいった。半年も前の雑誌が置きっぱなしになっている。

オレはなんとなくその中の一冊を手に取った。写真グラフ雑誌だ。今年二月に開かれた札幌冬季オリンピックの特集。

煙草をつけ、ページをめくっていくうちに、オレは凄いもんを見つけた。

会社に飛んで戻り、オレは自分のデスクにとっついてコンテを描き始めた。

これはイケる！　オレって何て才能あるんだろう！　絶好調のノリになって来た。こうなるとたちまちコンテは出来上がる。うーん画もいい感じだ！

「ヨッちゃん」背後からの声に振り向くとスギがいた。「忙しそうだね。今いいかな？」

「あ、スギさん、おはようす」

「海苔茶漬けのプリント用意してあるよ」

「ああ、そうだった、それ見なきゃ」

オレはコンテを伏せて立ち上がり、スギの後に続いて試写室へ。


そのCMは島あけみの唄がメインだったが、そちらはどうでも良い。

見るべきは最後の二秒半。海苔茶漬けのシズル・カットだ。

ご飯と茶漬けのネタに熱いお湯が注がれる瞬間を、オレは目を全開にして見つめる。

四回繰り返して見た。

「うーん、確かに美味そうだ」先週、オレが作ってみた茶漬けとどこか違って見えた。

「この時はな」とスギが記憶をたどるように「海苔でねえ……とても苦労したんだ。お湯を注いだ瞬間の動きだな」

「ああ、くるーっと丸まったり、また伸びたりする動きね」

「あ、思い出した！」スギがぱんと手を打った。「ドラキュラがよぉ、『海苔が死んでる』ってNG出して何度も撮り直したんだ。初めの画は海苔がくたーっとなったまま動いてなかった。それで」

「それで？」

「……乾かしたんだ！　そうだった。ドライヤー持って来てな、刻み海苔だけを集めてカラッカラになるまで乾かした。それ使ったらいい動きが撮れてドラキュラOK！」

「そうか！『昆布が死んでる』って動いてないって意味なんだ！　確かに、それじゃあ美味しそうに見えないね」

「やってみるか、今からよ」スギがニッと笑ってオレの腕を取った。


夕方五時過ぎ。もう夜が長くなる季節だな。リシアのことをちょっと想い出した。

オレは花畑のスカGで博承堂へ向かっている。鞆浦は現地集合の約束だ。

「なーるほどねえ」オレの話に、花畑は運転しながらうなずいた。「昆布にドライヤーね。乾かしたら、全然見え方が違うんだ！　いやあ、ドラキュラの仕事は大変だ！」

「お湯をかけた瞬間、丸まってまた伸びる動きをするんです。それが凄く美味しそうに見える。昆布も海苔も同じでした！　スギさんのおかげです」

「スギねぇ、確かにあいつ仕事熱心だよ。仕事の他にも熱心で〈ヤリスギ〉なんて呼ばれてる。ははは、ところで、こっちのエメール石鹸の方はバッチリ出来てるんだろうね？」

「バッチリです」

「ほんとに？」

「説明しましょうか？」

「いや、いい。今は聞きたくない。面白いんだろ？」

「面白い」

「じゃあ、後の楽しみにとっておくよ」

あれ？　この花畑の反応、誰かに似てる。

そうだ、日住センの時の森山さんだった。『プロデューサーたるものの取るべき態度』は何だったっけ？　ああ、思い出した。スポンサーの反応によってコロッと変わるべきものなのだ。それはＣＭ業界の普遍的な法則に違いない、とオレは納得した。

博承堂二制の前回と同じ小会議室。御代田ＣＤ、工藤、花畑、そして鞆浦とオレだ。

今日もテーブルの上には渋茶が並び、中央に柿の種とグミがある。

今までの案に対する意見交換の後、新しいアイデアの発表が求められた。

オレはサッと手を挙げた。

「ほう、吉野くん。いってみようか」御代田の言葉に、皆の視線がオレに集まる。

オレはコンテのコピーを配り、立ち上がってプレゼンを始めた。

CMの設定は冬季オリンピックのスキー・ジャンプ競技。〈日の丸飛行隊〉と異名を取った日本チームの大跳躍だ。

ラージ・ヒルのジャンプ台を滑走して勢いをつけたジャンパー。

バッ、とテイクオフ！　いい風をもらった！

スキー板を逆ハの字に開き、上体を前へ投げ出して鮮やかな空中姿勢を取る。

次の瞬間、ジャンパーは抱えていたエメール石鹸のお歳暮セットをサッと体の前へ突き出して両手で高く掲げる。カメラは真正面から超望遠レンズのスロー・モーションで、お歳暮セットを捧げ持って飛行して来るジャンパーを捉える、『日本中がこれを待っていた！エメール石鹸のお歳暮』スポーツ実況風のナレーションでキメる。

「お、おお……」と工藤。

「えーっ？　ええっ？」と花畑。

「うーん……」と鞆浦。

その時、御代田CDが立ち上がって拍手した。「面白い！　これインパクトある！　つい半年前のオリンピックでみんなの記憶に残ってるシーンだもの、お歳暮にピッタリだよ、吉野くん」と、長い睫毛をバチバチさせてオレを見つめる。

「そう、そうですね、確かに」工藤もうなずく。「これ撮れるよ。わたし実家札幌なんでね。十一月になればトレーニング用のジャンプ台に人工雪で撮れます。ギリギリ間に合う」

オレは資料として借りて来たグラフ雑誌のページを開き、「こんなアングルからでも撮れる足場がオリンピック用に作られたようです」

「予算大丈夫っすかね？」と花畑。「撮影のセッティングごついですよぉ」

「ハナちゃん」と御代田。「その代わり有名タレントのギャラなしだよ」

「そーだあ！」花畑の顔がぱーっと広がった。


七時半に打ち合わせは終わった。

スポンサーに提出するのはA、B二案と決定。

オレたち東洋ムービーの出番はいったんここで終わりになる。

プレゼンやスポンサーとの折衝はすべて博承堂にお任せするしかない。

オレや鞆浦の企画はどちらも、〈博承堂の提案〉としてレオン油脂宣伝部へ提出されるのだ。オレたちは結果が出るまで待っているのみ。越後園と同じことだ。

会社へ帰るスカGの中。

今日の花畑は上機嫌だ。「いやあ吉野、やったね！　御代田CDがあんなに絶賛するなんて珍しいんだよ。スキー・ジャンプ使うとは、僕も全然予想外だった！」

「何を予想してたんですか？」と助手席の鞆浦。

「何も予想してなかった、ははは」

「吉野くん、あ、ヨッちゃんでいいのか」鞆浦が後席を振り向いて「ヨッちゃんは〈ビジュアル・スキャンダル〉が好きなんだね」

「その言葉知らない。何のスキャンダル？」

「まず見ている者を視覚的にびっくりさせてから説得する手法だな」

「そうか……びっくりさせるのは確かに好きです」

「しかしその手法には、ひとつ大きな欠点がある」

「欠点？」

「限りなくエスカレートして行くことだ。でも広告表現には当然の限界がある」

鞆浦はとても重要なことを実にサラッと言ってのけた。

でもオレがその限界に実際にブチ当たるまでには、この先十数年もの時間が必要になる。

5

翌日火曜日の夕方、オレは早めに退社した。

今夜はチョッコと二人でディナーに行く。祖父の葬儀に来てくれたお礼、ということで約束を取った。マサミはユカさんが遅くまで見てくれるそうだ。

チョッコと知り合ってもう四年が過ぎたけれど、外でディナーなんて実は初めてなんだ。オレは張り込んで、六本木・狸穴《まみあな》の〈キャンティ〉を予約した。お洒落なイタリアンなんて東京でもまだ数えるほどの時代だ。芸能人やアーティストなどの客も多かった。

六本木通りが賑わう時刻。オレは一番高いスーツを着て、タクシーを乗り付けた。

ほとんど同時にチョッコも店に着く。

「ヒロ、元気そうで良かった！」チョッコはベレー帽の下で微笑み、長いニットのカーディガンをひるがえしてオレの腕を取った。

ふたりはごく普通の幸せなカップルのように店へ入る。

予約してある席は二階だ。オレたちは細長いフロアを奥へ案内される。

階段の手前で「吉野くーん！」と声をかけられてオレは振り向いた。

壁際のテーブルで笑顔を見せる男、電広の神山隆じゃないか。向かいの席に電広映像の山科渡。それにファッション・モデルのような女性もいた。

「二年ぶりかなあ、こんな所で！」神山は立ち上がる。

「ご無沙汰です」とオレも軽く頭を下げる。

神山はチョッコに気付いて「吉野くん、カノジョ紹介してよぉ。あ、その前にこちらからやらないとね。エヘン、こちらは今やトップ・モデルの篠崎レナさんでーす」

レナさんがちょっと会釈した。神山は続けて「レナちゃん、吉野くんはね、とーっても可愛らしいCM作ってるんだよ。えーと、たしかダイゴ・プロだったっけ？」

「神山さん」オレはポケットから名刺を一枚取り出して「オレ転職したんです。それと、こちらは朝倉さん、トウキョウ・クリエイターズの会長です。お仕事いただいてます」

「あ、失礼しました」チョッコに頭を下げながら、神山はオレの名刺を受け取ると「えっ、東洋ムービーに入ったの！」

「すいません」

「あーあ！　モロ博承堂系じゃないの。競合相手になっちまった。はっはっは、まあ大手へ移れて良かったよね」神山は横にいる山科の肩をたたくと「こっちも頑張らないとね」

山科渡は相変わらずニコリともせず、結局オレの方は一度も見なかった。

チョッコとオレは二階の窓際の席に落ち着いた。

「ヒロ」チョッコは座るなり、「ずいぶんと世間並みのこと言うね」と、ちょっと苦笑して「わたしからお仕事頂いてるんだ？」

「あ、ごめんチョッコ、オレあいつら苦手でさ、だから軽ーくカマしただけ」

「カノジョって言ってもよかったのに……」

「え！」とオレがチョッコを見つめた時、「いらっしゃいませ」と声がかかり、上品な中年のウェイターがメニューを捧げて立っていた。

オレたちはシシリア・ワインのボトルと軽いコースを注文した。

まずはワインで乾杯だ。

「ヒロ大変だったね。おじいさまのために乾杯しよう」

「ありがとチョッコ、朝倉さんのためにもね」

オレたちはクリスタル・グラスを合わせ、白ワインをぐっとやる。心がほぐれるなあ。

前菜は生ハムとメロンのサラダだ。

「チョッコ、今乾杯ささげた二人、もっと生きててほしかった」

「……そーだね」

「傑作CMを作ってじいちゃまに認めてもらいたかった。一流クリエイターになって朝倉さんから『トークリへ来てくれ』って言われたかった。残念だ」

「マサミの弟が欲しかった……」

「……ごめん。残念の重さが違う。オレ、軽過ぎるな」オレは目を伏せた。

「ヒロ、この生ハムおいしい」

「パルマ産だからね」

「パルマってどこ？」

「知らない」

チョッコはふっと笑い、オレも何やら気分がラクになってきた。雑談が始まる。

生ハムと一緒にトークリ・堺社長と電広の安達ADの悪口。

軽くアルコールが回って来ると、二人で知り合いのものマネだ。

チョッコは三友銀行・麻布支店長が『融資を断る苦渋の顔』をやった。

オレはマルワの奥田タコ部長『あんた、ご主人いてはるんでっか？』の芸を見せる。

二人ともさんざん笑った後、ちょっと静かになった。

イタリアンの席にも〈神様のお通り〉はあるんだな。

チョッコが目を上げて「ヒロ、わたしの父ちゃんの話していい？」

「岩手の？　聞きたい」

「……いい男だよ。村で一番カッコいいと思う。母ちゃんが早くに死んだから、再婚の話も何べんも来たけど、父ちゃんはまるで相手にしなかった。『あいつ、まだおるんで』って言ってね……」

なるほど、容姿も性格もチョッコは〈父ちゃん〉に似てるんだな。

「三年前、わたしが朝倉さんと結婚する時、父ちゃんは大反対した。朝倉さんがどれだけ素晴らしい人か、一生懸命話した。末期がんだってことも、父ちゃんならわかってくれると思ってた。でも絶対に許してくれない。最後は『勝手にしろ』になっちゃった」

「うーん、そうなるだろうなあ……」

「結婚して三か月後に朝倉さんは亡くなった。そして朝倉さんの遺言状をもとに、妻のわたしの相続手続きが始まった。これは法律上わたしの家族にも関わりがあると弁護士に言われて、わたしはマサミをユカさんに預けて一人で岩手へ戻り、父ちゃんや兄弟たちにも詳しく説明したの。相続する財産は麻布の家と土地、トークリの株式全部、クルマや多少の現金、合わせて一億二千万円」

「え、もっと高いと思ってた」とオレ。（まだバブルの十数年前。トークリの古屋敷と土地には一億の値はつかなかった）

チョッコは続ける。「一億二千万の財産に対し、引き継いだトークリの借金・個人保証はその時一億六千万でした。もちろん家も銀行の担保。今はだいぶ返済してるけどね」

「えっ！　四千万のマイナスってこと？」オレは驚いた。以前、『トークリの借金』という話は聞いていたが、財産を越えていたとは！

「そのことを知った時、父ちゃんはしばらくは口もきけなかった。その内に泣き出した。泣きながら畳に頭をつけて、わたしに謝ったの。『直子、父ちゃんバカだった。おれが育てた娘なのに、お前を見損なっとった。朝倉さんの遺産をせしめる気だと誤解して絶対反対した。逆に借金負ってたなんて！　それがハナからわかっとったらば、父ちゃん大賛成したぞ。それでも結婚するほどお前が朝倉さんを好きならば、オナゴとして見上げた性根だ。それでこそおれの娘だ。ああ結婚式、行けばよかった。許してくれ！』ってね」

野菜のスープが出たが、感動したオレは、しばらくスプーンに手が伸びなかった。

「スープ、美味しそうだね」チョッコが誘い、ふたりとも話を中断してミネストローネにかかった。

「ヒロごめん」チョッコがスープ皿から顔を上げて、「こんなお洒落なレストランでする話じゃなかったね、へへへ」

「そうね。養老の滝とかにピッタリかな……いーや！　いやいやいや、絶対そんなことない。話してくれてありがとう。岩手のお父さんって凄い人だ。オレよくわかった。チョッコがなぜチョッコなのか。岩手の話もっと聞きたい」

スープはすぐに終わり、パスタが来た。辛いトマト味のペンネ・アラビアータだ。

「マサミのことなんだけど」とチョッコ。「岩手に行きたがってるんだ」

「あの写真とか見て？」

「麻布に住んでいて、インターナショナル・スクールなんか行ってるからさ、マサミにとっては岩手は外国みたいなもんだろうな。ママはその外国から来た人なんだ」

「チョッコのお父さんも会いたがってるだろ？」

「うん、かなり会いたがってる。でもさ、マサミあんな山奥連れてったらショック受けるんじゃないかと心配で……水洗トイレもないんだ。テレビだって最近入ったみたいな大秘境だからさ」

「それでも、マサミ連れて行けよ」オレはパスタのフォークを置いて「その村を見てな、お父さんに会うってことは、マサミにとってはインターナショナル・スクールよりもずっと大事な、必要な体験じゃないか。おじいちゃまに会うんだぜ」

チョッコはオレを見つめてゆっくりとうなずき「……そーだね。ありがと、ヒロ。そうする。……正月に帰ろう。マサミ喜ぶだろうな」


メインのロースト・ビーフをゆっくり食べて、その後コーヒーとデザートになった。二人とも煙草に火をつけた。(当時、禁煙のレストランなど日本にほとんどなかったな)

「チョッコ」

「なに、ヒロ」

「チョッコは……オレのカノジョ、かな?」

「カノジョ……そうかな……でも、ヒロには付き合ってるひといるじゃん」

「チョッコだってさ、今でも朝倉さんの妻なんだろ?」

「そうだよ。朝倉真の妻でマサミの母」

「じゃオレとは、お仕事の上での」

「違う!」チョッコは首を強く横に振って「わたし、ヒロ好きだから」

「え!」

「好きだよ……そうすると、これは不倫かな? ははは、すごーい! 不倫だぁ」

オレは何と応えていいか、言葉が見当たらない。

でも、やたらに嬉しかった。


十時頃、オレたちはキャンティを出た。

麻布のトークリ屋敷まではさほど遠くない。酔い覚ましに歩いて送ることにした。

月はないけれど、よく晴れた寒い夜だ。星がたくさん見える。

チョッコはしっかりとオレの腕を取り、オレたちは体をぴったりと寄せて温め合うように歩いた。いいなあ、こういうの！　いつまでも歩いていたいような、行く先が麻布じゃなくて岩手の山の中だったら嬉しいのに。

ほんの二十分ほどで、二人はマサミの待つ家に着いてしまった。

でもそこで、あの黒い鉄の門の前で、チョッコはオレに最高のプレゼントをくれた。


オレたちは抱き合ってキスした。

ながい、やさしいキス。

朝倉さん、ごめんなさい。ごめんなさい。ごめんなさい。でも幸せです。

そのまま何分か経ったろうか？　オレたちは体を離した。

「ありがとうヒロ、おやすみなさい」チョッコは門の中へ。

「おやすみチョッコ」オレは踵を返して、坂道を下って行く。

6

翌週の月曜日、朝一番でオレは花畑に呼ばれた。

エメール石鹸の企画が決まったのですぐ博承堂へ行こう、と。

オレは勢いこんで「やった！　スキー・ジャンプですか？　それとも」

「それがさぁ」花畑は首を捻って「電話では、工藤さんどちらとも言わないんだ。ただ、僕と吉野の二人で来い、と」


博承堂二制、いつもの会議室。今日は柿の種もグミもなしで、御代田CDと工藤。

「やっと決まりましたよ」と御代田。「いやあ、けっこうモメちゃいましてね。今朝一番でレオン宣伝部の春山さんから電話もらった。ハナちゃん、お待たせしました」

「な、なんの」花畑はちょっと戸惑って「で、〈スキー・ジャンプ〉で決まりですね？」

「いや、それが」

「ああ、〈ゆく年や〉の方だったんだ」

「やや、それも、実のところ」御代田が長い睫毛をバチバチ瞬かせながら説明を始める。

宣伝部・テレビ担当の春山さんはオレの〈スキー・ジャンプ〉案に惚れ込んだそうだ。それで決まりかけていたのだが、宣伝部長の最終決済で『ダメ』が出た。『桂子きん師匠に不義理は出来ない』と。前年度のCM起用以来、正岡宣伝部長は師匠と親密になり、得意先や問屋筋の接待の席にも頻繁に呼んでいた。芸人と贔屓企業のベタな関係は、まださほど厳しくチェックされない時代だった。レオン油脂宣伝部は正岡部長の独裁体制。

オレのジャンプは飛んだけれども着地出来ず！　桂子きん師匠の勝ちと決定した。

しかし師匠を使った鞆浦譲の〈ゆく年〉案は『どこかケチケチした、しみったれた感じがして、噺家のイキな遊び心にそぐわない』ので却下された。

「困っちゃいましてね」と御代田。「その場で部長と話させてもらった。しばらくやりとりしてるうちに、この工藤がアイデア出してくれたんだ」

「ごめんねー、ヨッちゃん」と工藤。「あんまり面白くないんだけど、ともかく風呂敷持ってご訪問するのだけは変えなきゃいかんと思ってね」

決まった企画では子きん師匠を〈風呂敷持って訪問される側〉に変えたのだ。

カメラが〈持って来た側〉になる。出て来た師匠がカメラ目線でニッコリ笑う。

『おっ、お歳暮ですか！　風呂敷の中身わかってますよ！　ツルツルでしょう？　ツルツル』

エメール石鹸詰め合わせのカット。『お歳暮はエメール石鹸』

頭の上に真新しい石鹸をひとつ載せた師匠。『来年もツルツル！』

「せっかくいい企画出してもらったのに！　悪いね、ハナちゃん」と微妙な表情の工藤。

花畑もいつものようなオウム返しは出来ない。何か意味不明のことを呟きながら、曖昧な笑顔で不安を隠しているように見えた。

「ボードの発注はこちらで。あ、大丈夫よ。制作は東洋さんにお願いします」と工藤。

「良かったぁ」胸をなでおろす花畑。「いいすよね。ツルツル！　ははは、ツルツル！」

「でねハナちゃん、かなり勝手なお願いなんですが」御代田がオレに視線を投げながら、

「監督は去年と同じ加地良助さんになるけど、この吉野くん助監督でつけて欲しいんだ。ホラ、加地さん例のごとく何もしないでしょ。師匠の強いご指名だから仕方ないけれど、助監に強力な若手持ってこないと現場が心配だよね。吉野くんならさ、どうかなあ？」

「もちろん」花畑は力強くうなずいて「助監でも、吉野は大喜びでやります！　なっ？」

「やります」オレは小声で答えた。

エメール石鹸の撮影はその週の金曜日、十月二十七日と決まった。

バーチーの商店街ＣＭでもないのにずいぶんとヤッツケだなと思ったら、それは子きん

師匠のスケジュールがそこしか取れないから、だそうだ。

オレはドラキュラの越後園とのダブりが心配になって花畑に相談した。

「わかった。僕が権藤さんに話す。何としてでも吉野をもらう」花畑は決然として立ち上がり、九階の役員フロアへ向かった。

一時間ほどして、オレのデスクの内線電話が鳴った。相手は権藤だった。

「吉野、エメール石鹸の件は聞いたわ」

「すいません。大丈夫ですか？　秋月さんの方は」

「ここだけの話だが、心配するな。越後園さんの宣伝部長が出張で捕まらないんだそうだ。制作決定は来月のアタマ。商品の発売ギリギリっちゅうところだ。おっと、これ花畑には言うなよ。あのバカには『博承堂一制から出入り禁止喰らうかも知れん。首洗っとけ』と言ってやったからよ。泣きそうになっとったぞ。ひひひひ」

電話を切ってしばらくすると、その花畑が来た。泣きそうではなかったけど、かなり緊張した固い表情で「権藤さんからオーケー取った」

「お疲れさんでした」とオレ。

「ちょっと、パンツ替えてくる」花畑は奇妙な足取りで出て行った。

夕方までにスタッフ選定が終わった。監督の加地良助という人は、子きん師匠の古いお友達だそうだ。もう六十歳に近く、岐阜県の関ヶ原のあたりにお住まいだと。普段は彫刻をしたり墨絵を描いたりしているそうで、妹さんが経営する喫茶店で生計を立てている。この話は担当PMになった野辺忠さんから聞いた。野辺PMはオレよりいくつか年上だろう。ずんぐりした厚みのある体格で、濃い顔立ちだ。M大のラグビー部OB。

監督以外のスタッフは全て東洋ムービーの社員で固めてある。（これが出来るのが大手の強みのひとつだ）カメラマンは撮影部のエース・関正則さん。三十代でサーファーのような印象のスラリと精悍な男だ。チーフの石部、照明の宮崎、美術や録音も全て社員。

「吉野くん、よろしく」関カメラマンはオレとハイ・タッチして「きみの作品集見たよ」

「あ、すいません、ケチな仕事ばかりで」

「地下鉄ファッション・ショー、カッコ良かったぜ。どれも面白かった。一緒にやろう！」

オレはちょっと嬉しかった。関さんは企画演出部の人たちとは全然違う。パリで一緒だったニッセンの柏崎カメラマンやダイゴの栗田明治さんと同じ匂いがする。

翌々水曜日の早朝。まだ十月末なのにかなり冷える。

オレは花畑の指示で、赤坂の〈浦沢旅館〉にクルマをつけた。

裏通りにたたずむ古ぼけた小さな宿。ここが演出家の加地さんの〈定宿〉と決まっており、そこへ送り迎えするのもオレの仕事なのだ。加地は昨夜の新幹線で着き、ここで一泊しているはずだ。会社まで歩いても行ける距離だが、クルマでお迎えせよ、とのことだ。

オレはビートルを小さな車寄せに停め、暖簾をくぐって旅館へ入る。

すぐに女将が出て来た。「ああ、東洋さんね。先生、もう起きてらっしゃるわ。二階の方へどうぞ」

壁が剥げかかった六畳間の座卓に、加地先生はどてらを羽織ってうずくまり、燗酒をちびりちびりとやっていた。小柄で童顔。坊っちゃん刈りのような髪型だ。

オレは正座して頭を下げ、「加地先生、お早うございます。助監を務めます吉野です」と名刺を差し出した。

「ああ、そうなんね」加地も名刺らしき紙片を取り出したが、ただの白紙だ。そして座卓の上にあった細い筆を取り上げて矢立の墨をつけると、『加地良助』とサラリと書き流してオレにくれた。

「ボクなんも出来へんのや」加地はニッと笑って、「キミやってな。よろしゅう」

「何でもおっしゃってください」とオレ。

「五時頃目ぇ覚めたんでな、一杯もろうてコンテ描いとったんよ」

「ああ、それは助かります。拝見してもよろしいでしょうか？」

「ええよ」加地は半紙を一枚、ひらりと見せた。

「これ……コンテ？」それは仏像を描いた墨絵だった。仏は蓮華座の上に座り、瞑目しているが、口元はニヤリと微笑んでいた。ただそれだけ。

「子きん師匠はな、仏はんや。仏はんにお歳暮渡せば極楽往生ですわ。なぁ」と加地。

「わ、わかりました。後ほどコピーしてスタッフに配ります」オレは加地に身支度をお願いして、階下へ下がった。


会社へ着くと、加地は社長室で矢島にもてなされ、オレはいったん解放となる。

朝のコーヒーが飲みたい。オレは〈ちぐさ〉へ直行した。

いつもの席でモーニング・サービスを取り、オレはほっとひと息つく。

ああ、オレは一本立ちのディレクターなのに、なんでヘンなおっさんの助監をやらにゃならんのだ？　まあ、この会社ではまだ新人だし、役者もエライから仕方がない。

煙草をつけて、座席横の棚から週刊誌を取り上げる。古雑誌が多いこの店では珍しく、ほんの一週間ほど前の〈毎朝ウィークリー〉だ。パラパラめくっていくと『列島大改造の裏側・民自党の大金脈』という大見出しがあり、大物たちの『政治資金疑惑』が列挙されていた。亡き祖父のかかわりが心配になり、オレはざっと小見出しだけを追って行く。

吉野や里山、楠という文字は出て来ない。ちょっと安心した。

だが一つ気になる名前が目に入った。松木の父親・松木正純だ。

オレは記事の中身を読み始めた。それは松木・自治大臣と三友不動産・創業家との間の不正献金の疑惑を、かなり悪意のある言葉で述べている。しかもその息子である松木純一の名前まで出て来た！

記事にいわく『長男・純一氏（二五）と創業家・長女の康子さま（二七）は今年の春に婚約。二人ともヤマト・テレビ報道局に勤めており、局内ではプリンスとプリンセスのカップルと噂の的だ。ヤマト・テレビの河内社長が仲を取り持っている、とのことである』

『しかし複数の若手局員の証言によれば、これは政略結婚以外の何物でもなく、特に松木純一氏本人には全くその気がない』

『純一氏は別な女性局員と濃厚な噂があり、康子さまを避けている、との証言もある』

ページをめくったら、なんと松木純一と康子さまの写真までそれぞれ載っている。

なるほど、とオレはうなずいた。康子はいかにも『真面目で勉強が出来そうな感じ』に見えた。オレでもあまりその気にはならないだろうなあ。

記事はそこまでだった。まあ、大した根拠もない雑言とも読める。

〈毎朝ウィークリー〉は毎朝新聞系であり、そのテレビ部門はＴＴＶ・東都テレビなのだ。新日本新聞系のヤマト・テレビとはライバル関係で、年中悪口の言い合いをしていたな。毎朝はこのネタ、これからもしつこく追いかけるに違いない。

松木には大変なストレスになるだろう。

ああ、オレはラクな父親を持って良かったなあ。ともかく、松木はそっとして置いてやろう、とオレは週刊誌を棚に投げた。

その午後、〈エメール石鹸・お歳暮〉の本読みだ。

六階の会議室に集まったのは博承堂から工藤と営業担当の鈴木、東洋ムービーから花畑プロデューサー、野辺ＰＭとＰＡ一人、関カメラマンと助手二人、宮崎ライトマン、美術の内村、録音の谷、編集の宮部、そして監督の加地良助と助監のオレだ。

まず工藤が立ち上がってほんの一言、「また子きん師匠のお歳暮です。どうか、よしなに」テーブルに肘をついて背中を丸めた加地が、ぼそぼそと話し出す。「みなさん、一年ぶりやね。ボクもどうにか生きとりましてね、ははは、また世話になりますわ。じゃあ吉野くん、ナニを配ってや」

「はい」オレは先ほどの〈仏画〉のコピーを皆にひらひらと渡した。

「ははは、加地さん、相変わらずいい味出てますね」と関は楽し気な感じだ。

他のスタッフたちも、この奇妙なコンテに別段驚いてはいないようだ。

加地は独り言のように「師匠をねぇ……生き仏みたいに撮りたいんや」

「生き仏ね、了解しました」と関。えっ、そんなに簡単なことなのか？

でもオレ以外、そこにいる皆が全てをよーくわかっているような感じだった。

本読みは、その後セット美術や撮影段取りの話がサッとまとまり、三十分少々で完了。

オレは撮影準備のため、撮影部のバンに同乗して調布の大東スタジオへ行く。

加地先生は「まかせるわ」ということで、タクシーで浦沢旅館へ引き上げてしまった。


バンの中は喫煙オーケーで、コーヒーメーカーまで備えていた。後部の大きな機材棚や屋根の上の撮影用デッキ、ラダーも含めて、プロが使うためのクルマだな。

「加地良助という人はさ」関はラッキー・ストライクに火をつけて「謎だよ、ヨッちゃん。あんな演出家は他にいないいな」

「生き仏のように撮るって、どうやるんですか？」とオレ。

「わかるわけないじゃん！　でもともかくカメラ回せばいいのさ」

「加地さんが何かするんですか？」

「何もしない。でもひとつ確かなことがある」

「何？」

「子きん師匠はな、加地さんを絶対信頼してる。あさってスタジオでわかるよ」

7

金曜日の朝。助監督とはいえ、オレの東洋ムービーでの初撮影だ。

調布の大東スタジオは、大小十四の撮影ステージを持つ古い映画撮影所。映画制作本数が激減した今、砧の帝都映画スタジオと並んでCM撮影のメッカだ。

オレたちは7Bという小ぶりなステージを使う。吸音壁と二重ドアを備えた、同時録音対応の施設だ。しかし当時の防音は完全ではなく、スタジオ敷地脇の中央線の踏切を重い貨物列車が通過するために撮影中断、というのどかな光景も見られた。

セット中央に八畳間ほど畳が敷かれ、師匠が座る背景に大きな絵屏風が立つ。他には何もない。子きん師匠のバスト・ショットと顔のアップの二カットだけ撮るのだからこれで良いということだが、何とも割り切ったセットだなぁ。

十時に羽織にソフト帽姿の子きん師匠が入り、スタジオの入り口で加地さんとあいさつした。古い親友だそうだが何やら奇妙な雰囲気だ。会って嬉しいような、逆に会いたくなかったような不可解な表情で、二人はあまり言葉を交わさずに、師匠は控室へ。

三十分足らずでメーク・ヘア（ヘア、はないか）も終わり、たちまち撮影本番となった。撮るべきカットは二つだ。加地監督が師匠に演技の説明をする。素っ気ない口調だ。

カメラ目線で『おっ、お歳暮ですか！　風呂敷の中身わかってますよ！』のカット1。

そしてカット2は、頭に真新しいエメール石鹸を載せた師匠のアップ。『来年もツルツル『ツルツルでしょう？　ツルツル』は師匠の声のみを録音する。

説明を終えると加地はソファーに背中をあずけて目を閉じた。

加地の隣には花畑と博承堂の工藤が座っている。

営業担当にアテンドされたレオン油脂宣伝部の春山の姿もあった。

師匠がセットへ上がり、カメラ・アングルとライトが微調整された。

カメラをロックした関が、加地を振り返ってファインダーを指し「監督、お願いします」

加地はソファーから腰を上げずにオレを見て、「見といてや、任せるわ」

オレは関に促されてファインダーをのぞく。きっちりしたバスト・サイズだ。バックの屏風のボケも問題ない。「オーケーです、監督」と加地に声をかける。

「やってや」と加地。

「オール・スタンバイ！」オレの掛け声でスタッフが定位置につく。

加地監督が後ろのソファーから動かないので、カメラマンの隣にはオレが座る。

「吉野くん」関が小声で囁いた。「ひとつわかっといて。師匠はな、カメラが苦手なんだ」

「はぁ！　落語家なのに？」

「高座の客の前はそりゃもちろん大丈夫さ。ところが、テレビのカメラ目線となるとな、これがなぜかダメなんだ。めっちゃアガッて初体験の小娘みたいに硬くなる。だからな、気長に構えてやさしくやれよ」

「……ありがとう」

リハーサルなしで本番へ行くことにした。

「よーい」「サウンドよーし」「カメラ回せ」「回った。二四コマ」「はいっ！」

カメラ助手がカチンコをカメラ前に突き出す。「カット1、テイク1」カチン！

オレは右手に握るストップウォッチのボタンを押して「アークション！」

師匠はぐっとカメラを睨み、そして、「……おっ、おせいぼですか。ふろしきのなかみわかってますよ」カーット！　カメラが止まり、師匠が目を伏せて肩を落とす。

全然ダメ！　棒読みで表情がない。オレは加地を振り返った。首を横に振っている。

オレは立ち上がって師匠の前へ行き、小さな声で「もう一回お願いします。どうか、おラクに。あの、カメラ回ってすぐ喋らなくても大丈夫です。充分に時間取ってくださいね」

師匠はひとこと「承知」

テイク2……だがこれもダメ。表情がこわい。これじゃお客は逃げちゃうよ！

オレは加地を振り返らずにNGを出した。「師匠、もうひとつお願いします」「承知」

テイク3。テイク4。テイク5。全然良くならない！　逆にどんどん硬くなっていく。

オレは加地の前へ行き、「監督、指示をください。何を師匠にお伝えすれば？」

加地はつぶらな瞳をオレに向けて、「仏になりなさい、と言うたってや」

「は？」

「ほ・と・け」

「……わかりました」オレはセット上へ引き返して、ともかく言われた通りを師匠に伝えた。またも「承知」のひとことを貰う。だが笑顔はない。

テイク6。今度こそと全員が見守る中、しかしダメだった。カーット！

オレが振り返るのと、加地がスッと立ち上がるのとほぼ同時だった。

「ハナやん」加地は隣の花畑に、「十分ほどもろうてええかなぁ？」

「も、もちろんです。ここはひとつよろしく」

「皆の衆！」初めて聞く加地の大声だ。「ちぃとコーヒーでも飲んどってくれまっか？」と花畑。

加地はセットに上がり師匠の肩を抱くと、スタッフたち全員を見回して「今から十分間な、だーれもこっち来ちゃあきまへん！　そこ動かんといてね！」

オレは意味がわからず、「監督、な、何をなさるので？」

「おまじないよ。師匠がな、成仏しはるようにありがたーいおまじない」

加地は師匠を立たせると、抱くようにしてバックの屏風の方へ。

「だーれも見いちゃあかんでぇ！」加地の大声と共に、二人は雲竜の描かれた金屏風の裏へ消えた。


それから十分間、あるいはそれ以上か？

スタジオ内をピンと張りつめた静寂が支配した。全員が屏風を見つめて微動だにしない。

輝く金箔の雲の中をのたうつ巨大な龍。よく見ると二匹が絡むように描かれていた。

だがその裏からは話声ひとつ聞こえてはこない。かすかな物音だけ。

やがて屏風の端がちょっと動いて、加地の姿があらわれた。

加地はゆっくりと歩いてセットを降りて来る。表情はやや紅潮しているように見えたが、無言でソファーに腰を下ろす。

少し遅れて師匠も出て来た。

「おおっ！」とスタッフたちから声が上がる。オレも目をみはった。

師匠はゆったりと気持ち良さそうに微笑んでいる！

加地が描いた仏さまの笑顔だ！　オレには訳がわからないが、とてもいい顔だ！

「撮りまひょ」と加地。「今、師匠ええ感じになってはるわ。早う撮りまひょ」

「オール・スタンバイ！」オレは叫んだ。

たちまち撮影は終わった。

『お歳暮ですか』のカットも、石鹸をアタマに載せる『今年もツルツル』のカットも加地が言うように『ええ感じ』に撮れた。師匠の表情に何とも言えない優しさと色気があり、企画の平凡さがかえって生きている。いったい何が起こったのだろう？

翌土曜日のオールラッシュ試写は好評で、御代田CDもレオン宣伝部の春山さんも手放しで、「師匠をこれほどCMで生かすとは、さすが加地先生」と絶賛。

「ま、長い付き合いでっから」と加地。「それだけですわ」

日曜日は東洋ムービーの社内編集室でラッシュ編集だ。

野辺PMがつき、ベテランの宮部浩二編集マンがムビオラとスタインベック（画と音を同時に再生できる大型の編集機）を操る。

「吉野くん、まかせるわ」と加地監督はオレの肩をたたき「ボクね、あのバタバタバタバタっていう機械、恐ろしくってねぇ嫌や。ビリビリってね感電しそうでな、さわるのコワい。適当につないで工藤はんに見せといてえな。ついでに音のダビングもたのんま」

「了解です」オレは敬意をこめて答えた。


「この業界にはさ、いろいろと謎や伝説がある」大きな銀の指輪をはめた右手でグラスを揺らせながら、関カメラマンが語る。「先週の加地さんのマジックも、伝説になるだろうな」

そこは六本木の〈ASOKO〉という怪しげなクラブだ。暗黒舞踏の劇団が経営しているという。花畑がオレと関の『労をねぎらうため』連れて来てくれたのだ。全裸の女の子がギリシャ風の柱に巻き付いて、体をこすりつけたりしてエローいポーズを見せている。

「屏風の陰で加地さんが何したのか、誰も知らないなんて！」とオレ。

「師匠が知ってるさ」関はニヤリと笑う。

「ホントに関さん知らないの？」

「知らねえ、想像もつかねえ。でもさ、それでいいんじゃないの？」関はニヤリと笑う。

向かいの席ではもう一人の女の子が、花畑に体を寄せて裸の腿と尻を触らせている。

「謎のままでいい、と？」

「そう。謎が伝説に変わって、一流クリエイターと呼ばれる男が生まれる」

「謎から伝説かぁ。そうかあ！」

「伝説のひとつもなけりゃあ、十五秒一本でＥジュウ（三十万円）のギャラは取れねえな」

「おー、ギャラは伝説の数に比例して上がるんですね」

「そうだ。ヨシノ・マジックを作りなさい！」この頃、マジックに満ちた謎のＣＭ業界。

だがその後の時代、世界を変える〈大マジック〉に比べたら、可愛らしいものだったな。

向かいの席では女の子が花畑の肩にまたがり、顔面に裸の股をべったり押し付ける。

「そろそろ帰ろうか」もごもごと花畑が言った。お尻がしゃべっているように見えた。

8

翌々十一月二日、ついに〈北海茶漬け〉の本読みだ。

東洋ムービーではなく、博承堂の会議室が使われる。

監督は秋月EC自らおやりになり、助監はオレがまだ生き残っている。

そしてカメラマンは池谷優。かつてチョッコが『高すぎてダメ』と言った、あの池谷だ。

「映画出身のカメラマンはセンスが古くて使えない」と秋月は言う。この頃、スチールの有名フォトグラファーをムービーに起用するのが流行り始めていた。

オレの向かいに座っている池谷は四十代半ば。丸々と太って、くしゃくしゃのカーリー・ヘア。目玉がどんと突き出ている。横に小柄で痩せた若いアシスタントがかしこまる。

プロデューサーの権藤とPMのスギを除いて、照明、美術、特機、録音などに東洋ムービー社員は一人もおらず、皆フリーだそうだ。『池谷さんを使うと、スタッフ全員高い人ばかりになる』とチョッコが言った意味がわかった。

そしてこの本読みには、普通の仕事では見かけない、多少違和感のある人物が三人いた。四十代の男とその部下らしき二十代の二人は、格闘家のような体を揃って黒いスーツに包み、坊主刈りの頭に鋭い目つき、黒いタイまでしめていた。潮太郎の事務所の代表と、マネージャー、付け人だと名乗った。どういうタイプの事務所だか一目でわかる。

だが秋月はこれも想定していたのか、特に動ずる気配もない。

しかし博承堂の営業らしき二人の若者は、黒服の隣でかなりビビッているな。

間もなく権藤が立ち上がって打ち合わせの開始を告げ、「では監督」と秋月を促す。

「秋月です。池谷さん、しばらく」座ったまま話す秋月は、ずいぶんと愛想が良いように見える。「相変わらずお元気で、楽しく助手さんいじめてますか？」

「おうよ！」池谷は隣のアシスタントの頭を拳骨でゴッンと突いて「もうボッコボコよ、ありがとな秋月カントク」一座が爆笑に包まれた。

笑わなかったのは黒ずくめの三人とオレだけ。

まず秋月から全員に内容の説明だ。と言ってもいたってシンプル。「潮さんには、特に何も注文はありません。いつものように潮っ気を込めて、朗々と唄っていただければ」

「よろしいか？」黒ずくめの代表が全員の注意を引いた。「いくつかのこと確かめてこい、と潮先生から言われとるんじゃ」代表は北海道の人ではないようだ。

「もちろん」と秋月。

「まず伴奏はどうすんか？　唄は何番まで唄うんか？　録音は誰が責任持つんか？」

オレは小声で秋月に「監督、オレが説明しましょうか？」

「しろ」との返事。

「助監の吉野です」おれは立ち上がって、〈クチパク〉と呼ばれる撮影の手法を話す。

伴奏は要らない。唄そのものも録音しない。〈北の海鳴り〉のレコード音声をスタジオに流して、潮太郎には自分の唄に合わせて口だけを動かしてもらうのだ。「もちろん、潮さんがご希望なら」とオレは代表に向かって、「大声で唄ってもらっても構いません。その声は録音されない、というだけです」

「ああそう」代表はあっさりとうなずいて、「テレビの唄番組と同じじゃね。潮先生もようわかっとりますけん、声は出さんよ」

「唄は一番だけ出します。実際は十五秒ですから、アタマのワン・フレーズだけが使われます。ですから、もし潮さんが」パーン！と頭をはたかれて、オレは口をつぐむ。

「余計なこと言わんでいい」ドラキュラが睨んでいた。そこら中から失笑が漏れた。

その後、特に問題もなく本読みは終わった。

たちまち撮影日となる。十一月四日、土曜だ。

潮太郎の移動の都合もあり、より都心に近い目黒スタジオが選ばれた。ムービー撮影にはギリギリのサイズだ。越後園さんは撮影には来ないことになっているそうだ。

午後一時。潮太郎が黒スーツ三人とメイク・ヘアの女性を引き連れて現れ、すぐに控室へ。太郎はトレーナー上下に雪駄ばきという軽装で、周囲に軽く会釈したが笑顔はない。

十分後にトラブルが発生した。

〈代表〉の男、田島という名だったが、準備中のスタジオへどかどかと乗り込んで来て、「プロジューサーおるかい？」と怒鳴った。

「は、はい。何か？」恐るおそる答える権藤。

「おんどりゃあ、潮太郎ナメとんのか？　なんじゃあ、あの小汚い控室はぁ！」

横にいた博承堂の営業二人がビクッと感電したように震え、一瞬顔を見合わせると、一人が権藤の耳もとへ、そしてもう一人はスタジオから駆け出て行った。

「ヨッちゃん」横にいたスギがオレに小声で、「ひでえカマセ張りやがるな。ただあいつら本チャンのコレもんらしい」と、指で頬を切るサイン。「ここは博承堂さんにお任せよ」

二軒隣のホテルにたまたまスイート・ルームの空きがあり、営業がすぐにそちらを押さえて控え室に使って頂くことで田島も納得した。この間、スギはまるで動かなかった。

「ゴンよ」秋月が権藤の襟首をつかんで「お前ら何考えとる？　まともな控室くらい用意しておくのがプロの常識だろうが！　うちの営業がやるならプロダクションなぞいらん！」

「すみません……」権藤は頭を下げる。（潮太郎のケアは博承堂が仕切るハズなのだが）

午後三時。準備は完了した。スギがスタッフに集合をかける。

グレー・ホリゾントの中央に草色の着物の潮太郎が立った。池谷が生地から選んだあざやかな色味だ。カメラはやや高い位置に構え、太郎のフル（全身）からゆっくりとズームでバスト（胸像）まで寄るんだ。池谷はすばやい指示でライティングを修正し、間を置かずにカメラ・テストに入る。助手の動きは正確で、文字通り池谷の手足になってるな。

「あー、いいですねえ！」ファインダーを覗きながら池谷が太郎に声を掛ける。「カッコいいわあ！　はい、潮さん、ちょっとカメラに目線下さい。そーです。ああ、いい！　そんな目線でカメラに唄を聴かせる感じがいいなあ！　あーっ、それそれ！」池谷はファッション写真などが多い。ハッセルブラッドの六×六抱えてモデルの子に、「あー、かーわいいなあ、なんてキレイなの！　いいっ、いいっ！」といういつもの調子が出て来てるな。

実際にレコードを再生して、一回だけリハーサルをやり、問題はない。本番だ。

「監督、お願いします」オレは秋月を促す。

秋月はカメラ脇のディレクター・チェアに、慣れない身振りで腰を下ろした。

オレは右手にカチンコ、左手にストップ・ウォッチを握って、カメラの右側に立つ。

「よーい！」と秋月。カメラが回り始める。「はいっ！」

「カット1、テイク1」カチン！　オレはサッとカチンコを引いて、ストップ・ウォッチを起動する。十倍ズーム・レンズがゆっくりと動きだした。

〈北の海鳴り〉のイントロが始まり、潮太郎がぐーっと想いを入れて唄に入って行く。

♪海がどんと鳴る　カモメが騒ぐ
　浜は男の　いくさばだ
　北の　北の　北の海鳴り（十五秒はここまでだ）

　男いのちの　轟きだ
「カーット！」秋月が叫ぶ。

黒スーツの三人がバッと立ち上がって熱烈な拍手をする。

つられてスタジオ全員が拍手！　ファインダーから目を上げた池谷も笑顔だ。

しかし、今のはNGだ。オレは気付いていた。『北の　北の』と繰り返すところで、太郎に何か迷うような目線の動きがあったんだ。オレはそれを小声で秋月にささやく。

「ああ、わかった」秋月は小さくうなずいて「お前、それ言え」

「え、でも、監督が」

「お前言え！」

オレはためらいながらカメラの前へ出て「潮さん、すいません。今のNGです」

黒スーツたちが一斉にオレを睨んだ！

スタジオ内がざわついて、営業の二人が周囲に目を配る。言い方、まずかったかな？

「あ、そうかい。どこが？」意外にアッサリと太郎が訊いてきた。

「あの『北の　北の』と繰り返すとこで、何かちょっと迷いがあった感じが」

「なんやとぉ」呻きながら黒スーツの田島が一歩前へ出た。緊張する営業の二人！

だが太郎は田島を手で制して「いいよ、タジ。そうだったかも知れん。もう一回やる」

当時『プレイバックして確認』なんてことはもちろん出来ない。フィルムだからね。

誰かの判断を信じるしかない。太郎はオレを信じてくれたんだ。

テイク2だ。カメラが回り唄が流れる。

今度はうまく行った。迷いのない力強い表情が撮れた。オーケーだ。

「いや、吉野」秋月がオレの耳元で囁いた。「今のもダメだ。『いくさばだ』に入るところで口が開くのが早過ぎた。もう一回やると言え」

「えぇ！　いや、そうですかぁ？」

「黙れ！　テイク3やる。言え！」

オレは観念して大声を出した。「すいません。『いくさばだ』のところでちょーっと口の動きにズレがあったようなので、テイク3行きまーす！」池谷も黒スーツたちも、そして太郎本人も何か反応する間もなく、再びイントロが流れ始めた。

テイク3は前よりさらに良く出来た。太郎の動きも完全に唄に乗っている。

だが何と、秋月はまたNG！　口が合ってないと言い張る。太郎が不快気に首を捻った。

止むを得ず、オレは休憩を告げて池谷と秋月に話し合ってもらう。

だが池谷は口の合い方など全く関心ないというう反応。「見た目はバッチリオーケーよ。唄のことはカントクにお任せ」とカメラを離れてソファーに腰を下ろし、アシスタントを小突きながら、別の仕事のスケジュール確認を始めた。

しかし秋月は断固としてNGだ。カメラ脇で煙草を咥え、オレは火をつけて灰皿を出す。

潮太郎はステージを降りてしまい、黒スーツ組に囲まれてコーヒーを飲み始めた。

営業の二人が何とかとりなそうと様子を伺うが、険悪な雰囲気に近寄れないようだ。

「秋月さん」突然権藤が声を掛けて来た。「これでオーケーにしましょう。潮さんのテイク3は完璧な出来でした」と、今までに秋月の前では見せたことのない強い表情で迫る。

秋月はちょっと気押されながらも、「口がズレてる、と言っとるんだ！」

「うーん……じつは私も注意して見てましたが、最後のやつは口ちゃんと合っていたと思います。いや、はなはだ僭越ですが、ズレてません。オーケーしましょう、あれで」

「なにを……」

「あれで大丈夫です、お願いします、監督」涙がほとばしりそうな目だ！

「お前、権藤！ 誰にモノ言っとる！」オレも驚いた。権藤が秋月にこんな態度を！

「すいません。すいません……でもオーケーなんです」

「出てけ！」秋月は権藤を睨みつけてスタジオの出口を指す。

権藤はハッとしたような表情の後、「……失礼します」と背を丸めて退場した。

後ろに控えていたPMのスギが血相を変えて電話室へ走る。


三十分後。すったもんだの揚げ句、テイク3でオーケーという結論になった。

潮太郎も「絶対にズレてない」といって譲らず、営業部と黒スーツ組のプレッシャーも加わって、さすがのドラキュラも妥協せざるを得なかった。

ワンカット撮影だからこれで人物は終わり。後は例の茶漬けのシズル・カットを撮るばかりだ。これに関しては、充分に実験を重ねており自信がある。

しかし秋月はすっかり機嫌を損ね、「お前にまかせる。クルマ呼んでくれ」とむくれる。

そこへ、電話で急を聞いた矢島社長が駆けつけて来た。

「秋月EC、もーしわけありません！　権藤に何か大変な失礼があったようで！　急遽、プロデューサーを降ろし、私に交替いたします」

「矢島社長さんがホントにこの現場やるんかね？」

「秋月ECが、よろしいと認めてくださるなら」

「勝手にしろや。茶漬けのカットが残ってる。どうすりゃいいか、そこの小僧がよくわかってるだろう。やっとけ」

ドラキュラも潮太郎も去った後、オレたちはリラックスして茶漬けのカットにかかる。

スギが楽し気にリードを取り、セツコも電気釜とポットを抱えて参加した。

充分に乾燥した昆布と鮭をご飯にのせ、熱い湯をかけるシズル・カットは、実験通りに上出来だった。湯が注がれた瞬間に昆布が生き生きと動いて、実に旨そうだ。

「なーるほど！」と感心する矢島。プロデューサーが感心しないで欲しいけど。

とはいえオレ自身も、この日の撮影では周囲に振り回されただけの結果だったな。

9

月曜日の午後、オール・ラッシュ試写は博承堂の試写室で行われた。

越後園宣伝部からは部長以下数人。博承堂は秋山、田所、営業の二人に加えて担当役員らしき顔も見えた。東洋ムービーは矢島、権藤、スギ、そしてオレ。潮太郎は今日は若い女性を一人だけ連れ「新しく仕立てた着物、カッコいいぞ。見てくれや」と上機嫌だ。

少し遅れて池谷カメラマンも入って映写開始。といっても十五秒ワンカットで、テイク3まで五分で終わりだ。グレーバックに着物の草色が際立ち、唄う太郎の表情も力強い。

宣伝部長、役員、そして太郎本人も大満足だった。良かった！

この試写では映像を見るだけで音は出ないから、唄と口のズレの有無は分からない。

だが誰もその問題を口にしなかった。秋月、池谷、矢島、権藤、スギ、そしてオレ。

皆が何となく曖昧な薄笑いを浮かべて、ともかく円満に試写を終わらせた。

実はこの六人は朝一番で品川の極東現像所に集まり、正確なレコードの音に合わせて、何度も試写チェックを済ませていたんだ。

テイク1はオレが見た通り、目線の迷いが気になった。NGだ。

しかしテイク2、3ともに鮮やかな出来ばえだった。どちらもオーケー。

口の動きに全くズレはない！　ライブの唄声が聴こえるような実感のこもった映像だ。

皆の安堵の声の中で、権藤も小さくうなずいてはいたが、表情は硬く無言だ。

「小僧！」突然、秋月がオレに向かって、「やはりズレとったな。『いくさばだ』の所で口の方が早く開いている。秋月が気付いた通りだ。まあ、いい。テイク3はどうにか使えるだろう。シンクロの段階で音の方を少しズリ上げて合わせろ」

「え？　何を？　それ、どういうことで」とオレ。

「了解です」矢島がオレを遮るように大声を出す。「ほんの四コマ程度ですから可能です。そのようにやらせましょう」

「しゃ、社長、そんなことしたら」

「後で話す」矢島はオレから秋月へ目を移し、「いろいろご迷惑をおかけしました。仕上げにつきましては、どうかご安心下さい」そして池谷に微笑むと「グレイ・バックに草色の着物、実にファッショナブルに写ってますね。またよろしく」

試写の後、極東現像所近くの喫茶店でオレは矢島と向き合って話を聞く。

「吉野、この唄い方を〈タメる〉というんだ」

「ためる?」

「私は若い頃NHKで音声やってた。だから何度も体験してるんだが、演歌系の唄い手は潮太郎もそうだが、正確に譜面通りには唄わない。特に小節をぐっと利かせるところで、ちょっと発声を遅らせる。これを〈タメる〉というんだ。タメることによって、感情が強く表現できる。美空ひばりさんなんかもタメを使うな。だが、それを知らない者が、単に音声と口の動きだけを即物的に見ていると、口の開きが早いようにカン違いしてしまう。だが唄をよーく味わいながら表情を素直に見れば、タメの効果は誰にでもわかる」

「ああ、ああ、なるほど!」オレはすぐに納得した。先ほどのラッシュ試写では、誰もが視聴者の立場で『表情と唄全体を鑑賞』していたから、カン違いが起きなかったんだ!

「ただな、吉野、ここからが大人の話だ」矢島の顔に苦笑が浮かんだ。「あの場では、秋月ECがあくまで『ズレてるから直せ』とこだわっていた。『いーやいや、あなたは間違ってる。歌唱法というものを全然わかってません』というわけには、当社としてはいかんなあ。だからな、きみが編集で唄と画のズレを微調整したことにするのがベストだ」

「……」

「それでこの仕事は収まる。秋月ＥＣはさっきの試写を見て、本心では自分が間違ってたことに気付いているはずだから、権藤も出入り禁止にはならないで済むだろう」

「……士・農・工・商・代理店のまた下、という話ですか？　ごめんなさい、ナマイキ言って。でもここまで秋月ＥＣの言いたい放題、やりたい放題、それでいて結局無責任な態度をニコニコ受け入れて、会社としては、要するに儲かればいいんでしょうか？」

「お前、けっこうヤバいこと言うなぁ！　じゃあ一つ教えてやろう。吉野、儲かればいいどころじゃない。この仕事は赤字になる」

「あかじ！　な、なぜ？」

「たかがフリカケ茶漬けの広告予算なんて知れたもんよ。だがその金のほとんどはテレビ局と博承堂の〈テレビ・スポット広告媒体料と扱い手数料〉に消えてしまう。結局ＣＭの制作費となると、もうギリギリの予算しか残ってない。しかし博承堂は『いい作品を作るため』と称して、高いタレント、高いクリエイターやカメラマン、豪華な美術や機材を当社に要求してくる。しかし払ってくれる金はギリギリか、あるいはそれ以下でしかない。それで嫌なら、他にプロダクションはいくらでもあるぞ、というわけだ。当社の売り上げの八割は博承堂になっちまった。赤字でもショー・マスト・ゴー・オン！　まあ、多少は儲かる仕事もたまに貰えるから、借りて返してどうにか金を回転させてるわ」

オレには意外な話だった。トークリの堺社長と同じことをこの人が言うのか？

オレは矢島に自分の疑問をぶつけた。「ウチみたいな大手でもそんな弱い立場なんですか？」

「大きくなって弱くなった。たくさんの社員を食わせなきゃならんからね。大手でいまだに強いのはニッセンだけだろうな。鞆浦光一さんや他にも有名な社員クリエイターがいて、広告主から直接に指名がかかるから、代理店も一目置く他にない。ニッセンだけが電広とも博承堂とも対等に付き合ってる。もちろん、直扱いの仕事もいぜん多いしね」

「ニッセンだけ……」

「でもな吉野、我々だっていつまでもこのままじゃない。実は、内々にだが、私は電広のクリエイティブにアプローチしてるんだ。博承堂オンリーの営業スタイルは、何としても変えなくちゃいかん。若いクリエイターの力が必要だ。きみにもぜひ手伝ってもらいたい」

「……はい。何かが変えられるなら」

矢島がゴロワーズを出して咥え、オレにも一本すすめてくれた。

オレは頂いて、両方の煙草に火をつけた。いい香りが漂った。

その晩、ナツキがオレの部屋に来た。

祖父の葬儀以来、三週間以上会ってなかったんだ。

ナッキは湯豆腐を作ってくれ、熱燗で飲み始める。

ここでいつものナッキなら、ヤマトテレビ・スポーツ局の話が猛然と始まるのだが、なぜか今夜はおとなしい。燗酒を舐めながら聞き役に回って、オレに話させるような感じだ。でも祖父の話は、なぜかもうあまりする気にならなかった。ナッキも訊いてこない。

むしろこの三週間多忙だったから（チョッコとのデートはもちろんマル秘として）仕事の話題ならいくらでもあった。赤坂、花畑、エメール石鹸、加地のマジック、ドラキュラと権藤、茶漬け、潮太郎と黒スーツ、そして現場の真実とバカバカしい大ウソ……。

「ふーん」ナッキは豆腐をつつきながら「CM制作会社って不思議な職場なのね。キッチリした決まり事がなくて、万事その人の力と顔次第でどうにでもなる。テレビ局の方が、よほどお役所っぽい世界だと思うな」

「うん、今はぺーぺーの身だけど、その力と顔ってやつを手に入れたなら、こいつは凄く楽しめるだろうと思う。それ何となく想像くらいはできるなあ」

「ヒロがそっちの世界行って良かった。向いてると思うな。もしヤマト・テレビなんかに入ってたら息がつまってたかも……」ナッキはぐーっと一杯あけた。

「ナッキ……何かあったんか？」

「いや、たいしたことじゃないの……局では、ごく普通にある話でさ」

「どーした、ナツキ、何が？」

「わたしね、異動になったの」

「いどう？　今年入ったばかりで、もう他の部へ行くのか？」

「高知のヨサコイ・テレビ。ヤマトのネットワーク局だけどね。そこの庶務課へ異動なの」

「え！　高知の局！　庶務課って、あの、スポーツ・アナじゃないの？」

「ないの。田舎の庶務のネエチャンになるの。アッタマくるけど、スッ飛ばされたぁ！」

「そんなムチャな！　だって、ずっとスポーツ・アナとしてトレーニング受けて来たのに、なぜ急にローカル局の庶務なんだよ？　でも、まだ返事してないんだろ？」

「返事も何も、ヒロ、異動は来週の話。十一月十三日月曜日着任。もう業務命令出てます。テレビ局は自衛隊とたいして変わらない所なの」

「……でも、でもすぐに戻れるんだろ？」

「短くて二年だって……こんなのひどい！」突然ナツキの表情が変わった。「わたし頑張ったよ。バスケよりも頑張った。もうデビュー出来る寸前だったわ。一本立ちしてマイク持って、このテレビ画面にカッコ良く映って、ここでヒロとお酒飲みながら一緒に見たかった！　もうちょっとだったのに……」ナツキはわーっと泣き出した。

その晩のオレに出来たのは、ナツキの口惜しさを分け合うことだけだった。

後からよく考えると、この時ナツキが事実をどこまでオレに話したのか？　話さなかったことは何だったのか？　それを察する世知がオレには欠けていた。

でもナツキにとっては、そんなバカなオレでかえって救われたのかも知れない。

オレたちはベッドで激しく愛し合って、抱き合ったまま眠った。


火曜日の朝、ナツキは化粧品やちょっとした身の回り品をバッグに入れる。

「あとは全部置いとけよ。また戻って来るんだから」とオレが言うと、ナツキは嬉しそうにうなずいた。

10

その週は〈北海茶漬け〉の細かい編集仕上げやダビングを片付け、金曜日に完成原版を極東現像所行きの便にブチ込んだ。あとは初号を待つだけ。

〈エメール石鹸・お歳暮〉の方はもうオンエアが始まっており『好評を得ている』と聞く。

博承堂二制からは、さっそく花畑に次の仕事が入った。同じレオン油脂の洗剤〈ブルー・スカイ〉の三十秒・十五秒だ。この商品、漂白剤入りの洗濯機用洗剤としてはナンバー・ワンの売り上げを誇っており、ブランド知名度はオレでも知っているほど高い。

ただし企画の大枠はすでに決まっていた。

『日本まっ白紀行』のスローガンで、あらゆる町、あらゆる家庭での生活と洗濯の風景をドキュメンタリー風に見せる、年間六本のシリーズで、前回までは東西映像が受注していたのだが、『スタッフの質と態度に問題がある』という理由でうちに振られたんだ。

花畑の喜ぶ顔は素晴らしい！　オレまで幸せになってくる。顔、デカいしね。

今回の設定はすでに『北国の灯台守一家』と決まっており、タレントは使わない。

オレに企画・演出のご指名がかかった。御代田CDのリクエスト。「博承堂での吉野くんの監督デビュー作として、やりやすいと思うよ。誰でもが見るCMになるしね」と有難いお言葉だ。カメラマンは撮影部の関正則さん。PMはスギ。オレに助監はつかない。

一週間ほどかけたリサーチと交渉の結果、岩手県宮古市近くの岬にある古い灯台が選ばれた。白い灯台の根元に居住用の洋館が繋がっている〈英国式〉で、大正時代の建築だ。

灯台守一家は五人。武骨だがユーモアもある四十代の御主人。ミヤコにそっくりの三十代の奥さん。猛烈にヤンチャな男の子二人と女の子一人。

撮影スタッフの人数は最少限に絞った。オレ、関と助手一人、スギの四人だけ。居住館の隣にテントを張らせてもらい、五日間泊まり込みで一家の二十四時間を撮りまくった。

コンテはない。だがオレは三種類のシーンを設定した。まずは『汚しまくる』シーン。灯台の整備や燃料運びで煤にまみれるご主人。ドロだらけで駆け回る子供たち、その他。次に『洗う』ところ。夫婦がかりで皆の衣服を脱がせ、旧式の大きな洗濯機にバンバン放り込む。古びた漆喰壁バックにおなじみ洗剤〈ブルー・スカイ〉のパッケージ。

三つ目は『真っ白になったシャツや下着を並べて干す』これは家族全員でやる、一番の見せ場だ。真っ青な空。白い灯台。それをバックに真っ白な洗濯物が海風に翻る。

撮影中毎夕、オレたちは灯台の風呂を借り、晩メシまでご馳走になる。

楽しい五日間だった。モリスの時のようにオレは何でもやった。カントクが露出計まで使えることに皆が驚いてくれた。サルさん、教えてくれてありがとう。

十二月に入って〈ブルー・スカイ　灯台守篇〉は完成した。

レオン宣伝部にも博承堂にも好評だった。特に斬新なところは何もないけれど、家族がとても生き生きとイイ感じに撮れている、とオレも思った。青空と白い灯台が美しい！

だがこの先十年ほどで、日本全国の灯台はすべて無人自動化される。人の手で一生懸命灯し続ける光は、日本の海から消えてゆくんだ。


師走なのにちょっとヒマになった。

高知のヨサコイ・テレビへ行ってしまったナッキからは、一度葉書が来た。坂本竜馬像の写真に『どーにかやっとるぜよ。ヒロもどーかね』と走り書きがある。オレは嘆息した。葉書をもらう立場になってみると、もっといろいろ書いて欲しいもんだなあ……。


次の週、チョッコと原宿で昼メシを食べた。新しいシー・フード・レストラン。流行りの店で大混雑だ。話もよく聞こえないし、抱き合ってキスなど、もちろん不可能。

チョッコはかなり多忙な様子で、食べ終わってすぐオレたちは別れた。

別れ際にオレの耳もとで、「ヒロ、この前はありがとう。マサミ連れて岩手行くことに決めたよ。今年はクリスマスからちょっと長めに休み取る。正月は父ちゃんの家でやるんだ」

「お！ そんなフランス人みたいなバカンス取れるの？」

「無理やり休む。会長判断！ いない間のこと、すべてデブ（堺）にカバーさせる」

オレたちは人混みの中でハグだけはして、笑顔で別れた。

チョッコとマサミのいない、ナツキもいないクリスマスがやって来る。

仕事の方も『年明けから打ち合わせ』になり、会社では自分のデスクで『自習』の毎日。

「誰にも遊んでもらえない子はここに来なさい。あなたは慰めを得られるであろう」啓介がイエス・キリストのように語りながら、オレにハイボールを出してくれた。

カウンターに置かれたラジオから、よしだたくろうの〈旅の宿〉が聞こえてくる。

外は冷え込んできた。〈ユー・ユア・ユー〉の客はオレの他にはひと組だけだ。若い男が二人、隅のボックスで何かややこしそうな話をしている。

「啓介さ」オレは煙草に火をつけて、「ノブさんの具合どうよ？　もう随分と顔見てないな」

「それがね、秋になってまた入院して、今度は長い。今月アタマには病院変わってさ」

「悪いのか？」

「悪い」啓介はラジオのスイッチを切ると小声で、「ノブさん身内が一人もいないじゃん。医者がさ、本人以外に相談する相手がいなくて困っちまって、結局僕が話聞いた」

「本人以外って、それ？」

「そういう病気だよ……もう末期で手術も出来ないそうだ。でも今のところ」

その時突然店のドアが開き、素足に下駄をつっかけた小柄な女性が飛び込んで来た。

啓介の妹・友子さんだ。「ケイちゃん！」と手招きする。

「どーした？」啓介が駆け寄ると、友子が何事か耳打ちした。

「ええっ！」啓介の顔色が変わる。「わ、わかった。僕はすぐ出るからさ、友子は取りあえず家へ戻って必要な所に電話連絡とか頼む」

友子はうなずいて出て行った。

「ノブさんに何か？」とオレ。

「なんちゅーこった！」啓介は天井を仰いで、「さっき家に連絡が入って、友子が飛んで来たんだ。マーさんのとこだよ！　幸代さんが、幸代さんが死んじまった！」

「ええっ！」

「自殺だって！　睡眠薬飲んで！　警察も来てるそうだ。僕すぐに出る。お前も来るだろ」


オレたちが駆けつけた時、ちょうど三〇三号室から警察官二人と白衣の医者らしき人が出て来た。オレと啓介は彼らに軽く会釈してすれ違い、部屋へ入る。

森山さんはスーツにタイ姿のままで、おそらく仕事から帰ったばかりだったのだろう。蒼白な顔だが口調は冷静だった。「医者から貰った睡眠薬がまだあったのを、おれも忘れてた。昼過ぎに介護婦さんが帰った後、そいつを全部一度に飲んじまった。さっき帰って見つけた時には、ベッドの上でもう……さっき調べも済んで、警察も自殺と認めた。遺書はないんだが、実は警官の一人がおふくろの店の客でな、今年になってから時々、おふくろは、何というか、自分の始末をつける話してたそうだ」森山はちょっと目を閉じた。

オレも啓介も返す言葉がなく、黙ってうなずく。

森山は、オレたちを幸代の寝室へ導いた。

二人とも口を閉ざしたまま、そーっと部屋へ入る。

「見てやってくれや」森山は幸代の顔の白布を外した。

小さな顔だった。オレが最後に会った時より、もっと小さくなってしまった。

だが、幸代の唇には紅の赤味がさしてあった。白髪もきれいに整っており、パジャマではなく、シルクのブラウスを着ていた。

ちゃんと身ぎれいにしてからクスリを飲んだのだろう。幸代さんらしい支度だ。

ふと気が付くと、オレの背後からかすかなうめき声が聞こえる。

それはすぐに「ううっ」という嗚咽に変わった。

森山さんが泣いている……振り向いてはいけない、とオレは森山に背中を向けたままベッドを離れた。

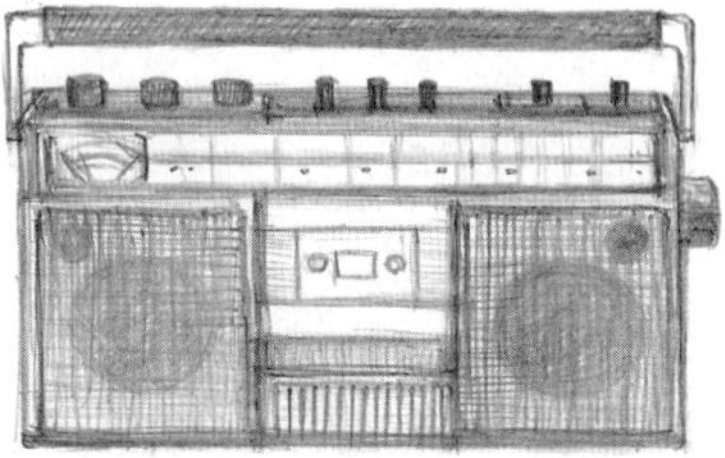

第五章

ネクストドアを開けろ

1

オレたちのCM業界にとって、いやこの国全体にとって大きな転換点になる一九七三年（昭和四八年）は、しかしごく普通に穏やかに明けた。

うちの家族にとっては〈逗子詣〉のない初めての正月。年明けの実感が何か足りない。

オレの仕事は四日から始まり、次の週にはチョッコが岩手から戻った。マサミとチョッコの家族との出会いはとてもうまく行ったようだ。トークリは正月明けから忙しそうで、電話でしか話を聞けなかったが、チョッコの声音に『幸せな実家帰りを果たした母親』の安らぎみたいなものが感じられたな。良かった。

高知のナツキから年賀状。『謹賀新年ぜよ』のひとことだけ。寂しいぜよ。

上城《うえき》からも写真葉書。ただし写っているのは何とガンジス河だ！　『去年の十二月からこちらへ来た。来月からいよいよ行者のいる山の方へ行くぞ。六月に帰国の予定』

おお！　本当に行ったか、インド！　上城の快挙にオレも嬉しいぜよ！

そして啓介は店をやりながら、ノブさんのいる三鷹の病院へ毎週のように通っている。

今年も、まあ去年の延長程度にオレは思っていたのだが……。

二月一日、浅間山が大爆発。局地的な火砕流も発生し、噴煙は成層圏にまで達した。十二年ぶりの噴火は、この年に起きる数々の異変の始まりだったのだろう。

その四日後、渋谷駅のコイン・ロッカーから捨てられた赤ん坊の死体が発見された。誰もが慄然とした。何かが狂ってきた、とオレも背筋が寒くなったのを憶えている。さらにこれを模倣したような嬰児殺しが再発する中、二月十四日が来た。

その日、日本円の対ドル交換レートがついに〈変動相場制〉に移行した。数日の内に、一ドルは固定相場だった三〇八円から急降下して二七〇円を割り込む。

六〇年代を通じて日本の高度経済成長を支えてきた日本製品の輸出競争力。その源泉と言われた〈一ドル三六〇円の安い通貨〉が消えうせた。ゲームのルールが変わったのだ。

有望な発展途上国であった日本が、ＧＤＰを楽々と伸ばせる時代はこれをもって終わる。たちまち激しいインフレと物価上昇が起こった。この一年の上昇率は何と二十二・六％という、今の日本ではとうてい信じ難い数字となっていく。

個人消費の急激な落ち込みに加えて、人件費の上昇が多くの大企業を打ちのめした。

六十年代以来、年々膨らみ続けてきた〈広告宣伝費〉の大幅な見直しが起こるのは、必然的な結果だ。特に予算の大半を占めるテレビＣＭは真っ先にそのターゲットとなった。

三月五日月曜日、東洋ムービー。

朝一番で全社員が会議室に集められた。矢島社長が立つ。

「今朝は大変重要な話をします」その表情は厳しかった。「先週の金曜日、私と権藤常務が博承堂クリエイティブ担当の白川常務に呼ばれました。そこでの話をそのまま伝えます」

矢島は少し間を置いて、「今日本経済に何が起きているか、皆も理解しているでしょう。企業の宣伝費大削減に博承堂としても当然対応せねばならない。今まで博承堂からの仕事はプロジェクトごとに制作会社が指定されていました。しかしこれからは、原則的に全ての仕事において企画と見積りの競合をやらせる、とのお達しです」

「ええっ！」「ぜんぶ競合なの！」そこら中から驚きの声が上がる。

矢島は続けた。「より良い企画、より安い見積りが強く要求される。競合の主要メンバーは日本宣伝映画社（ニッセン）、東西映像、大洋社、亜細亜企画、そしてうち。他にいくらでも敵は出て来るでしょう。ともかくコンペに勝たなければ仕事はありません」

ざわざわした不安感を残して、皆は会議室をあとにした。

オレがデスクに戻った時、内線電話が鳴った。権藤だった。

九階の小さな役員応接室でオレは権藤と向き合う。まともに顔を合わせるのは〈北海茶漬け〉完成以来だ。

「元気か？」と権藤。

「そこそこです」とオレ。

「業務命令。秋月ECの仕事をもう一本やってもらう」

「やだ」オレは首を横に振った。

「今回は秋月は直接出て来ない。部下の田所が仕切って、三社の企画・見積り競合になる。安くていいものを出さなきゃならん。だが、最後に決めるのは秋月だ。あいつはなぜかお前のことを面白がってる。今回は住宅メーカーのCMだから茶漬けとは違う。お前ならば秋月が気に入る企画を考えられる。勝ったら演出までやらせてもらえるだろう。競合相手は大洋と亜細亜。ニッセンも東西も入ってない」

「やです」

「やでもやれ！　金ないんだ。フリーのクリエイターなど高くて使えん。だが、企画演出部のバカ共じゃ秋月にはとうてい通用せんわ。お前がやるしかない。やれ！」

「権藤さん」オレは口調を変えて、「一つ知りたいことがあります。訊いていいですか？」

権藤はきょとんとした目で「何だ？」

「潮太郎の撮影で、あの『口がズレてる』問題でモメた時、なぜ秋月ECに正面から逆らって退場を喰らったんですか？　権藤さんはいつもあれだけ気を遣って、何でもうけたまわって、煙草の火までつけてECのご機嫌を取ってたじゃないですか。オレにもそうさせた。なのに、なぜ今までのヨイショをブチ壊すみたいなことを？」

「お前なあ」権藤は呆れたような目をオレに向けて、「そんなことズケズケと、常務のおれに言っていいと思うか？　お前にゃ遠慮というものはないのか？」

「ないです。権藤さんの考えをちゃんとわかりたい」

権藤は一瞬絶句したが、「……答えてやろう。答えれば仕事受けるか？」

「受けます」

「聞け。確かに、おれは秋月の機嫌を取って来た。だがな、それは仕事を頂く者の礼儀だと思ってる。しかしあのNGの件はまるで別だ。おれはこの目ではっきりと確認していた。潮太郎の口はちゃんと唄に合ってる。ズレてない。それが事実だ。いくら秋月がエラくても、事実を変えることは絶対に出来ないぞ。わかったか？」

意外な言葉だ。だがオレは少しうなずいた。

権藤は続ける。「事実というものはたったひとつしか存在しない。それをおれに教えてくれたのは誰だと思う？」

「え？」

「東法大の吉野久先生。亡くなったお前の爺さまだよ。〈裁判官の基本精神〉という授業で叩き込まれた。ははは、お前だって同じことを教わってると思うけどなあ？　よし、話はここまで。仕事のオリエンをしてやるから聞け」権藤は資料を取り出した。

広告主は〈タクミ工建〉という住宅メーカーだ。ゼネコンや大手ハウス・メーカーとは違い、大工の職人技が売りの中堅工務店。五分番組枠の三十秒企業CM一本だけを考える。

オレがもらったのは十五ページほどの会社案内パンフだけ。三社企画競合なので、それ以上の情報はナシ。博承堂との打ち合わせもない。全部自分で考えろ、ということだ。

でも実にサッパリした条件で、ヘンなストレスがない。オレの好きなように企画すればいいんだ。しかも、競合に勝てば一本で演出まで出来る。

広告主のCM予算カットと博承堂の企画競合要求は、会社にとっては非常に厳しい事態だろうが、オレにとっては想定外のチャンスかも知れない。


その晩、オレは松原の〈ユー・ユア・ユー〉に顔を出した。

店に入ると、ちょうど啓介が歌っているところだった。客は三人、近所のスーパーの女の子たちだ。ギターを抱えて、ボブ・ディランの〈時代は変わる〉を英語でやってる。

ひと時代前のヒット曲だが、これから先の世界のことを予言しているように聞こえる。時代の激しい流れは、世の中のすべてを引っくり返して押し流して行く。モタモタしてると溺れて沈んでしまうぞ、と警告する凄い歌だ。啓介は、歌詞の意味をちゃんと理解した歌い方をしている。こいつ、英語の勉強でもしてるのかなあ。

オレはいつものカウンターに腰かけた。

歌が終わり、まばらな拍手を受けて啓介がオレの目の前に戻った。「よう、どうだい？」

「そこそこ」とオレもいつもの挨拶。

「ハイボールでいい？」

「今日はオールドのストレートをダブルで」

「おお、その方がずっと高い。オーケーですよ」

オレは飲み始め、啓介もビールにした。しばらくは、二人とも黙ったままだ。

やがて「吉野よぉ」と啓介。

「何？」オレもグラスから目を上げる。

「……い、いや、いいわ、やっぱり」

「何だよ？　気持ち悪い、言えよ」

「うーん……たぶんお前も、もう見てるんだよな？」

「何を？」

「あー、あれ、まだ見てないのかぁ？」

「何なんだよ？」ちょっと苛立つオレに啓介は嘆息すると、カウンターの裏から週刊誌を取り出してオレの前に置く。〈毎朝ウィークリー〉だ。「先週の木曜に出たヤツだわ」啓介は中ほどのページを開いてオレに見せた。

『ヤマト・テレビのプリンス結婚前にご乱行か？』『フトモモ美女とホテルで密会を目撃』

大文字の見出しと隠し撮り写真が目に飛び込んで来た。

夜遅い時間だろう。ホテルの玄関先。スーツ姿の若い男性はこちら側に顔を向けている。松木純一とよくわかる。松木に体を寄せている女性は、斜め後ろから顔がちょっと見える。長いストレート・ヘア。背中に子ネコのキャラが入った革ジャン。そしてピタピタに短いホット・パンツにバスケット・シューズ……オレは息をのんだ。

これはナツキだ！　服装も上から下までオレが見慣れた物ばかりだ。ナツキがなぜ？

オレは記事に喰いついた。『これは本誌特約カメラマンが昨年の秋に撮影した写真』だが『関係者の個人的事情に配慮して、発表をあえて控えていた』のだと。しかし『純一氏の父親・松木正純自治大臣と三友グループの間で、不正な政治献金があった疑いが濃厚になったので、本誌編集部は公表すべきと判断した』『三友創業家の楢崎康子嬢（二七）と純一氏（二五）は、本誌で既報の通り婚約関係にあり、純一氏のこのような裏切り行為は、彼の勤めるヤマト・テレビ社長も巻き込んで複雑なトラブルに発展する恐れがある』とあった。次のページには写真があと二枚。別の日、レストランの店内のようだ。こちらはナツキの顔が斜め前からハッキリとわかる。服装は長めのワンピースだが、これにも見覚えがあった。写真の後にさらに記述があり、『前ページの写真は昨年十月七日（土）夜十時、大阪市内の某ホテル前で撮影。このページの二点は十月十五日（日）午後一時、同じく大阪市内』そして『ホテルの室内で撮った写真はないが、この二人の関係については常識的な解釈というものがあるだろう。なおこのフトモモ美女Nさんはヤマト・テレビの本局員であったのだが、最近の取材によればすでに退職して、ヤマト・グループ内のローカル局へ異動したとのことであり、疑惑隠し人事の疑いは濃厚である。本誌は引き続き追跡調査する』

「吉野、大丈夫？」啓介がオレの顔を覗き込んで、「悪いね、ゲスなもの見せちまった。でもさ、僕もちょっと信じられなくてね」

オレはストレートをぐっと一杯飲み、マルボロを一本つけて深く一服した。呼吸を整えて「……ナツキに間違いない。十月七日はじいちゃまが死んだ日。ナツキと電話で話した。大阪出張だって言ってた。十五日も、その前の日からナツキは大阪出張だった。でも」そこまで言って、オレは次の言葉が出なくなった。なんてことだ！　ヨサコイ・テレビへ飛ばされたのは、こんな理由だったのか！　あの晩、オレはナツキと一緒に泣いたけど、本当のことは聞かされてなかったのか？　松木純一は大阪でナツキとデートしてたのに、オレの前ではずっとトボケていたのか？

啓介が黙ってストレートの二杯目を出してくれた。

2

ナツキに電話する気にはとうていならず、松木純一に会って話そうとも思わない。こんな惨めな話を、暴き立てようとバタバタする自分を見たくはなかった。

オレはナツキのことを頭から振り払って毎日を送る。

結果的にだが、仕事に全力を集中することになる。実際、そうすべき時だった。

四月新年度を迎えた東洋ムービーからは、以前のリラックスした雰囲気が失われていた。その原因は、にわかに社内を闊歩するようになった博承堂の社員たちの存在だろう。

六、七階の制作部にも、八階の企画演出部にも博承堂のプランナーやCD、AD、コピー・ライターたちの姿があった。彼等は〈訪問者〉の態度ではなく、そこの〈管理者〉であるかのように我が物顔で振る舞っている。

博承堂の企画とプレゼンテーション準備の作業を、『どうか当社を使ってやって下さい。どんなお手伝いでもいたします。当社の若手クリエイターたちがアイデア提供、資料探しからカラー・ボード作りまで無料奉仕です』と引き受けてしまったのだ。

「このくらいのサービスはやるっきゃないよ」花畑は苦笑いしてうなずく。「企画で競争する前にね、なんちゅーかさ、アドベンチャーを取らないとさ」

「アドバンテージね」とオレ。だが個人的には大反対だ。オレは東洋ムービーの社員だ。博承堂の命令でタダ働きなどしたくない。

だが事態はオレの思いなど無視してどんどん進んだ。

八階の企画演出部は、たちまち博承堂のプレゼン作業場と化してしまった。野々村部長も藤田副部長も挨拶と気配りに走り回る。

一方、プロデューサーたちも『博承堂さんをアテンドして夜の赤坂お散歩』をほとんど毎晩の日課のようにこなして行く。

四月後半になると、九階の財務・経理部にも金融関係らしきスーツ姿の男たちが数人、たびたび現れるようになった。何をしているのか、オレにはわからない。

オレは権藤から頼まれた住宅メーカー〈タクミ工建〉の制作現場に『かかりっきり』ということにして、このバーゲンセールのような大騒ぎから避難していた。

少し前、三月二週目に行われた三社競合プレゼンでオレは勝ったんだ。

斬新な企画が通っていた。〈木の命〉というタイトルだ。それを選んでくれたのは権藤の言った通り秋月ＥＣ。大変な気に入りようで、広告主をたちまち説得したそうだ。

とてもシンプルなアイデアだ。材木にカンナを掛けるだけ。

タクミ工建のパンフによれば、ヒノキの角材にカンナを掛ける時、一流の棟梁の仕事はカンナ屑を見ればわかるのだそうだ。約三・六メートルの通し柱の全長と同じ、薄く透き通ったカンナ屑。それがカンナの刃から立ち上がって、煙のように宙を舞い飛ぶ。

このカンナ屑の美しい舞いを、スタジオの黒バックを背景に、超ハイ・スピード（スロー・モーション）で見せる。ナレーションは『木には精霊が宿るという。木の命を感じ、木と対話する匠のわざ。タクミ工建』このコピーは自分で書いた。

この企画の特長はアート感だけじゃないぞ。

ハイ・スピード撮影には、当社だけが持つ特殊カメラを使う。撮影部が去年アメリカから購入した〈フォトソニック４Ｂ〉だ。通常のカメラでは七十二コマ（三倍）が限界なのだが、この新兵器は何と二百四十コマ（十倍）という超スロー・モーション撮影が可能なのだ。このカメラ、あまりの高性能のためかまだ一度も実制作には使われておらず、撮影部の倉庫に眠っていた。関カメラマンは大喜びで、企画からテスト、本番撮影まで付きっ切りでやってくれた。極端な光量を必要とする難しいライティングと、四百フィートのフィルムを三十秒足らずで使い切ってしまう恐るべき高回転。トラブルの発生も多い。だがオレも関も二晩徹夜の撮影のかいあって、インパクトのある美しい画がモノになった。

黒バックに据えられた一本のヒノキ材。人形浄瑠璃の黒子のような装束の大工が一人、手練のカンナを掛ける。煙のように立ち上がる、薄く透き通ったカンナ屑は、〈木の精霊〉のように宙を舞う。『木と対話する　タクミ工建』バッチリだ！

しかし約三週間の撮影作業と仕上げの途中、秋月ECは『連日、重役会議で多忙』ということで全くかかわらず、田所も数回顔を見せただけだった。おかげでオレたちはムダな気配りの必要もなく、仕事に集中することが出来たな。

四月二十日金曜日、博承堂で完成初号試写が行われた。

初めてテレビCMを作るというタクミ工建からは、社長、常務、総務部長と担当の広報課長という錚々たるメンバーが揃った。

博承堂は秋月ECと担当の菅井営業部長が田所や営業の面々を従えて迎える。

権藤とオレは末席に立ち会うことを許されたが、紹介もされずただ見守るのみだ。

まず菅井営業部長が立ち「本日は社長のご光臨も賜り、まことに光栄に存じます。えー、本作品は御社初めてのテレビCMと聞き、私共といたしましても全力で対応した次第です。クリエイティブからは博承堂のエース・秋月を立てることが出来ました」

秋月が立ち、「くどい説明は避けましょう。まず御覧ください」そしてパチンと指を鳴らした。試写室のライトがすっと暗くなり、リーダーに続いて〈木の命・三十秒〉が始まる。黒バックに溶け込む黒装束の大工の手もとから、真っ白な絹のようなカンナ屑が立ち上がって行くと、「おおっ！」という歓声が上がった。それが優雅に宙を舞うと、皆が息をのむ。シューベルト〈菩提樹〉のイントロのピアノ演奏に合わせて、ナレーションが詩の朗読のように語られ、『木と対話する　タクミ工建』でキマッた。

パッとライトがつくのと、大拍手が同時だった。

「もう一度見せてください」社長のリクエストで、結局同じ映写を四回も繰り返すという滅多にない大アンコールになった。

再び部屋が明るくなって、満面の笑みを浮かべた営業部長が立ち上がる。「いやあ、喜んでいただき光栄です。実はこれ非常に難しい撮影でありまして、さすがの秋月も試行錯誤を繰り返し、大変に苦労した次第です。ただひたすら木との対話を続けることによって、このような結果を出すことが出来たと申しております。では、秋月からもひとこと」

秋月は座ったままで、「タクミ工建さんから来て頂いた棟梁の素晴らしい腕前が全てです」とさり気なく述べて口を閉じた。

「謙虚なお言葉です、秋月さん」社長は感じ入って秋月を見つめると、「ご自分の功績をも人のものとして語っておられる。いやあ、私もたいへん勉強になりました」

ほどなく試写会はお開きとなった。

オレたちは全員揃って、タクミ工建の方々をエレベーター前までお送りした。最敬礼するオレたちの前でエレベーターの扉が閉まった後、誰かの腕が後ろからオレの肩を抱いた。振り向くと秋月のドラキュラ顔があった。「小僧」と囁く。

「何でしょうか?」

「ありがとう」何かぎこちない感じの言い方だが。

「仕事ですから」とオレ。

「この作品は必ずNACで賞を取る。吉野の名前は企画・演出としてクレジットに入れる。おれが責任持ってそうしてやるからな」

オレは驚いた。この人からこんな言葉を貰うなんて! でも、ちょっとカマしてやろうと思って、「そうしてください。オレが企画してオレが演出した、それが事実なんだから」

パン、パーンと二発、頭をハタかれた。

「小僧！　プロダクションごときが生意気言うんじゃない！」でも秋月はふたたび愉快そうに、「また仕事くれてやるから来い」

「やです」とオレは六十度三秒の礼をして「ごきげんよう」と踵を返した。

その晩、オレと関はお疲れ会をやることになった。担当PMではないけれどスギも誘った。スギがセツコを連れて来てメンバーは四人。花畑が〈やまむら〉を使ってもいいと言ってくれた。「タクミ工建、見たよ。カッコいいの作ったねえ！　それにさ、実行予算書を見せてもらって安いのにブッたまげた。あれさ、掛かってるのはほとんどフイルム代だけみたいなもんだよね。感心した。これからはああいうのが最高。僕のボトルぜんぶ飲んじゃっていいからね。ツケで」

オレたちは〈やまむら〉へ繰り込み、そうさせてもらった。

ただ、二本目のボトルを頼んだ時、女将から言われた。「ハナちゃんに言うといて。先月までの分、まだ頂いてません。忘れんで経理に伝票回すんよ、て言うといて」

オレたちは二本目を飲み始めた。

この中では関が最年長になる。入社十年だと。関は水割りのグラスを傾けながら、「当時はうちもまだ小さくてな、ハマナ製作所あたりがメインだった。でもぜんぶ直の仕事で、ヤジさんも現場で演出やってた。おれはセカンドで、ノノさんに随分厳しく鍛えられたな。モノクロ・テレビの時代だ。みんなまだ若かったな」

「関さん」スギが煙草をつけると「会社どーなるんかね？」

関はちょっと目を細めると、「スギ、心配するな。ひとつだけ確かなことがある。それはな、博承堂はおれたちを絶対に必要としている、ってこと。これ信じようぜ」

「ああ、そーよね！」セツコが胸を揺らせながら、「スギっち、だいじょぶ。飲もう！」

3

日曜の午後。小雨だが空は少し明るくなって来た。

オレは麻布のトークリ屋敷の駐車場にビートルを停めた。

黒い鉄の門までチョッコが出迎えてくれ、オレたちはキスした。

チョッコはオレの手を取り家の中へ。

あ、ピアノの音が聞こえる。

居間のドアを開けると、アップライトのピアノに向かうマサミの後ろ姿。また背が伸びたように見える。ふと、演奏が止まった。

マサミが振り向くと、オレに向かってちょっと頭を下げ微笑んだ。

「マサミ」チョッコがアマンドの箱を見せて、「ママの代わりに紅茶淹れられるよね。ヒロのくれたチーズケーキ、三人で食べよ。あ、ヒロ、そこ座って」

マサミがキッチンへ行き、オレはソファーにくつろいで煙草に火をつけた。「忙しくてさなかなか会えなかったな。マサミの岩手デビュー、成功したって電話で言ってたね？」

「うん、ありがと。父ちゃん、マサミを可愛がってもうメロメロ！　マサミもね、あれだけ人見知りする子なのに、父ちゃんにはすぐに馴染んだ。あの子が人に甘えるとこなんて初めて見たよ。ビックリ！」

「よかった。マサミ、そういう人が欲しかったんだろ」

「ヒロ」チョッコはテーブルの上のスケッチブックを開くと、「これ見て。元旦にマサミが父ちゃんの目の前で描いたんだ。上手いでしょ。それにいい男でしょ」

鉛筆画だ。毛糸の帽子を被った五十代の、そう、確かにいい男だ。精悍な口もと。深い優しい眼差し。美形だが、どこか子供っぽい愛嬌があるところは、チョッコも受け継いでいるんだろうな。とてもいい肖像画だ。チョッコの父ちゃんの魅力が、おそらく実物よりも印象的に描かれているに違いない。

「これはマサミが持って帰って来たけど、代わりにわたしとマサミが並んだ絵、あのヒロがとってくれた写真から描き起こしたやつね、あれを父ちゃんにプレゼントしてきた。もう額におさまって仏壇の隣に飾ってあると思うよ」

ことり、と音がして、いつの間にか入って来たマサミがティー・ポットとカップ、それにチーズケーキの皿をテーブルに置くと自分も腰を下ろす。

オレたちはアフターヌーン・ティーを始めた。岩手の話の続きを聞く。

天井まであるガラスの開き戸の外は庭の緑だ。雨は小降りになっており、時おり薄陽が差して樹々の葉をキラリと輝かせる。

「マサミ」とオレ。「爺ちゃんいい人で良かったな。絵を見たらわかるよ」

「ううん」マサミは俯いて「ほんものの爺ちゃんは、もっと全然カッコいいの。それにね、もう一つやりたかったことがあったんだ」

「へー、なんだろ?」

「ピアノ聴かせてあげたかった」

チョッコが苦笑して「村全体十キロ四方にピアノは一台もないの。小学校に壊れたオルガンがあるだけです。大秘境だからね、ははは」

オレはうなずいて「残念だったね、マサミ。でも良かったら今オレに聴かせてくれたら嬉しいな。爺ちゃんの代わりにさ」

マサミはちょっとためらったが、すぐに「いいよ」と立ち上がり、ピアノの蓋を開いて椅子を引き腰を下ろす。しばらく目を閉じて深呼吸すると、滑らかに演奏に入った。

オレのよく知っている曲、ショパンの〈前奏曲・雨だれ〉だ。

寂しげで、でもどこか爽やかなこの旋律を、雨だれの光る庭の樹々を窓越しに見ながら、こんな風に聴いたことがあったな。

四年前のちょうど四月の今頃だ。パリのマリー・ラポールの屋敷を思い出す。

マリーは戦場へ行った恋人の帰りを二十五年間待ち、今日もおそらく待ち続けているんだろう。ショパンの流れるマリーの居間では、一日も十年もさほどの違いを持たない。

そういえば、ストックホルムのリシアも手紙に『いつでもない時』の『どこでもない場所』のことを書いていた。

マサミの〈雨だれ〉を聴きながら、いろいろな記憶が混じって不思議な気持ちになる。

チョッコとマサミとオレが過ごしているこの時間も『いつでもない時』なのかな。

夕方、雨はすっかり上がった。

門の前で、オレはチョッコとマサミと三人でハグして別れた。

走り出したビートルの丸いリア・ウィンドの中で、手を振る二人の姿が遠ざかる。


さて、ゴールデン・ウィークはほとんど休めずに終わってしまった。

四月末から六月中旬にかけて、オレは五本の企画とそのうち三本の演出をこなした。

花畑・御代田ラインで一本。レオンの洗剤〈ブルー・スカイ〉の夏篇だ。今度は新潟の造り酒屋が舞台。関カメラマン、スギPMと組んで楽しく終わった。

あと二本はクーラーとタイプライター。どちらも博承堂第三制作で、うちは堀之内と横山というどちらも若手のプロデューサーだ。中身はまあ、言うほどのこともない。しかし博承堂さんからはキチッとオーケーを頂いて完了。

この御時勢でプロデューサー連中の目から見ると、吉野洋行は大変に使い勝手が良く、お買い得なディレクターであるのは間違いない。『企画が面白い。エラそうなことを言わない。仕事が早い。しかも社員だから安い』となればこりゃ売れる。『非常識で態度がデカい』とか『その場の空気を読まずにものを言う』ていどの欠点は問題にもならない。


六月二十五日月曜日。ボーナスが出た。（当時は現金入りの封筒が手渡されたんだ）

オレはまだ入社九か月なので対象外なのだが、もらった社員たちの反応を見るとなぜかあまり嬉しそうではなく、ザワついた嫌な雰囲気が感じられる。

「ひでえよ、これ。去年の半分だぜ！」スギが細長い計算書をテーブルに投げた。

「あたしはいいけどさ、スギっちは一番働いてるエースPMなのよ！」とセッコ。

昼メシに入った野田食堂で、オレは生姜焼き定食をつつきながら、激怒する二人の話を聞いた。スギのボーナス額は十万円足らず。『入社以来最低』なのだそうだ。

「会社の資金繰りが辛いのは知ってっけどよぉ、これじゃあ結婚出来ねえよ」とスギ。

「出来ない」セッコも首を横に振る。

「セックスは出来っからよ、もう役員応接室ガンガン使うぜ。ソファー拭かねえよ！」

オレは二人をなだめて、「ま、今は業界全体が異常な状態だからさ、しゃあないよ。でもソファーはいちおう拭いた方がいい」悪い冗談になってしまった。

スギが急にゲラゲラ笑い出して、「はい、拭きましょうね！　でもヨッちゃんはエライよ。社員で売れてるディレクター、今キミだけだ。嫉まれてるぞぅ。スタジオに行った時はぁアタマの上に注意した方がいいぞーっ！」

六月三十日。ついに上城が帰国した。

翌日曜日の夜〈ユー・ユア・ユー〉で一年半ぶりのトリオ再会となる。

店に入って来た上城を見て、オレも啓介も仰天した！

肩まで届く長髪。薄いヒゲを長く伸ばし、極彩色のツヤのある布を体に巻き付けている。足もとは革のサンダル。かつての上城、アイビー・カットの髪にトラッド・スーツ、コイン・ローファーの姿からは想像も出来ない。

「ビッグ・チェンジ！　サプライズだろ？」ヘンな英語は前と変わらないな。

オレはハグして背中を叩き、体を離すと上から下までじっくり眺めてやった。「あなたはもしかしてインドから帰って来た人じゃありませんか？　ははは、お前さあ、わっかりやすい男だなあ！」

啓介も笑いながら「でもさ、就職面接試験にはちょーっとだけ変えたほうがいいかねぇ」

「ああ、それノー・プロブレム」と上城。「向こうで内定した。まあ、あとで話すよ」

「へー！」と啓介は上城をじっと見て「ちょーっと顔色悪いんじゃないかい？　ろくなもん食ってなかったんだろ。よーし、とりあえず僕のナポリ食いなさい」とカウンターへ。

それから二時間ほど、ハイボールとナポリをやりながらの〈帰国報告会〉となった。

一年ちょっとのUSC留学とロスでの生活は、おおむねオレたちが想像していたようなものだった。授業には一応ちゃんと出て、空いた時間は『説得力ある英語を身に付ける』ための実践に充てる。その結果、アメリカ人、メキシコ人、日本人のガール・フレンドが獲得出来た、と。週末は『ぶわーっと発射して健康を維持する』ことを心掛けた、と。

「色魔！」ハイボールのお替わりを作りながら啓介がつぶやく。

面白いのはやはり最後の半年、インドの話だった。

迷ったあげく、やっと決心した上城がロスを発ったのは去年のクリスマスのことだ。まずデリーやカルカッタ、ボンベイ（今のムンバイ）などの『初歩的な場所』を回って、心を慣らした、という。「初めはな、カルチャー・ショックなんてもんじゃない。全く世界観が違う。駅のホームに住んでいる家族がうじゃうじゃいる。何代も前から職業は乞食。駅のその場所に祖父さんの代から住んでいる、なんて普通のことだな。ガンジス河で沐浴し、その水を飲んで、炊事洗濯して、同じ場所でウンコもするし死体も流す。聖なる河だからな、何でも浄化してくれると彼らは信じてる」

驚くオレたちに上城は続ける。「二月にいよいよ北の山岳地帯へ移動した」

上城はジャランドルという町まで鉄道で行き、そこからトラックや徒歩でインダス河上流の高地へ向かった。「小さな村にヨガの道場があってな。そこに五月までいたんだ」

「三か月の修行か！」オレは感心して、「どうだった？　宙に浮いたりしたか？　口から縄を呑んで、肛門から出して、それで腹の中をゴシゴシ掃除したり出来るようになったか？」

「そんなことやるか！　もっと精神的な修行。メディテーションだな。ひたすら瞑想する。イマジネーションを高めるために一種の麻薬も使ったな」

「おお、何か見えたか？　悟ったか？」

「ぜんぜん」ズルッとコケるオレと啓介を尻目に上城は「だがな、一つだけ凄いことがあった。村にけっこう有名な占い師がいてな、ある日通りですれ違った。『お若いの』と呼び止められて振り向くと、『お前さまの左耳が耳垢で詰まっておるぞ』と寄って来て、僕の頭を右側からバーンと叩いた。『ほれ、こんなのが』と一センチくらいある黒いおおきな塊を渡してくれた。驚いていると、『お前さまの未来がわしにはよーく見える。占って進ぜよう。前払いで十五ドル。カードはダメだ』僕は金を渡した。占い師は僕の手をとって道の脇の木の下へ行くと、僕を地面に座らせてじーっと目を覗き込んだ。そして僕の未来を語った。『お前さまの未来は開けておる。間もなくNと言う人物が、お前さまにとても良い仕事をくれるだろう。Nだぞ。その仕事でお前さまは金持ちになり、美しい妻も得る。そしてその妻と共にこの村を再び訪れて、わしに千五百ドルもの礼金を渡す』

オレは笑って、「礼金の額まで占うんだ！」

「ドーントト・ラーフ！」上城は真顔になって、「ジャランドルからデリーへ戻る列車で、僕はアキという日本人と知り合った。ヒッピーみたいな風体の三十代の男で、二晩もかかる長旅の間すっかり仲良くなった。日本ではイリーガルなクスリなんかも一緒にやったたな。三日目の朝、僕はふと思って、彼のフルネームを尋ねた。井上明彦だった。苗字も名前もNじゃない。ガッカリだな。ところがさ、列車がデリーの駅に着いて降りる前に、井上さんはオレに名刺を渡し、『良ければまた一杯やろう』と言ってくれた。肩書を見てビックリ。彼はニッポン・エアのデリー支店長だった！　NALだ。Nという人物。法人だけどね」

「おーっ！」オレと啓介が同時に声を上げた。

数日後に彼とデリーで再会した時、上城はまた驚いた。髪をきっちり七・三に分けて、ヒゲも剃り、ダーク・スーツに身を固めた井上はまさにNALの支店長そのものだ。

「ヒッピー・スタイルは休暇の時にリラックスするためだって！　カッコいい人だよな」

デリーで何度も飲み歩き、上城は井上支店長にすっかり気に入られた。そして、『日本に帰ったらNALへ入りなさい』と誘われた。九月採用があるから、それに応募しろ、と。

「驚いたよ」と上城。「『僕じゃあムリでしょう』と言ったらさ、『デリーの井上が推薦してると言えばいい。それで合格するから。リコメンはちゃんと入れておくから大丈夫』」

十五ドルの占いは的中しそうだ、とオレは思った。

明け方、上城とオレは線路ぞいの道をふらふらと帰路につく。

「吉野」上城が独り言のように「二年前、お前と逗子へドライブしたよな」

「ああ、憶えてる。アメリカ行く前だ」

「あのビートル、まだ走ってるかい？」

「おお、絶好調だ。いつでも返せるよ」

「いや、あのクルマはな、もうお前になついてるんじゃないの？」

「ははは、犬かよ？　でもそうかも知れないな」

「あれ買ってくれや、吉野。値段はいくらでもいい。支払いもエニー・タイム・オーケー」

オレはちょっと考えてから「うん、買おう」と返事した。

「よし、ディールだ」上城はオレとハイタッチしてから、「あの時、逗子の海の家の空き家でいろんな話したよな。一年も外国にいて何を得たか、なんてボクは訊いた。お前はちゃんと答えてくれたのに、ボクにはその意味がよくわからなかった。吉野はこう言ったんだ。自分は地球人じゃなく、日本人なんだ、とね」

「そんなエラそうなこと、オレが言ったの？」

「インドでよくわかった。ボクは絶対にインド人ではなく日本人だってことが。NALの井上さんはそれをしっかり心得た上で、インドを自由にエンジョイしてたんだな」上城は肩まで伸びた髪を両手でかき上げながら「来週、床屋へ行かないと」

4

九月だ。

会社と博承堂と撮影現場を飛び回っているうちに、今年の夏は終わってしまった。

一回も海を見ず、本も読まず、テレビも見ない。一日十八時間CMだけを作り続けた。

しかしオレの周囲では、他の仕事がトラブったり競合に負けたりしているのが目立つ。

東洋ムービーは苦境に立っていた。

そんな中〈一九七三年・NAC賞〉の発表があった。昨年度までは三月だったが、今年から九月に変更された。つまり今回だけ対象期間は半年分ということだ。

注目のテレビCM・グランプリは、またしてもニッセンがさらった！

〈コトブキウィスキー・ホワイト〉だ。アメリカでトップ・ジャズシンガーのスィニー・ジェイソンを使ったシンプルなCM。スィニーが軽いスキャットを口ずさみながら、ホワイトのボトルを指でたたく。そしてグーッと飲んでひとこと「ウーン、コトブキ！」

たったそれだけだ。だが世界的ミュージシャンのカリスマ性が、見事に〈酔い〉の感覚に結びついている。ドラキュラの言ったところの『新鮮な刺身』ってやつだな。

そして十四のカテゴリーそれぞれで選ばれる〈NAC賞〉。

不動産・住宅部門で、何とオレの〈木の命〉が受賞したのだ！

以前に取った〈地域奨励賞〉じゃない、全国の部門別トップ賞だぞ！　中央競馬で勝ったんだ。オレはすぐにクレジットをチェックした。『企画　秋月哲、田所孝一、吉野洋行、演出　吉野洋行、撮影　関正則……』よし！　ちゃんとオレの作品になっている。秋月、田所の名前がうっとうしいけど、まあ、士・農・工・商の下のまた下だからなあ。

受賞リストをざっと見ると、東洋ムービーの他の作品は〈佳作賞〉が三本だけ。大手の中ではニッセンの受賞がダントツに多い。それに次ぐのが電広の子会社・電広映像だ。その中に蚊取り線香のCMがあり『企画　京極一、神山隆、山科渡、演出　山科渡』というクレジットを見つけた。おお、あいつらも頑張ってるな。森山さんの予言によれば、あと二年で神山はオレの作品を見て『真っ青になる』ハズなのだが……。

その晩は権藤、関にスギも加わって受賞記念の飲み会となった。乃木坂のバーへ行く。このメンバーの中ではオレは一番年下になるのだが、受賞作のディレクターとして上席に据えられた。皆とても愉快そうだった。酔っぱらった権藤を見るのは初めて。駄ジャレを言っては自分でゲラゲラ笑うという明るい酒だな。スギに何発も頭をハタかれていた。

今、ロクなことがない東洋ムービーの社内で、オレの存在がちょっとした〈希望〉になれるのなら、喜んでそうなろうと思った。


九月十日の月曜日。出社するとすぐ、オレは九階の社長室へ呼ばれた。

コーヒー・マグを挟んで矢島社長と向き合い、例によってゴロワーズに火をつける。

「NAC受賞おめでとう。素晴らしい作品だ」そして矢島はすぐに本題に入った。「初めての挑戦だが、電広の仕事をやりたい。去年、君に話したのを憶えてるかな？」

「憶えてます。博承堂オンリーじゃなく、営業の幅を拡げる話ですね」

「仕事が実現しそうなんだ。電広・第二クリエイティブ局に佐竹誠CDという人がいて、以前からうちに興味を持ってくれていた。そこへ今回のNAC受賞だ。実はな、不動産・住宅部門の審査の時に佐竹さんは七人の審査員の一人だったんだ。彼は君の作品をえらく気に入ってくれてな、新しい仕事でプレゼンのチャンスを作っても良いと言って来た」

「えっ、電広の競合に入れてもらえるんですか？」

「正確に言うと『自主プレゼン』だな。うちは誰もが知る博承堂ベタの会社だ。その会社を電広の佐竹さんが指名して競合メンバーに入れる訳には行かない。だから、あくまでうちが自主的に提案する、というカタチを取る。だがスポンサーも商品も裏で決まってる。東洋自動車の新車種だ。あちらの宣伝部もプレゼンを受ける、と言ってる。つまりこれはヒヤカシではない。リアルな話だ」

オレは息を呑んだ。東洋自動車！　ビッグ・プロジェクトだ！

「どうだ、吉野。やるか？　やるならこの先を話す。だがいったん聞いたらもう断れないぞ。新車のデザインやデーターはマル秘だからな。どうする？」


翌々水曜日の午後、スーツ姿のオレは矢島社長と二人で社用のハイヤーに乗り込む。

「帝都ホテルへ行ってくれ」と矢島がドライバーに命じた。

「え、電広じゃないんですか？」とオレ。

「私が電広の社内をうろついたらどうなる？　これでも業界有名人の一人だぞ。ははは」

帝都ホテルに着くと、オレたちは十階のスイート・フロアへ上がる。

一〇二〇号室のベルを鳴らすと、すぐにドアが開いた。

「吉野くん、ようこそ電広へ！」目の前にあらわれた笑顔は、あの神山隆だ！

「あっ、あっ、どーもこれは」予想外の人物の登場にオレはちょっと慌てる。

「吉野くん受賞おめでとう。二クリの佐竹です」神山の後ろから四十代の紳士が顔を見せた、「タクミ工建、素晴らしい作品だ。審査員全員一致。あれは君が企画したんだね？」

「あ、あれは博承堂さんの仕事ですから……」

「いいよ、忖度しないで。私は秋月さんのやり方を昔からよく知ってるから」佐竹は苦笑しながら念を押すように、「君が企画したんだよね、吉野くん」

オレはちょっと考えて腹を決めた。「……はい、そうです。コピーも書きました」

佐竹は大きくうなずいて「うちの神山とも友達だそうだね。やはり才能は才能を呼ぶ。面白いチャンスが作れそうだなあ！」

四人はあらためて名刺を交換し、さっそくキック・オフ・ミーティングが始まる。

居間の壁際に映写スクリーンがあった。一六ミリの映写機もセットされている。

「まずクルマを見てください」佐竹CDは白いものが混じったロング・ヘアに大きな黒縁の眼鏡。大学教授のような話し方で、「年明けに発売予定の新型車〈七三ツーリング〉今後はナナサンと呼ぶことにしたい。じゃあ神山くん始めようか」

映写が始まった。いきなり物凄いエンジンの排気音！　タイヤの鳴る音に続いて、荒々しく発進したのは一台のスポーツ・クーペだ。場所はおそらく東洋自動車テスト・コースだろう。銀色に輝くボディーの小柄なクルマは、ぐんぐん加速してサーキットを周回して行く。十分足らずの映写の中で、神山がクルマの概要を読み上げてくれた。ナナサンはともかく〈走りに徹したクルマ〉として開発された。新しい二リッターのツインカム・エンジンを搭載し、オーバー・トップ付きの五速ミッション、四輪独立ハード・サスを装備する。しかも七十リッターの大型燃料タンクによって航続距離は伸び、本格的なグランド・ツーリング・カーの初登場だ。価格設定は高く、生産台数もごく限られており、東洋自動車のイメージ・リーダーというポジションが与えられるのだろう。

この凄いクルマの六十秒、三十秒、十五秒のCMを、オレが神山と企画するんだ。

「自主プレだ。君たち二人がやりたいようにやっていい。この下の四階に小部屋を取ってある。当分の間、好き勝手に使ってください。矢島社長もいつでもどうぞ」

「吉野くん、よろしくね」神山が右手を差し出し、オレは握手に応じた。

薄暗いコンクリートの空間に、地上への通路から白い光が細く長く差し込んでいる。

オレは矢島と共にホテル地下の駐車場乗り口で、一服しながらハイヤーを待っていた。

この場所のひんやり湿った空気と通風ダクトからの微かな臭い、憶えがある。大学一年の時にトークリでやった、オレにとっては初めての広告バイト。三日徹夜の仕事が終わり、オレは資料の段ボール箱を抱えて、ここにチョッコと立っていた。

『この仕事、やりたい？』と訊かれて『やりたくなったかも』とオレは答えた。

今オレの周りに起きていることのすべてが、あの時に始まったんだ……。

「吉野」矢島がオレの顔を覗き込んで、「何か問題でもあるんか？」

「あ、ごめんなさい」オレは我に返って、「いや、ちょっと昔のことを」

「そうか、若者にも〈昔〉があるんだな、ははは。ホラ、クルマ来たぞ」


九月十四日金曜日。帝都ホテルの４０５号室で神山隆と二人だけのミーティングが始まった。コーヒーとサンドイッチを取り寄せ、小さなテーブルで見つめ合うと何やら奇妙な雰囲気だ。

「吉野くん」神山が薄ら笑いを浮かべながら、「君、僕に襲いかかったりしないよね？」

オレも苦笑して、「大丈夫です。襲われた経験ならあるけど、キレイな体守りました」

神山は、オレの反応に面食らったような素振りで、「あ、冗談だったのにぃ！　変なこと言わせちゃってごめんね。さ、仕事やりましょう」と鞄からノートを取り出す。

ハテ、まずは何から話したもんか？と考えていると神山が、「君、僕の父親のこととか知ってるんだよね？　東洋自動車の」

意外に素直そうな神山の話しぶりに、オレもちょっと気分がほぐれて「ああ聞いてます。エライ人なんでしょ」

「僕はこの仕事、嫌だったんだ。他でも忙しいしね。でも佐竹CDが『博承堂の仕事から抜擢した新鋭・吉野ディレクターと、東洋自動車常務のムスコのプランナーを組ませて、新型車・ナナサンの自主プレ』っていうアイデアに夢中になっちゃってさ」

「おかげでチャンス貰えました。嬉しいです」

「吉野くん、僕ね、実はクルマ嫌いなんだ」

「は?」

「クルマなんか大キライ！　そもそも運転免許すら持ってない。父親にいくらせっつかれても、教習所には断固行かなかった」

驚きだ！（あすか、長尾くんよ、今の時代ならクルマ大嫌いなんて若者は珍しくないだろう。だが当時はクルマこそが皆のあこがれだった）

「吉野くんは好きなんだろ、クルマ?」と神山。

「好きです。運転も毎日」

「僕はね自転車が好きなんだ。今いる麹町のマンションから会社へ自転車通勤。ガソリンいらない。フランス製の自慢のスポーツ車でーす！　今度見せてあげるよ」

「あ、ぜひ」

「君が来てくれて助かった。企画考えてよ。僕はそれをしっかり受け止めて、佐竹ＣＤには責任持って通すからさ」

「わかりました。ガンガン走りまくる、戦闘的なコンテ出します」

「ははは、吉野くんやっぱりそういう人なんだね。戦うのが好きなんだ。わかるよ。でも僕はね、あんまり温度を上げないで、何かこう、ふわーっと優しい空気感にひたりたい。だから今回は僕じゃダメ。どうしても君の世界観が必要です。よろしく」

オレは多少拍子抜けした半面、いや油断しちゃいけないと気を引き締める。

神山とのミーティングはそれから三十分ほどで終わり、週明けの約束をして別れた。

5

土曜の朝は青空が広がった。

八時頃目を覚まして、まずは実家へ電話し、母にＮＡＣ受賞を知らせた。

母は大はしゃぎで「新聞には出ないの?」と訊くので、〈広告会議〉を一冊送ると伝えた。

今度はオレの名前もちゃんと入ってる。やっと母に見せられる結果が出せて良かった！

チョッコや啓介、上城にはもう先週知らせてある。特にチョッコが「わたしは前からこうなると思ってたんだ」と喜んでくれたな。

新聞を取りにポストへ行くと、封書が一通来ていた。差出人に森山征行の名がある。

キッチンのテーブルで封を切ると、印刷された挨拶状が出て来た。

型通りの文言に始まり『私儀この度、長年お世話になりましたダイゴ・エンタープライズを円満退職し、新会社を設立致す運びとなりました。まず東京におきましては〈株式会社　森山征行事務所〉また香港におきましては〈株式会社　マー・プロダクション〉であります。両社とも映画、テレビ番組の制作ならびに販売を目的とし、私が代表を務めます。業務開始は年明けの予定で、詳細はあらためてご案内させていただきます』等々。

そして欄外に手書きで『吉野受賞おめでとう。年内は祐天寺にいるから、夜遅くに来い。一杯やろう』とあった。

おお、ホンコンか！　森山さん、お母さんも亡くなって一人になったから、いよいよ海外進出するのかな？　ナナサンの仕事が一段落したら飲みに行くとしよう。

たまっていた洗濯物を片付け部屋の掃除を済ませて、おれは昼過ぎにアパートを出た。

ビートルで霞町のガソリン・スタンドへ寄り、満タンにしてオイルも補充した。

これからはオレのクルマだ。今月にも名義変更を済ませて、二十万円の代金も上城に支払うんだ。それで預金はゼロになってしまうけれど、作品手当も増えたし十二月にはボーナスも出る。オーケーだ。

今日は御殿場あたりまで行って、夕方までドライブして過ごす。

東名高速や、箱根のワインディング・ロードをかっ飛ばしながら、ナナサン・ツーリングのCMを考えよう。ビートルは非力な空冷リアエンジンだが、タイトなステアリングと硬い足回りを持ち、けっこう面白い走りが出来る。何かいいアイデアが出るだろう……。

東名高速は意外に空いていた。厚木のあたりで、このクルマの最高速度・百三十キロをマークする。横風が強い。リア・エンジン車のクセで、少しアタマを振られるな。

御殿場で降りて、箱根の山道へ向かう。箱根新道はちょうどいい感じのカーブが続いて、〈カー・グラフィック〉誌の新車試乗記などにもよく使われていた。

オレはポルシェ356のハンドルを握る小林彰太郎編集長のような気分で、コーナーの手前でダブル・クラッチを踏んでシフトダウン。アウト・イン・アウトのコーナリングから、再びフル・スロットルで加速してシフト・アップ。

全開の窓から入って来る排気音は、ポルシェと同じ空冷・水平対向のババーンと乾いたいい音だ。オレは夕闇が迫るまで、ワインディング・ロードを走りまくった。

渋滞した東名高速を東京へ戻る頃には、頭の中でビジュアル・アイデアは出来ていた。用賀で高速を降りて目黒通りを走りながら、オレはナレーションのコピーを考える。アパートに着いた時には企画はすべて完了。後はコンテにするだけだ。

翌週木曜日の朝。オレは矢島社長と共に大手町の東洋自動車・本社へ出向いた。新車のショー・ルームも兼ねた豪華なロビーで、オレたちは電広の佐竹CD、神山隆とおち合った。まだ時間があり、四人は隣の喫茶室でコーヒーを飲みながら佐竹の話を聞く。「キーパーソンは宣伝部長の西牟田章さんです」佐竹は神妙な表情で、「企画に関してはすべて彼の一存で決まる。ただ、その辺のサラリーマンとは違ってアメリカでのビジネス経験が長い。非常に個性的なお方です」そして佐竹は西牟田部長の〈クセ〉について話した。

ロング・ヘアに薄いサングラス、派手なタイと金のローレックス、足元はイタリア製のブーツというサラリーマン離れしたスタイル。電広がプレゼンに行くと、西牟田部長は革のソファーにふんぞり返って両足をテーブルの上に乗せ、まずはブーツの底を相手に突きつけて威嚇する。企画が気に入らない時は、その場でコンテを破り捨てたり、サッサッと紙飛行機に折って飛ばしたりするそうだ。面白そうな人だなあ。

その種の伝説について、いろいろと聞いているうちに時間になった。


オレたちは七階の宣伝部フロアへ上がり、大きな丸テーブルの会議室で待つ。

やがて〈その人〉が何人かの部下を引き連れて現れた。

思ったよりも小柄だったが、聞いた通りの派手なスタイルだ。

佐竹CDがさっと立ち、「本日はお時間を賜りまことに有難う御座います。プレゼンに先立ちまして、まず私から」

「あー黙れ。そーゆーの省略して早く企画の話やろう」軽く蹴ちらす西牟田部長。

佐竹が黙って頭を下げ、隣の神山を促す。

神山は立ち上がって西牟田に顔を向け、「神山です。神山隆です」

「それがどーした？」と西牟田。

神山はちょっとメゲたが、すぐに気を取り直して「それではナナサンの立ち上げに関しまして、まずマーケティングの分析からご説明いたします。お手もとの資料を」

「いらないって言ってるだろ！」西牟田は神山を睨みつけて、「そういう代理店の能書きは聞くだけ無意味。早くコンテ見せてよ。ディレクター来てるんだろ」

「吉野くん」神山がオレと目を合わせた。

「ディレクターの吉野洋行です」オレは西牟田に六十度三秒の礼。

「若いなあ。NAC賞取ったんだって」西牟田の表情がほぐれて、「うちはいつもニッセンが多いんだ、トモさんとかね。東洋ムービーって初めてなんだ。コンテ見たいな」

「カラー・ボードにしてませんけど」とオレはコンテのコピーを取り出す。

「ボードはダメ。手でビリビリって破れないからね」西牟田はニヤリと笑って両手を頭の後ろで組み、ブーツの両足をどんとテーブルの上に投げ出した。

オレはちょっと気押されながらも、コンテをひろげてプレゼンを始めた。

六十秒タイプのワンカット目は夜の室内。薄暗いランプの下にコーヒー・カップ。そこに文字が入り、男性のナレーション『なぜだろう？　妙義山の朝焼けを見たくなった』カップの横に、十二時五分前を指す腕時計。それを取り上げる男の手。さらにクルマのキー・ホルダーを掴む。音楽がスタート。ザ・シカゴのブラス・ロック〈長い夜〉だ。チョークを引く。アクセルを少し煽る。キーを捻ってエンジン・スタート！

ブオーン、と排気音が響く。

都心の高級マンション。地下駐車場から滑り出て来る銀色のナナサン。

クルマもまばらな都内から国道254号線へ。街灯の光を後ろへ流しながら、ナナサンは北へむかって直進する。

場面は変わって山道。碓氷峠に向かうワインディング・ロードをナナサンが駆ける。アップ・ショットはシフト・ノブを掴む手の動き。ダブル・クラッチを踏むドライビング・シューズの足先。瞬間的に動くレブ・カウンターの赤い針。タイヤ回りのアップ、小刻みに上下するスポーツ・サスペンション。微妙に左右にあてるステアリング。ドライバーの顔は見せない。画はクローズ・アップか、逆にクルマのロング・ショットのどちらかに徹する。ブラス・ロックに合わせて早いテンポでカット変わり。

そして夜が明けた。尾根道に停まっているナナサン。背景に朝焼けの妙義山が聳え立つ。ドアが開き、降り立つ男の後姿が小さく見える。ナレーション『その時、私はわかった。ただ走りたかったのだ。燃料タンクが空になるまで、夜が終わって陽が昇るまで、私はただ走りたかったのだ　トーヨー　ナナサン・ツーリング』

「オーケー！」突然、西牟田部長が大声を上げた。「おれが欲しかったのは、まさにこれだ。パーフェクト！」

「あ、あ、ありがとうござ……」

「吉野、これすぐ作れ。東洋ムービーでかまわん」とブーツの足をテーブルから下ろして立ち上がると、「年明けオンエアだ。以上決定」

あまりにも迅速、明快な決断にオレが戸惑っていると、周囲から大きな拍手が沸いた。

「吉野くん」東洋自動車を出た所で、オレは神山に呼び止められた。「お見事でした」

「い、いやあ、ビックリしちゃって、あの部長凄いです」とまだ興奮が治まらないオレ。

「後はよろしく頼むよ。任せる。僕ね、西牟田さんてニガ手なんだ。温度高すぎて……」

「ありがとう」と佐竹CDがオレの肩を叩いて、「ビンゴだったな。君に頼んで正解。さて、博承堂がどんな顔するか、楽しみですね！」


その午後会社へ帰ると、矢島社長はすぐに臨時取締役会を開いたようだ。

もちろんオレの出る幕じゃないが、ナナサンの件に違いない。目立つプロジェクトだ。博承堂がどんな顔するか、うちの会社にとっては『楽しみ』どころじゃないだろう。


翌朝、オレは社長室へ呼ばれた。

矢島、権藤、そして野々村の三人がいる。

「吉野、座れ」と矢島。「みんなの意見も聞いて了解をもらった。ゴーです。私の責任でね」

「あ、良かった、ありがとうございます」とオレ。

「多少の文句がつくリスクはある」と権藤。「だが博承堂になにか迷惑かける訳じゃない。このままだとジリ貧になる。電広の仕事も増やしてバランスを取らにゃならん」

「おれは止めた方がいいと思うんだがね。ま、このお二人が営業責任者だから、現状打破という大英断ならやってくれや」と野々村。

矢島は微笑んで、「いい企画だ。ともかくカッコいいもの作って賞を取ろう。堂々と結果を出してしまえば、博承堂も認めるしかなくなるだろう」

九月最後の週、オレはナナサンの制作準備を始めた。

ただしこのプロジェクト自体、矢島の命令で厳重な〈社内秘〉扱いだった。

プロデューサーはクーラーのCMで付き合った堀之内、PMは若手の草津、そしてカメラマンはオレの指名で関さん。これ以外の社員はこの仕事の存在すら知らない。

オレたちはまず静岡県にある東洋自動車のテスト・コースで、ナナサンの実車を見せてもらった。銀色のクーペ・ボディーは〈007〉のアストン・マーチン風の精悍な感じだ。運転も体験した。とにかく速い！　これはヤバいぞ！

関はいつものように淡々と、撮影の視点から車内外の装備類を細かくチェックする。

ロケハンの下調べも始めた。まずは峠のワインディング・ロードの情報集めだ。

そして、たちまち十月になった。

6

十月六日土曜日。

その異変は日本から西へ一万一千キロ、パレスティナの砂漠で始まった。

イスラエルでは〈ヨム・キプール〉というユダヤ教の祝日。

その午後二時、北東部のゴラン高原で突如三百門の重砲が火を吹き、シリア軍の二個機甲師団・四百五十両のT55戦車が、国境を突破してイスラエル領内へ押し寄せた。

ほぼ同じ時刻イスラエル南西部のシナイ半島には、エジプト軍の五個師団がスエズ運河を渡河して侵入。空軍の上空制圧下に猛進撃する。東西から挟撃されるイスラエル！

〈第四次・中東戦争〉だ。シリア、エジプトの背後にはソビエト連邦がいる。そして、イスラエルはアメリカほか〈西側陣営〉に支援される。日本もその一員とみなされていた。

夜十時（時差のため）NHKテレビのニュースでそれを知った時、オレはその戦争が日本にどんな影響をもたらすのか、よく予測出来なかった。オレが生まれた翌年、一九四九年に『約束の地』イスラエルが建国されてから、三回も繰り返された領土戦争の四回戦だ。NHKの解説者も『早期に和平の話し合いが持たれると良いのですが』などと、タマの飛んでこない外野席から見物しているような物言いだったな。

翌日曜日も我が国では紅葉狩りや運動会と、平和な日常には何の変化もない。

週が明けて八日。オレは予定通り演出コンテを持って、帝都ホテル405号室でオールスタッフ・ミーティング。神山隆は実に好意的・協力的で、ややクサい感じすらあるな。うちの堀之内プロデューサーや草津PMは、すっかりオレの手下のような態度でちょっと情けない。だが関カメラマンはいつものようにリラックスしており、頼りになるな。

その日の午後からはオレたちは引き続きのロケハンで、木曜まで三泊して群馬、長野方面の峠道や林道を見て行く。当時は関越自動車道も上信越道もない。この地域の移動にはえらく時間がかかる。時間はイコール金だ。だがこのプロジェクト、破格の豪華見積りがすでにオーケーされていた。花畑プロデューサーが金額を聞いたら、たちまち真っ青になってパンツを替えに走るだろうな。

オレたちは山の宿で温泉につかり、酒を酌み交わしながら映像談義が盛り上がる。

予定より一日延びて、チームは十二日金曜の夜に会社へ戻り、お疲れとなった。

来週は実際の撮影機材をナナサン車内にセットしてテストの予定。


アパートに帰ってすぐに、オレはテレビのスイッチを入れた。中東のニュースだ。

アメリカの支援を得たイスラエル軍の反撃が始まっていた。ゴラン高原ではシリア軍の機甲部隊を撃退して、逆にシリア領内へ進撃、ダマスカスを目指す。シナイ半島でもエジプト軍のT55戦車二百両を撃破、スエズ運河から退却させた。

イスラエルは征服されなかった。

これでまたもや停戦だろう、とのテレビの論調だった。株式市場もこの一週間に大きな変化はなく、『遠くの戦争は買い』などという不遜な言葉も飛び交う楽観的ムードだった。


しかし遠い中東のアラブ世界では、この戦争の背後で巨大な波が立ち上がっていた。石油の波だ。戦争前からアラブの産油国は、欧米メジャーの力で極端に低く抑えられていた原油価格に大きな不満を持っていた。そこへこの戦争だ。シリアとエジプトの両軍がイスラエルを奇襲攻撃し、一時とはいえ窮地に追い込んだ事実はアラブ人たちを刺激した。

停戦も間近いとみられる十月十六日。

産油国を束ねる〈アラブ石油輸出国機構・OAPEC〉は突如、原油の生産を五%カットすると発表した。さらに価格の大幅な値上げを一方的に決定。従来一バレルあたりわずか二ドルだった価格はたちまち七十%も値上がりした。そしてイスラエルを支援するアメリカとその同盟国に対しては、原油の輸出を『原則的に禁止する』と付け加えた。

その週の木曜日、オレたちは予定通り東洋自動車のテスト・コースへ行った。

ナナサン車内のカメラ・テストを半日がかりでやるのだ。

昼前に、オレたちは撮影部のバンを〈東洋自動車技術試験場〉正門から乗り入れる。テスト・コースのゲート前で機材を降ろしていると、青い上下つなぎの制服を着た若い技師が走って来た。

「東洋ムービーさんですかぁ？」と大声をかけてくる。

「はい、何か？」と堀之内プロデューサー。

「新車の撮影準備で来られた？　ナナサン、ですよね？」

「そうです。許可は先週本社から頂いておりまして、ここに許可証が」

「その件で、つい先ほど本社宣伝部から連絡があり、ストップが掛かってます」

「ええっ！　ストップってなぜ？」

「私は事情わからないんで、ちょーっと電広さんの御担当とお電話で話してくれますか。そこの事務所の方へ電話繋ぎますから。ええと、責任者の方は？」とオレたちを見回す。「吉野さん」堀之内がオレの腕を取り、「一緒にいいですか。電広は神山さんでしょ。吉野さんが話聞いてくださいよ」

オレと堀之内は技師の後について事務所へ走った。

「神山です、お疲れさん。吉野くん、落ち着いて聞いて欲しいんだけど」神山の電話の声は妙に上ずっていた。

「どうぞ、話して」とオレ。

「今朝東洋自動車宣伝部の大塚さんから指示があった。例の中東戦争でOAPECの発表があったよね。原油の輸出制限。それでぇ、このナナサンの撮影、ちょっと様子を見たい、ということになったんだ」

「えっ、だ、だってもうじき停戦になると」

「いやいやそんなカンタンなことじゃないんだ。実は東洋自動車のトップには、アメリカからもう直接情報が入ってる。もちろん西牟田部長もご存じだ。もっと厄介な事態になる可能性があるんで、取りあえずこの撮影は待ってほしい」

「ま、待つって、来週までとか？」

「今は何とも言えない。吉野くん、君たちにはほんとに気の毒なんだけど、こんなに一生懸命やってくれてるのにね、申し訳ない。待ってください」電話は切れた。

〈オイル・ショック〉という、歴史的な一大パニックが始まった。

砂漠の戦車戦は、十月末には双方戦車を使い果たし停戦となったが、しかし勢い付いたアラブの〈石油戦争〉は今まさに始まったばかりだった。

十一月に入ってOAPECはさらに二十五％の生産カットに加えて、毎月五％ずつ追加して減産してゆく、と発表した。そして問題の原油価格はその後わずか数週間で一バレルあたり何と十二ドルまでハネ上がり、戦争前の六倍にもなってしまう。

ここへ来て、のんびり構えていた政府も経済界も、ガラリ一転して非常時態勢に入る。

政府は〈石油節約措置〉を決定。全ての大企業には石油消費の大幅な削減の指示が出た。

六十年代以来、日本の高度経済成長を支えてきた一本の柱〈安い円〉は、すでに半年前に失われていた。そこへもう一本の太い柱〈タダ同然の安い石油〉まで奪われるのだ。

『遠くの戦争は買い』などとトボけていた株式市場もついに暴落。十二月十八日には、日経平均三千九百五十八円の最安値をつけ、全国的な大不況が始まった。

消費者の買い控えのなかで、しかし物価だけは上がり続け、『狂乱物価』と言われる。

長尾くんやあすかも知ってる〈トイレット・ペーパー騒動〉はこんな中で起きた。

実際、紙がなくなった訳ではない。石油不足が引き起こした被害妄想によるものだった。

『石油の一滴は血の一滴』なんて太平洋戦争中みたいなことすら叫ばれた。


この先、大手企業の業績は大幅な悪化が見込まれ、東洋自動車においても製造・販売計画の見直しが行われた。その結果、ナナサン・ツーリングの新発売は延期となる。

石油節約のため『不要不急の運転は自粛しましょう』という空気の中で『走りに徹したクルマ』を大々的に売り出すわけには行かない。

そしてオレのCMは、一か月以上待たされた後で当然のように制作中止と決まった。

『なぜか朝焼けが見たくなったので、一晩中走りました』では、こりゃマズイのだ。

一九七三年のクリスマスを前にして、世間では小松左京の〈日本沈没〉が大ベストセラーとなり、また〈ノストラダムスの大予言〉という恐ろしい本が『千九百九十九年に人類は滅亡する』と断言して社会不安をさらに煽り立てた。

電広から正式にナナサン・プロジェクト中止の通告を受けた晩、オレはコーポ祐天寺へ行った。ともかく森山さんの顔を見て、酒を飲んで、何でもいいから話したかった。

三〇三号室のドアは開いていた。「吉野、入れ」と中から大声。

部屋はもう引っ越し態勢だった。家具類はすべて処分され、ガランとした室内には十数個の段ボール箱があるのみ。幸代さんの位牌はスーツ・ケースの中だ。年明けには香港へ飛ぶ予定だそうだ。

森山は六畳の真ん中にあぐらをかき、畳の上にジャック・ダニエルのボトルと湯飲み茶わんが二個。「待ってた。座れ」

オレたちは久々に乾杯した。

その夜の森山は上機嫌でよく喋る。

オレは、挨拶状に書いてあった新設会社の話から聞くつもりだったが、森山はいきなりオイル・ショックについて語り始めた。「マスコミだの経済学者の連中は世界の終わりみたいに騒いでるが、相変わらずのバカどもだ。上がれば『もっと上がる』と調子に乗り、下がれば『もっと下がる』とビビる。大局的な観点というものがまるでない。日本円が高くなったと言うがな、もともと一ドル三六〇円は安過ぎたんだ。それが妥当な相場に変わるだけだ。石油も然り。原油価格は結局需要と供給の法則で決まる。オイル・メジャーズであれOAPECであれ、一方的に付けた値段は長くはもたない。それに産油国は輸出禁止などとケンカを売ってるが、そもそも奴らは原油を売らなけりゃメシが食えない。他に売る物など何もないからな。遠からず禁止は解けるに決まってる」

森山はここでバーボンをぐーっと一杯。煙草をつけて、続ける。「吉野よ、日本は負けたわけじゃないぞ。安い通貨、安い石油、安い人間で闘う『発展途上国としてのハンデ戦』が終わっただけだ。これからは世界の経済大国を目指して、ハンデ無しで闘うんだ。必ず勝てる。おれには勝ちが見える」

うーん、凄い信念だ。朝倉さんが生きていたら、やはり同じことを言うのかな。

多分それは正しいのだろう、とオレは思った。(十年後、実際にそうなった)ならば、オレの仕事に関する三年前の大成功予言の方はどうなるんだろう？その実現に向かって走っていたのに、ナナサンの中止は悪い冗談だ。神山が口惜しがるようなカッコいいCMが出来たハズなのに、地団太踏んだのはオレだった！

茶碗のバーボンを一杯飲み干すと「森山さん、聞いてください」と、オレは猛然と喋り出した。矢島社長と電広に行ったところから始まって、ナナサンの企画がどれだけ素晴らしいか。もし戦争が起きなければ。もし石油が止まらなければ。もし東洋自動車が違った判断をしたら……と、オレの言葉は止まらない。泣きそうになってきた。

「吉野よ」森山がダンヒルを一本オレに勧めた。オレが咥えると火をつけてくれる。

「そのくらいにしとけ」と森山。「タラ・レバの話はくだらない。あまり自分を憐れむな。

実際、あなたはそれほど気の毒でもない。ほんとに気の毒なのは、この戦争で死んだ多勢のイスラエルやシリアやエジプトの兵士たちだ。吉野、あなたやおれの仕事にはな、人の命はかかってない。どんな失敗をしても人が死ぬわけじゃない……いい仕事だよなあ！」

十二時ちょっと過ぎ、オレは森山に別れを告げた。

結局、新会社の話はあまり聞けなかった。例によって〈マル秘〉が多い。ただ、森山は本格的な映画製作へ進出する。その入り口が東京と香港にある、とオレは理解した。

「吉野」森山はオレと握手して「この三年、あなたがいて面白かった。ありがとう」

「オレは何と言っていいのか？　もし森山さんに会えなかったら、オレはこの業界に入れませんでした。今頃どこで何してたか想像も出来ない。ほんとに……」オレは言葉に詰まる。

森山は微笑んで「バカヤロ、めそめそすんな。今生の別れじゃない。次に会う時は凄えことになってるぞ」

「信じます」

「元気でな」森山はバタンと素っ気なくドアを閉めた。オレはひとり外階段を降りて行く。

この人と次に会うのは、いったいどんな所になるのだろう。

7

クリスマス・イブだ。今夜はケーキを買って、チョッコとマサミと三人でパーティーだ、という予定だったのに、実はエライことになってしまった。

中止になった東洋自動車ナナサン・プロジェクトの件で、博承堂とのトラブルが発生しそうなんだ。昼過ぎにオレは権藤常務から第一報を聞かされた。

オレにも矢島社長にもまるで知らされていなかった事実。実は中止になったナナサンの仕事には競合相手がいたのだ。それは何と博承堂の社内クリエイティブ・チームだった。

オレのプレゼンの前日、博承堂は西牟田部長に企画を出して、その場で破り捨てられた。

そしてその翌日、オレの企画が部長のツルの一声で決定。

だが、これはよくあることだが、負けた博承堂の営業は『誰がどんな企画で勝ったのか』を調べる。東洋自動車にも博承堂ファンの社員はいるから、そんな人間にちょっと耳うちして、採用された企画のコピーを入手した。そこに電広、東洋ムービーの社名があった！

口外無用のはずのこの話は、しかしほんの数時間で博承堂社内に広く散らばって行く。

そして夕方五時前、花畑プロデューサーが博承堂・第二制作局に呼び出され、御代田CDから電広・東洋ムービーの表紙がついたコンテを突き付けられた。クリエイターの人名リストは付いていないが、コンテの画だけ見ればオレのものとすぐにわかる。何本も一緒にCM作って見慣れているからね。

花畑はその場からオレに電話してきて「えらいことになってるんだ。御代田CD、激怒してさ『ハナちゃん、これどーいうこと？　なんでおたくが博承堂の競合相手になったわけ？　わたしのチームじゃないけど、同じ二制の連中と競合。しかも吉野くん使ってさ。彼についてはこの一年、わたしとしても大切に育てて来たつもりなんだけどねえ。NAC賞貰ったのも博承堂の仕事じゃないの』って言われた。僕、なにも言えなかったよ。吉野、これって何かのマチガイじゃないの？　君ほんとにやったの？」

「ほんとです……やりました。オイル・ショックで中止になったけど」

「ああ……なんで僕にひとこと相談してくれなかったの？」

「しようかとも迷ったんですけど、『厳重な社内秘』って社長命令だったんで」

「そんな社長命令あるかよ！　裏切り行為だよ！　博承堂にかくれて競合の敵方につくなんて。ましてや一番お世話になってる吉野を出すなんて。それでもさ、御代田CDは君や僕のことを心配して、取り合えず内々に伝えてくれたんだ。これは会社としての大問題だから、できるだけ早く動いた方がいい。権藤さんや社長の耳に入れて、東洋ムービーとしての対応を急ぐべきだ、と言われた。僕も今から会社へ帰る」花畑は電話を切った。

オレが何をやったと言うんだ！ 理不尽な腹立たしい思いでオレは外の通りへ飛び出す。会社の前でサンタ・クロースにぶつかって謝った。一ツ木通りは華やかなイブの夕暮れだ。ああ、ケーキを買わなくちゃ！ いいや、もうケーキどころじゃなさそうだ。電話だ。チョッコに電話して事情を説明しよう。今日は当分帰れそうにない。

オレは気を静めるために〈ちぐさ〉へ行って、コーヒーを飲み、煙草を立て続けに三本ふかした。

時間がたつにつれ、自分が何を勘違いしていたのか、が腹に落ちてくる。

オレは博承堂・制作部門から評価を受け始めている。でもそれは決してオレの考え方や立場を尊重してくれた上でのものじゃない。博承堂が持っている〈いい道具〉の一つとして大事にされるのだ。その道具を電広に使わせるなどもってのほか、ということだ。

八時を過ぎて会社へ戻ると花畑がいた。電話の時よりも落ち着いているように見える。

「九階へ行こう」花畑とオレは役員応接室のソファーで向き合う。

「社長も権藤さんももう帰った。イブだからね」花畑は小さな手帳を開いて「明日博承堂へ行くことになった。社長と権藤さんと、僕も一緒に来るように御代田CDに言われてる。先方はCDがあと三人。御代田さん以外はうちとは関係ない。大洋社や亜細亜企画とやってる人たちだ。一人は問題の競合で負けた張本人だよ。で、その四人を秋月ECが取り仕切る、ちゅうことになる」

「……ごめんなさい。オレが仕事断れば良かったんです。これから、どうすれば？」

「吉野の責任じゃあない。この件さ、どのみち君は単なる企画演出部のディレクターだ。プレゼンは会社命令だろ？　君はそれに従っただけ。そうだよね。だからぁ、矢島社長がどういう責任の取り方を博承堂に見せるのか？　その落とし穴を見つけるんだ」

「落としどころ、ね」

「そう。そのところを見つけてさ、どうにか秋月ECの独断でこのトラブルを収めてもらう。白川常務までは上げないで済ませよう、どうせプロジェクトはもう中止になってるんだから、と御代田CDも言ってくれてるんだ。有難いよね」

「どうせ中止ね……」もし実現していたら一体何が起きたんだろうと思いながら、オレは花畑に「よろしくお願いします」と頭を下げた。

ソファーに密着したお尻のあたりに、何かジットリ湿ったような感触が伝わってくる。

反射的に腰を浮かしてしまった。あいつらだ！　ちゃんと拭いとけって言ったのに！

でも、十二月のボーナスは今日、二十四日になっても依然出てないしなあ……。

その晩、チョッコ、マサミとのパーティーはキャンセルの電話をしてしまったし、花畑も『家でサンタ・クロースやらなきゃいけないんで』と慌てて退社。オレは捨て置かれた。

「おヒゲ生やしたマッチ売りの少女さん、ここで暖まってゆきなさい」と啓介。

〈ユー・ユア・ユー〉にはいちおうクリスマス・ツリーも飾ってあり、けっこう客はいた。

啓介の妹・友子さんがフロアを動きまわる。小柄だが、日本人形のような美人だ。

「腹減ったろ？」啓介がカウンターの中でビールを飲みながら、「ナポリ作ったろうか？」

「後でいい」とオレ「オールドのダブルくれる」

啓介はグラスをオレの前に置くと、「吉野よぉ、そうガッカリしなさんな。お前、今年はもう充分以上にやったじゃん。賞もとったし。万事、塞翁が馬って言うからさ」

「さいおうって何だっけ？　オレ中華系の知識足りないんで」

「説明すると面倒くさい。ようするに、結局はいいようになるから心配無用っちゅうこと」啓介は煙草に火をつけて、「上城のＮＡＬ就職なんか、まさにそれだよ。インドで日本の仕事が決まるとは誰も思わないもんな。あの厳しい親父さんまで大喜びだわ」

上城はＮＡＬの九月採用に応募して、井上・デリー支店長の約束通り合格した。井上さんは、ＮＡＬ上層部に太いパイプを持った人物だったのだ。

行者の予言の前半は的中した。『あとはビューティフル・ワイフが楽しみだな。イヒヒ』と言いながら、上城は羽田空港での研修へ通う毎日だそうだ。

その寒い聖夜、オレは啓介に慰められながら酔っぱらって、実家に泊まった。


イブの翌々水曜日。朝一番で全社員が会議室に集められた。

やっとボーナスの話があるのか？　いやいや、こんな年末ギリギリになって？

矢島社長がマイクを持って立つと、一同は静まり返った。

「ごめんなさい」開口一番、矢島は深く頭を下げて、「ボーナスは出ません」

え、出ないの！　しかし社員たちの反応はない。沈黙が続く。

「皆さんを驚かせてしまうかもしれませんが」矢島はちょっと間を置いて、「今朝は当社の役員人事の話をします……わたくし矢島清は本日をもって代表取締役社長を辞任いたし、今後は一取締役として働かせてもらいます。後任の社長は」と矢島は隣に立っている権藤を示し、「この権藤くんが務めます。じゃあ、皆さんに」とマイクを渡す。

「わたしがやることになりました」権藤はいつもとは違った、どこかためらい勝ちな調子で話す。「この中には、多少事情を知ってる者もいるのかな。悪いけど、事細かに説明する訳にはいかないんだ。それわかって下さい。博承堂とトラブルがあって、ヤジさんが責任をかぶるカタチを取ってくれた。問題は解決しました。業務を粛々と続けたい。今後この件に関しては社内でもお互いに話題にしないよう、よろしく協力してください」

「皆さん」矢島が突然、マイクなしで叫んだ。「社長として最後にお詫びします。業績最悪でした。ボーナス出せないんです。ごめんなさい！」そして深々と長く頭を下げた。

社員総会が終わり、オレは企画演出部の自分のデスクに戻った。

周囲を居心地の悪い沈黙がおおっている。オレが矢島社長と何かマル秘の仕事をやっていたことを、皆薄々知っているんだろう。その結果、矢島は辞任した。だが、オレがまだここに座っているのは『なぜだろーなぁ？』という感じが伝わってくる。

しばらくして、内線電話が鳴った。「吉野か？　権藤だ」

「はい、何か？」

「お前に話がある。九階社長室へ来い」

「行きます」オレは電話を切って部屋を飛び出した。

社長室には権藤と矢島がいた。ソファー・テーブルにスコッチのボトルとグラスが見える。二人とも意外に和やかな、昔話でもしていたような雰囲気だ。

「まあ座れ。お前も一杯やるか」と権藤。

「すいませんまだ打ち合わせとかあるんで」断ってオレはスツールに腰を下ろす。

「昨日の博承堂の話を聞かせる。お前にも知る権利はあるだろう」権藤の口調は穏やかだ。

「聞きたいです。知る義務があると思います」

「集まった管理職五人のうち三人のCDは激怒していた。花田と内山、それに競合でお前にやられた瀬古CDだよ。三人ともいつも大洋や亜細亜に仕事出してるクセにな、ウチの今回のやり方は、『大得意の博承堂を裏切って、よりによって電広と組んで競合を仕掛けた。まことに許し難い暴挙だ』とカンカンだわ。そして『東洋ムービーは当分の間出入を自粛するべきだ』と主張した。御代田はうちのファンだけど、黙っている他になかったかな。

そこへ秋月が乗り出した。『瀬古、その負けた企画、お前らの案ってヤツをおれに見せろや』秋月は渡されたコンテに目を通すと、突然ゲラゲラ笑い出してコンテを瀬古に投げ返した。『お前らこんなバカなもん出したのかっ！　東洋自動車の西牟田ナメとんのか？　負けて当たり前だ。許し難いのはCDのお前のアタマだよ』それでな、ヤジさんの方を見て『オーケーになったおたくの企画も見たいね』秋月は渡された吉野のコンテを最後までじっくりと読んだ後、大きくうなずいた。『いい仕事だな。オイル・ショックがなかったら、大ヒットCMになっただろう』そして四人のCDに向かって『いい企画は誰がどこに出そうといい企画だ。それが理解できないバカ者はCDの肩書返上しろ!』三人のCDは何も言えない。その時だった、このヤジさんが立ってな、深々と頭を下げたんだ」そこで権藤はちょっと矢島に目をやり「言っていいかな? この先」

「ゴンちゃん、ちょっとオーバーじゃないの? ははは、まぁいいや」と矢島。

権藤はうなずいて続ける。「ヤジさんはな、こう言った『私は今のお言葉を頂いて、もう満足です。ありがとうございます。ですが、今回御社内をお騒がせし、いろいろご心配もかけた責任はこの私にあります。御社との今後の関係のためにも、ここで私は責任を取り、社長を辞任したいと思います。お許しください』とね」

「ゴンちゃん、おれそんな言い方したかぁ?」と矢島。

「したした」権藤はスコッチをぐーっとあおると、「まあ、ああ言われちゃ博承堂の方々もそこで落とす他にないわな。ヤジさん、クサい芝居だったけどねえ」

「クサかったかな?」

「まあいいよ。しばらくおれが憎まれ役やりますから、取締役としてチェックしてよ」

オレは、何と言ったらいいか、ある種の感動を味わっていた。

この二人の男は長い年月、互いに背中をあずけ合って来たほんとうの仲間なんだな。

オレみたいな若僧のキレイごとなど通用しない大人の信頼関係。

オレもあと二十年ほど仕事したらば、このくらいの仲間が持てるようになりたい。

そこで、オレは一杯だけスコッチを頂いた。


午後は特に仕事もなく、会社にいるのも気詰まりなので外出することにした。

カフェ・クレモンに行こう、と思い立った。もう一年近く顔を出してない。

オレは赤坂駅から地下鉄に乗って東銀座へ向かった。


枯れた街路樹の上の空は、雪でも降り出しそうに暗く重い。

クリスマスも過ぎたせいか、午後のカフェ・クレモンには数組の客がいるだけだった。

オレはジャンとボックス席で向き合い、久々のよもやま話だ。新顔のギャルソン二人がカウンターとフロアを見てくれている。

「そうか、ヒロも売れっ子クリエイターになったんだな。トレ・トレ・ビアン！」

「いやあ、まだ駆け出しなんでオイル・ショックで仕事ボコボコ！　それよりもジャン、トオルさんの新作ドラマ見てますよ、ＴＶＴで。河合久美子との共演バッチリ！」

「トオルも三十歳になった。役者として人気が上がってきた。大スターになれるかも」

「オレはトオルさん、カッコいいと思うな。魅力ありますよ」

「そーかい?」ジャンの目がキラッと輝いた。

「い、いや、そーいう意味じゃあなくて」

「シーッ!」突然ジャンはフランス語に変えて小声で、「トオルのファンは若い女性ばかりだ。わかるだろ? 彼と私とのことは絶対に秘密にしなきゃならない」

「えっ、今でもその関係が?」オレは日本語だ。

「ここへ来るのも一人で顔隠して、運転手も使わないんだ。トオルのマネージャーさえも私のことはただの知人だと思ってる。ヒロも協力してやってくれよ」

「あ、もちろん。オレはジャンとトオルさん二人の友達です」


夕方近く、オレはカフェ・クレモンを出た。

細かいみぞれが降り始めて、オレは駅に向かって足を速める。

トオルさんが三十歳か。ジャンの年を数えてみる。今年五十六歳だろうな。お母さんのマリーは七十八歳だ!

みんなが、世界中の人が年をとってゆく。悲しい気もする。

8

十二月二十七日朝、オレは電話のベルで叩き起こされた。

半分寝ぼけて受話器を取ると、「ヒロ！」チョッコの声だ。

「ああチョッコ、あれぇ？　帰省で羽田空港まで送るの、今日だったっけ？」

「ヒロ、新聞見てないの？」

「えっ、またイスラエルで何か？」

「鞆浦監督、ニッセンのトモさんが亡くなった！　自殺だって」

「じさつ！　えっ、そんな？」

「さっき九時過ぎにニッセンの樺山さんの自宅へ電話したんだけど、彼自身が何が起きたのかまだつかめてないの。わたし温井さんにもすぐ電話して訊いてみるんで、とりあえず新聞読んでよ」チョッコは電話を切った。目覚まし時計を見るともう十時前だ。

オレは歯磨きもそこそこにポストから新聞を取る。

一面にはそれらしい記事はない。オイル・ショック関連ばかりだ。

社会面を開くと、トップに『CMの巨匠　飛び降り自殺』という大きな見出しがあった。『日本宣伝映画社副社長で世界的に著名なCM監督の鞆浦光一氏（四十九）は昨夜十時頃、新宿区四谷三丁目の自宅マンション前の路上で、頭などから血を流して倒れていたところを、訪れた同社社員に発見されすぐに救急搬送されたが、すでに死亡していた。四谷署の話によると、現場の状況から鞆浦氏は七階にある自室の窓から飛び降りたものと見られる。室内の鏡に口紅らしきもので走り書きがあり、筆跡と文章の内容から自殺の遺書と断定された。複数の社員の証言によれば、同氏は数年前からCMを作る仕事に疑問を語るようになり、また過密なスケジュールに疲労困憊してもいた。最近はオイル・ショックによって大きな仕事のキャンセルが重なり、絶望的な気持ちになったとの見方もある。なお同氏は化粧品のテレビCMでカンヌ広告映像祭・グランプリをはじめ、国内外で多数の受賞作やヒット作を持ち、CM界の頂点に立つ巨匠と見られていた。独身独居で、葬儀等についての会社からの発表はまだない』等々。

午後一時、オレは会社に着いた。

企画演出部も制作部も大騒ぎだ。不況とオイル・ショックでボロボロのCM制作者たちにとって、トップ・スター鞆浦光一の自殺は他人事ではない。

化粧品の美生堂、東洋自動車、大正製菓など鞆浦監督ゆかりの大手広告主は、博承堂や我が社にもいろいろと仕事の関わりがあった。プロデューサーもディレクターもＰＭも、それぞれの知人たちに電話して情報を交換するが、結局新聞記事以上のことは誰にもわからない。

三時頃、オレは例によって企画演出部を脱出した。

〈ちぐさ〉へ行こう。しばらく一人になりたい。

一ッ木通りを歩いていると、前から来た鞆浦譲にバッタリ出くわした。

「ああ、ヨッちゃん」オレに何か用でもあるような素振りだ。

「あ、あの、叔父様がお気の毒なことになって……なんと」

「あの人、ついにやっちまったよ……若い頃からね、何か死ぬことに憑りつかれているようなところがあった。たぶん五十から先まで生きる気は無かったと思うよ。昨日の夜中、四谷警察から始まって、病院と二往復して、それから警官と一緒に四谷のマンション行ってさ。叔父はね、新潟の両親はとっくに亡くなっていて、遠くの親戚を除いたら、僕くらいしか身近にはいないんだ。だから何だかんだと引っ張り回されて……ああ、そうだ、ヨッちゃん少し時間もらえる？」

「え、オレに何か？」

「伝言、というほどのもんじゃないけど」譲はどことなく他人事のように事務的な感じで
「先月叔父に会った時にヨッちゃんの話が出たんだな。これから当分バタバタしそうだからさ、僕の頭が混乱しない今の内に、伝えておきたい」

〈ちぐさ〉には幸い他の客はいなかった。オレは一番奥のいつもの席で譲と向き合う。

コーヒー・カップを挟んで二人とも煙草をつけ、まずは一息ついた。

伝言の話の前に、譲は昨夜見た現場の様子を語ってくれた。

一LDKの狭い部屋で（ニッセンの副社長の住まいがそんな所とは意外だが）会社が借り上げているそうだ。ドアは内側からロックされており、管理人の合鍵で開けてもらった。

道路に面した窓は開いたまま。そして灰色の壁にかかっている、部屋に似合わないほどに大きなアンティークの飾り鏡に〈遺言〉が走り書きしてあったのだ。譲は怖ろし気に語る。

「真っ赤な文字だった。床に口紅が一本落ちていた。来年春のCMに使う新しい色だな。叔父は研究熱心だったから、部屋には美生堂の化粧品がそこら中に転がっていたな」そして譲はポケットからメモの紙片を取り出し〈遺言〉を淡々と読みあげた。

『ぼくはみなさんにキレイな夢を見せてきました』

『でも白状します。その夢はけっして実現しません』

『なぜなら、ぜんぶウソだからです』

『ごめんなさい。もうウソはつきません。サヨナラ』

譲は紙片をポケットに戻すと、「意味はよくわからない。でも、鏡に口紅でお別れの言葉を書くなんて鞆浦監督らしいよ。あの人、外国映画をたくさん見てた。こういうシーンがあったよね。女性の気持ちになりきれる人だったから……あ、それでヨッちゃんの話ね」

「はい」とオレは身を乗り出す。

「先月、叔父と食事した時NAC賞の話題が出た。彼も審査員だからね。それでね、彼はきみの〈タクミ工建・木の命〉をえらく評価してた。『こういう感覚のディレクターがうちにいるといいんだが』とね。そして『この吉野洋行って名前になにか憶えがあるんだが、どこか海外で、たぶんパリかなんかで会ったような気がする』って言ったんだ」

「お会いしました。そう、パリです。四年前、NALの仕事でオレのアイデアをホメてくれました。憶えていてくれたなんて嬉しいです」

「ああ、そーだったんだね。伝えておいて良かったよ、ヨッちゃん」

「それで……何か？」

「それだけです。ただ伝えただけ。亡くなった大監督がせっかくきみの作品を認めた言葉なんだから、それを届けるくらいは同僚としての義理かな、と思ってね。以上です。じゃあ、僕はこれからニッセン行ってお葬式の話とかあるんで」

譲はサッと伝票をつかんで立ち上がり、金を払って出て行った。


その夜十時過ぎだ。

オレは四谷三丁目に近い寂れた裏通りに一人で立っていた。吹き抜ける風が冷たい。譲が話していたマンションの場所は向かいの路地奥だろう、とオレは見当をつける。路上に吸い殻が散らばり、ゴミ箱から湿った臭いが漂う、なんとも殺風景な所だ。閉店した煙草屋の角を曲がって、舗装の荒れた狭い袋小路へ入って行く。ブローニュの森やワイキキ・ビーチで華やかなロケをしていた鞆浦監督が、現実の生活ではこんなところに住んでいたのか。

突き当たりに七階建ての古い、細長いビルが見えた。入り口の前に黄色いロープで囲まれた場所があり、その脇に警察官が一人立っている。予想していたことだ。

オレは電柱の陰に寄り、ダウン・ジャケットのポケットから黄色い腕章を取り出して左腕に巻いた。〈報道　ヤマト・テレビ〉と書いてある。三年前、三島由紀夫切腹事件の時に松木からもらった物だ。

オレはビルの前へ進み、警官に軽く会釈して「ご苦労さまです。この場所の感じだけ、ちょっと見てもいいですか？　外側だけカメラなしで」と腕章を示す。

警官はあたりに目を配ると、「入っちゃダメだよ、明日もまだ検証あるんでね」

オレはロープで四角く囲われたエリアに近づき、街灯に照らされた路面を見た。

赤黒い血の跡が大きな塊で二つ、小さな点々が無数に残されていた。ここに鞆浦さんの砕けた体が横たわっていたんだ。その位置はビルの壁面から随分離れているように見えた。

見上げると、この小さな建物の最上階が七階だ。あそこの窓からここまで来たんだ！

両足で窓枠を思い切り蹴って、スーパーマンのように飛び出したんだろう。

オレは鞆浦さんが四谷三丁目の夜空を自由に飛翔する姿を夢想した。

高い空から見下ろした街の明かりも、目に見えるような気がする……。

「はい、もうこれまでにして」警官がオレの肩を叩いた。


木枯らしの中をトボトボと歩きながらオレは考える。

『オレたちの仕事には人の命はかかっていない』と森山さんは言った。オレもそう思う。

でも鞆浦さんは死んだ。

まだ四十九歳で、たくさんの仕事があり多くの人々に慕われながら、そんな自分をなぜ殺してしまったんだろう？

窓から飛ぶ時、鞆浦さんの目に何が見えていたんだろう？

『その夢はけっして実現しません』『ぜんぶウソ』この言葉はそれから何十年もの長い間、解けない暗号のようにオレの心の底に残ることになる。

9

翌金曜日は仕事納めだ。だが今年は時局から納会は取り止めとなり、会議室に全員集まって権藤社長の簡単な訓示と手締めだけで終わった。

午後からオレは制作部の数人のPMと共に、会社のマイクロバスで調布の大東スタジオへ向かった。倉庫に預けてあった、一年分の撮影用商品回収作業の立会いをするんだ。

オレの仕事は〈ブルー・スカイ〉と〈北海茶漬け〉を確認するだけ。すぐに終わった。

マイクロの出発を待つ間、オレは咥え煙草でブラブラとスタジオ敷地内を散歩する。

活気がない……こんな年末でもいくつかのステージでは撮影中というのがいつもの風景だったのだが、今年は全く閑古鳥だ。人が歩いて来ない。

オイル・ショック以降、撮影の延期・中止が多いとは聞いていたがこれはひどい。せめてどこか一つでもライトがついている所はないか、と歩き回る。

敷地の西端、通称〈サンセット・アベニュー〉という通りまで来て、オレはオッと声を上げた。二Aステージで人が動いている。速足に近づくと入り口に〈日本宣伝映画社様〉の表示と、その上に〈キャンセル〉の赤札が見えた。オレはちょっと中をのぞいてみる。

バーン、バーン！という騒音。作業用ライトの光の中に埃がもうもうと舞っている。

数人の作業員がステージ上で洋室のセットを解体していた。作業は大分進んでいるが、ベッド・ルームらしきアール・デコ調のインテリアが半欠けで未練がましく残っていた。

「何か？」声を掛けられて振り向くと、作業監督らしき男がクリップ・ボードを持って立っていた。「ニッセンの人？」

「いいや、東洋ムービーです」オレは会釈しながら、「もったいないね。豪勢なセットだ」

男は苦笑して「まいったわ。ドタキャンでよ。ま、しゃーない、鞆浦監督死んじまったからには撮影中止の他にないわな。そこ危ないからどいてや」

オレは踵を返して倉庫の方へ戻る。

PMたちは商品の積み込みを済ませており、オレもマイクロに乗り込んだ。

その晩、オレは花畑に誘われて〈やまむら〉へ行く。

奥の茶室に博承堂の御代田CDが先に来て、オレたちを待っていた。これは珍しい。

「ハナちゃん、ヨッちゃん、今日は僕におごらせてよ。いやあ、またこうして飲めてうれしい。矢島社長が大英断でうまく事を収めてくれて良かったよ、ねえ」

花畑とオレは御代田に勧められるままに飲み始めた。

今年のCM業界あれこれの話題。だが鞆浦さんの自殺には誰も触れない。

オレもそのことをこんな席で話したいとは思わなかった。やがて話題はオレ自身へ。

「ヨッちゃん」御代田はオレとグラスを合わせながら、「頑張ったよねえ。うちのエメール石鹸やブルー・スカイも評判いいし、一制さんのタクミ工建ではNAC賞！　でも今回のトラブルはほんとに危ないところだった」

「危ないところでした」と花畑。

「一緒に仕事出来なくなったかも知れない」と御代田は顔をしかめる。「もし電広のあの仕事、東洋自動車が始まってしまってたら。もしオイル・ショックがなかったら」

「御代田さん」オレは目を上げて、「オレは……あれ作りたかったんです」

「いやいやいや」花畑が割って入って、「吉野、もうそれいいじゃん。やめよう。もう決着したことだし。御代田CDもここまでおっしゃってくれてるんだから」

「オレは作りたかった」小さな声でオレは繰り返した。

「ヨッちゃん、聞いて」御代田がちょっと表情を変えて、「作りたかったとかそういう感情の話じゃなくて、もっと真剣に考えて欲しい。こういうケースはまたいつでも起こり得る。そのたびに同じ問題になる。これ何とかしなくちゃいけない」

「何とかするって？」

御代田は長い睫毛をしばたいて、「僕にひとつアイデアがある。言っていいかな？」

「はぁ」

「ヨッちゃんは博承堂へ移籍しなさい。きみならクリエィティブで充分に勝負できる」

「えっ！」「へぇっ！」オレと花畑が同時に声を上げた。

「うちの第二制作局でいつでも正社員として迎えます。チャンスつかもうよ、ヨッちゃん。きみ、今のままじゃあ、結局プロダクションの人間でしかない。もったいないよ。博承堂へ来て、広告代理店のクリエイター吉野洋行として堂々と勝負すべきだ。どうだい？」

「それは……」オレは口ごもったきり次の言葉が思い当たらず、目を伏せた。

花畑は、「なんと、これは！　へへへ」などと無意味なことを口走りつつ、御代田とオレの双方に笑顔を送る。

「御代田さん」オレが口を開いた。「考えさせてください。今のオレは東洋ムービーの社員ですから……よく考えます。時間をください」

しばらく〈神様のお通り〉があった……。

やがて御代田は立ち上がり、「ヨッちゃん、突然の話で驚かせて悪かった。でも僕は真剣だ。年末年始の休み中にでも、ゆっくり考えて欲しいな」そして花畑とオレの手を取り、「じゃあ僕は他に顔を出さなきゃいけない席があるので、良いお年を」と出て行った。

御代田が去った後、オレは花畑と向き合って飲むことになった。

花畑は感じ入ったように、「ヨッちゃん、僕ぶったまげたよ。博承堂の正社員だって！」

オレは苦笑して、「新卒で試験受けたら絶対に入れないだろうなぁ」

「じゃあ、なんで二つ返事で『お願いします』って言わなかったのかなあ？」

「それは……」

「大出世じゃないの」

「そうですか？」

「そーだよ。まあ、どうせオッケーでしょ？　年明けまで待たせて、返事するんでしょ？」

「ハナさん……オレに東洋ムービー辞めて博承堂へ行って欲しいの？」

「えっ、そりゃあきみのためだよ！　博承堂だぜ！　うちとは身分がまるで違う」

「東洋ムービーのプロデューサーとしてそれでいいわけ？」

「そりゃあオッケーだよ。ヨッちゃんが博承堂行ったら、僕のこと忘れないでバンバン仕事を出してくれるよねっ。花畑良二プロデューサーをこれからもよろしく！」

間もなく花畑も、「いい返事待ってるよ」と言って帰宅し、オレは茶室で一人になった。目の前のシーバス・リーガルのボトルはまだ四分の一ほど残っている。オレは煙草をつけ、ゆっくり飲み直し始めた。そして考える。いや考えるというよりも、感じるといった方がいいかな。東洋ムービーを感じる……博承堂を感じる……そして全然ちがう何かも……。

やがて朝。目を覚ましたらそこはまだ茶室だ。オレは布団にくるまれていた。時計を見ると六時十分前だ。部屋を出た所で女将と顔を合わせた。彼女も起きぬけのようで、素顔にトレーナー上下。「おはよう」とオレに豆絞りの手拭いと歯ブラシをくれた。

オレは外の冷たい空気を吸いに店を出た。

一ツ木通りはまだ薄暗く、しんと静まり返っている。

オレは首に手拭いを巻き、口には歯ブラシをくわえたまま、〈やまむら〉で借りた鼻緒の赤い下駄をカラカラと鳴らして散歩する。

ガランとした通りに動いているものは数匹のネコ、そしてゴミ箱の残飯をつつくカラス。

一年ちょっと前、東洋ムービーに初出社した朝、オレはここで花畑と出くわした。

今のオレは、ちょうどあの時の花畑のような男になっているんだろうか？

突然、黒い大きなカラスが、食品袋をくわえてオレの目の前をバサッと飛び過ぎた。

やめよう。なぜかその時、オレは心が決まった。

博承堂へ行くのは止めよう。オレは制作現場でモノを創る人間だ。たとえ身分は低くてもクリエイターなんだ。代理店のサラリーマンにはなりたくない。

そして東洋ムービーもここまでだ。ディレクターとしてもっと自立した仕事をしたい。

オレは矢島社長に採用してもらった人間なんだから、社長辞任にも付き合おう。

赤坂の街にもさほどの未練はないし……先へ進むんだ。

よし、今年の仕事は以上で終わり。今日はチョッコとマサミと一緒に朝食を食べる。

そして羽田空港までクルマで送る。岩手・花巻空港行きのＮＡＬの便に乗せる予定。

オレは空を見上げる。今日は快晴になりそうだ。気温も上がってきてるな。

麻布のトークリ屋敷に着いたら七時半だった。

門も玄関のドアも開いており、「おはよう」と声をかけながらオレは居間へ。

「ああ、ヒロおはよう」セーターにジーンズ姿のチョッコが、テーブルから床にまで散乱した書類、飲食した皿や山盛りの灰皿に囲まれて微笑んだ。「ごめんねー。ついさっきまで堺さんと税理士もいて徹夜で経理の締めやってたの。うち十二月末決算だからね」

「あ、そうだったな。お疲れ」

「そう、疲れた。でもねヒロ、聞いて。ついに借金全部返したの！　四年で完済です！」

「やったーっ！」オレはチョッコに駆け寄り、抱きしめて何度もキスした。

「ありがとう、ヒロ。嬉しいよ。オイル・ショックにも負けなかった。でもね、堺社長のお陰もある。あの人ね、わたしに守銭奴のデブとかボロクソに言われても、会社の金繰りをキッチリ回してくれた。電広ともうまくやってくれた。もしわたしだけだったら、多分トークリは潰れてたよ。堺さん、こんな生意気なネエチャンよく助けてくれたなあ」

ああ、チョッコもオレと同じことを学んでるんだ。自分は我が強くて商売上手でもない。誰かの助けが必要だということ。オレたち、一緒に大人になって行くんだな。

「あっ、すっかり忘れてた」チョッコがオレの手をつかんで、「トモさんのこと何か聞いた？」

「少しだけね。甥の鞆浦譲さんが東洋ムービーにいるんだ」そしてオレは譲から聞いた現場の様子や、口紅で鏡に書かれた〈遺言〉をひとことずつ、少しためらいながら語った。『きれいな夢』『ぜんぶウソ』という言葉にチョッコは顔をゆがめて、「なんで……なんであのトモさんがそんなひどいことを……朝倉さんとも仲が良かったんだよ。なぜ自殺しちゃったの？　朝倉さんはあと一日でも生きようって闘って、それなのに死んだんだ」

チョッコの目に涙がにじむ。オレはもう一度チョッコを抱きしめた。

しばらくしてチョッコはオレから離れると、子供のように涙を手で拭って微笑んだ。そして腕時計を見て、「ヒロ、何時に出ればいいんだっけ？　ヒコーキさ」

「フライトは十二時だから、渋滞みても九時半出発でいいかな」

「オーケー、荷物はもう出来てるから朝ごはん食べよ」チョッコは少し明るい表情に変わって、「今ね、庭のテーブルにマサミが用意してくれてるから」

「マサミが！　そりゃ嬉しい」

「イングリッシュ・ブレックファーストだよ」とチョッコはオレの手を引いた。

オレたち三人はプール・サイドの芝の上にあるテーブルについた。

「ヒロ、おはよう」マサミが大人っぽく挨拶して、銀器のミルク・ティーを注いでくれた。

陽射しが暖かく、いい気持ちだ。オレがここに座るのは何年ぶりだろう？

「チョッコ」

「なに」

「このプールさ、今でもチョッコが使ってるの？　水がキレイだから」

「わたし泳げないの知らなかった？　でもね毎月掃除はしてます。宗教的な気持ちでね」

うーん、やっぱり朝倉直子だなあ！　この強烈な忠誠心には勝てない。ははは。

でもカリカリに焼いたベーコン・エッグと薄切りトーストの朝食は旨かった。ティーもいい香り、マサミに拍手だ。そしてマサミはもう一ついいことをやってくれた。

一眼レフのカメラを三脚に据えて、チョッコ、マサミ、そしてオレのスリー・ショットをセルフ・タイマーで撮ったのだ！　これは史上初の快挙だ。今までオレは自分のカメラで二人を撮るばかりだったからね。マサミを真ん中にチョッコとオレの笑顔。この写真は、えーと、今はどこにしまってあるのかな？　見たいなあ……。


予定通り九時半に、スーツ・ケースやお土産の紙袋をビートルに満載して、オレたちは出発した。西麻布から首都高速三号線に入る。五年前、朝倉さんのサンダー・バードで走ったコース。空港方面はよく流れているようだ。追い越し車線を加速して行く。

「ヒロ、これプレゼント」助手席のチョッコが紙袋から出したのは小型のラジカセだった。

チョッコはラジカセを足元に置き、ポンとスイッチを入れた。聞きなれたイントロからコーラスが始まる。ビーチ・ボーイズの〈サーフィンU・S・A〉だ！

チョッコがボリュームをいっぱいに上げた。

「わっ、いいね！　これ憶えてたんだ」バーンという空冷エンジンの騒音に負けない大声でオレは叫ぶ。

「忘れないよ、ヒロ」とチョッコ。「あの朝、ここをサンダー・バードですっ飛ばしながら、朝倉真の大予言を聞いたんだ。東京は世界一の未来都市になるって」

「オレは『時代の波に乗れ』って言われた」

「ヒロ、その波、今でも見える？」

オレの目の前に、朝陽にキラキラ輝く高層ビルが迫って来る。その先にもう二棟見える。あの時よりも数を増している。大波の向こうにまた大波が立ち上がり、寄せて来るんだ。

「チョッコ、見える。うんと近くに見える。オレたち今、波の中にいるのかな？」

「乗ってるんだよ、波に。ヒロもわたしも波の上にもう立ち上がって、滑り始めたんだよ」

「こうか？」オレは左右にハンドルを振って、ビートルをスラロームさせる。

チョッコが悲鳴を上げながら大笑い。

ふとルーム・ミラーを見ると、マサミは相変わらず背筋を伸ばして静かに座っていた。

一九七三年が終わろうとしている。
朝倉直子・二十八歳。
真美・九歳。
そしてオレ吉野洋行は二十五歳。
半世紀も昔の話だ。

（第3巻へ続く）

この物語はフィクションであり、実在の人物、団体とは一切関係ありません。

著者紹介

吉田 博昭(よしだ　ひろあき)

【プロフィール】

1949年神奈川県生まれ。早稲田大学在学中よりCM制作に携わる。

日本天然色映画株式会社を経て、1982年株式会社ティー・ワイ・オーを設立。CMディレクターとして多くのヒット作、受賞作を生み出す。

また、日本、アメリカ、オーストラリア等で劇場用映画を制作、監督し、ベルリン国際映画祭、東京国際映画祭等でも受賞。

1995年以降は経営に専念。2014年には東証一部へ上場を果たす。

さらに、2017年1月に株式会社ティー・ワイ・オーは他の大手制作会社である株式会社AOI Pro.と資本・経営統合し、AOI TYO Holdings株式会社を設立。現名誉会長。

JASRAC　出　2002899-001

15秒《びょう》の旅《たび》　第《だい》2巻《かん》

2020年7月15日　第1刷発行

著　者　吉田博昭
発行人　久保田貴幸

発行元　株式会社 幻冬舎メディアコンサルティング
　　　　〒151-0051　東京都渋谷区千駄ヶ谷4-9-7
　　　　電話　03-5411-6440（編集）

発売元　株式会社 幻冬舎
　　　　〒151-0051　東京都渋谷区千駄ヶ谷4-9-7
　　　　電話　03-5411-6222（営業）

印刷・製本　シナジーコミュニケーションズ株式会社
装　丁　三浦文我

検印廃止

ISBN 978-4-344-92759-9 C0093
幻冬舎メディアコンサルティングHP
http://www.gentosha-mc.com/